Das Atriumhaus

DAS ATRIUMHAUS

© 2024 Kay Herminghausen
Verlag:
BoD · Books on Demand GmbH, In de Tarpen 42,
22848 Norderstedt, bod@bod.de
Druck:
Libri Plureos GmbH, Friedensallee 273,
22763 Hamburg
ISBN: 978-3-8391-9864-3
2.Auflage

Für Noel, Tim, und Melissa,
die, die noch alles vor sich haben

DAS ATRIUMHAUS

Als Rico zurückkehrte, lief wie immer der Fernseher, was seine Unruhe nicht minderte. Auch wenn das Gerät eingeschaltet war, bedeutete es nicht, dass sie nicht stumm und starr dalag. Jedes Mal, wenn er zurückkam, war er auf alles gefasst. Sie hatte eine Krankheit des Gehirns im Endstadium, und die ihr aus ärztlicher Sicht verbleibende Zeit lag zwischen ein paar Wochen und einem halben Jahr. Vier Monate waren davon schon vergangen. Sie sagte es nicht direkt, aber ihr vorzeitiges Ende schien ihr nicht viel auszumachen.

„Das ist Schicksal," meinte sie, wenn sie über ihre Krankheit sprachen.

Sie war fünfundfünfzig, und Rico konnte verstehen, dass sie nicht um jeden Preis weiterleben wollte - krank und alt, in einer Hütte, dazu ein Gemüsebeet und ein paar Hühner. War ihr Leben von jeher karg gewesen, so hatte es seit dem Tod seines Vaters alle Farbe verloren. Sie war dem Tod geweiht, und ein neben ihrem Sohn verbliebener Lichtpunkt in ihrem Dasein war das Fernsehen, bei dem sie die Schmerzen und die Last der Tage vergaß.

Mit dem Ausdruck freudiger Erwartung pflegte sie sich nach ihrem Tagewerk in ihren Sessel, einem mit Kissen und Wolldecken gepolsterten Holzstuhl mit Armlehnen, zu setzen und sich von den Bildern in eine andere Welt entführen zu lassen. Manchmal betrachtete Rico sie währenddessen von der Seite, und dann sah er, dass sie nicht mehr im Hier und Jetzt war, entrückt den Blick nicht vom Bildschirm wandte, gänzlich gefangen war von dieser fremden Bilderwelt.

Als die Krankheit sie schon nicht mehr ihr gewohntes Leben führen ließ, hatte er von seinem Ersparten den Fernseher gekauft. Dafür eine günstige Gelegenheit genutzt, indem er zusammen mit dem Arzt in die entfernte Stadt gefahren war. So bequem die Hinfahrt im Auto gewesen war, so beschwerlich war die Rückreise gewesen. Nach einer Fahrt mit dem Bus hatte er noch einen langen Fußmarsch mit dem unhandlichen Gerät auf dem Rücken zurücklegen müssen. Es folgten Tage vergeblichen Bastelns und Probierens bis schließlich beim nächsten Besuch des Doctors mit dessen Hilfe zum allgemeinen Entzücken ein unerwartet klares Bild auf dem Schirm erschienen war. Seither lief er, der Apparat, wenn auch nicht störungsfrei, und tat seiner Mutter gut. Wenn der Fernseher lief, vergaß sie ihre Krankheit und Schmerzen. Seit sie bettlägerig war, ließ sie es sich nicht nehmen, ihn schon morgens anzuschalten, in der Hoffnung, dass es Strom gab.

Er nahm ihre kleine, bleiche Hand.

„Später werde ich fortgehen, Mama," sagte er mehr zu sich selbst. „Dahin!" und wies mit einem Nicken zum Fernseher, wo eine amerikanische Serie lief, und schlug in seinem Sprachlehrbuch den Grammatikteil, Deklination, auf. Er hatte das Buch bereits zweimal durchgearbeitet und nutzte jede Gelegenheit, sich mit ihm zu beschäftigen. Aus dem dazugehörigen Wörterbuch lernte und wiederholte er täglich die Vokabeln mehrerer Seiten. Sein Entschluss stand fest, sein Vorhaben zu verwirklichen, nachdem seine Mutter das Diesseits verlassen hatte. Nur sie wusste auch von seinem Plan, fortzugehen.

*

„Sie ist schon sehr schwach, kann nicht mehr ihren Arm heben. Sie ist am Ende des Pfades angelangt," sagte Doctor Sali, der einmal in vierzehn Tagen kam. „Nur ihre Schmerzen können wir etwas lindern. Hier sind Tabletten. Du gibst ihr dreimal täglich zwei. Wie kommst du zurecht? Auf deinen jungen Schultern ruht eine schwere Last. Bekommst du Hilfe durch den Dorfrat?"

Rico nickte. „Ja, und auch von den Nachbarn, besonders von Aliwa, nebenan, sie kommt jeden Tag."

„Was wirst du machen, später, wie sind deine Pläne?"

„Vielleicht gehe ich fort," entfuhr es ihm. .

Doctor Sali blickte ihn überrascht an. „Das ist eine gute Idee. Du hast einen klaren Verstand. Nutze ihn! Gehe in die Stadt und mache es wie ich! Das Land braucht Ärzte."

„Leider bin ich kaum zur Schule gegangen, kann gerade mal lesen und schreiben."

„Das ist schade. Aber das Versäumte lässt sich vielleicht nachholen. Du könntest dich bei der Medizinischen Hochschule bewerben. Dann erfährst du Näheres. Du bist noch jung, es liegt in deiner Hand. Wenn du willst, erkundige ich mich."

Rico schüttelte den Kopf. „Ich habe andere Pläne," erklärte er. Und auf den fragenden Blick des Doctors gab er erstmalig von seinen Gedanken preis.

„Das Leben ist ungerecht," sagte er, „die Chancen sind ungleich verteilt. Die einen können unternehmen, was sie wollen und kommen nicht von der Stelle. Sie wohnen in Hütten, laufen barfuß und ihre Arbeit reicht nur, um sie am Leben zu erhalten. Die anderen wohnen in großen Häusern aus Stein, sie fahren mit dem Auto und können kaufen, was sie wollen. Und alles nur, weil sie dort und nicht dort geboren sind. Eine zufällige Auswahl durch die Geburt. Ich wehre mich gegen diesen Zufall, der mich gefangen hält."

„Du hast recht, das Leben ist ungerecht. Das liegt in seiner Natur. Dagegen sind wir machtlos. Doch darin muss ich dir widersprechen: Zufälle gibt es nicht," sagte Doctor Sali, die Stirn in Falten legend, „alles, was passiert, ist das zwangsläufige Ergebnis zusammenwirkender Bedingung-gen, erfolgt nach dem Prinzip von Ursache und Wirkung.. - aber was du sprichst, klingt sonderbar in meinen Ohren. Ich höre daraus viel Unzufriedenheit. Wenn ich fragen darf, was folgt für dich daraus? Ich sehe, dass dich die Frage sehr beschäftigt."

„Wie gesagt," kam es zurück, „ich möchte nicht gefangen sein in einem vorbestimmten Leben. Ich habe lange überlegt, wie ich es ändern kann und Freude es erhellt. Was habe ich denn zu erwarten?" erklärte er auf den noch immer auf ihm ruhenden, fragenden Blick. „Eine Hütte, Schwefel, einen Garten mit etwas Gemüse und wahr-scheinlich ein frühes Ende, wie meine Eltern,"
Aus seinem Gesicht und seiner Stimme sprach eine feste Entschlossenheit.

„Nicht zwangsläufig," antwortete Dr. Sali. „die Bedingun-gen, die dich umgeben, formen dich, deine Entwicklung, bilden den Rahmen, in dem sich dein Leben vollzieht. Was

nicht bedeutet, dass sein Verlauf von vornherein feststeht, dass du keine Möglichkeiten hast, es zu gestalten..."
„Möglichkeiten! Was für Möglichkeiten sollen das sein? Ich kenne sie! Danke!"

Dr. Sali wiegte sein weises Haupt, sein Blick ruhte prüfend auf Rico, als er sagte:
„Ich kenne Beispiele, in denen ein Risiko einzugehen, sich gelohnt hat, aber es gibt auch andere... Bei allem rate ich dir zur Vorsicht, denn schon manch prächtiger Vogel, der sich kühn in die Lüfte schwang, flatterte hernach mit gebrochenem Flügel über den Boden."

„Was macht die deutsche Sprache?" wechselte er plötzlich das Thema. „Hast du das Buch schon durchgearbeitet?" Rico nickte nur. Er wollte das Gespräch in diese Richtung nicht vertiefen. Ohnehin hatte er schon mehr gesagt, als er wollte.

„Alle Achtung! Ich bewundere dein Interesse für diese Sprache." Bei diesen Worten sah er Rico vielsagend an. „Ich selber hatte es aufgegeben, sie mir anzueignen, als meine Weiterbildung in Deutschland abgelehnt worden war," fuhr er fort, da Rico schwieg und wusste noch einiges aus dieser Zeit zu erzählen.

„Rico," sagte er, ihm beim Abschied tief in die Augen blickend, „da ich sehe, dass du Bedeutsames in deinem Kopf bewegst, gebe ich dir den Rat, nichts zu überstürzen, zweimal zu überlegen, bevor du wichtige Entscheidungen triffst."

Freundschaftlich klopfte er ihm auf die Schulter und brach zu seinem nächsten Patienten auf.

*

Wie immer, wenn Rico auf andere Gedanken kommen wollte, holte er seinen Lederball, den ihm ein Tourist geschenkt hatte, und spielte mit ihm, wobei ihm der ebene Teil einer Felswand als Mitspieler diente. Die Zeiten, in denen er sich mit Gleichaltrigen aus dem Dorf zum Fußballspielen getroffen hatte, waren vorbei. Sie alle mussten den ganzen Tag arbeiten, wie er, und die meisten hatten schon eine Familie. Wenn nichts anderes anstand, kam er hierher und übte seine Geschicklichkeit im Spiel mit dem Ball, Es war eine Ruhelosigkeit in ihm, die ihn zu dieser Beschäftigung trieb.

Wegen der über Tag zunehmenden Hitze, brach er gewöhnlich frühmorgens zum Krater auf. Heute hatte er aus Sorge um seine Mutter gewartet, bis Aliwa gekommen war, die ihn seit einigen Wochen regelmäßig bei der Versorgung unterstützte. Da er erst spät loskam, wollte er die Tour heute nur einmal machen. Unterwegs beschloss er, es auch die nächsten Tage dabei zu belassen. Der Gedanke an seine Mutter bedrückte ihn. Dem Tod jeden Tag ausgesetzt, litt sie grausame Qualen. Und doch beklagte sie sich nicht. Wie stark und tapfer sie doch war, seine Mutter!

Unzählige Male war er den Weg schon gegangen, hinauf zum Kraterrand. Steiler, aber um einiges kürzer war dieser Weg, als der zurück in Schlangenlinien mit den schweren Schwefelbrocken in den Körben auf den Schultern. Er kannte dort jeden und Stein und zog es vor, allein zu gehen, seinen Schleichweg, denn seit er konkrete Pläne schmiedete, seine Heimat zu verlassen, war ihm Gesellschaft eine Last, besonders die seiner Freunde, denen er, anders als früher, etwas Wichtiges verschwieg. Er wollte nicht, dass sein Vorhaben bekannt wurde. Einmal dem Drang nachgegeben, sich mitzuteilen, fürchtete er, im Blickpunkt zu stehen als jemand, der sich für etwas Besseres hielt, sich zu schade war für dieses Leben, einem Verräter gleich.

Er stieg in das Innere des Kraters, dorthin, wo Dämpfe aus Erdspalten zischten und über dem Gelb des ausgetretenen Schwefels hoch stiegen. Nachdem er sich ein feuchtes Tuch vor Mund und Nase gebunden hatte, begann er, mit einer Eisenstange Schwefelbrocken heraus zu hacken. Es musste schnell gehen. Er achtete darauf, sich nicht länger als notwendig den giftigen Gasen und Dämpfen auszusetzen. Mit kräftigen, gezielten Hieben löste er einen großen Brocken, der allein den einen Korb füllte. Das Füllen des zweiten dauerte länger, da der Schwefel an manchen Stellen noch nicht erkaltet war. Dann hob er die an beiden Enden einer Bambusstange hängenden Körbe auf seinen Schultern, die dicke Schwielen hatten, ins Gleichgewicht und sah zu, dass er mit seiner Fracht wieder aus dem Krater kam. Bergauf ging`s, steil bergauf, über Geröll und Gestein. Oben angekommen, machte er wie immer eine Pause. Manchmal begegneten ihm auf dem Kamm und dem Weg zurück Touristen, die ihn um ein Foto zusammen mit ihm und seinen schwefelgefüllten Körben baten. Zum Dank gaben sie ihm nicht selten einen Geldschein und ein paar Zigaretten.

Bei einer solchen Gelegenheit hatte er auch Wilfried kennengelernt, der mit einem großen Rucksack auf dem Rücken im Land unterwegs war, und dem er später bei einer erneuten, zufälligen Begegnung aus einer bedrohlichen Lage geholfen hatte. Mit ihm hatte er Freundschaft geschlossen, war von ihm nach Deutschland eingeladen worden. Doch solange seine Mutter lebte, sah er sich außerstande, der Einladung nachzukommen und seine mit ihr verbundenen Pläne zu verwirklichen.

Der Weg bergab war ausgetreten, weniger steil und gefährlich. Nach zwei Stunden war er an der Wiegestation angekommen. Was mit dem Schwefel weiter geschah, interessierte ihn nicht. Für ihn zählten nur die fünf Dollar, die er erhielt, ein Vielfaches von dem, was ein Bauer in dieser Zeit verdiente.

*

Sein Entschluss, in einem anderen Teil der Welt zu leben, war plötzlich gekommen. Großen Anteil daran hatte der neu angeschaffte Fernsehapparat und die Bekanntschaft mit Wilfried. Die Welt bestand nicht nur aus dem unterentwickelten Teil, in dem er geboren war, wie ihm das Gerät anschaulich zeigte, das Leben nicht nur aus schwerer Arbeit, Schweiß, Schwefel und Qualm.

Es gab etwas anderes, ein ganz anderes Leben. Er empfand sein Dasein als ungerechten Zufall, hatte begonnen, sich Fragen zu stellen. Staunend sah er, wie das Leben in anderen Erdteilen war, in den Städten New York, Los Angeles, Berlin, München, Paris. Die Bilder auf dem Bildschirm führten ihm die Armseligkeit seines Daseins und die Ungerechtigkeit des Schicksals vor Augen.

Die Menschen dort lebten wie im Paradies, mussten kein Holz sammeln für das Feuer, kein Wasser aus einem Brunnen holen, betätigten nur einen Schalter und hatten, was sie brauchten. Um ihren Lebensunterhalt zu verdienen, konnten sie zwischen zahllosen Möglichkeiten wählen. Sie lebten in Verhältnissen, von denen man nur träumen konnte. Allein Ihre Häuser mit verschiedenen Zimmern, Küche und Bad mit warmem Wasser waren wie von einem anderen Stern.

Wo er war, gab es keine Träume, keine, die ihm Hoffnung brachten.

*

Er hatte schon mal seine Fühler ausgestreckt, wegen des Verkaufs des Hauses, von seinem Vater erbaut, um den Preis eines frühen Todes. Dreimal täglich war er in den Krater gestiegen, um seiner Familie ein besseres Leben, ein Leben in festen vier Wänden zu ermöglichen. Vom Tragen der schweren Körbe hatte sich auf seinen Schultern eine harte, bläuliche, Schicht gebildet mit Buckeln, die sich entzündet hatten, was ihn nicht davon abhielt, in seinem Tun fortzufahren. Was das Geldverdienen betraf, hatte er sich nicht dreinreden lassen, auch von seiner Frau nicht, und auch nicht, als ein sich allmählich verstärkender Husten ihn kurzatmig machte und nachts am Schlafen hinderte. Bis die Zeit kam, als er Rico mit in den Krater nahm und ihm diese Arbeit schließlich ganz übertrug, als die knappe Luft ihn erst ans Haus und dann ans Bett fesselte.

Das Beispiel seines Vaters, dem langsam die Luft ausgegangen war, schreckte Rico. Seine Furcht, das gleiche Schicksal zu erleiden, war groß. So wollte er nicht enden.

Bei Markos, einem Kollegen in seinem Alter, der mit der Tochter der Dunays verheiratet war und erneut Nachwuchs erwartete, stieß er erwartungsgemäß auf Interesse. Er war nicht sonderlich begütert, dafür waren es die

Eltern seiner Frau, bei denen er, nicht erst seit der Geburt seines zweiten Kindes, in beengten Verhältnissen wohnte. Den vielen Fragen, die er stellte, entnahm Rico, dass ihm an einer räumlichen Veränderung sehr gelegen war. Zum Schluss der Unterredung bat er Rico, das Verkaufsangebot vorerst nicht weiter publik zu machen.

*

Aliwa, die Nachbarin, mit der Rico von klein auf befreundet war, saß auf einem Stein vorm Haus. Als sie Rico sah, ging sie ihm entgegen.

„Sie schläft," sagte sie, „sie schläft die ganze Zeit."

Sie traten ein. Seine Mutter lag schwer atmend auf dem Rücken. Trotz der Anstrengung, die ihr das Atmen offensichtlich bereitete, schlief sie. Ein süßlicher, von krankem Leben herrührender Geruch, lag im Zimmer.

„Sie hat seit zwei Tagen nichts gegessen, wir sollten sie auf die Seite drehen," sagte Aliwa.

Dank der Routine, die sie sich bei der täglichen Pflege angeeignet hatten, hatten sie ihre anfängliche Berührungsangst gegenüber ihrem ausgezehrten Körper, unter dessen faltiger Haut sich von Tag zu Tag deutlicher Knochen abzeichneten, beizeiten überwunden. Der Zerfall ihres Äußeren und all dessen, was sie ausgemacht hatte, ließ sie jetzt als jemand anders erscheinen. Aber der Gegendruck ihrer Hand, sobald sie sie ergriffen, sprach die ihnen vertraute Sprache.

„Sie braucht wieder ein frisches Bett und frische Wäsche," erklärte Aliwa, nachdem sie sie versorgt hatten.

„Morgen waschen wir alles."

Rico sah sie verstohlen von der Seite an. Als er ihr sagen wollte, was ihre Hilfe für seine Mutter und ihn bedeutete, winkte sie unwillig ab. Sie war im gleichen Alter wie er, lebte, noch unverheiratet, im Elternhaus. Anders als er, hatte sie die Schule regelmäßig besucht und wollte Lehrerin werden. Sie machte nie viel Aufhebens, war eine kluge, selbstbewusste Frau, die tat, was sie sagte, entsprach nicht dem landläufigen Bild einer Frau ihres Alters, der einen Mann und eine Familie zu haben das Wichtigste war. Der

Anwärter für ein Leben an ihrer Seite gab es viele, doch sie hatte eigene Pläne, suchte zuerst die Unabhängigkeit. Das hatte auch Rico seinerzeit erfahren müssen.

Inzwischen begann es zu dämmern. Bevor Aliwa wieder ging, sahen Sie nach seiner Mutter, die jetzt schlafend auf der Seite lag.

*

Seine Mutter starb nachts. Sie lag auf dem Boden, als er erwachte. Als er sie hochhob, um sie zurück auf ihr Bett zu legen, ging ein Ruck durch sie, durch ihren gequälten Körper mit dem Gewicht eines Kindes, und ein Röcheln kam tief aus ihrem Innern. Dann war es still.

*

Schon wenige Tage nachdem sie verbrannt und bestattet worden war, hatte sich Rico an das deutsche Konsulat gewandt und sich über das Verfahren für ein Visum informiert. Anschließend war er zu Doctor Sali gefahren, um von dort aus mit Wilfried zu telefonieren. Darnach hatte er mit des Doctors Hilfe unter dem Siegel der Verschwiegenheit das Antragsformular ausgefüllt und es zusammen mit den geforderten Unterlagen, beim deutschen Konsulat eingereicht.

Nach acht Monaten und mehreren Nachfragen war es dann plötzlich ganz schnell gegangen. Sein Visum war fertig. Es lag zur Abholung bereit und erlosch, wenn es nicht innerhalb von zwei Wochen abgeholt wurde.

Unverzüglich ging er daran, seine Planungen zu verwirklichen. Zunächst das Haus! Sein Verkauf hatte erste Priorität. Er kontaktierte erneut Markos. Sein Interesse war ungebrochen, und auch seinem Schwiegervater lag an einer möglichst baldigen Änderung der Wohnsituation. Der Peis, den er erzielte, übertraf dank eines zwischengeschalteten Strohmanns in Gestalt von Doctor Sali alle Erwartungen. Was sich außerdem verkaufen ließ, verkaufte er, so den Fernseher. Das Übrige (Innenausstattung, Hühner, Gartengeräte) überließ er seinen Nachfolgern.

Nach diesem Schritt konnte er nun nicht früh genug das Land, in dem er geboren und aufgewachsen war, verlassen und gab sein Vorhaben erst am Tag seiner Abreise bekannt.

Die Verwunderung seiner Freunde und der anderen Dorfbewohner war groß. Dessen ungeachtet war es ein kurzer Abschied, wie von ihm gewollt, auch und gerade von

Aliwa, der er inmitten ihrer guten Wünsche abrupt den Rücken zuwandte. Viel zu packen hatte er nicht. Was er mitnahm, füllte einen Rucksack.

Als er im Flugzeug saß, klopfte ihm das Herz bis zum Hals. Er sah um sich, ob es auch niemand hörte. Vor Aufregung war ihm, als flöge er bereits, doch der Blick aus dem Fenster holte ihn zurück auf den Boden. Er schloss die Augen, ließ, was kam, geschehen.

*

„Rico! Hier!" rief eine ihm bekannte Stimme aus der Menge derer, die in der Halle auf die ankommenden Passagiere warteten.

Sein unsicher schweifender Blick erhellte sich, und sein Gesicht erstrahlte, als er Wilfried erblickte. Er hatte Tränen in den Augen, als sie sich umarmten und schien erschöpft zu sein.

„Danke," sagte er, als sie im Auto saßen, und während er noch ein paar Einzelheiten seiner Reise wiedergab (Umstieg in Dschidda in ein anderes Flugzeug und erst nach sieben Stunden Weiterflug nach Frankfurt), wurden seine Schilderungen allmählich leiser und undeutlicher, bis an ihre Stelle, unterbrochen von einigen Wachmomenten, die für einen Gedankenaustausch zu kurz waren, ein leichtes Schnarchgeräusch trat.

Sie hatten das Hamburger Stadtgebiet erreicht, als er sich wieder zu regen begann. Tief in den Sitz zurückgelehnt, blinzelte er aus kleinen Augen auf die vorüberziehende Landschaft, während Wilfried zu der einen und anderen Örtlichkeit Bemerkungen machte. Als die Elbe mit den Schiffen von oben her sichtbar wurde, beugte sich Rico vor. Ob das die Elbe sei, wollte er wissen.

„Ich bin da!" sagte er mehr zu sich, und seine Augen bekamen einen feuchten Glanz.

Wilfried hielt darauf an zu einem kleinen Spaziergang an ihrem Ufer. Kaum, dass sie den Sandstrand erreicht hatten, nahm Rico mit einem Schrei Anlauf und vollführte einen Salto.

„Keine Kunst!" ließ sich Wilfried vernehmen, der sich nicht lumpen lassen wollte, und folgte etwas weniger elegant seinem Beispiel. Im Sand sitzend erwiderten sie das Winken einiger Leute auf einem vorüberfahrenden Schiff.

Nach einer weiteren, halbstündigen Fahrt auf verkehrsreichen Straßen gelangten sie in eine ruhigere Gegend, wo mehr Autos standen, als fuhren. Die Straßen wurden schmaler, hatten Bäume zu beiden Seiten, und die Häuser standen hier in Gärten hinter Gebüsch und Hecken.
Auf ihr Läuten an einer der Türen öffnete eine dunkelhaarige, schlanke Frau.
„Da seid Ihr ja! Hallo Rico!" sagte sie und reichte ihm die Hand.
„Ich freue mich, dich kennen zu lernen. Ich bin Simone."
Hinter ihr lugte ein Mädchen hervor und versteckte sich gleich wieder.
„Emmi, sei nicht albern," mahnte die Mutter vergebens.
Er wurde durch das Haus und zu einem Zimmer auf dem Dachboden geführt, wo er für die Dauer seines Besuchs wohnen sollte. Dann begaben sie sich auf die Terrasse.
Dort erfuhr er anschaulich die Bedeutung des Wortes, Grillen, ein Wort, das er zum ersten Mal hörte und neugierig auf weitere, seinem jungfräulichen Sprachschatz hinzufügte. Soviel war sicher, das geröstete Fleisch, die Bratwürste und der Salat entsprachen seinem Gaumen.
Dank seiner jahrelangen Bemühungen um die deutsche Sprache, konnte er der Unterhaltung weitgehend folgen, erzählte unter Zuhilfenahme seines Wörterbuchs von seiner Reise im Flugzeug, den Essgewohnheiten in seiner Heimat, von den Behausungen und der Kargheit des Lebens dort. Auch sagte er, dass er in Deutschland bleiben wolle. Diese Äußerung bewirkte ein jähes Innehalten bei seinen

Gastgebern. Sie verstummten und waren plötzlich ernst, wandten sich ihm aufmerksam zu.

„Aber, du hast nur ein Besuchsvisum," sagte Simone, worauf Rico die Achseln zuckte.

„Ich fahre nicht mehr zurück," antwortete er.

„Das dürfte schwierig werden," erklärte Wilfried, sichtlich erschrocken über diese unplanmäßige Absichtsänderung, „wer dauerhaft hier bleiben will, muss mit einem entsprechenden Visum einreisen oder…einen Asylantrag stellen. Wirst du denn politisch verfolgt?"

Rico zuckte abermals die Achseln. Er sah mitleiderregend aus in seiner weiten Hose und dem knallgelben Hemd, ungelenk mit dem Besteck hantierend, ungelenk in allen Bewegungen.

Dass er nicht zurück wollte, konnte Wilfried gut verstehen. Er war auf seiner Reise in Gebiete gekommen, wo die Landbevölkerung ein äußerst karges Leben führte. Es war ein armes Land, aus dem Rico kam, mit an Vorzeiten erinnernden Verhältnissen. Er selbst hatte nach einem achtwöchigen Aufenthalt die Möglichkeit verstreichen lassen zu verlängern.

„Lieber Rico, eines müssen wir klarstellen," erklärte Simone, „wir haben dich für vier Wochen eingeladen, solange, wie dein Visum gültig ist. Wir freuen uns, dass du nun da bist und werden alles tun, damit du dich wohlfühlst. Nur, damit wir uns richtig verstehen, vier Wochen hatten wir gesagt. Vier Wochen bist du unser Gast. Darnach endet unsere Verantwortung. Versteh mich nicht falsch, aber es ist immer gut, wenn Klarheit herrscht."

Rico nickte nachdenklich. „Ich habe gelesen, dass es in Deutschland viel Arbeit gibt. Ich werde arbeiten und…"

„Arbeit? Du machst mir Spaß. Du darfst nicht arbeiten! Du hast ein Touristenvisum mit Arbeitsverbot!"

fiel ihm Wilfried ins Wort.

„Wir sind alle Gefangene," sagte Rico nach einer Weile des Überlegens.

„Gefangene..? Was meinst du..?"

„Aber ich kämpfe!"

„Natürlich, lieber Rico, in einer Demokratie kann man sich gegen alles wehren, wenn du das meinst, doch es gibt Gesetze.."

Schon wollte Wilfried auf das Ausländergesetz verweisen, aber Schweißperlen auf Ricos Gesicht ließen ihn verstummen. Er begriff, dass dieses Thema für ihn von größter Bedeutung war und schämte sich seiner Selbstgerechtigkeit.

„Soweit ich kann, helfe ich dir natürlich," fuhr er fort, „nur möchte ich dir keine falschen Hoffnungen machen. Soviel ich jedenfalls weiß, wird ein Touristenvisum grundsätzlich nicht verlängert. Aber vielleicht gibt es ja andere Möglichkeiten. Ich kenne mich darin nicht aus. Ich werde mich erkundigen. Schmeckt es dir?"

*

Im Grunde hatte er es erwartet. Seine gemischten Gefühle, derer er sich seit seiner ausgesprochenen Einladung nicht erwehren konnte, bestätigten sich. Er hatte sich ein Problem aufgeladen, das war wohl sicher. Aber diese Einladung war für ihn das Mindeste gewesen, um sich erkenntlich zu zeigen, dafür, dass Rico ihn aus einer bedrohlichen Lage gerettet hatte. Ohne ihn, ohne sein Eingreifen, hätte die Sache für ihn sicherlich weniger glimpflich geendet. Mit einem Knüppel hatte er dem einen einen Scheitel gezogen, woraufhin der andere, sich quasi entschuldigend, seinem Kumpan nur noch behilflich war, das Weite zu suchen. Wie Rico berichtete, häuften sich neuerdings in dem Gebiet die Überfälle wieder; es waren nicht nur einzelne Banditen, die Angst und Schrecken verbreiteten, neuerdings fielen ganze Banden plündernd in die Dörfer ein. Auch sein Dorf sei überfallen worden. Mit Gewehren und Macheten seien sie gekommen, und nur weil er und seine Mutter sich zusammen mit einigen Nachbarn in einer eigens angelegten Erdhöhle unter dem Hühnerstall versteckt hatten, war ihnen nichts passiert. Nachdem das Militär gekommen war, hatte zunächst Ruhe geherrscht, doch nach knapp einem Jahr waren die Banditen wieder gekommen.

Die Erinnerung an das Erlebte jagte Wilfried noch immer Schauer über den Rücken.

Den Rest des Abends ließen sie die Ereignisse und ihre gemeinsame Zeit damals revue passieren.

*

Als Lehrer, konnte Wilfried seine Urlaube nicht frei wählen, sondern war an die Schulferien gebunden. So beschränkte sich seine gemeinsame Zeit mit Rico auf die Abende und die Wochenenden. Damit Rico sich unabhängig und frei bewegen konnte, kaufte er ihm eine Monatskarte für die öffentlichen Verkehrsmittel Hamburgs und erklärte ihm, wie er immer zuverlässig zurück nach Hause fand. Auch drückte er ihm hundert Euro und ein Handy in die Hand mit der eingespeicherten Nummer ihres Haustelefons.

Diesen Samstag, wollten sie das schöne Wetter für einen Familienausflug nutzen, Rico den Hamburger Hafen zeigen. Eine Hafenrundfahrt war angesagt.
Landungsbrücken! Sie suchten sich eine kleine, offene Barkasse, von der sie sich ein hautnahes Erlebnis versprachen. Der Wind draußen auf der Elbe war gegenüber dem an Land unerwartet kalt und kräftig. Gleich, als ein größeres Schiff an ihnen vorüber fuhr, klatschten dessen Wellen an die Bordwand ihrer stark schaukelnden Barkasse, deren eine mit Unterstützung der steifen Brise über die Reling kam, wo sie die Ausflügler zur Belustigung der anderen Fahrgäste erwischte. Der Kapitän kommentierte diesen Vorfall mit „Elbtaufe für unvorsichtige Landratten." An einem wärmeren Tag hätten sie diese kalte Dusche wohl mit mehr Humor genommen, nun aber waren sie alles andere als angetan. Nass und verfroren zogen sie sich bald zu den nun mitleidig blickenden, an Tischen sitzenden Passagieren in den geschützten Teil der Barkasse zurück. Nur Rico blieb draußen sitzen, lauschte angestrengt den Informationen aus dem Lautsprecher und betrachtete durch

das mitgenommene Fernglas die beschriebenen Objekte: Schiffe, die im Dock lagen, Werften mit Schiffen im Bau, Kräne, am Kai liegende Kreuzfahrtschiffe, eine Fähre mit Schaufelrädern, einen bulligen, Schlepper, der einen Schwimmkran zog. Was er sah und hörte, schien er förmlich aufzusaugen. Emmis Gedibber nach dem Fernglas überhörte er lange. Sein Interesse für sie war gering, manchmal schien es, als ginge sie ihm auf die Nerven.

Sie war wirklich ein verwöhntes Kind, das dauernd etwas wollte und schmollte, wenn es nicht nach seinem Willen ging. Die Fahrt langweilte sie. Als ihre Eltern ihr bei einem Zwischenstop am Hafenmuseum den Kauf eines Bechers mit ihrem Namen drauf verweigerten, weil sie einen ähnlichen bereits besaß, war sie nach einer Zeit des Jammerns derart bockig, dass sie nicht weitergehen wollte.

Nachdem auch das geduldige Zureden ihrer Eltern nicht fruchtete, schaltete sich plötzlich Rico ein und zog sie energisch weiter, was zu lautstarken Protesten und zur Intervention der Mutter führte: „Rico! Bitte! Es ist besser, du mischst dich nicht ein!" Auch dieser Vorfall diente nicht der guten Stimmung.

Das Hafenmuseum kannte Wilfried ebenso wenig wie Rico, und faszeiniert von den ausgestellten Gegenständen verschiedener Epochen zurückliegender Seefahrtsgeschichte ließen sie es sich nicht nehmen, sie eingehend zu betrachten: ein riesiger Bugspriet, naturgetreue Schiffsmodelle, mannshohe Schiffspropeller, Motoren, Winschen, Anker, beindicke Taue, eine metallene Taucherausrüstung, Kompasse und was noch alles. Sie wussten nicht, wohin zuerst mit den Augen. Zudem gab es vor dem Museum, am Kai liegend, einen Schutendampfsauger und einen Schwimmdampfkran zu besichtigen. Auch standen dort mehrere, nicht mehr in Betrieb befindliche, große Kräne, von denen einer als Plattform für bungee-jumping diente. Ehrfürchtig verfolgten sie, wie sich die Todesmutigen, Männer, wie Frauen, aus über vierzig Metern Höhe in die Tiefe stürzten. Wilfried, der unter Höhenangst litt, grauste beim Anblick der Springenden. Der Rest der Familie und Rico waren von dem Geschehen dagegen sehr eingenommen. Es reizte sie die Vorstellung, es den Aktiven gleichzutun, zumal sie alle unversehrt, wenn auch kopfüber und über der Wasseroberfläche schwingend, wieder ankamen und glücklich erregt schienen.

Am Ende äußerte aber keiner von ihnen den Wunsch, es auch zu wagen. Bis auf Rico. Er wollte unbedingt springen. Die Eintrittskarte für dieses Vergnügen übernahm, innerlich widerstrebend, Wilfried, der aber kein Spielverderber sein wollte. Über mehrere Treppen erklomm Rico die schwindelerregende Höhe, wurde vertäut und sah von der Kante der Plattform in den Abgrund, der Augenblick, an dem sich Wilfried schaudernd abwandte. Ein Schrei, und es war vollbracht. Nach einigem Auf- und Abschwingen zogen ihn die Mitarbeiter mit einem Haken zurück auf den Kai.

Der Eindruck, den er mit dieser Tat bei seinen Gastgebern hinterließ, war tief und nachhaltig, blieb untrennbar mit ihm verbunden.

*

28

Bei einem Glas Sekt am Abend kamen sie auf den Ausflug, insbesondere auf das bungee-jumping zurück. Wilfried äußerte seine Verwunderung darüber, dass sich so viele in diese lebensgefährliche Situation begaben und dafür sogar noch bezahlten.

„Was hat dich zum Beispiel dazu getrieben," richtete er die Frage an Rico. Dieser blätterte emsig in seinem Wörterbuch bis er erklärte, dass es für ihn eine Herausforderung gewesen sei.

„Darum geht es! Die Angst zu überwinden und über den eigenen Schatten zu springen," pflichtete Simone bei. „Das löst bei denen, die sich trauen, ein Glücksgefühl aus, erzeugt sogar, wie ich von meiner Freundin weiß, ein neues Selbstvertrauen. Tanja ist seit ihrem Sprung, damals im Urlaub, viel selbstbewusster und ehrgeiziger geworden, will jetzt auch ihren Beruf wechseln, wie ich ihr schon immer geraten habe." Offenbar in Gedanken bei ihrer Freundin, nickte sie anerkennend.

„Ich nehme an, du wolltest dir und uns beweisen, dass du es kannst," fuhr sie an Rico gewandt fort, der zu überlegen schien.

„Es hat aber auch schon Unfälle gegeben," bemerkte Wilfried. „Das Ganze ist natürlich spektakulär, aber nichts für mich. Ich kann ihm nichts abgewinnen."

An dieser Stelle seufzte Simone hörbar. „Es war klar, dass du das sagen würdest," meinte sie.

Im Weiteren drehte sich das Gespräch um die Speicherstadt. Besonders beeindruckt hatte die Information, dass sie auf im Untergrund steckenden Baumstämmen stand. Was Wilfried darüber hinaus über die Speicherstadt und die neu entstandene Hafencity wusste, gab er weiter.

Bei allem, was Rico erlebt und gesehen hatte, fragte er sich, wie er sich, der alles hinter sich gelassen hatte, nach seinem Aufenthalt in Deutschland, den Eindrücken und Erfahrungen, die er gesammelt hatte, wieder in das Leben in seiner Heimat einfinden sollte. - Er tat ihm leid. Er hatte nichts, außer seinem Leben und dem, was er auf dem Leib trug, und seine Zukunft war ungewiss. Dessen ungeachtet, beklagte er sich nicht. Wilfried verstand Simones Ablehnung nicht, und dass sie dem Ende des Besuchs entgegensah. Ein Maß an Verständnis, ein Mitfühlen mit dem Anderen, nicht nur in diesem Falle, war etwas, was er an ihr vermisste.

*

Rico hatte keinerlei Probleme, sich in der für ihn neuen Welt zurechtzufinden. Er benahm sich, als lebte er schon jahrelang in Deutschland. Binnen weniger Tage kannte er sich mit den häuslichen und landläufigen Gepflogenheiten aus. Das Lösen einer Fahrkarte am Automaten und die Handhabung des Handys fiel ihm genauso leicht, wie der Umgang mit dem Computer, an dem er Stunden zubringen konnte. Doch besonderes angetan hatte es ihm der Staubsauger. Wann immer sich Krümel auf dem Boden fanden, war er mit ihm zur Stelle und sorgte ausdauernd für Sauberkeit.

*

Manchmal ging er morgens aus dem Haus und kam spätabends wieder. Er sei durch die Stadt gelaufen, erzählte er dann und beschrieb unter Nennung von Straßennamen, Haltestellen und Sehenswürdigkeiten, wo er gewesen war. Die Kirchen schienen eine besondere Anziehungskraft auf ihn auszuüben. Keine an der er vorbeigekommen wäre, ohne zu versuchen, die Tür zu öffnen. Dort, wo er eintreten konnte, fühlte er sich nach einigen Momenten des Staunens und Schauens auf eigene Art aufgehoben. Die Stille, die ihn dort mit dem Schließen des Portals im Dämmerlicht umfing, die hohen Gewölbe und Säulen, das bunte Glas der großen Fenster, die flackernden Kerzen, die ihr gedämpftes Licht, auf geheimnisvolle, steinerne Figuren und einige in Stille verharrenden Besucher warfen, die fremden Töne leise einsetzender Musik, hatten auf ihn eine besondere Wirkung, derart, dass er in einen Zustand völliger Regungslosigkeit, eine Art Dämmerzustand verfiel, ähnlich dem bei seinen Meditationen, der seine ständigen Gedanken um seinen Aufenthalt, die wie unruhige Insekten zwischen Hoffnung und Beklemmung hin und her schwirrten, für eine wohltuende Weile durchbrach.

*

Wilfried war beunruhigt. Nicht erst seit Ricos Einreise, schon vorher, als sein Besuch begann, konkret zu werden, war ihm klar gewesen, dass Rico den Wunsch haben könnte, zu bleiben und mit seiner Hilfe rechnete. Wie sollte er sich auch nicht wünschen, bleiben zu können? Wer einmal das Leben dort, wo Rico herkam, kennen gelernt hatte, verstand ihn nur zu gut. Inzwischen hielt er seine Einladung für einen Fehler. Es war vorauszusehen gewesen, dass für Rico eine Rückkehr in seine Heimat äußerst problematisch sein würde. Die Einladung hatte falsche Erwartungen geweckt und dazu geführt, dass er alle Brücken hinter sich abgebrochen hatte. Sich wieder in die alten Verhältnisse einzugewöhnen, wieder Fuß zu fassen, von vorn anzufangen, war fraglos eines der Schwersten. Er gab sich eine Mitschuld an Ricos Lage, die durch seine Einladung entstanden war. Es hätte durchaus andere Möglichkeiten gegeben, sich für seine Rettung erkenntlich zu zeigen. Doch nun war Rico da und hatte vom ersten Tage an keine Zweifel an seinen Absichten gelassen. Die Probleme waren vorprogrammiert.

Schon gab es im Hause wegen Rico Meinungsverschiedenheiten. Alles in allem war Simone nicht angetan von der herrschenden Situation mit einem Fremden im Haus. In vier Wochen hatte sie eingewilligt.

Vier Wochen! Das war die Abmachung gewesen, nicht länger. Das empfand Wilfried allerdings auch: mit Rico war etwas Fremdes ins Haus gekommen, das ihr gewohntes Zusammenleben beeinflusste. Er konnte in Ricos Gegenwart nicht unbefangen reden wie sonst, empfand Scham, wenn sich ihre Unterhaltung um Einkäufe, Vorbereitung einer Geburtstagsfeier, Urlaubsplanung oder irgendwelche

Anschaffungen drehte.

Gleichzeitig hatte Wilfried den Überfall vor Augen, die beiden Gesellen, die ihm das Messer an die Kehle gehalten hatten, als er sich am Boden liegend wehrte. Ein Moment, in dem für ihn die Möglichkeit, nicht zu überleben, durchaus real gewesen war. Durch Ricos Eingreifen war es bei einer kleinen Stichverletzung geblieben.

Rico! Ihm verdankte er, dass er wieder zu Haus bei seiner Frau und seinem Kind war, sein Leben weiterleben konnte. Er stand in seiner Schuld, und durch die Einladung war sie nicht geringer geworden.

„Du hast gesagt, dass du nicht wieder in deine Heimat zurückkehren willst..,“ nahm Wilfried Rico nach dem Essen beiseite.

Rico nickte. „Dort habe ich nichts mehr. Meine Mutter ist tot, und das Haus habe ich verkauft. Entweder ich bleibe oder ich sterbe.“

Es war die grausame Härte des Lebens mancherorts, die bis dato nur über die Medien zu ihnen gedrungen war und nun in Person von Rico in ihrem Wohnzimmer stand.

„Wie konntest du das tun? Du musstest doch wissen, dass das nicht möglich ist. Wir hatten vereinbart: vier Wochen! Ein Besuch von vier Wochen! Nach vier Wochen läuft dein Visum ab, dann ist dein Aufenthalt illegal. Und dann? “

In Wilfrieds anschwellender Stimme lag entschiedenes Missfallen.

„Alle Menschen sind gleich,“ erklärte Rico darauf, „sie sind eine große Gemeinschaft, in der alle gleichberechtigt sind. Ich glaube so ähnlich steht es auch in eurem Gesetz. Warum soll ich mich nicht frei bewegen können, dort leben, wo es mir gefällt? Die Menschen teilen sich diese

Welt, sie gehört allen!"

„Lieber Rico," antwortete Wilfried, „das ist dein Standpunkt, und er mag ja so gesehen richtig sein, aber die Welt ist nun mal aufgeteilt in Staaten und Länder. Wir sind in Deutschland, und es gibt Gesetze. Wir müssen der Realität ins Auge sehen. Als einzigen Ausweg sehe ich, dass du einen Asylantrag stellst. Damit erreichst du, dass dein Aufenthalt vorerst nicht illegal wird.., es ist ein Zeitgewinn, aber was dann kommt..." Er verzog sein Gesicht und hob und senkte vage die Schultern, während Rico ernst an ihm vorbei sah.

*

Rico kam aus einem der ärmsten Länder, in dem in Relation zu den Industrieländern die Lebensbedingungen denen des Mittelalters glichen. Die Menschen dort arbeiteten, um zu leben für die Nahrung, die sie brauchten, um am nächsten Tag wieder arbeiten zu können, für die Nahrung, die sie brauchten, um... jeden Tag aufs Neue. Eine schwere, körperliche Arbeit, die zur Erfüllung einfachster Grundbedürfnisse reichte: ein Dach über dem Kopf, Essen und Trinken.

Anders als seine Eltern und die übrigen Bewohner ihres Dorfes, hatte er sich schon früh, als Heranwachsender, Gedanken über die Mühsal ihres Lebens und ihre Fruchtlosigkeit gemacht. Er sah seine Eltern Tag um Tag ihre beschwerliche Arbeit tun, den Vater den Schwefel aus dem Krater holen, die Mutter das Gemüse aus dem Garten bereiten und auf der Feuerstelle Feuer machen. Ihre Arbeit reichte für ein den dortigen Verhältnissen entsprechenden Dasein: ein bisschen Tabak und hin und wieder ein Huhn aus dem Stall. Seine Eltern und Freunde hatte er wohl manches Mal seufzen hören über die Beschwerlichkeit des Lebens, doch mangels anderer Möglichkeiten hatten sie sich in ihr Los gefügt, wie auch er.

Schon in diesen frühen Jahren war eine Sinnenleere in ihm gewachsen, waren seine Gedanken an die Zukunft beherrscht von der Armseligkeit ihres Daseins. Dann musste er etwas unternehmen. Er hatte einen Weg gefunden, um diesen Anwandlungen zu entkommen: sich verausgaben und vergessen im Spiel mit dem Ball, beim Kunststückeeinstudieren: den Ball hintereinander, so oft es ging, mit dem Kopf gegen den Felsen stoßen, oder den abprallenden Ball mit dem Körper, den Beinen den Füßen, dem Kopf aufzufangen und, ohne dass er zu Boden fiel, zurückzugeben, wieder und immer wieder, bis zur Erschöpfung.

Mit seinen Übungen und sich einstellenden Erfolgen dieser Ertüchtigung überwand er seine lähmenden Gefühle. Bis sie immer seltener wurden und schließlich ganz verschwanden, als via Satellit die übrige Welt, die er nur vom Hörensagen kannte, zu ihnen in die Hütte kam.

Es war die Zeit, als der Glanz in seinen Augen zurückkehrte, als an die Stelle seines Trübsinns eine Idee rückte, die ihn gänzlich gefangen nahm. Es gab für ihn nur noch ein Ziel: diese andere Welt! Dorthin fahren, irgendwie und irgendwann.

*

Sein Leben diesem Ziel unterordnend, hatte er begonnen, statt zwei- dreimal in den Krater zu steigen, wie sein Vater, und das verdiente Geld für sein Unternehmen, in einem eigens angelegten, auch vor seinen Eltern verborgenen Versteck hinter einem Wandbrett, zu sparen. Wohin die Reise gehen sollte, in welches Land, diese Frage hatte er bis zur Bekanntschaft mit Dr. Sali noch nicht entschieden, nur *Dorthin* musste es sein. Als diesem anlässlich des Fernsehkaufs, zu dem er Rico in seinem Wagen mitgenommen und ihm eine Übernachtungsmöglichkeit in seinem Haus gegeben hatte, sein Interesse für ein bestimmtes Buch, ein Lehrbuch der deutschen Sprache, aufgefallen war, hatte er es ihm geschenkt.

Fortan nahm das Buch den ersten Platz in Ricos Leben ein. Er widmete ihm mehr Zeit als seiner Mutter, deren Krankheit ihn nicht um seine Träume bringen sollte. Sie war krank und würde bald sterben. - Das war sicher. Das sagte Dr. Sali. Er konnte ihr nicht helfen, niemand konnte es. Das Deutschbuch half ihm, an etwas anderes zu denken, entführte ihn im Geiste in die andere Welt. Wenn er bei seiner Mutter saß, beschäftigte er sich regelmäßig mit ihm. Da sie nur noch lag und hindämmerte, fragte er sich, ob es für sie einen Unterschied machte, ob sie jetzt oder später stürbe. War ihr Leben schon immer schwer gewesen, war es jetzt nicht mehr lebenswert. Sie litt Qualen, und immer öfter wusste sie nicht, wo sie war, dachte, sie flöge durch die Lüfte. Gesagt hatte sie es nie, aber ihre Augen hatten es ihm verraten, dass sie dieses Leben nicht mehr wollte.

Als seine Mutter schon nicht mehr das Haus verlassen konnte, war er Wilfried begegnet, dem Bildungsreisenden. In seiner Gegenwart hatte er nur noch deutsch gesprochen, mit der Folge, dass seine Lust an dieser Sprache bald seine Lust am Ballspiel übertraf. So war es nicht ausgeblieben, dass seine Deutschkenntnisse innerhalb kurzer Zeit exponentiell gewachsen waren.

*

Manchmal besuchten Wilfried Schüler seiner Klasse. Er sah es gern und freute sich über ihre unbefangene Einstellung ihm gegenüber.

Als es klingelte, standen Jacob und Julian vor der Tür. Sie gehörten einer ökologisch engagierten Gruppe von Schülern an, die schon durch Demonstrationen gegen alles, was der Abwehr des Klimawandels zuwiderlief, von sich reden gemacht hatte. Sicherer Schulweg. Tempo 30, Radwege gehörten zu ihren Anliegen, ebenso Baumfällungen und Tierquälerei.

Sogleich fühlten sie sich wie zu Haus, schalteten den Fernseher an und amüsierten sich über die Nilpferde eines Zoos, verglichen das größte mit ihrer Mitschülerin, Nadine.

„Also Freunde, so nicht," ermahnte Wilfried sie.

„Herr Isenfeldt, können Sie uns schon die Zensuren vom Diktat sagen?"

Wilfried schüttelte den Kopf.

„Herr Isenfeldt, Sie haben doch nächste Woche Geburtstag. Wie alt werden Sie eigentlich?"

„Neunundvierzig!"

„Haben Sie vielleicht einen Ball? Wir würden gern etwas Fußball spielen."

Er holte einen Ball und ging mit ihnen in den Garten, auch Rico schloss sich dem Spiel an. Jacob geriet schnell außer Atem und traf den Ball oft nicht. Das tat dem Spaß keinen Abbruch. Jacob lachte mit, wenn sein weit ausholendes Bein ins Leere stieß und sein Schwung ihn zu Boden riss.

Da geschah etwas Erschreckendes. Jacob stand nicht wieder auf. Statt dessen blieb er mit aufgerissenen Augen langgestreckt liegen. Schaumiger Speichel drang aus seinem Mund, seine Beine zuckten wild umher, und er gab unartikulierte Laute von sich, sein ganzer Körper wand sich in Krämpfen. Entsetzt beugten sie sich über ihn. Wilfried, der nicht zum ersten Mal Jacob von einem solchen Anfall heimgesucht sah und wusste, was zu tun und lassen war, redete beruhigend, aber wirkungslos auf ihn ein. Nach zwei oder drei Minuten wurden die Krämpfe weniger, doch Jacob atmete schwer.

Als er aufzustehen versuchte, griffen sie ihm unter die Arme und trugen ihn ins Haus. Er war sehr müde und wusste nicht, wo er war. Seine Mutter kam. Sie strich ihrem auf dem Sofa liegenden Sohn das Haar aus der Stirn und legte den Arm um seinen Kopf. Sie erfuhren, dass er die Krankheit wahrscheinlich ererbt hatte. Schon sein Großvater sei von dieser Krankheit befallen gewesen, und auch sie, seine Mutter, sei nicht frei davon. Schließlich hatte er sich soweit erholt, dass Wilfried sie nach Hause fahren konnte.

*

Eine illustre Gesellschaft hatte sich zu Wilfrieds Geburtstag eingefunden. Ein von gedämpfter Musik unterlegtes Stimmengewirr erfüllte die Räume und drang durch die offene Terrassentür nach draußen.

Neben seinen Eltern waren auch seine Schwester gekommen, Arbeitskollegen und Freunde. Sie unterhielten sich angeregt, das hieß, in erster Linie war es sein Vater, ein pensionierter Lehrer und begeisterter Bergwanderer, der die Gesprächsführung übernommen hatte. Es war wohl nicht das erste Mal, dass er von seinen Bergtouren erzählte, denn seine Frau unterbrach ihn wenig taktvoll, indem sie ihm direkt sagte, dass sie nun genug von seinen Bergen gehört hätten, worauf er seine Schilderungen mitten im Satz beendete.

Unter den vielen Fremden und umgeben vom undurchdringlichen Gewirr fremder Laute, fühlte sich Rico, trotz des ihm entgegengebrachten Wohlwollens, allein und hielt sich unauffällig im Hintergrund.

Als der Vater ihn erblickte, wandte er sich ihm, dem „ausländischen Gast," zu. Er erzählte, dass er Wilfrieds Vater sei und aus Kassel komme, wo auch Wilfried geboren sei und bis zu seinem Schulabschluss gelebt habe. Er fragte Rico nach seinem Geburtsort, dessen Name ihm nichts sagte, und wo er ungefähr liege. Die Topografie des Gebiets, aus dem Rico kam, interessierte ihn sehr. Ihr Gespräch drehte sich im folgenden um den Vulkanismus dort. Kopfschüttelnd reagierte er auf die verbreitete Art, den Lebensunterhalt durch eigenhändigen Schwefelabbau zu bestreiten. Der werde doch längst industriell hergestellt, meinte er.

Nach dieser Unterhaltug verloren sich Ricos gemischte Gefühle, und er schloss sich den sich am Buffet Bedienenden an.

Whisky/Cola! Das schmeckte und wirkte angenehm belebend. Sobald Rico sein Glas geleert hatte, begab er sich wieder zum Tisch mit den Getränken, die in einem nicht endenden Überfluss vorhanden waren. Bald schien ihn eine Leichtigkeit auf Flügeln zu tragen. Wie in einem Traum bewegte er sich zwischen den Gästen, stellte sich vor und schüttelte Hände. Wie herzlich, wie freundschaftlich verbunden sie ihm entgegen traten. Alle mochten ihn und er mochte alle. Vor Glück hätte er weinen mögen. Mit einem der Gäste, einer jüngeren Frau, kam er ins Gespräch. Sie wollte wissen, wie das Leben in seinem Land sei, aber aus irgendeinem Grund verfiel er in seine Sprache. Dass sie ihm sagte, sie verstehe ihn nicht, konnte seinen Redefluss nicht bremsen. Sie war sehr groß, größer als er, und es belustigte sie, dass ihn ihre hochhackigen Schuhe zu faszinieren schienen. Sie zog sie aus und ermunterte ihn, in ihnen ein paar Schritte zu machen. Sich von einem Gast zum anderen hangelnd, stolperte er vorwärts, sehr zum Vergnügen der Umstehenden. Schon wollte sich der ebenfalls anwesende Jacob in dieser Übung versuchen, da setzte der Vater dem Spiel ein Ende.

Sein anfängliches Gefühl von Einsamkeit und Verlorenheit im allgemeinen Gelärme hatte nach ein paar Gläsern seines Getränks nachgelassen und war nach weiteren gänzlich verschwunden.

Rico fühlte sich ungewohnt frei und leicht und tat das Seinige, um diese schöne Stimmung zu erhalten. Der Tisch, auf dem die Getränke und Gläser standen, wirkte wie ein Magnet auf ihn. Anfangs verstohlen, dann entgegen der ihm eigenen Bescheidenheit, ungeniert, bediente er sich. Doch was war das? Hilfe! Der Boden schwankte!. Ein Erdbeben? Er musste sich festhalten. Zudem begann sich das Zimmer zu drehen, oder war er es, der sich drehte? Gott sei Dank, der Schrank gab ihm Halt. In seinem Kopf sauste es, und eine schmutzige Übelkeit drängte nach oben. Kaum, dass er es in den Garten geschafft hatte, kam der Schmutz unter schmutzigen Geräuschen heraus.

Er fand sich auf dem Rasen liegend wieder und schaute in den wolkengrauen Himmel. Bilder seiner Mutter, seines Zuhauses, des Vulkans kamen und gingen. Dann war der Gedanke an seine unsichere Lage, sein in vierzehn Tagen auslaufendes Visum, die alte Schwere wieder da. Sein Kopf drückte und brummte. Musik und Stimmengewirr drangen aus der Terrassentür. Schleunigst rappelte er sich auf, bevor ihn jemand sah. Er ging zurück ins Haus, wo sich Wilfried angeregt mit einigen der Gäste unterhielt. Noch etwas benommen, setzte er sich in eine Ecke des Zimmers und betrachtete die Deutschen bei ihrer Unterhaltung. Er beneidete sie. Wussten sie, wie gut sie es hatten? Ohne Sorge um ihre tägliche Nahrung, ohne sich anstrengen zu müssen, lebten sie in dieser komfortablen Welt, die ihnen alle Möglichkeiten bot. Er fragte sich, warum die Entwicklung in seinem Land nicht vergleichbar fortgeschritten war. Er wusste jedoch, dass es darauf nicht nur eine Antwort gab, und stellte ermüdet seine Überlegungen ein.

Bruchstückhaft gelangten zwischen den Klangwellen der Musik einige Worte der Unterhaltung an sein Ohr. Er hörte etwas von einem Trampeltier. Es lebte in Amerika, wo es über die Grenzen hinaus sein Unwesen trieb. Es trampelte nieder, was andere mühevoll errichtet hatten. Es schien gefährlich zu sein für alle Menschen und die Welt.

Bald ging es ihm wieder besser. Die Übelkeit war fast weg, aber eine Müdigkeit befiehl ihn. Die Musik und die Stimmen entfernten sich weiter und weiter. Schon wollten ihm die Augen zufallen, da kam ein kleiner Junge zu ihm und fragte, ob er mit ihm Eisenbahn spielen wolle. Auf sein zögerndes, fragendes Lächeln ergriff der Kleine seine Hand und führte ihn über den Flur, die Treppe hinauf in Emmis Zimmer. Dort lagen auf dem Fußboden verstreut Schienen, ein paar davon waren schon zu einer Geraden mit anschließender Kurve zusammengesetzt. „Komm!" sagte der Kleine, indem er sich auf den Boden setzte „wir bauen eine schöne Strecke."

Rico folgte seinem Beispiel, und zusammen fügten sie Schiene an Schiene zu einem der Geometrie unbekannten Gebilde. Die erste Probefahrt mit der batteriebetriebenen Lokomotive verlief sehr zufriedenstellend und weckte den Wunsch nach Erweiterung, auch bei Rico, den diese spielende Beschäftigung unvermutet wieder munter machte. Als von den umher liegenden Schienen keine mehr übrig war, hob der Kleine triumphierend den Deckel einer Truhe hoch, die bis zum Rand mit Schienen, Waggons, kleinen Häusern, und Holztieren gefüllt war. Der Inhalt der Truhe bot der Entfaltung ihrer Fantasie alle Möglichkeiten. Am Ende erstreckte sich ihr Schienennetz, über die gesamte Bodenfläche des Zimmers, verlief unter dem Bett, über einen durch Zeitschriften gebildeten, sacht ansteigenden Hügel, am Regal entlang, in einer Schleife mittels einer Brücke über das Gleis hinweg, unter dem Schrank hindurch, mit einer durch Weichen ermöglichten Abzweigung diagonal in die gegenüberliegende Ecke, um dort wiederum mittels einer Weiche in die ursprüngliche Strecke einzufädeln, während an der ersten Weiche die Weiterfahrt auch geradeaus zum Bahnhof, dem Ausgangspunkt, möglich war.

„Wie heißt du?" wollte der Kleine wissen. „Rico. Und du?" „Max! Spielst du gern Eisenbahn?" „O ja, sehr gern!" Der Kleine nickte zufrieden.

„Wir brauchen einen Tunnel!" stellte er nach einigen gefahrenen Runden fest, und schon hatte er ein paar aufgeschlagene Bücher über das Gleis gestellt. Der Zug verschwand unter ihnen und tauchte wieder auf.

Eine Weile waren sie so zufrieden, verfolgten den Zug mit ihren Blicken. Kühe und Pferde säumten nun die Strecke, eine Schranke, an der Menschen und Autos warteten, Häuser und Bäume waren dazu gekommen. Je nachdem wie Max die Weiche stellte, fuhr der Zug diagonal oder machte die Runde.

Um sich sehend, entdeckte Max eine weitere Lokomotive. Zwei Züge auf einer Strecke machte das Ganze noch interessanter, um nicht zu sagen spannend, da nun durch beherztes Weichenstellen Zusammenstöße abgewendet werden mussten. Über eine Stunde hatte sie ihr Spiel beschäftigt. Überrascht stellte Rico fest, dass während ihres Spiels die Ungewissheit seiner Zukunft in seinem Kopf keine Rolle mehr gespielt hatte.

Als er sich wieder zur Gästeschar gesellte, war die Musik so laut gestellt, dass eine Unterhaltung nicht mehr möglich war. Eine von Wilfrieds Kolleginnen, griff seinen Arm und zog ihn zwischen die Tanzenden. Anfangs eckig in seinen Bewegungen, passte er sich den anderen bald an. Die Unkompliziertheit des Zusammenseins mit dem Jungen setzte sich fort. Den Rest des Abends verbrachte er tanzend.

*

Ricos Gemütsverfassung schwankte wie ein Halm im Wind. Je mehr Zeit verging, desto unruhiger wurde er. Die Zahl der auf seinem Visum angegebenen Tage nahm ständig ab, ohne dass sich etwas an seiner Lage änderte. Die Uhr tickte. Seine Nervosität hatte ihn seines Interesses und Elans beraubt, die fremde Stadt und das fremde Leben weiter zu erkunden. Überwiegend hielt er sich nun in der Umgebung des Hauses auf, durchstreifte einsam und ziellos die fremden Straßen und Parks, mit den Aussichtspunkten, von wo der Blick über den Fluss und das sich dahinter erstreckende Dunkelgrün der Landschaft bis zum Horizont reichte.

Der Ausblick sagte ihm nichts. Seine Befürchtung, das Land in nächster Zukunft verlassen zu müssen, schwebte wie ein Schicksalsschwert über ihm, hielt seine Gedanken gefangen, die unausgesetzt und quälend um das Problem kreisten. Es musste einen Ausweg finden! Nach allem, was er erfahren hatte, konnte er seinen Aufenthalt durch einen Asylantrag nur etwas verlängern, wenn er Glück hatte und sich die Bearbeitung hinzog. Armut und schlechte Lebensbedingungen waren keine Asylgründe.

Die Möglichkeit des Scheiterns und die Vorstellung der Konsequenzen, die sich in diesem Falle für ihn ergaben, machten, dass er sich an Strohhalme der Hoffnung klammerte. Wer sagte denn, dass die Mörderbanden in seinem Land kein Asylgrund waren? Wilfried war sein Zeuge. Er konnte bestätigen, dass es seitens der Regierung keinen Schutz in den entlegenen Gebieten gab. Auch kam es andererseits vor, dass die Soldaten Leute erschossen oder mitnahmen, die sie fälschlich für Separatisten hielten. Aber wenn alles nichts nützte, wenn er kein Asyl erhielt, womit er rechnen musste, was dann? Er wusste es nicht und suchte sich Orte, wo es ruhig war, die leeren Parks und die Kirchen. Eine Rückkehr war für ihn ausgeschlossen.

*

Auf einem seiner Wege durch die Umgebung kam er an einem Spielplatz vorbei, auf dem sich einige größere Kinder balgten. Sie lachten und schubsten sich. In dem einen Jungen, der zu Boden fiel, erkannte er Jacob. Ein anderer schlug und trat nach ihm. Nachdem es ihm zunächst gelungen war, sich wieder aufzurichten, brachte er ihn im Schwitzkasten erneut zu Boden, so dass er, kaum fähig, sich zu wehren, unter ihm lag. Er keuchte und zappelte, während der andere seinen Griff fester zog.
Rico zögerte nicht. „Ende! Ende!" rief er. Doch erst, als er ganz dicht bei ihnen war, ließ der Junge von ihm ab.
„Er schuldet mir noch einen Euro," meinte er und machte Anstalten, Jacob erneut zu schlagen. Rico stellte sich rechtzeitig dazwischen, und als der Junge, ein Halbwüchsiger schon, auch Rico treffen wollte und den anderen aufforderte, es ihm gleich zu tun, gab er ihm eine Ohrfeige.
Rico brachte Jacob nach Haus. Auf ihr Klingeln in der vierten Etage öffnete Jacobs Mutter, die Rico vor

einigen Tagen bereits kennen gelernt hatte. Offensichtlich hatte sie gerade geduscht und war nicht vollständig bekleidet. Ihr Haar war nass, ihr Körper oberhalb des Slips war mit einem Handtuch bedeckt. Aus Jacob sprudelten die Geschehnisse vom Spielplatz heraus. Soviel verstand sie zunächst, dass Rico ihrem Sohn gegen jemand anderen verteidigt hatte. Sie bat auch ihn herein, entschuldigte sich und kehrte kurz darauf in eine Jogginghose und ein T-shirt gekleidet zurück.

„Ich mach uns einen Kaffee," erklärte sie, nachdem Jacob ihr nun der Reihe nach berichtet hatte, was vorgefallen war, wobei er sich an Rico drückte. Auch seine Mutter dankte ihm, und strich ihm über seine Hand.

„Gottseidank hat er nicht schon wieder seinen Anfall bekommen, bei Stress und Aufregung passiert das nämlich leicht," sagte sie.

Sie war eine kleine, leicht untersetzte Frau von etwa dreißig Jahren mit einem Gesicht, in dem die Augen auffallend dicht beieinander standen, und sich die Nase mit einem langen, weichen Schwung hervorhob. Ihr noch nasses, nach hinten gekämmtes, honigfarbenes Haar lag im Nacken auf ihrem Shirt, wo es feuchte Flecke hinterließ. Unter ihrem Shirt mit der Abbildung einer Mickey Maus zeichneten sich ihre Konturen ab.

Ricos bisheriges Leben in dem fernen Land interessierte sie sehr. Sie wurde nicht müde, ihn auszufragen, wo er genau herkam, ob er eine Frau und Kinder hatte, ob es in seinem Land auch die Mehrehe gab, dort auch Kaffee getrunken, Kartoffeln und Brot gegessen wurde, was für ein Klima dort herrschte.

„Hast du auch Fotos?" wollte sie wissen.

Er kramte aus seinem Rucksack zwei Schwarzweißbilder hervor, auf denen, kaum noch erkennbar, jeweils seine Mutter und sein Vater zu ahnen waren.

„Ich habe sie immer bei mir," erklärte er.

„Das sieht man!" meinte Marie und betrachtete sie eingehend, „willst du ein paar von mir und meinen Eltern sehen?"

Sie brachte einen mit Fotos gefüllten Schuhkarton. Und zeigte ihm Bilder von sich als Kind, ihren Eltern und ihrem Elternhaus, von Jacob und seinem Vater, mit dem sie nicht verheiratet war, von einem Urlaub in Italien und allemöglichen Schnappschüsse.

Um ihm alles genau zu zeigen und zu erklären war sie dicht an ihn heran gerückt, so dass er deutlich die Berührung und an seinem Ohr ihren Atem spürte. Beides verwirrte ihn und erzeugte in ihm eine Hitzeaufwallung.

„Du bist anders," sagte sie unvermittelt, indem sie ihm über den Arm strich. „anders als die deutschen Männer.. Wie ist es bei Euch, zwischen Mann und Frau, in deinem Land?"

Rico hob und senkte unbestimmt die Schultern.

„Bei uns ist alles ganz anders. Unsere Häuser sind klein und haben nur ein Zimmer, in dem gekocht und geschlafen wird. Die ganze Familie wohnt und schläft dort, die Eltern und die Kinder und manchmal auch die Großmutter oder der Großvater. Wir haben keine Maschinen, die uns bei der Arbeit helfen. Es gibt dort kein fließendes Wasser aus dem Wasserhahn, wie hier, wir müssen es vom Brunnen ins Haus tragen. Wenn wir nicht jeden Tag arbeiten, haben wir kein Essen, und wenn wir kein Essen haben, können wir nicht arbeiten, und wenn wir nicht arbeiten und kein Essen haben, können wir nicht leben. So ist das bei uns. Der Mann hilft der Frau, wenn er Zeit hat, bei der Arbeit im Haus, doch meistens hat er selbst viel zu tun. Wenn einer krank wird, muss der andere allein für alles sorgen.

Bei uns gab es ja zum Glück noch mich, als der Vater krank wurde" setzte er hinzu.

„Leben deine Eltern noch?" fragte sie.

Rico schüttelte den Kopf und beschrieb mit dem Finger Kreise auf dem Tisch.

„Das tut mir sehr leid." sagte sie und strich ihm über die Hand.

„Das Leben bei uns ist schwer." fuhr er nach einer Weile fort, „besonders für die Frauen. Hier haben sie alle einen Beruf und verdienen Geld. Bei uns verdient der Mann das Geld, und die Frau ist zu Haus. Sie kümmert sich um das Essen und Trinken und die Kinder. Sie werden viel früher alt, als die Frauen hier. Ein paar Jahre nachdem sie geheiratet haben und Kinder haben, hat ihr Gesicht schon Falten und ihr Haar ist grau."

„Das liegt an den erschwerten Lebensumständen," bemerkte sie dazu.

Rico nickte, und es trat eine Stille ein.

„Und wie findest du die Frauen hier?" fragte sie, wie um den plötzlichen Schatten auf der Stimmung zu vertreiben.

Rico holte tief Luft.

„Das ist schwer.." sagte er, „sie sind ganz anders.. moderner..das sieht man an ihrer Kleidung und der Farbe in ihrem Gesicht - sie sehen jung aus, auch wenn sie schon älter sind."

„Älter.. wie alt, denkst du, bin ich?"

Rico sah sie prüfend an. „Zwanzig und fünf?"

„Du bist ein Charmeur! Ich bin einunddreißig!" Sie stieß ihn von sich und zwickte ihn neckend in die Seite.

Sie sahen sich nun täglich. Sie hieß Marie und war eine alleinerziehende Mutter, die in der Altenpflege arbeitete. Sie hatte keine Scheu, sich ihm zu nähern, zeigte ihm offen und direkt, dass sie sich von ihm angezogen fühlte. Schon bei ihrer nächsten Begegnung war es nicht bei einem Kuss geblieben.

Das war neu für Rico, dass die Initiative zur körperlichen Nähe von der Frau ausging. In seiner Heimat waren die Frauen anders, sie gaben sich zwar auch zu erkennen, direkte Berührungen kamen in der Phase der Annäherung, jedoch niemals zuerst von ihnen, sondern gingen immer vom Mann aus. In diesem Fall war es umgekehrt. Marie, die Ricos Schüchternheit sehr schnell erkannt hatte und schon immer für klare Verhältnisse war, hatte das Heft des Handelns in die Hand genommen. So war es nicht ausgeblieben, dass sich innerhalb weniger Tage zwischen ihnen ein vertrautes Miteinander entwickelte.

*

Ricos Leben hatte von einem Tag auf den anderen eine solche Wende genommen, dass er sich in stillen Momenten fragte, ob er träume oder wache. - Nein! Er träumte nicht. Die Realität stellte jeden Traum in den Schatten.

Und schon beschäftigte ihn wieder ein bestimmtes Datum, das sein Glück schnell in einen Traum zurückverwandeln konnte. Auch auf die Gefahr hin, dass es zur Entzauberung ihres Verhältnisses führen könnte, sprach er die ablaufende Gültigkeit seines Visums an.

„Du erzählst mir nichts neues," sagte sie, „ich weiß das alles. Wir müssen etwas tun. Bist du ganz sicher, dass du bleiben möchtest?" Er war`s.

Sie entschieden, einen Asylantrag zu stellen, und zwar unter Hinzuziehung eines Anwalts.

Nach einem Telefongespräch mit Wilfried saßen sie zwei Tage später im Büro von Dr. Wijantchi, einem fremdländisch aussehenden Rechtsanwalt, der, wie sie erfuhren, selbst vor Jahr und Tag als Student nach Deutschland gekommen war. Sein Spezialgebiet war das Ausländerrecht. Er hatte viel Erfahrung und kannte jeden Sachbearbeiter der Ausländerbehörde nicht nur mit Namen.

Bei ihm, hatte Wilfried gesagt, seien sie in guten Händen.

Im Verlauf der Unterhaltung druckte er ein Formular aus, in dem stand, dass Rico sein Mandant sei, und einen Asylantrag stelle. Er erklärte ihm, dass er den Antrag an die Asylabteilung der Ausländerbehörde leiten werde und bat ihn noch um seine Unterschrift unter ein Formular, auf dem Vollmacht stand, ohne die, weder er noch die Ausländerbehörde tätig werden dürften. Außerdem brauchte er noch eine detaillierte Begründung zu seinem Asylantrag,

Er solle die Begründung in Ruhe zu Hause schreiben und in den nächsten Tagen bei ihm abgeben.

Er erzählte noch Manches zum Ablauf des Verfahrens, sprach von Registrierung, einer medizinischer Untersuchung, von Fingerabdrücken, von einem Bundesamt, einer Verteilung und einem Schlüssel.

Rico und Marie schwirrte der Kopf, so dass sie einige der Informationen nur noch akustisch erreichten.

Die Sache mit der Begründung schien ihnen zunächst das Wichtigste zu sein und beschäftigte sie in den folgenden Stunden.

Noch am selben Tag erstellten einen „Rohentwurf."

Der nächste Tag gehörte der Reinschrift. Für den Inhalt war Rico zuständig, die Formulierung und die Rechtschreibung waren Maries Angelegenheit.

Das Ergebnis ihrer Gemeinschaftsarbeit lautete wie folgt:

Begründung meines Asylantrags

Ich bin nach Deutschland gekommen, da ich in meinem Land um mein Leben fürchte. Es gibt dort die „Revolutionären Garden", die gegen die Regierung kämpfen. Um ihren Einfluss zu vergrößern, hatten sie zunächst versucht, die Bevölkerung, vor allem im Osten des Landes, woher ich komme, auf ihre Seite zu ziehen, erst durch Versprechungen, dann durch Drohungen und Tyrannei. Inzwischen schrecken sie vor keiner Gewalttat zurück, um ihre Macht zu vergrößern. Sie überfallen die Dörfer und töten jeden, der sich ihnen in den Weg stellt. Mein Leben verdanke ich nur der Tatsache, dass ich ein Versteck unter unserem Hühnerstall angelegt hatte, in das meine Mutter, eine Nachbarin und ich flüchten konnten. Die Nachbarin heißt Aliwa, sie kann die Wahrheit dieser Angaben bezeugen.

Darauf führte das Militär Säuberungsaktionen durch, bei denen es auch gegen Anhänger der eigenen Regierung vorging, die es fälschlich für Rebellen hielt. Da es sich um „Gardengebiet" handelt, stehen seine Bewohner unter Generalverdacht, dem Verdacht, den Garden anzugehören, der Grund dafür, dass viele Leute willkürlich verhaftet und in den Verhören durch Folter zu Geständnissen gezwungen werden. Ich selbst hatte das Glück, dass mir bei einem solchen Verhör nur ein Finger gebrochen wurde, den ich seitdem nicht mehr krümmen kann. Ich wurde entlassen mit der Aufforderung, mich alle zwei Wochen zu melden, was ich jedoch aus Angst vor neuer Verhaftung nicht tat. Da ich bei der nächsten Säuberungsaktion befürchten musste, erschossen zu werden und mir das gleiche Schicksal durch die Garden drohte, habe ich mein Land verlassen. Zur Untermauerung meiner Angaben verweise ich auch auf den Lagebericht des Auswärtigen Amtes.

Hochachtungsvoll

Wie besprochen, gab Rico die Begründung zur Begutachtung bei Dr. Wijantchi ab und wurde ein paar Tage später erneut von ihm eingeladen. Bei diesem Termin stellte Dr. Wijantchi, offensichtlich auch zur Auffüllung seines eigenen Wissensstandes, noch eine Vielzahl von Fragen, die Verhältnisse in Ricos Land betreffend und ließ anschließend den verbesserten Text von seiner Sekretärin ins Reine schreiben. Zum Schluss folgte Ricos Unterschrift.

Dr. Wijantchi erklärte, dass er den Antrag nun einreichen werde und überreichte Rico eine Kopie. Er solle nächste Woche bei der Behörde mit seinem Pass vorsprechen, um sich dort als Asylsuchender registrieren zu lassen und einen Personalbogen auszufüllen. Damit er sich vorbereiten konnte, händigte er ihm auch eine Kopie des Fragebogens aus.

*

Durch Maries tatkräftige Unterstützung und mit Dr. Wijantchi im Rücken, hatte der Schatten auf seiner Seele von seiner dunklen Farbe verloren, was nichts daran änderte, dass ihn die Sorge um seinen Aufenthalt weiterhin auf seinen Wegen begleitete. Aktuell war es die bevorstehende Meldung bei der Ausländerbehörde, die seine Nervosität wieder steigerte. Sein Respekt gegenüber der fremden Obrigkeit, der bevorstehende Kontakt mit den offiziellen Stellen, von denen der weitere Verlauf seines Lebens abhing, machte ihn zittern. Es ging um alles, und nichts war sicher. Wusste er, was mit ihm in der Behörde passieren würde? Ob sie ihn nicht sofort verhaften und fortbringen würden? Sein Visum war seit zwei Tagen abgelaufen.

Marie, die wohl seine Beklemmung spürte, legte den Arm um ihn und zog ihn an sich, aber es nützte nicht viel. Vor seinem geistigen Auge sah Rico Beamte in Uniformen das Verhör durchführen, in welchem er zugeben musste, dass er falsche Angaben zu seiner Einreise gemacht hatte. Allein diese Tatsache, die ihn als Lügner entlarvte, konnte schon ausreichen, ihn festzunehmen. In seinem Land jedenfalls wäre das keine Frage gewesen.

*

Als durch das Fenster der S Bahn ein Kirchturm in Sicht kam, erhob er sich mit einem Ruck und zog Marie mit sich zum Ausstieg.

„Da drüben ist eine Kirche!" sagte er.

„Ich sehe!" bestätigte Marie diese Entdeckung.

„Da ist es gut für mich!" erklärte er und ließ Marie keine Wahl, als ihm aus dem Zug und dem Bahnhof in Richtung Kirche zu folgen. Da sie die Tür verschlossen fanden, nahm Marie ihn tröstend in den Arm. „Ich bin bei dir!" sagte sie.

Als sie am frühen Nachmittag, das hohe Kastengebäude betraten, wollte eine junge Frau an der Rezeption wissen, was sie suchten und wies ihnen den Weg in einen großen, fast leeren Saal mit wie in einer Schaubühne zu mehreren Bildschirmen ausgerichteten Stuhlreihen. Ein afrikanischer Mann machte sie durch Zeichen darauf aufmerksam, dass sie aus dem Automaten eine Nummer ziehen müssten. Die wenigen Anwesenden schienen müde zu sein. Sie starrten vor sich hin und lagen mehr auf den harten Stühlen. Die auch hier herrschende Stille wurde hin und wieder nur durch ein Tonzeichen von einem der Bildschirme unterbrochen. Der Betreffende, dem es galt, stand auf und begab sich zu dem angegebenen Zimmer. So ging das eine Weile. Dann ein Schreckmoment. Eine Tür öffnete sich nach einem Poltern und jemand wurde von zwei Polizisten in Handschellen hinausgeführt.

Sie hatten keine Zeit zum Überlegen, es ertönte der Gong, und ihre Nummer leuchtete auf. Zimmer vier. Ein Büro mit zwei Beamten. Der eine, tätowiert an Hals und Armen, hatte seine Füße nach amerikanischem Vorbild auf dem Schreibtisch liegen, der andere, ebenfalls noch jung an Jahren, mit dünnem Haar, von ungesunder Körperfülle, hieß sie Platz zu nehmen. Nachdem er sich nach Maries Funktion erkundigt hatte, verlangte er nach Ricos Pass. Deutsch, belehrte er, sei Amtssprache. Ob er die deutsche Sprache beherrsche. Er fragte nach dem Grund seines Aufenthalts, und Rico überreichte ihm eine Kopie seines über Dr. Wijantchi gefertigten Asylantrags und die Vollmacht. Er stellte noch viele weitere Fragen und tippte ebenso viel in den Computer. Misstrauisch fragte er, wieso er so gut deutsch könne. Ob er schon einmal in Deutschland gewesen sei. Es wurde ein Gesichtsfoto gemacht, und er erhielt eine Art Ausweis. Ankunftsbescheinigung stand darauf. Zum Schluss erhielt er Scheine für eine „ed-Behandlung", für eine medizinische Untersuchung und einen auf dem eine Adresse stand, bei der er sich melden sollte.

Nachdem der Sachbearbeiter Maries Fragen zu einzelnen Punkten und Formularen einsilbig beantwortet hatte, verließen sie erleichtert das Büro.

„Siehst du, es wird nichts so heiß gegessen, wie es gekocht wird," rief sie, während Rico schon die letzte Treppe Richtung Ausgang hinuntergesprungen war.

*

Wie vom Rechtsanwalt schon angesprochen, zog der Asylantrag die Konsequenz nach sich, die Anweisungen der Behörde zu befolgen, unter anderem sich bei einer bestimmten Asylunterkunft zu melden und dort Wohnung zu nehmen. Bei Durchsicht der Formulare, die sie erhalten hatten, besprachen sie die weitere Vorgehensweise.

Zu Hause ergriff Marie die Gelegenheit, auf ihre Sorge zu sprechen zu kommen, dass Rico, ermutigt durch die Entwicklung ihrer Beziehung, gewisse Erwartungen haben würde, die ihr aufgrund ihrer Erfahrungen mit Männern, zu schnell kämen und ihr bisheriges Leben aus seinem bewährten Rhythmus brächten. Eigentlich, erklärte sie, sei sie mit ihrem Leben, so wie es war, zufrieden, habe nicht den Gedanken gehabt, wieder mit jemandem zusammen zu leben. Sie sagte, er müsse verstehen, dass sie ihr Leben nicht so schnell ändern könne. Sie wohne seit Jahren mit Jacob allein und sei es gewohnt, auf niemanden Rücksicht zu nehmen. Nicht zuletzt wegen Jacob, für den es etwas Neues sei, dass seine Mutter nicht mehr nur für ihn da sei, brauche sie Zeit, „um zu sehen, ob alles passt."

*

Zusammen mit einer Gruppe von Menschen, in gleicher Lage, Flüchtlinge eben, entstieg Rico dem Bus. Wider Erwarten gefiel ihm, was er sah: eine zweistöckige Wohnanlage, bestehend aus zwei langen, im rechten Winkel zueinander stehenden Containerreihen, öffnete sich sich zu einem großen, teils mit Gras bedeckten Platz mit Sportgeräten. Er sah vier Fußballtore, zwei große und zwei kleinere, ein Volleyballnetz, Turnstangen, zwei Tischtennisplatten, auch große Schachfiguren auf einem auf dem Boden aufgemalten Feld.

Bis auf die eine Seite zur Straße, umgeben von Bäumen und Feldern, wirkte die Anlage auf Rico wie eine grüne Oase in der lauten Stadt.

Bei der Aufsicht angekommen, zeigten sie ihre Papiere vor und hatten zu warten, bis einer nach dem anderen aufgerufen und zu dem ihm zugeteilten Quartier geführt wurde, in Ricos Fall ein Zimmer mit vier Betten, einem Tisch, vier Stühlen und vier abschließbaren Spinden. Anschließend wurde ihnen die Gemeinschaftsküche, in der mehrere Bewohner hantierten, und das Gemeinschaftsbad gezeigt. Der Aufseher belehrte sie, dass sie für die Dauer ihres Asylverfahrens dort wohnen würden und das Gebiet der Stadt Hamburg nicht ohne Erlaubnis verlassen dürften. Ausdrücklich wies er sie darauf hin, dass sie im Falle einer Arbeitsaufnahme eine Arbeitserlaubnis einholen müssten. Er gab ihnen noch eine Menge an weiteren Informationen und Papieren, so dass am Ende kaum noch einer wusste, was zu tun und zu lassen war.

Die Bestätigung seiner Befürchtung, dass es ihm schwer fallen würde, sich einen engen Raum mit drei Fremden zu teilen, ließ nicht lange auf sich warten. Ein paar Stunden reichten, ihm zu zeigen, dass es vorbei war mit den Annehmlichkeiten seines bisherigen Aufenthalts. Die ständige Unruhe im Zimmer machte ihn nervös. Auch war die Verständigung mit seinen Zimmergenossen, zwei Afghanen, und ein Iraner nur über einfachste Anliegen möglich. Sprachliche Barrieren verhinderten jede zusammenhängende Unterhaltung. Am ehesten trafen sie sich im sportlichen Bereich, beim Fußball und Tischtennis, dem Spiel auf dem Tisch mit den zwei Schlägern und dem kleinen Ball, immer über das Netz hinweg.

Er lernte es schnell und maß sich schon nach einigen Tagen mit den geübteren Spielern, zu denen eine junge, aus Südamerika stammende Frau, namens Rebecca zählte, die sich täglich bei diesem Spielgerät einfand. Nachdem sie ihm anfangs hoch überlegen war, hatte er bald aufgeholt, und sogar einmal gegen sie gewonnen, wozu sie ihm überschwänglich gratulierte.

*

In der ersten Zeit verbrachte er die Tage mehr oder weniger durchgehend in seiner neuen Bleibe. Später handhabte er es so, dass er die Nächte im Wohnheim verbrachte und die Zeit bis zum frühen Nachmittag. Dann holte er Marie von der Arbeit ab und blieb bei ihr bis in den späten Abend. Ein Bleiben über Nacht war kein Thema zwischen ihnen. Schon zu Beginn ihrer Bekanntschaft hatte sie klar gestellt, dass sie sich ganz sicher sein müsste und Zeit brauchte. Für ein festes Zusammenleben sei es noch zu früh.

In ihrer gemeinsamen Zeit machte er sich im Rahmen seiner Möglichkeiten nützlich. So waren es der Boden des Balkons, den er ausbesserte und eine Markise, die er wieder funktionsfähig machte, sehr zu Maries Wohlgefallen.

An schönen Tagen des Wochenendes machten sie Ausflüge mit dem Auto in die Umgebung, oft an die Elbe, wo sie spazieren gingen oder sich auf dem Sandstrand niederließen. Während sich Marie bei diesen Gelegenheiten der Sonne zuwandte, vergnügten sich Rico und Jacob mit einem Gummiball oder beim Strandtennisspiel. Gab es genügend Wind, hatten sie auch einen Drachen dabei.

Das Spiel mit Rico tat Jacob gut. Es war ihm deutlich anzumerken, dass sein Zutrauen in seine körperlichen Fähigkeiten gewachsen war. Die neue Geschicklichkeit, die er an den Tag legte, sprach für sich.

*

Regelmäßig pendelte Rico zwischen Marie und dem Wohnheim. Die anderen Bewohner wunderten sich darüber und fragten ihn, wo und wie er die Zeit während seiner Abwesenheit verbrachte. Rico hielt sich bedeckt, vermied jeden engeren Kontakt, der eine Erwartungshaltung hätte wecken können. Das betraf vor allem Rebecca, die sich auch nach dem Spiel oft an seiner Seite hielt. Und was wegen sprachlicher Hindernisse großenteils im Nebulösen blieb, wurde durch Blicke, Lachen, die Körpersprache deutlich. Aus allem entnahm er, dass er ihr angenehm war, was ihm unter anderen Umständen sicherlich geschmeichelt hätte, nun eher lästig war. Es erforderte Aufmerksamkeit, sich nicht auf ihre Zuneigung einzulassen, zumal sie ein einnehmendes Wesen hatte und durchaus wusste, was Männern gefiel. Seine Mitbewohner beneideten ihn und verstanden nicht, warum er seine Chance nicht nutze.

Um Rebecca nicht zu kränken und in falscher Einschätzung der Ernsthaftigkeit ihrer Absichten, hatte er sich ihr nie klar zu erkennen gegeben, und so kam es, dass sie ihn ihrer Familie vorstellen wollte, worauf er ihr erstmalig erklärte, dass er schon eine Freundin hatte.

Seine Ablehnung mit dem Hinweis, er habe eine Frau, verfehlte ihre Wirkung zunächst nicht. Für ein paar Tage hatte sie der Erdboden verschluckt. Dann war sie wieder da und näherte sich ihm ungeniert auf Tuchfühlung.

„Armer Rico! Hast du Angst?" sagte sie mitleidig in gutem Deutsch, um ihm ebenso mitleidig über die Wange zu streichen. Die Peinlichkeit, die es ihm, besonders in Gegenwart der anderen Bewohner bereitete, störte sie nicht. Ob sie es war, auf die das Gerücht über ihn zurück ging, er sei anders herum, konnte er nicht mit Bestimmtheit sagen.

*

Das Wort, „einhüten", hörte er zum ersten Mal. Marie hatte
es gebraucht, als Jacob an einem Infekt erkrankt war und
im Bett bleiben musste.

Beim abendlichen Zusammensein meinte Marie, ob es ihm
möglich sei, die nächsten Tage schon frühmorgens zu
kommen, da sie sonst wegen Jacob der Arbeit fernbleiben
müsste.

Es war ihm möglich. An zwei aufeinanderfolgenden Tagen
war er morgens um sieben zur Stelle. Da sich jedoch diese
Art des täglichen Hin und Her als umständlich erwies,
brauchte es nicht viele Worte, um einen durchgehenden
Aufenthalt zu beschließen.

Maries Wohnung hatte drei Zimmer. Das eine gehörte
Jacob, das andere war Wohn- und Schlafzimmer in einem,
das dritte hieß Wäschezimmer, beherbergte einen Trock-
ner, ein Sofa, noch von ihren Eltern, und einen mit Wäsche
aller Art gefüllten Schrank. Küche und Bad waren im
Verhältnis großzügig bemessen. Im Flur stand ein großer
Kleiderschrank. Da kein Platz mehr in ihm war, wurde ihm
noch ein kleiner Stoffschrank beigestellt.

Jacobs Bett war ausziehbar. Unter der Fläche, auf der er
schlief, befand sich eine zweite, die sich auf Rollen
herausziehen ließ und eine weitere Schlafmöglichkeit bot.
Mit achtunddreißigfünf ging es Jacob nicht gut.
Für die Nacht bekam er eine fiebersenkende Medizin und
vernahm erfreut, dass die zweite Fläche zum ersten Mal

seinem Zweck dienen sollte.

„Super, dass du bei mir schläfst," freute er sich, „kommst du bald?"

Seine Mutter und Rico hatten noch einiges zu besprechen. Als Rico auf Zehenspitzen in das Zimmer schlich, schlief Jacob tief und fest.

Am nächsten Tag händigte Marie ihm einen Wohnungs-schlüssel aus.

Es war Ricos Naturell, sich nützlich zu machen, und er erkannte mit zielstrebigem Eifer die Möglichkeiten hierzu. Als Neuling in diesem fremden Haushalt tat er nichts, ohne vorher zu fragen: ob er das Fenster öffnen, den Fernseher oder die Heizung an oder ausschalten, den Staubsauger und Kochherd benutzen oder baden durfte.

Letzteres tat er besonders gern, sich in der mit warmem Wasser gefüllten Wanne zu aalen, war für ihn das höchste der Gefühle. Darum hatte er sich auch schon in seiner Heimat bemüht: um Sauberkeit, täglich seinen Körper vom Staub des Vulkans und vom Schweiß zu säubern. Erst dann fühlte er sich wohl. Seinerzeit hatte ihm zu diesem Zweck nur eine Waschschüssel zur Verfügung gestanden. Er ge-noss sein wöchentliches Vollbad wie kein anderer, zele-brierte es, einer feierlichen Handlung gleich.

Manchmal, wenn er es sich im warmen Wasser wohlig liegend gut gehen ließ, klopfte Marie an die Tür, weil sie die Nagelschere oder eine Creme oder ihren Kamm brauchte. Regelmäßig setzte sie sich dann auf den Wannen-rand und begann eine Unterhaltung, wobei sie den Schaum mal hier-, mal dorthin schob. Sie konnte dann, nicht immer zu Ricos Vergnügen, sehr ausgelassen sein, und so, wie sie war, zu ihm in die Wanne steigen, ungeachtet der Enge und des Wassers, das dann überlief. Was Marie großes Vergnügen zu bereiten schien, machte ihn meistens weniger froh, denn die Wohltat, die ihm das schwerelose Liegen im warmen Wasser bereitete, während der er manches Mal auch ins Meditieren verfiel, war mit Maries Erscheinen abrupt beendet.

*

Diese Entwicklung nahm von Wilfried, der sich, ob er wollte oder nicht, verantwortlich fühlte für Ricos weitere Zukunft, eine große Sorge. Auch, dass Rico offenbar einen neuen Bezugspunkt gefunden hatte, erleichterte ihn sehr. Ihm war, als läge nun die Lösung des Problems, so oder so, in anderen Händen. Auf diese Weise blieb ihm erspart, umzusetzen, was er Simone versprochen hatte, Sorge zu tragen dafür, dass mit Ablauf seines Visums eine andere Unterkunft für ihn gefunden wurde.

Es gehörte zu Simone, dass sie Klartext redete und zu ihren Entscheidungen stand. Sie sagte es deutlich: ein Besuchsaufenthalt, wie abgesprochen, sei das eine, etwas anderes dagegen ein Asylverfahren. In diesem Fall lägen die Zuständigkeit und die Verantwortung bei den staatlichen Einrichtungen, die dann für alles weitere sorgten, auch für die Unterbringung. Gegen ihren erklärten Willen anzugehen, diese Vorstellung hatte keinen Platz Wilfrieds Kopf. Auch kam er nicht umhin, ihr darin recht zu geben, dass Ricos ständige Nähe, seine Teilhabe am Familienleben, auf Dauer nicht passte. Er sagte sich, dass er Rico auch auf andere Weise helfen konnte, finanziell zum Beispiel,

Es war nicht so, dass Simone in ihrer Ehe den Ton angab, vieles, von dem sie nichts verstand oder was sie nicht interessierte, überließ sie vertrauensvoll Wilfried. Aber sie wusste auch ihre Ansichten und Interessen zu vertreten, und von einer einmal getroffenen Entscheidung war sie noch nie abgerückt.

*

Wilfried war ein gelungenes Leben in die Wiege gelegt. Als Kind eines Lehrers und einer Krankenschwester war seine Entwicklung in ebenso behüteten, wie strukturierten Verhältnissen unproblematisch und gradlinig verlaufen, eingebettet in ein Netz adäquater Sozialkontakte, frei von Eskapaden und Krisen. Während sich mancher seiner Altersgenossen im Sog pubertärer Sinneswandel von bisherigen Idealen löste, sich in Liebeskummer verzehrte, den Verlockungen des Lebens mehr Raum einräumte als verträglich, Einflüssen erlag, die seiner Lernbereitschaft abträglich waren, kurz, aus irgendeinem Grund dem vorgesehenen Weg nicht mehr folgen wollte oder konnte, war ihm dergleichen nicht passiert.

In seiner Schullaufbahn (vier Jahre Grundschule, neun Jahre Gymnasium, Studium) hakte und ruckte es zu keiner Zeit, sein Pensum erledigte er problemlos, wenn ihm auch das eine oder andere Fach, der eine oder andere Lehrer nicht lagen. Er war wissbegierig und gern zur Schule gegangen. Sein Lieblingsfach war Biologie, die Lehre vom Leben. Die Beschäftigung mit diesem Fach beschränkte er nicht auf die Schule. Er vertiefte sich in Fachliteratur, machte Experimente, durch die er sein Wissen bestätigt fand. Es verzückte ihn, wenn ein in die schwarze Erde gesetztes Korn zu einer farbenprächtigen Blume emporwuchs und gleichzeitig für Nachwuchs sorgte, den sie zudem mit der speziellen Fähigkeit für ein eigenes Leben ausstattete. Trotz seiner Kenntnisse fragte er sich, wer oder was für diese Verwandlung sorgte, für die Bedingungen, die es brauchte. Ein Wunder war es, wie alles auf Erden, ein Rätsel, dessen Lösung nicht in den Büchern zu finden war. Und wenn er es so recht bedachte, wie alles ineinander griff und zusammenpasste, fragte er sich, dem Gott und die Religion nicht viel sagten, angesichts dieser Wunder, ob es da nicht doch jemanden gab.

Weit vorher schon hatte er eine besondere Verbundenheit mit der Natur entwickelt. Sie spendete das Leben und erhielt es. Sie war ihm nach seinen Begriffen heilig. Damals, angesichts der fortschreitenden Umweltzerstörung, die noch allgemein ignoriert wurde, hatte er seine Aufgabe darin gesehen, die Sinne der Kinder zu schärfen, derjenigen, die dieser Wunder noch zugänglich waren und die Folgen jahrelanger Fehlentwicklungen zu tragen haben würden

Nach dem Studium und während seines Referendariats hatte er die Physiotherapeutin, Simone Gieseke, geheiratet, bei der er wegen einer Muskelzerrung in Behandlung gewesen war. Anfangs lebte das Paar in einer kleinen Wohnung, später kaufte es ein Reihenhaus, in dem ihre Zweisamkeit bald durch Emmis Geburt beendet wurde.

Seit vielen Jahren war er nun Lehrer, und in seinem pädagogischen Bemühen ging es ihm um das Vertrauen der Kinder und die Vermittlung von Wissen, in dieser Reihenfolge. Er wollte weniger Lehrer sein, als ein Freund, dessen Freundschaft nicht auf die Schule begrenzt war. Das *DU* der Schüler ihm gegenüber wurde jedoch von der Schulleitung untersagt.

Auch seine Arbeitsgemeinschaften, einmal wöchentlich nachmittags für interessierte Schüler, in denen, begleitet von Exkursionen, aktuelle, im Besonderen ökologische Themen eine Rolle spielten, waren nicht gern gesehen, so dass er die Treffen zu sich nach Hause verlegte.

*

Das gewohnte Gleichmaß des Alltags, das hieß, das altvertraute Familienleben ohne Rico und die Bemühungen
um ihn, war wieder zurückgekehrt.

Da passierte etwas zunächst nicht sehr Spektakuläres, das
sich jedoch schnell als einschneidend erweisen sollte.

Beim Warmmachen mit ein paar Kniebeugen im Sportunterricht hatte er sich wohl zu schwungvoll in die Hocke
fallen lassen, jedenfalls kam von seinem rechten Knie ein
derart stechender Schmerz, dass ihm schwarz vor Augen
wurde. In der Hoffnung, es habe nichts Ernstliches zu
bedeuten und nach ein paar Tagen Schonung werde sich
der alte Zustand schon wieder einstellen, unternahm er
zunächst nichts, um festzustellen, ob mit dem Knie etwas
passiert sei. Tatsächlich war ihm das Gehen anschließend
aber nur unter großen Schmerzen möglich, die sich
verstärkten, als er trotzig versuchte, dagegen zu halten,
alles zu handhaben, wie bisher. Bis ihm das Gehen zur
Qual wurde.

Nach eingehender Untersuchung (MRT) teilte ihm der Orthopäde mit, dass das Polster zwischen Ober- und Unter-
bein, der Meniskus, innenseitig Rupturen aufwies, die kon-
servativ nach seiner Einschätzung nicht zu heilen waren,
auch eine Athroskopie würde da nicht mehr helfen, so dass
er nur zwei Möglichkeiten sah: eine Operation (Osteotomie) oder ein künstliches Kniegelenk.

Künstliches Kniegelenk! Allein das Wort erschreckte
Wilfried. Ein künstliches Kniegelenk, ein Ersatzteil, das

war doch etwas für alte Leute, für Greise. War er denn ein Greis? Fast fühlte er sich so. Bis vor einigen Tagen war doch alles noch in Ordnung gewesen. Er hatte Sport gemacht, gejoggt, Fußball gespielt, war gehüpft und gesprungen, ohne die geringsten Probleme. Und nun mit einem Mal nichts mehr davon? - Nein, Herr Orthopäde! So schnell nicht! Er selbst hielt es für angeraten, noch abwarten und sich krankengymnastisch behandeln lassen, hatte er doch schon öfter gehört, dass sich im Lauf der Zeit dieses Problem im Zusammenspiel mit entsprechenden Übungen gebessert und aufgelöst hatte. Zudem saß er doch an der Quelle. Simone! Wie gut es doch war, eine Krankengymnastin zur Frau zu haben.

Als aber trotz aller Bemühungen keine Besserung eintreten wollte, ließ er eine Zweituntersuchung machen. Das Ergebnis schmetterte ihn nicht weniger nieder, als das erste. Er sah sich nun vor eine unumgehbare Entscheidung gestellt, und er entschied sich, auch, weil er von im Laufe der Zeit zur Lockerung neigenden künstlichen Kniegelenken gehört hatte, für die Osteotomie, eine Operation, bei der eine Verlagerung auf den intakten Außenmeniskus erfolgen sollte. Es war eine anspruchsvolle Operation, die auch viel Zeit für die Heilung (an die zwei Monate Gehen mit Krücken) erforderte.

Er ließ die Operation machen und wurde nach vier Tagen aus dem Krankenhaus wieder nach Haus entlassen, wo er zur Fortbewegung fortan auf Krücken und eine Orthese angewiesen war, was bedeutete, dass er nicht einmal eine Tasse Tee von der Küche ins Wohnzimmer tragen konnte. Er erfuhr, was es bedeutete, in seiner Bewegungsfreiheit und damit in seinen Möglichkeiten eingeschränkt zu sein.

Die Vorstellung, dass er sich einer Gefahrensituation kaum mehr durch Flucht entziehen oder sich ihrer erwehren konnte, bedrückte ihn. Er war deprimiert und verunsichert. Er konnte nicht mehr so, wie er wollte und würde es wahrscheinlich nicht wieder können. Die Operation hatte er gut überstanden, doch er haderte mit dem Schicksal. Wieso war sein Meniskus kaputt? Wenn er schon siebzig gewesen wäre.. aber selbst Siebzigjährige hatten noch intakte Menisken. Wusste er, ob sich nicht bald auch noch das andere Knie melden würde? Und dann? Der Sportunterricht, der Unterricht überhaupt.., wie sollte das alles werden? Kein Sport mehr, das konnte er sich nicht vorstellen.

Er war niedergeschlagen. Fast über fünf Wochen nach seiner Meniskusoperation konnte er sich noch immer nicht ohne Krücken fortbewegen. Zwei Monate, in denen Simone neben der Arbeit in ihrer Praxis alles allein geschultert hatte, alles, was in einem Familienhaushalt anfiel, und das war schon etwas, wie Wilfried wusste, dem bis dahin ein Teil dieser Pflichten oblegen hatte, und der jetzt, zur Untätigkeit verdammt, nur zusehen konnte, was um ihn herum geschah.

Es überraschte ihn, kein Laut der Unzufriedenheit von ihr zu hören, wo sie doch sonst nicht zögerte, ihrem Unmut Luft zu machen. Statt dessen ermutigte sie ihn bei jeder Gelegenheit und versuchte, ihn auf andere Gedanken zu bringen.

Dennoch entsprach seine Gemütsverfassung dem Wetter, das herrschte. Grau war`s, nicht endend grau. Seine Gedanken drehten sich im Kreis. Bisher hatte er sich um seine Gesundheit noch am wenigsten Gedanken gemacht. Sie hatte ihm nie Veranlassung dazu gegeben. Nun aus heiterem Himmel konnte er nicht einmal mehr einkaufen gehen, war auf Hilfe angewiesen und möglicherweise.., in schlechten Augenblicken sah er sich in einem Rollstuhl sitzen.

*

Doch! Es gab sie noch, die Sonne. Wärmend schien sie vom Himmel. Sonst hätte er jetzt wohl den Rasen gemäht, was dieser nötig hatte. Statt dessen beschränkte er sich aufs Sitzen im Liegestuhl, von wo er dem Gras beim Wachsen zusah. Lesen, schlafen, fernsehen, Musik hören, das schaffte er noch ohne Hilfe. - Er hatte es satt. Zwei Monate war er jetzt schon krank geschrieben, in denen Kollege Frank seine Klasse übernommen hatte. Seine Unterrichtsmethode war eine andere. Das Pensum zu schaffen, stand im Vordergrund. Wilfried sorgte sich, dass unter ihm die Erfolge des letzten Jahres wieder verlorengehen könnten. Er fühlte sich machtlos, wichtige Fäden entglitten ihm. Er war nervös, bemühte sich aber, gute Stimmung zu verbreiten.

„Wirklich! Ich muss dir sagen, die neue Frisur steht dir viel besser" sagte er, als Simone mit Kaffee und Kuchen auf einem Tablett auf der Terrasse erschien. „Sie steht dir nicht nur besser," fügte er hinzu, „sie ist auch viel praktischer und macht dich jünger. Wer dich nicht kennt, würde dich auf unter dreißig schätzen. Auf jeden Fall!"
„Spinner!" erklärte sie, sein Lob nicht ernst nehmend, dennoch sah er, dass sie es gern hörte.

Sie erbat einen Teil der Zeitung. Während sie sich in einen Artikel vertiefte, sah er sie unumwunden von der Seite an.

„Was ist?" wollte sie wissen, da sie seinen Blick bemerkte.

„Es ist dein Profil, du hast jetzt ein ganz anderes Profil. Schau mich mal an.., und der kurze Haarschnitt passt auch besser zu deiner Zahnlücke," bekräftigte er und hob schon mal schützend den Arm.

„Burschi! Pass auf! Denk an dein Knie, damit du nichts bereuen musst." Sie sah ihn schelmisch an und setzte ihre Lektüre fort.

„Hast du das gelesen?" rief sie aus, „hier hat eine Mutter ihr Kind vor den Zug geschubst."

„Es gibt eben nichts, was es nicht gibt. Ich weiß, weshalb ich mich nie an die Bahnsteigkante stelle," bemerkte Wilfried.

Simone zitierte ein paar Zeilen des Artikels, den Wilfried kurz zuvor gelesen hatte. Er ließ seinen Blick durch den Garten schweifen, wo Emmi in der Sandkiste gelangweilt Kuchen buck. Seit er denken konnte fürchtete er die Sonntage, die ihm so öde erschienen. Sein Mittel, sich ihrer bleiernen Stimmung zu erwehren, war, „etwas um die Ohren" zu haben, in irgendeiner Form aktiv zu sein. Doch nun, zur Untätigkeit gezwungen, war jeder Tag ein Sonntag.

„Wollen wir dann mal wieder?" meinte Simone nachdem sie die Zeitung aus der Hand gelegt hatte. Wilfried, in kurzer Hose, legte sein Bein langgestreckt auf einen Stuhl.

„Locker!" befahl sie nachdem sie seinen Oberschenkel mit einem Öl eingerieben hatte und begann mit der vom Arzt verschriebenen Massage, indem sie die noch immer geschwollenen Bereiche oberhalb des Knies bearbeitete.

„Das Nichtstun, das Rumsitzen geht mir auf die Nerven. Ich habe es satt!" ließ Wilfried seinem Unmut Luft. „Was willst du tun? Die Krücken weglassen? Joggen? Bitte! Wenn du wieder von vorn anfangen willst. Begreife, der Knochen ist angesägt worden und muss sich erst wieder aufbauen. Noch einmal, du musst Geduld haben, nicht zuviel auf einmal wollen," redete sie ihm zu, während ihre kräftigen Hände die Massage über den Oberschenkel verteilt fortsetzten.

„Vor allem müssen die das Knie schützenden Muskeln wieder gestärkt werden. - Wie ich sehe, ist der Muskel an dieser Stelle aber noch intakt.." bemerkte sie lachend, und zum ersten Mal seit Wochen brauchte es keine Worte zwischen ihnen und sie verschwanden im Innern des Hauses, sehr zur Freude einiger Sperlinge, die sich an den liegengebliebenen Kuchenstücken ungestört gütlich taten.

*

74

Wenn Wilfried seine Beine verglich, schien ihm, sein rechtes Bein hätte vom Knie ab eine leichte Biegung nach außen angenommen, ein falscher Eindruck, wie Simone befand, der wohl durch ihren ungleichen Zustand entstünde. Zum wiederholten Mal erklärte sie ihm die Wichtigkeit des Muskelaufbaus und unterwies ihn in speziellen Übungen.

Sein Drang, sich zu bewegen, war indes übermächtig geworden. Er wollte mehr tun als diese paar Übungen, und hatte begonnen, sich ohne die Krücken zu bewegen, ein paar Schritte zunächst im Zimmer, dann im Garten und bei einem Spaziergang um den Block, und wagte es erstmalig wieder, sich aufs Fahrrad zu setzten, um zu testen, wie ihm diese Art der Fortbewegung bekam. Und siehe da, es funktionierte, das Fahren fiel ihm unerwartet leicht. Das stimmte ihn glücklich, sich aus eigener Kraft und ohne sein Knie sonderlich zu spüren, fortbewegen zu können, wie ehedem und dabei das erschlaffte Bein wirkungsvoll wieder in Form zu bringen.

Auf dem Rückweg überraschte ihn ein Gewitter mit Donner, Blitz und Regen. An einer Bushaltestelle fand er Schutz. Als der Regen nachließ, fuhr er weiter. Der Rest der Strecke bis nach Haus verlief geradeaus.

Er hatte ihn schon in der Ferne erblickt. Ein Fußgänger! Seine in die Höhe ragende Mütze, war unübersehbar. Er kam ihm auf der rechten Seite des Fußwegs entgegen, und sie hätten einander problemlos passiert, wenn sich der andere nicht plötzlich in den Weg gestellt hätte. „Dies ist ein Fußweg!"

Das letzte, was Wilfried sah, bevor er stürzte, war seine bunte Mütze. Auf dem nassen Boden liegend ließ ihn der

Schmerz das Schlimmste befürchten. Er schleppte sich die letzten Meter nach Haus und stellte sich die gleiche Frage, wie Simone: „Wie kann das angehen?"

Am gleichen Tag sah ihn der Orthopäde wieder. Das Röntgenbild ergab, dass sich der durch die seinerzeitige Operation hergestellte Knochenspalt, der sich mit Knochenmaterial auffüllen sollte, durch Lockerung der Metallschiene erweitert hatte und sich zu vergrößern drohte, so dass ein erneuter Eingriff nötig war. Es blieb nichts anderes: zum zweiten Mal musste er unters Messer, und diesmal kam nur ein künstliches Kniegelenk in Betracht.

*

Er trug das Unglück nicht mit Fassung, haderte mit sich und war verzweifelt. Außer sich über das ihm widerfahrene Unglück, verwünschte er Gott und die Welt und begann befremdlich in sich hinein zu fluchen.

„Das macht alles keinen Spaß mehr," ließ er seine Familie an seiner schlechten Stimmung teilhaben. Obschon Simone innerlich nur den Kopf schüttelte über den Unfall und sein ihr fremdes Benehmen, tat sie ihr Bestes, um ihn aufzurichten. Doch ihren Bemühungen war wenig Erfolg beschieden. Es war nichts mit ihm anzufangen. Jeden Trostes und jeder Vernunft unzugänglich, verbrachte er viel Zeit mit Selbstvorwürfen.

„War er noch bei Sinnen? Welcher Teufel hatte ihn geritten, in diesem Stadium der Heilung aufs Fahrrad zu steigen? Hatte er noch immer nicht genug? - Alles von vorn!"

Fluchen war sein neues Erkennungszeichen. Er war nicht

mehr derselbe. Die Veränderung irritierte Simone sehr. Auch Emmi litt unter der neuen Launenhaftigkeit ihres Vaters. Er war so ungeduldig und zerstreut, hatte keine Zeit mehr, Mühle zu spielen oder vorzulesen, schimpfte bei jeder Kleinigkeit und hörte gar nicht zu, wenn man ihm etwas erzählte.

„Sehr schön," hatte er nur zu ihrer neuen Zahnspange gesagt.

*

Da Marie arbeitete und Jacob zur Schule ging, war Rico tagsüber größtenteils allein in der Wohnung und sah seine Aufgabe darin, sie jeden Tag aufs Neue aufzuräumen. Marie war damit sehr einverstanden. Wenn sie nachmittags wiederkam, war das Schlafzimmer wieder ein ordentliches Wohnzimmer und die Küche blitzte. Nicht zuletzt Jacob wusste Ricos Anwesenheit zu schätzen. Seit er da war, hatte er nach Schulschluss nichts Eiligeres zu tun, als nach Hause zu kommen, wo ihm das fremdartige Essen besser schmeckte, als das in der Schule, von dem am Abend auch Marie noch profitierte, und wo er Spannendes von dem fernen Land erfuhr: von Räuberbanden, vom Vulkan, von Hunger, von wilden Tieren.

Seine Bereitschaft, sich einzubringen, bestärkte Marie in ihrem guten Gefühl für Rico. Er kümmerte sich, half, wo er konnte. Aus allem sprach die Ernsthaftigkeit seiner Absichten.

Sie lebten gerade mal ein paar Tage wie eine Familie zusammen, da erreichte Marie ein merkwürdiger Brief in ungelenker Schrift und ohne Absender. Ungläubig las sie ihn mehrere Male, dann wandte sie sich wortlos ab zum Fenster. Rico dem die Veränderung sofort auffiel, fragte, ob alles in Ordnung sei.

Mit den Worten, „das war im Briefkasten," überreichte Marie ihm einen Zettel, auf dem in krakeligen Buchstaben geschrieben stand:

„Vorsicht! Rico ist ein Betrüger Er will nur
Aufenthaltserlaubnis deshalb ist er mit dir weil du
Deutsche bist in Warheit liebt er mich Er kommt immer zu
mir und wir schlafen zusammen. deshalb las ihn in Ruhe

Rico brauchte lange zum Lesen. Er rang nach Worten. „Was ist das? Woher kommt dieser Zettel?" Er war fassungslos.

„Das wüsste ich auch gern!" Ein Zittern lag in Maries Stimme.

Wie Schuppen fiel es ihm da von den Augen. „Rebecca!"

„Was bedeutet das? Was soll ich davon halten?" versetzte Marie, „ich weiß nicht, was ich denken soll, ich bin.." sie brach ab und hielt ihre Hände an die Schläfen.

„Das kannst du nicht glauben!" rief Rico schrill, wie er sich selbst nicht kannte. „Ich schwöre.."

„Ich weiß im Moment nicht.. Ich brauche Zeit, muss überlegen.. Ich muss an Jacob denken, besonders an ihn!" sprach sie wie zu sich selbst.

„ Es ging ja auch viel zu schnell.. wir kennen uns doch im Grunde gar nicht. Ich weiß über dich nur, was du mir erzählst. Aber offensichtlich erzählst du mir nicht alles. Dieser Brief kommt doch von jemand, den du kennst. Ich brauche Zeit.. nur für mich. - Nicht wahr, du kannst doch erstmal in die Unterkunft zurückkehren.."

„Ich habe verstanden!" keuchte Rico atemlos und stopfte, was von seinen Sachen griffbereit lag, in seinen Rucksack. Außer sich und mit sich selbst redend hastete er durch die Straßen. Er verstand die Welt nicht mehr. Er hatte nur einen Gedanken: Rebecca!

Er erreichte das Heim, stürmte in das Zimmer, das ihre Familie bewohnte. Da war sie. Er riss sie hoch, ungeachtet der übrigen Anwesenden, und schüttelte sie wie von Sinnen.

„Du Hexe," schrie er, „was machst du? Denkst dir Lügen aus und schickst sie meiner Frau! Du wirst ihr die

Wahrheit sagen!" Er bugsierte sie mit aller Kraft zur Tür. Im selben Moment verspürte er einen Stoß im Rücken und als er mit ihr die Schwingtür auf dem Flur erreichte, einen zweiten. Kurz darauf verließ ihn die Erinnerung.

*

Durch einen Nebel drang Licht zu ihm. Er nahm ihm die Sicht, konzentrierte sich an manchen Stellen, nahm Konturen an. Verschwommene Gestalten. Eine kam ganz nah, beugte sich über ihn, leuchtete ihm in die Augen.

„Hallo! Hören Sie mich? Wunderbar! Dann haben Sie das Schlimmste überstanden. Bleiben Sie ruhig liegen! Sie sind im Krankenhaus. Ich bin Arzt. Sie sind in einen Tiefschlaf versetzt worden. Wie geht es Ihnen? Haben Sie Schmerzen?" Eine Hand legte sich auf seine Schulter. Langsam erkannte er die Umgebung. Ein Zimmer, zwei weiß gekleidete Menschen, die an ihm hantierten.

Wie Rico erfuhr, hatte er zwei Stichverletzungen erlitten. Der erste Stich war vom Knochen abgeprallt, der andere hatte kurz vor der Lunge Halt gemacht. Die Operation sei aber gut verlaufen, so dass mit keinen weiteren Folgen zu rechnen sei.

Die Informationen des Arztes schlossen seine Erinnerungslücken. Der Gedanke an Marie traf ihn wie ein Keulenschlag. Der Brief! Rebecca! Seine Erinnerung reichte bis zu dem Augenblick, als er sie gepackt hatte. Rebecca! Er sah sie vor seinem geistigen Auge und wollte sich in einem Reflex aufrichten. Eine Hand hielt ihn zurück. „Ruhig, bleiben Sie bitte ruhig liegen, Sie sind frisch operiert."

Die Mitteilung, ein paar Tage später, dass die Polizei da gewesen sei, konnte seinen Zustand nicht weiter verschlechtern. Auf der Visitenarte, die die Beamten hinterlassen hatten, stand handschriftlich der Name *Koslowski,* ein Aktenzeichen und „bitte so bald wie möglich melden."

Sein Besuch am Nachmittag bestand aus Simone und Wilfried. Wilfried kam an Krücken herein. Rico erzählte ihnen den Hergang der Geschichte, von Rebecca, dem Brief und seinen Folgen.

„Filmreif!" meinte Simone.

„Schon extrem!" sagte Wilfried. „Doch sie, die wahre Schuldige, hat am wenigsten zu erwarten. Einen anonymen Lügenbrief zu schreiben ist keine schwere Straftat, fällt vielleicht unter „üble Nachrede." Der Bruder dagegen wird die Folgen seiner Tat zu tragen haben, er kommt vor Gericht und darf sich auf die Strafe freuen, schließlich hat er gleich zweimal zugestochen. Versuchter Totschlag ist das Wenigste.."

„Auf jeden Fall werden wir mit Marie reden," fiel ihm Simone ins Wort, „wenn sie die Zusammenhänge weiß, kommt sicher alles wieder in Ordnung. Sie ist natürlich erstmal geschockt. Soviel ich weiß, sind ihre Erfahrungen mit Männern nicht so gut... Weiß sie schon, dass du im Krankenhaus bist? Wir werden ja sehen.. Mach dir keine Sorgen, werde vor allen Dingen wieder gesund!"

„Du hast wohl einiges Glück gehabt," kam Wilfried auf den Grund von Ricos Krankenaufenthalt zurück, „uns durften die Ärzte ja nicht viel erzählen, aber soweit ich herausgehört habe, hat nicht viel gefehlt.." Er sprach nicht zu ende.

„Wie geht es deinem Knie?" erkundigte sich Rico.

„Frag lieber nicht," winkte Wilfried ab.

Schon bei den Worten Gericht und Strafe hatte sich in Rico eine Gedankenkette in Bewegung gesetzt, kaum dass die Beiden wieder gegangen waren. Soweit er gehört hatte, wurden Asylanten, die sich etwas zuschulden kommen lassen hatten, zurück in ihr Heimatland abgeschoben.

Immerhin hatte er Gewalt angewendet, hatte Rebecca gepackt. Auch wenn es einen Grund gab, so war es doch Gewalt, die verboten war.. und wenn sie abstritt, den Brief geschrieben zu haben, und ihn falscher Anschuldigungen bezichtigte? Dann würde er es mit der Polizei zu tun bekommen. Ohnehin wollte sie schon mit ihm reden. Ihm wurde schwindlig bei dem Gedanken, was die Lügen der Rebecca für ihn, sein Leben für Folgen hatten. Dank ihr beschäftigte sich nun die Polizei mit ihm. Unauffällig hatte er bleiben, nur leben, in Frieden leben wollen.

Er schloss die Augen, wollte nicht denken, nicht da sein. Gar nichts wollte er.. nichts..nichts.. schweben.. seine Beine waren so schwer. Er kam nicht vorwärts, obwohl er sich über die Maßen anstrengte. Der Rauch umschloss ihn. Der Rauch war Gift. Er fraß sich in die Lunge. Er musste ihn abschütteln. Lauf doch endlich, aber die Last auf seinen Schultern wurde immer schwerer. Endlich, die Stadt. Sie war voller Menschen. Sie umringten ihn, griffen in die Körbe nach dem Schwefel. Sie zerschlugen die Brocken auf dem Boden in kleine Stücke und aßen sie. Sie waren lustig und lachten. Aber dann wurden ihre Gesichter gelb, wie der Schwefel. Lauter Schwefelköpfe. Sie zeigten erschrocken auf ihre Gesichter, hielten ihn fest und zogen an ihm, damit er sie von der Farbe befreite. Aber er konnte ihnen nicht helfen. Was hatte er getan? „Geht nach Haus und trinkt Wasser!" rief er. Darauf liefen sie in alle Richtungen. Er war allein und sehr erleichtert. Er ließ die Körbe stehen, wollte laufen. Aber seine Beine waren ihm schwer, er kam nicht vorwärts.

Die Abendsonne warf ihr Licht durch das Fenster auf den Boden und an die Wand in Form eines geknickten, verzogenen Rechtecks. Er war allein. Er atmete tief, besser: er wollte, aber ein stechender Schmerz im Brustbereich ließ ihn abrupt innehalten. Was hatte der Arzt gesagt? Stichverletzung? Dann wollte er lieber nicht versuchen, den Oberkörper anzuheben, obwohl er sich gern ein wenig auf die Seite gedreht hätte. Die Frage war, wie sollte es weitergehen? Der Gedanke an die letzten Ereignisse und ihre möglichen Folgen raubte ihm jeglichen Mut. Warum war er nicht gestorben? Das wäre das beste gewesen. Die Ärzte mussten ja immer Leben retten, aber was nützte ihre Mühe dem, für den es keinen Platz gab?

Es klopfte. Eine junge Schwester trat ein, in den Händen ein Tablett. „Abendbrot!" sagte sie freundlich und schob das Tablett auf einem schwenkbaren Tisch quer über das Bett, „wie geht's Ihnen? Haben Sie Schmerzen? Hier ist eine Schmerztablette und eine, damit Sie gut schlafen. Leider muss ich Sie noch einmal kurz pieksen, gegen Thrombose. Das hier ist übrigens der Knopf für den Notfall, wenn Sie Hilfe brauchen sollten." Mit diesen Worten gab sie ihm eine Spritze in die Bauchdecke. „Guten Appetit."

Neugierig betrachtete er, was die Schwester gebracht hatte. Zwei Scheiben Brot, Butter, Leberwurst und Käse, in kleinen Verpackungen, als gehörten sie zu einer Puppenstube, eine zu einer Blüte aufgeteilte Tomate, Zucker in einer kleinen Tüte, und Früchtetee in einem großen Becher, in dem noch der Teebeutel steckte.

Ein Kloß im Hals hinderte ihn zunächst am Essen.

*

Über lange Flure in eine andere Etage ging die Fahrt mit seinem Bett. Schließlich öffnete der Pfleger eine Tür und schob ihn in ein Zimmer, in dem schon zwei ältere Männer lagen, von denen der eine ihn freundlich und neugierig begrüßte, während der andere zu schlafen schien, beide an Krebs erkrankt, wie er von dem einen, Karl mit Namen, erfuhr.

„Was soll ich sagen? Ich bin ja mittlerweile achtundsiebzig. Da kann man nicht meckern, wenn der Krebs einen packt. Viele erwischt es früher. Vielleicht schaffe ich es ja noch einmal, aber wenn nicht.., so werde ich's auch überleben, wollte ich gerade sagen. Nein, Spaß beiseite, dann ist es eben so. Bei mir ist es der Darm, der mich ärgert. Er.. (er deutete mit dem Kopf zu seinem Nachbarn und flüsterte), das sieht nicht gut aus. Sein Hals.. er kriegt keine Luft. Und du? Was führt dich denn hierher?"

Rico erzählte ihm von seinen Verletzungen und den Umständen, die dazu geführt hatten.

„Eine böse Sache," meinte Karl, „Leidenschaft führt bei solchen Geschichten fast immer die Regie. Natürlich dachte er, du wolltest seiner Schwester etwas antun. Aber gleich das Messer.., charakteristisch für unsere Zeit. Heutzutage zählt ein Menschenleben nichts mehr. Auch vor Kindern wird nicht halt gemacht, vor niemandem. Die Welt ist verrückt.

„Und ungerecht," bemerkte Rico. Der alte Mann drehte sich ein wenig und musterte den neuen Bettnachbarn.

„Ja, das auch. Du bist nicht von hier?"

Rico schüttelte den Kopf. „In meinem Land, werden die Menschen nicht sehr alt."

„Wenn ich fragen darf..," sagte der der alte Mann, „bist du

ein Flüchtling?"
Rico nickte.
„Dann wirst du wissen, wovon du sprichst. Ich habe das Privileg, hier geboren zu sein, obwohl es auch Zeiten gab, in denen ich mich woandershin gewünscht habe. Es ist hier nämlich nicht alles Gold, was glänzt. Das wirst du bald merken. Hoffentlich bist du am Ende nicht enttäuscht. Ich wünsche dir jedenfalls, dass du findest, was du suchst. Entschuldige, Rico, so war doch dein Name? Ich bin etwas müde."
Der alte Mann verstummte und schloss die Augen.

Zum Mittag gab es Hühnersuppentopf und einen Jogurt als Nachtisch. Karl und Rico waren sich einig, dass das Essen in Qualität und Geschmack Seinesgleichen suchte.
„Schade, dass es nur einen Teller gibt," meinte Karl, „ich fühle mich, wie in einem 5-Sternehotel, allein wegen des Personals. Ich bin nicht das erste Mal in einem Krankenhaus, so etwas wie hier, findest du so schnell nicht wieder."
Der andere Zimmergenosse, Bruno, war inzwischen aufgewacht. Für ihn bestand, bedingt durch seine Krankheit, das Problem, feste Nahrung aufzunehmen. Er war sehr schwach, die Krankheit hatte seine Körperfunktionen derart eingeschränkt, dass er jegliche Selbständigkeit verloren hatte, ohne fremde Hilfe nicht viel mehr als atmen konnte und das nur noch mühsam. Er wurde durch einen Schlauch ernährt, konnte sich wegen der vorangegangenen Operation am Kehlkopf nur durch sein Minenspiel, Kopfschütteln oder Nicken mitteilen.
„Was ist Bruno? Was willst du?"
Bruno wies mit dem Kopf zu seinem Nachttisch, auf dem

eine Flasche Wasser und ein Glas standen.

„Möchtest du etwas trinken?" Karls Vermutung war falsch. Weder er noch Rico wussten, was er wollte.

Schließlich gaben sie ihm einen Stift und ein Stück Papier, auf das er das Wort *Foto* schrieb. Auch jetzt dauerte es eine Weile, ehe sie die gerahmte Fotografie fanden, die die Schwester im Zuge ihres Hantierens in die Schublade gelegt hatte. Es zeigte seinen Sohn und seine Schwiegertochter mit seinem kleinen Enkel unter einem kapitalen Hirschgeweih. Karl stellte das Bild wieder auf seinen Platz. Bruno lächelte dankbar.

„Möchtest du, dass ich weiter lese?" Karl griff nach einem Buch. *Als ich ein kleiner Junge war,* hieß es, und begann zu lesen. Auch Rico hörte zu.

*

Nach einer allgemeinen Siesta klopfte es, und herein trat Marie. Noch blasser als damals, mit geränderten Augen, noch schmaler, fast schien es Rico, sie sei kleiner geworden.

„Entschuldigung," sagte sie gleich, wobei ihr die Tränen aus den Augen sprangen, sie beugte sich zu ihm herab, und er umarmte sie vorsichtig mit dem rechten Arm, den linken wollte er lieber noch nicht bewegen.

„Mach dir keine Sorgen," sagte er. „Der Arzt meint, es geht mir bald wieder gut. Noch ungefähr zwei Wochen muss ich hier bleiben."

„Ich würde mich sehr freuen," sagte sie, die Tränen trocknend, „wenn du dann wieder zurück kommst. Ich habe einen Fehler gemacht, dir nicht geglaubt."

„Schon gut! Es ist gut. Ich weiß nicht, was mit dieser Rebecca ist. Sie hat sich das alles ausgedacht. Ich wollte, dass sie ihre Lügen zugibt. Ich mag nicht mehr darüber sprechen. Wichtig ist, dass du mir glaubst. Es ist so, wie ich dir sage!" Er sah ihr tief in die Augen.

Sie nickte und begrüßte nun auch die Bettnachbarn. „Tag auch, junge Frau," erwiderte Karl. „Darf ich etwas sagen? Zu sehen, wenn Menschen einander verzeihen, sich versöhnen, das ist großartig, das ist wunderbar. Ihnen steht der Himmel wieder offen. Halten Sie Ihr Glück fest, das Leben ist kurz."

Marie lächelte dankbar zurück und wandte sich mit zurückgekehrtem Glanz in den Augen Rico zu.

„Ich freue mich so, dass du die Operation gut überstanden hast. Der Arzt sagt, dass du wieder vollständig gesunden wirst. Alles wird wieder gut, Lieber." Sie strich ihm über die Wange und wischte sich erneut die Augen.

„Wenn ich noch etwas sagen darf, junge Frau, ich halte es für unmöglich, bei Ihrer Fürsorge nicht in ein paar Tagen wieder gesund zu sein."

Sie drückte dankbar die Hand des Alten.

„Ich wünsche Ihnen, dass Sie schnell wieder auf die Beine kommen," sagte sie.

„Tja, das wünsche ich mir natürlich auch," meinte er, „aber ich bin ja nun schon etwas älter, und bei mir liegen die Dinge etwas anders. So eine Magengeschichte, wissen Sie, die sich schon über Jahre hinzieht. Jetzt hatte ich die dritte Operation, bald ist von meinem Magen nichts mehr übrig. Aber wie sagt man, Unkraut vergeht nicht. Ich wünsche Ihnen beiden alles erdenklich Gute. Entschuldigen Sie mich bitte, ich bin schon wieder müde. - Was ich mir zurechtschlafe in letzter Zeit.." Mit diesen Worten drehte er sich auf die Seite.

Sie setzten ihre Unterhaltung flüsternd fort. Als dann Marie sah, dass auch Rico müde wurde, kroch sie zu ihm unter die Decke. Einige Zeit später hatte der Schlaf sie beide in sein schwereloses Reich aufgenommen.

*

Überall lagen Luftballons, von der Deckenlampe zu einem Bild an der Wand spannte sich eine bunte Buchstabenkette „Rico & Marie", ein Blumenstrauß auf dem Esstisch leuchtete ihnen entgegen, davor standen eine Flasche Sekt und zwei Gläser.

Marie schüttelte die Flasche und öffnete sie mit einem Knall, der vom heraus spritzenden Nass begleitet wurde. „Schnell die Gläser! Auf uns!"

„Und die Wahrheit! Und Gerechtigkeit" ergänzte Rico. Sie tranken einen Schluck und nahmen sich in den Arm und küssten sich. „Ich freue mich so sehr, dass du wieder da bist."

„Ich freue mich auch!" sagte Rico. „Schon wieder habe ich das Gefühl zu träumen.

Da es gerade nicht regnete und noch Zeit war, bis Jacob aus der Schule kam, machten sie noch einen Spaziergang zum Teich, wo sie sich auf eine Bank setzten und die Enten beobachteten, die sogleich von allen Seiten herbei schwammen in Erwartung einiger Brotkrumen und ihrerseits die beiden Besucher still und erwartungsvoll betrachteten.

„Na, ihr Hübschen, wir haben leider nichts," teilte Marie ihnen mit. „Wenn ich ein Tier sein wollte und die freie Wahl hätte, würde ich mich wohl für eine Ente entscheiden. Die kann schwimmen, fliegen und sich auf dem Land bewegen. Und wenig Feinde hat sie auch. Und du?"

„Ein Vogel, der sich die Welt von oben anschaut und dorthin fliegt, wo es ihm gefällt, der keine Grenzen kennt, dessen Freiheit grenzenlos ist."

„Ja, das muss wunderbar sein," stimmte ihm Marie zu.

„Das Problem ist, dass in meiner Religion ein Tier nicht als

Mensch wiedergeboren werden kann, ein Tier immer ein Tier bleibt."

„Wieso..?"

Das hängt mit dem Karma zusammen, hast du ein gutes Karma wirst du nach dem Tod als Mensch wiedergeboren, bei einem schlechten Karma wirst du ein Tier oder ein Dämon."

„Karma?"

„Gutes Karma entsteht durch gute Handlungen und Gedanken, schlechtes Karma durch schlechte Handlungen und Gedanken."

„Ach so.., das verstehe ich.., da bin ich aber froh, eine andere Religion zu haben. Glaubst du an eine Wiedergeburt?"

„Ich wünsche es mir. Um zu glauben musst du sehr viel meditieren."

„Und meditierst du viel?"

„Früher, mit meinen Eltern. Ich muss damit wieder beginnen."

„Das möchte ich gern einmal sehen, wie du da sitzt im Schneidersitz…"

„Komm, ich zeige es dir." Rico zog Marie neben sich auf den Boden ins Gras. Sie sollte die Beine übereinandergeschlagen und mit durchgedrücktem Kreuz sitzen, was für sie schon nicht einfach war. Dabei fünf Minuten lang nur an die Enten denken.

„Das schaffe ich nicht," meinte sie nach einer Minute, „vielleicht, wenn ich an etwas anderes denke…jetzt.. noch einmal." Sie nahmen die Zeit. Tatsächlich blieb sie drei Minuten mit geschlossenen Augen stocksteif sitzen.

„Das war schon besser,"sagte er, „woran hast du gedacht?"

„Das möchtest du wohl wissen.."

„Meine Religion ist das Christentum," erklärte sie, erleichtert, die normale Sitzposition wieder einnehmend.

„Wir haben einen Gott, den wir anbeten und um Vergebung unserer Sünden bitten und der uns Trost und Erlösung spenden soll. Er verheißt ein Weiterleben nach dem Tod, nicht körperlich, aber der Seele."

„Und die Kirchen sind seine Tempel," folgerte Rico.

„Ich bin schon in einigen gewesen. Ich gehe dorthin, um zu meditieren. Dort ist es anders. Dort ist es still und auch etwas dunkel, und der hohe Raum macht die Gedanken frei," erklärte er seine Erfahrung.

„Ist es in Eurer Religion auch so, dass gute Gedanken und Taten wichtig sind?"

„Ja!" Bestätigte Marie. „Gute Taten vor allen Dingen."

Rico nickte versonnen.

„Früher, als ich dich zum ersten Mal sah, hatte ich dein Karma gespürt, das hatte mich sehr gefreut."

„Und was wäre gewesen, wenn es kein gutes Karma gewesen wäre, das du spürtest?"

„Dann wären wir jetzt nicht hier," antwortete er ernst.

„Das wäre aber schade gewesen, findest du nicht auch?" neckte sie. Und da er nicht antwortete, beobachtete sie ihn amüsiert und erklärte ihm, dass er bei ihr zuallererst Spaß verstehen müsse.

*

Der Termin bei der Polizei lag Rico schwer im Magen. Sein Respekt gegenüber dieser Institution, insbesondere der deutschen, war sehr ausgeprägt. Nach seiner Vorstellung hatte sie unumschränkte Macht, von der sie, ohne lange zu fackeln, Gebrauch machte und die Leute zu bereitstehenden Flugzeugen brachte. Er hatte während seines Aufenthalts in der Asylunterkunft von solchen nächtlichen Überraschungsaktionen gehört und seine Furcht vor seinem Besuch bei der Polizeistation wuchs von Tag zu Tag. Es halfen auch Maries Beschwichtigungen nicht, dass er nur als Zeuge geladen war. Dass sie ihn zu der Vernehmung begleitete, stand für sie von vornherein fest. Auch wollte sie sich über alles, was diese Angelegenheit betraf, aus erster Hand informieren und Rico auf allen Wegen zur Seite zu stehen.

Der Beamte, ein junger Mann in Jeans und T-Shirt, mit Tätowierungen auf dem Unterarm, stellte nach Aufnahme der Personalien und dem Hinweis, dass das Recht bestehe, die Aussage zu verweigern, die Frage, wie es aus Ricos Sicht zu der Tat gekommen war, und tippte, zahlreiche Zwischenfragen stellend, seine Antworten in den Computer.

Rico begann mit der Schilderung der Begegnungen mit Rebecca, die immer vertraulicher wurden, ohne dass er ihr dazu Grund gegeben hätte, im Gegenteil, berichtete von der Einladung zu einem Essen im Kreise der Familie, die er abgelehnt hatte, von ihrem anzüglichen Benehmen an-anschließend und überreichte dem Beamten den Brief. Auf die Frage, warum er sich so sicher sei, dass er von der Rebecca stamme, antwortete er, dass es niemand anderen gäbe, der es getan haben könnte. Sie sei die einzige, mit der er gesprochen habe."

„Nur gesprochen!" hielt der Beamte milde lächelnd fest.

„Ja, Natürlich! Nur gesprochen, ich schwöre," ereiferte sich Rico. „Ich wollte nicht mit ihr sein, ich bin ihr aus dem Weg gegangen. Ich habe eine Frau, sie sitzt neben mir."

Der Beamte nickte verständnisvoll.

An diesem Punkt seiner Aussage steigerte sich Ricos Erregung merklich. Er suchte nach Worten, wobei er auch in seine Heimatsprache verfiel.

„Was auf dem Papier steht, ist eine Lüge. Sie hat sich das alles ausgedacht. Eine böse Lügnerin ist sie, die mich in eine schlimme Lage gebracht hat."

Rico schilderte den weiteren Verlauf, so, wie er ihn erinnerte, seine Empörung, seine Wut, die erst erlosch, wenn diese Rebecca ihre Lügen zugab. Wie er sie hochgerissen und zappelnd auf den Flur gezerrt hatte, bis zu dem Punkt, als nach dem zweiten Schlag in seinen Rücken alles um ihn herum schwarz geworden war.

Zum Schluss las und unterschrieb er das Protokoll, das, wie der Beamte erklärte, an den Staatsanwalt geleitet werde.

Nach der Vernehmung wieder im Freien, neigte Marie erleichtert zu neckender Ausgelassenheit wegen seiner vorangegangenen Befürchtungen, was alles passieren könnte. Doch ihre Heiterkeit steckte ihn kaum an. Das Wort Staatsanwalt klang ihm nach. Es war ja noch nicht vorüber, er teilte nicht ihren Frohsinn.

*

Der alte Mann bestand nur aus Haut und Knochen. Was er auf dem Leib trug, war ihm zu groß, schien zu jemand ungleich Größeren zu gehören. Vorsichtig, als fürchtete er, etwas zu zerbrechen, hakte Rico seinen neuen Freund unter, ihn stützend und sich seinem schleppenden Gang anpassend. Das Taxi wartete bereits. Ein nicht mehr ganz junger, Ruhe ausstrahlender Taxifahrer verstaute Karls Tasche im Kofferraum, während Rico ihm bei seinem mühsamen Einstieg half.

„Bitte zum Holunderstieg," sagte Karl, als er auf dem Beifahrersitz zu sitzen gekommen war.

„Ich habe es tatsächlich noch einmal geschafft," begann er sogleich ein Gespräch. „ Ehrlich gesagt habe ich nicht gedacht, dass ich die Klinik auf diesem Wege wieder verlassen würde. Das nächste Mal, denke ich, wird für mich ein anderes Transportunternehmen tätig werden müssen." Er lachte in sich hinein und fuhr fort: „Ab einem gewissen Punkt stellt sich ja auch die Frage: lohnt sich das alles noch? Auch von der Kosten/Nutzenseite gesehen. Was entstehen da für Kosten für so einen alten Knacker, der ohnehin nur noch eine Last für die Allgemeinheit ist. Sagen Sie, sind Sie auch der Ansicht, dass es eine Sünde ist, als Patient eine lebenserhaltende Operation zu verweigern?" Ohne die Antwort des Taxifahrers abzuwarten, fuhr er fort, „ eigentlich hatte ich bereits die Entscheidung getroffen, sie abzulehnen, angesichts der bisherigen Ergebnisse, es wäre die dritte gewesen, aber der Arzt, Dr... wie hieß er noch gleich.. einerlei, schaffte es, mich umzustimmen. Er erklärte mir, eine solche Ablehnung sei unfair gegenüber jenen, die noch hofften und um ihr Leben kämpften. Auch in meinem Falle gäbe es noch Hoffnung.

Ende der Geschichte: ich sagte ok." Der alte Mann seufzte. „Da bin ich also nun.. So ist das mit dem Alter, kein Zuckerschlecken. Darf ich fragen, wie alt Sie sind?"

„Einundfünfzig." kam nach einer langen Weile. „Einundfünfzig! Da sind Sie noch in den besten Jahren, aber ich sage Ihnen, die Zeit vergeht wie im Fluge. Man merkt es kaum, aber plötzlich, schwupps, ist man siebzig. Mein Rat, leben Sie gesund! Entschuldigen Sie, ich rede zuviel. Haben Sie Familie?"

Der Taxifahrer nickte.

„Das ist ein großes Glück! Halten Sie es fest!"

Der Taxifahrer sagte nichts. „So, da wären wir," erklärte er nach einer Weile der Stille, „das macht dann zweiundzwanzigfünfzig."

Der Aufstieg zu Karls Wohnung war mangels Fahrstuhl beschwerlich. Sie lag im dritten Stock. Mit vielen Pausen gelangten sie schließlich nach oben.

Nachdem es Karl nicht gelungen war, scheiterte auch Rico daran, die Wohnungstür aufzuschließen. Der Schlüssel passte nicht. Der alte Mann verstand die Welt nicht mehr, auch sein Namensschild war nicht mehr da.

„Nun fress ich aber einen Besen! Wir sind doch hier im dritten Stock?" Da er sich keinen Vers darauf machen konnte, riefen sie die im Treppenhaus angeschlagene Nummer des Hausmeisters an und erfuhren von ihm, dass die Wohnung vor zwei Woche zwangsgeräumt worden war. Am besten setze er sich mit dem Vermieter in Verbindung, um Genaueres zu erfahren.

Diese Auskunft erschütterte Karl, er redete verwirrt und hatte Tränen in den Augen. Schließlich sammelte er sich.

Er hatte eine schwere Zeit hinter sich. Mit dem, was von seinem Magen nach zwei Operationen übrig geblieben war, hatte sich sein Leben sehr verkompliziert. Er dachte nach, rief sich die Zeit vor seinem Krankenhausaufenthalt ins Gedächtnis. Bruchstückhaft kehrte seine Erinnerung zurück. Was ihm in diesem Augenblick dämmerte, wollte er zunächst nicht wahr haben, und er behielt beschämt für sich, was sich wie ein Albtraum vor ihm auftat, dass er ja die Wohnung selbst gekündigt hatte, da er ja seinerzeit seinen Wohnungswechsel nach Süddeutschland geplant hatte.

Sie überlegten, was zu tun sei. Die Tür war und blieb verschlossen. Den alten Mann hier und jetzt stehen zu lassen, dieser Gedanke fand keinen Platz in Ricos Kopf. Aber er wusste ebenso wenig, wohin mit ihm und beschloss, ihn vorerst in Maries Wohnung mitzunehmen.

Dort angekommen, offenbarte der alte Mann die Erklärung für das Problem.

Um sich Gewissheit zu verschaffen, telefonierte er zunächst noch einmal mit der Hausverwaltung, von der er die Bestätigung erhielt, dass er die Wohnung selbst gekündigt hatte, sein Schreiben läge dort vor, und nach Verstreichen der Frist und dem Ausbleiben einer Rückmeldung geräumt worden sei. Wo er denn gewesen sei, warum er sich denn nicht mehr gemeldet habe. Eine Rückkehr sei nicht möglich, da es schon einen neuen Mieter gäbe. Am besten, er käme vorbei, da noch Fragen zu den Räumungskosten und dem Mobiliar zu klären seien.

Nach diesem Gespräch war der alte Mann wie betäubt, entschuldigte sich bei Rico für die Unannehmlichkeiten, die er bereitete. Rico bettete ihn auf das Sofa, wo er,

Unverständliches murmelnd und sich nervös über das Gesicht fahrend, einschlief.

Rico unterrichtete Marie telefonisch von der Entwicklung. Der alte Mann tat ihm leid und nicht anders ging es Marie. Sie beruhigten ihn, sagten ihm, dass er bis zur Klärung der Angelegenheit bleiben könne.

„Ich bin ja noch gar nicht so lange wieder in Hamburg, meiner Geburtsstadt," meldete sich der offenbar wieder zu Kräften Gekommene zu Wort, „bis vor einem Jahr habe ich noch in Süddeutschland gelebt, insgesamt einundvierzig Jahre! Der Liebe wegen. Gedankenverloren nickte er vor sich hin.

„Dreiundreißig wunderbare Jahre waren uns gegeben, dann.. ach, Hanna.." er seufzte. „Acht Jahre ist das schon wieder her! Wo bleibt nur die Zeit? Die Erinnerung ist natürlich mein Kostbarstes, doch zunehmend, und besonders seit ich wieder hier bin, schmerzt sie mich. Wenn ich zurückdenke an unser gemeinsames Leben, das Haus und den Garten.. wo... Ich darf nicht ständig zurückdenken, es wäre auch nicht in Hannas Sinn. Ich weiß das ja, und ich bemühe mich auch.. entschuldigt bitte, ich rede viel, manchmal kommt es so über mich.

„Im Gegenteil, wir hören Ihnen gerne zu," ermunterte Marie ihn.

„Naja," fuhr darauf der alte Mann fort, „nachdem Hanna ge...gangen war, bin ich noch ein paar Jahre dort geblieben, aber dann wollten die Kinder unseres Vermieters das Haus für sich. Da hatte ich keinen Grund mehr in der Gegend zu bleiben, ich dachte auch, beziehungsweise hoffte ich, es würde mir woanders besser gehen, aber wie gesagt.."

Er sah seine Zuhörer fragend an, ob er sie auch nicht langweilte.

„Ich musste also ausziehen, aber auch ohne diese Aufforderung wäre ich nicht dort geblieben," fuhr er fort. Ich musste Abstand gewinnen, was in dem Haus nicht möglich war, jeden Tag die Orte vor Augen, wo ich mit Hanna glücklich war, die Wohnung mit demselben Mobiliar, das Bett, der Schrank mit ihren Kleidern, unser geliebter Garten, die Wege, die wir gegangen waren, die Geschäfte.. was sollte ich dort allein? ich lebte nur noch in Erinnerungen, und beschloss, in meine Geburtsstadt zurückzukehren, es war so eine Sehnsucht in mir, zurück zu meinen Eltern, zurück zu den Orten meiner Kindheit. Ohne viel nachzudenken, mietete ich diese Wohnung aus der Ferne, ohne sie gesehen zu haben, ich war froh, überhaupt eine gefunden zu haben, und vom ersten Tag an hatte ich das Gefühl, einen Fehler gemacht zu haben, fühlte ich mich nicht gut. Da saß ich nun in zwei Zimmern im dritten Stock mit Balkon und viel Zeit. Um mich herum die laute Stadt, die ich kaum wiedererkannte. Was mir Trost gab und Halt, war die Erinnerung, eben das, was ich hinter mir lassen wollte.

„Ich sprach mit Hanna, und habe ihr Optimismus vorgespielt, aber sie hat mich sofort durchschaut und macht sich nun Sorgen. Ich wollte nun wieder zurück zu dem Ort, wo ich glücklich und wieder in ihrer Nähe war. Dort kannte ich mich aus, und ein Freund von früher wollte mir für eine Übergangszeit Obdach geben.

So kündigte ich meine Wohnung im Holunderstieg. Kurz darauf sah ich etwas Rotes in.., Ihr wisst schon. Es war Blut. Danach geriet alles außer Kontrolle. Ich kam ins Krankenhaus, dann zur Reha und wieder Krankenhaus, wo es mir nach der nächsten Therapie nicht besonders gut ging. Die Kündigung war mir völlig abhanden gekommen. Erst, als wir jetzt vor der verschlossenen Tür standen, kam alles wieder. Im ersten Moment war ich nicht sicher, ob mir mein altes Gehirn einen Streich spielte.. tatsächlich hatte ich alles vergessen, wie ausradiert. Das gibt mir weiß Gott zu denken.. ich bin eben nicht mehr der Jüngste. So ist das, wenn man alt ist, wenn man auf eine große Anzahl von Jahren und Zeiträumen zurückblickt, auf all die Erlebnisse und Schicksalsschläge, da kann man schon wunderlich werden.. - aber.., was machen wir denn nun?" Das war eine gute Frage, die beantwortet werden wollte, doch sehr bald war klar, dass eine Lösung auf die Schnelle, nicht möglich war.

Als ihm vor Müdigkeit die Augen wieder zufielen, richteten sie ihm im nur selten genutzten „Wäschezimmer" die als Ablageort für allen möglichen Krimskrams genutzte Liege als Bett her, wo er im nächsten Augenblick einschlief. Er schlief den Schlaf des Gerechten, und sie ließen ihn.

*

Früh am nächsten Morgen empfing er seine Gastgeber aufgeräumt und voll Tatendrang und teilte ihnen mit, dass er den nächsten Zug Richtung Süden nehmen wollte. Ob sie so freundlich wären, ihm ein Taxi zu rufen.

Darauf hieß es: „Sachte, sachte! Karl, für ein Frühstück wird die Zeit wohl noch reichen!"

Sie nahmen Platz am ausgezogenen Tisch in der Küche, die von einem die Lebensgeister weckenden Kaffeeduft erfüllt war. Bei frischen Brötchen und Marmelade erfuhren sie einige Einzelheiten über die geplante Reise, auf jeden Fall soviel, dass sie mit einigem Umsteigen verbunden war und der entfernte Freund, so schlossen sie, weder informiert noch sein genauer Aufenthaltsort bekannt war. Es handelte sich genauer gesagt um eine Fahrt ins Blaue, und sie rieten ihm sehr, unter diesen Umständen von der Reise vorerst Abstand zu nehmen.

Es wurde deutlich, was Marie und Rico in ihrer Hilfsbereitschaft ausgeblendet hatten, dass es schwierig werden würde mit dem alten Mann. Hilflos wie er war, haben sie sich außerstande gesehen, ihn sich selbst zu überlassen oder irgendwo abzugeben, wie ein Paket gewissermaßen, das ihnen fälschlich zugestellt worden war. Auch wussten sie nicht, welche Stelle sich dieses alten, zerbrechlichen Mannes adäquat annehmen würde. Höchstwahrscheinlich wäre die nächste Station ein Wohn- oder Pflegeheim gewesen, das nicht gerade im Ruf stand. einen geglückten Lebensabend zu bereiten. -   Soweit sogut, aber was tun mit dem alten Mann? Vorerst blieb es beim Wäschezimmer.

*

Von Jacob hatte Rico erfahren, dass Wilfried noch immer nicht zu seiner Arbeit in die Schule zurückgekehrt war. Nur einmal sei er da gewesen und hatte gesagt, er würde bald wiederkommen.

Rico, weitgehend genesen, besuchte seinen Freund.

Obwohl ihm nach dem Sturz mit dem Fahrrad die zweite Operation bevorstand, bei der er diesmal ein künstliches Kniegelenk erhalten sollte, machte er einen muntereren, Eindruck, als damals bei seinem Besuch nach seiner ersten Operation.

„Ja Rico, schau dir diesen Idioten an, dem nichts besseres einfällt, als sich mit dem Rad hinzulegen," begrüßte er ihn. „Das Knie ist jetzt ganz hin, aber ich bin ja Kummer gewohnt. Komm, setz dich, ich freue mich, dass du da bist."

Er bat Rico zu erzählen, was es bei ihm Neues gab und erkundigte sich nach seinem Asylverfahren.

„Du bleibst in Hamburg? Großartig! Du Glückspilz! Dann läuft ja alles nach Wunsch. Von mir kann ich das momentan nicht sagen, wie du siehst. Dass du es nicht vergisst, die Rechnung des Anwalts gibst du mir! Und sonst, alles gut? Mit Marie alles wieder in Ordnung? Heiratet doch, dann braucht ihr euch keine Sorgen mehr zu machen."

„Das haben wir auch schon überlegt," stimmte Rico zu, „das Problem sind die Papiere, ich brauche eine Geburtsurkunde und ein Ehefähigkeitszeugnis, hat man uns beim Standesamt gesagt. Dazu müsste ich in mein Land zurückkehren, und als Flüchtling darf ich das nicht. Auch gibt es in meinem Land viele solcher Papiere nicht mehr, weil nichts gemeldet wurde und das meiste bei dem Aufstand vor vier Jahren verbrannt ist. Nein, das ist ein schwerer Weg und ohne Geld extra für den Büroleiter, viel Geld, brauchst du es gar nicht erst zu versuchen.

„Tja dann..," sagte Wilfried ratlos, „dann weiß ich auch nicht.."

Rico beeilte sich, ihm zu sagen, dass er ihm, seinem Freund, nur den Stand der Dinge mitteilen wollte, nichts weiter, und ihm für alles danke. Er zeigte ihm stolz die Aufenthaltsgestattung, die ihm von der Behörde ausgestellt worden war.

„Dann darfst du ja sogar schon arbeiten," stellte Wilfried fest.

„Ich suche Arbeit," sagte Rico. „Ich wohne mit Marie, und sie bezahlt alles. Das ist nicht schön. Aber immer lehnt die Behörde ab. Es ist schwer. Vielleicht Gerüstbauer, hat der Beamte gesagt, eine Arbeit auf dem Gerüst, die sonst keiner machen will. Ich kann gut klettern, auch ganz weit oben. Vielleicht gibt es eine Chance, oder in einer Fischfabrik. Sie wollen mir Bescheid geben, trotzdem suche ich selbst."

„Irgendwann klappt es schon," meinte Wilfried, „vielleicht solltest du eine Ausbildung machen, du bist noch jung. Geh doch mal zu dieser Beratungsstelle." meinte er, nachdem er ihm eine Adresse aus dem Computer ausgedruckt hatte.

„Und nun lass uns mal anstoßen auf das, was du bisher erreicht hast," schloss er an und holte aus einem verschlossenen Fach seines Schreibtisches eine Flasche und zwei Gläser hervor.

„Auf dass alles besser wird!" sagte er müde lächelnd.

"Und sonst? Wie läuft es mit Marie? Versteht Ihr Euch? Ich könnte mir vorstellen, dass.. sie hat ja Temperament.. ich meine.. wichtig ist, dass Ihr gut miteinander könnt.. wie wir sagen, die gleiche Wellenlänge habt. Die Frauen hier sind anders, wie du sicher gemerkt hast, selbständig und frei und anspruchsvoll, das vor allen Dingen, brauchen immer Aufmerksamkeit, ohne sie fühlen sie sich vernachlässigt, und dann wird es schwierig."

Er leerte sein Glas mit einem Zuge.

„Das Leben zwischen Mann und Frau ist ja an sich ein.. Buch mit sieben Siegeln. Die Jahre mit ihrem Alltag hinterlassen Abnutzungsspuren, das bleibt nicht aus.. dann zeigt es sich.. du weißt, was ich meine.." Er schenkte sich ein weiteres Glas ein, wobei ein Teil vorbeilief. Fluchend rieb er die nasse Stelle auf dem Fußboden mit seinem Taschentuch weg.

Rico fiel seine veränderte Sprechweise auf, langsam und schwer, und sein Blick, irgendwie an ihm vorbei und durch ihn hindurch.

Er sah Wilfried verlegen an. Er war nicht sicher, ob er ihn richtig verstand. Was er sagte, klang rätselhaft. Er wollte Rico erneut einschenken, aber dieser lehnte dankend ab.

Verlegen verabschiedete er sich schließlich und als er die Klinke in der Hand hielt, zeigte Wilfried auf die Flasche und zu seinem Mund: psst! Rico nickte, doch er wusste nicht, was er davon halten sollte. So kannte er seinen Freund nicht.

*

Ich bin schwanger, diese Worte machten, dass Rico Halt suchend hinter sich griff. Aber da war nichts, und mit einem Reflex hielt ihn Marie am Ärmel fest. Er stand wie vom Donner gerührt und starrte sie an.

„Was ist? Freust du dich nicht?" sagte sie und schloss ihn in die Arme „wir waren uns doch darüber einig, dass ich nicht verhütet habe.. Wir wollten es doch so, du und ich."

„Ja Natürlich!" stieß er hervor. „Du meinst.., du bekommst.. "

Sie schüttelte den Kopf. „Wir bekommen ein Kind."

„Das.., das ist.." er rang nach Worten, „bist du sicher? Woher weißt du das?"

„Das fühle ich, und das sagt der Frauenarzt, und dann ist hier auch schon das erste Foto, schau dir unseren Kleinen an."

„Danke!" sagte er, als sie vergeblich versuchte, ihm den winzigen Schatten zu erklären.

„Ja, ich sehe!" sagte er, obwohl er nichts sah.

Die Nachricht schien ihn aus der Fassung gebracht zu haben. Er begann auf und ab zu gehen und in seiner Sprache vor sich hinzureden, was sie trotz einiger Sprachkenntnisse nicht verstand.

„Ich komme gleich wieder," mit diesen Worten lief er mir nichts dir nichts aus der Wohnung, steuerte auf eine die Häuser überragende Turmspitze zu.

*

Von ihrem Rechtsanwalt erfuhren sie, dass sich Maries Schwangerschaft bis zur tatsächlichen Geburt des Kindes nicht auf Ricos ausländerrechtlichen Status auswirkte, was hieß, dass sich daraus noch keine Rechte herleiten ließen. Nach der Geburt ändere sich jedoch die Situation grundlegend. Dann nämlich sei er Vater eines deutschen Kindes und habe das Recht auf Erteilung einer Aufenthaltsererlaubnis nach § 28 Abs. 1 Nr. 3 zur Ausübung der Personensorge mit der damit verbundenen Genehmigung zur Aufnahme, sowohl einer unselbständigen, als auch selbständigen Erwerbstätigkeit, unabhängig davon, ob er mit der Mutter des Kindes verheiratet sei. Sollte das Kind vor Abschluss seines Verfahrens geboren werden, sei ihm eine verfahrensunabhängige Aufenthaltserlaubnis zu erteilen. Nach drei Jahren Besitz der Aufenthaltserlaubnis habe er das Recht, eine „Niederlassungserlaubnis" zu beantragen.

Vor lauter Konzentration auf diese Ausführungen hatten sich ihre Gesichter gerötet. Was sie hörten, übertraf ihre Erwartungen. Ungläubig und hartnäckig nachfragend vergewisserten sie sich der einzelnen Punkte.

*

Wieder zu Hause, spielten sie euphorisch die sich auftuenden Möglichkeiten durch. Angesichts des seine Strahlen vorausschickenden Ereignisses war eine größere Wohnung doppelt wichtig. Doch woher nehmen und nicht stehlen? Große Wohnungen waren knapp und teuer.

Bei ihren Überlegungen spielte Karl eine Rolle, der nach wie vor bei ihnen wohnte, anfangs aus der Not heraus, nicht zu wissen, wie es mit ihm weitergehen sollte, zunehmend aber durch eine wachsende Sympathie, die sich zu einem vertrauten Band zwischen ihnen entwickelte. Der Gedanke, mit ihm zusammen eine größere Wohnung zu beziehen, auf jeden Fall mit vier Zimmern, und ihn an der Miete zu beteiligen, erschien ihnen nicht abwegig. Er hatte es selbst vorgeschlagen. Ohne ihn, seinen finanziellen Beitrag, war es ihnen nicht möglich, eine solche Wohnung zu bezahlen.

Auch hatte sich Karl als absolut pflegeleicht erwiesen, und er machte sich nützlich, wo er konnte. Sein Gesundheitszustand hatte sich kontinuierlich stabilisiert, so dass er ohne Hilfe zurechtkam. Aus- und Anziehen, Waschen, Hygiene, Ordnung halten klappten zunehmend besser. War das Wetter schön, traute er sich schon zu einem kleinen Gang vor die Tür.

Mit seiner körperlichen Regeneration waren auch seine geistigen Kräfte zurückgekehrt. Er beteiligte sich aktiv an der Suche nach einer passenden Wohnung.

*

Dass Rico und Jacob spät nachmittags zum Bolzplatz gingen, gehörte schon fest zu ihrem Tagesprogramm. Hatten sie anfangs nur unter sich gespielt, waren im Lauf der Zeit ein paar Jungs dazu gekommen, von denen zwei Mitglied eines Fußballclubs waren. Ihre Mitgliedschaft gaben sie nicht ohne Stolz auch durch Tragen ihres Vereinstrikots und Fußballstiefeln zu erkennen, ganz die Profis, auf den Spuren ihrer weltbekannten Idole.

Mit ihnen freundete sich Jacob an mit dem Ergebnis, dass auch er dem Club beizutreten wünschte. Seine Mutter stand diesem Wunsch skeptisch gegenüber, wegen seiner Krankheit, aber als der Arzt grünes Licht gegeben hatte, gehörte er sehr bald zu der zweiten Knabenmannschaft auf der Position des Torwarts.

Auch in der Schule wurde Fußball gespielt. Klassenmannschaft gegen Klassenmannschaft, auch Schüler gegen Lehrer, Partien, die immer zugunsten der Lehrer ausgegangen waren. Nach drei Niederlagen infolge sollten nun die Väter den Lehrern einmal zeigen, was eine Harke war. Eigens wurde ein Spieltermin anberaumt.

Die Väter gewannen sechs zu eins.

„Unser bester Mann hat uns gefehlt," entschuldigte der Kollege Treidel die hohe Niederlage.

Nach dem Spiel trat einer der Väter, mit dem Rico die meisten Ballkontakte hatte, auf ihn zu und begann mit ihm ein Gespräch. Wo er das Fußballspielen gelernt habe, wo er herkomme, ob ihm das Leben in Deutschland gefalle, was er so mache, ob er einem Verein angehöre, wie alt er sei. Auch erzählte er von seiner eigenen aktiven Zeit, von der Krönung seiner Laufbahn damals durch den Aufstieg in die zweite Liga und dass er dem Verein immer noch angehöre, nun allerdings in einer anderen Funktion, mehr hinter dem Schreibtisch. Der Mann hörte nicht auf zu fragen und zu reden, so dass Rico, der die ganze Zeit über freundliches Interesse gezeigt hatte, Jacobs ungeduldigem Drängen zum Aufbruch dankbar nachkam.

Noch in derselben Woche begleitete er Jacob zum Training seines neuen Vereins, Concordia Rot-Weiss. Er staunte nicht schlecht, als er in dem Trainer von etwa zehn tatendurstigen Jungen seinen Mitspieler von neulich erkannte, und er beneidete ihn nicht um die Aufgabe, Ordnung in diesen Bienenschwarm zu bringen. Doch ein Pfiff und schon scharten sich alle, samt Jacob, um diesen Mann, lauschten seinen Anweisungen, stieben sodann auseinander, holten Gerät, um es, wie verlangt, aufzustellen. Ein Slalomparcours entstand, und einer nach dem anderen durchlief ihn, den Ball am Fuß führend. Es folgten weitere Übungen und nach der Bildung zweier Mannschaften, die nun gegeneinander spielten, gesellte er sich zu Rico und fragte ihn, unter lautstarken Anweisungen zwischendurch an die jungen Spieler, ob er nicht Lust hätte, sich an einer Trainingseinheit der ersten Herren gleich im Anschluss an das Jungendtraining zu beteiligen. Ein Paar passende Fußballschuhe stünden zur Verfügung. Rico hatte.

Nach einem kurzen Bekanntmachen mit Händeschütteln ging es los. Es wurden zwei Mannschaften gebildet, Angreifer und Verteidiger. Zunächst wurden Eckstöße geübt, Standartsituationen, bei denen schnell schon mal das eine oder andere Tor fallen konnte, ohne dass es einer großen Anstrengung bedurfte. Desgleichen Freistöße mit einer davor stehenden Mauer.

Anschließend teilten sie das Feld und spielten quer auf zwei kleinere Tore. Vier gegen Fünf. Rico gehörte zur Fünfermannschaft.

Es war ein Rasenplatz, zum ersten Mal spielte er auf einer weichen Rasenfläche, auf dem der Ball, anders als auf dem Gelände, unweit des Vulkans mit seinen Buckeln und Kuhlen, nicht versprang, sondern dem Willen und Können des Spielers gehorchte und ein Sturz ohne größere Folgen blieb. O ja, der Ball gehorchte ihm, weckte in ihm eine unbändige Spielfreude, die sich in seiner unerschöpflichen Laufbereitschaft, seinem Trickreichtum in Verbindung mit seiner gekonnt sicheren Ballbehandlung beim Umspielen des Gegners, seiner Schnelligkeit, seinem ideenreichen, genauen Zuspiel kundtat. Er ragte heraus zwischen den Spielerkollegen, die sich mit ihrer Bewunderung für sein Können nicht zurückhielten. Sie waren voll des Lobes, nahmen ihn in ihre Mitte und schlugen ihm vor, besser überboten sich in Überredungskünsten, Mitglied des Vereins zu werden und als Verstärkung der Ersten Herren alte Größe wiederherzustellen.

*

Der Erfolg und die Anerkennung, die Rico von Anfang an widerfuhren, taten ihm gut. Zum ersten Mal in dem neuen Land fühlte er sich außerhalb der Familie geschätzt und wichtig, konnte er zeigen, was in ihm steckte. Das Ballspiel gab ihm die Gelegenheit. Von nun an erschien er zu jedem Training. Seine Geschicklichkeit, seine Schnelligkeit, seine Ballsicherheit, seine Schussgenauigkeit, seine Dribbelkünste, sein Zug zum Tor beeindruckten. Das Lob, das er von allen Seiten erntete, das Gefühl, eine wichtige Rolle zu spielen, steigerten seinen Ehrgeiz und setzten verschüttete Kräfte frei. Das zeigte sich im ersten Punktspiel, bei dem die Zuschauer mit ihrer Begeisterung für den Neuzugang nicht hinter den Berg hielten, jede seiner Aktionen beklatschten und bejubelten.

Der Drittletzte der Tabelle gewann vier zu eins gegen den Zweiten, der damit auf Platz vier abrutschte. Großen Anteil am Sieg der Heimmannschaft hatte Rico, den der Beifall und die Anfeuerungen des Publikums, *Rico Rico,* in einen wahren Spielrausch versetzten. Drei der vier Tore gingen auf sein Konto. Nachdem die gegnerische Mannschaft in ihm zunächst nur einen neuen Spieler gesehen hatte, einen Ersatzmann für die bisherige Nummer elf, dementsprechend in bewährter Spielweise begann, verlor sie nach dem zweiten Gegentor ihre Fasson, da sie lange kein Mittel gegen die unwiderstehlichen Sturmläufe des neuen Spielers fand, der von der rechten Seite her in ihren Strafraum einfallend, seine Mitspieler bediente und nicht zögerte, aus dem Lauf heraus auch selbst placierte Schüsse abzugeben. Auch, wenn nicht jeder Schuss zum Erfolg führte, war das Publikum dankbar für seine Entschlossenheit.

„Endlich einer, der nicht lange fackelt," war die einhellige

Meinung der Fußballbegeisterten.

In der zweiten Spielhälfte hatte er es ungleich schwerer, da er sich, sobald er den Ball führte, gleich mehreren Spielern gegenüber sah. Dafür fiel es nun seinen Mitspielern auf der anderen Seite wegen des freigewordenen Raumes leichter, sich dem Tor zu nähern. Am Ende hieß es vier zu eins, und die gegnerischen Spieler verließen mit hängenden Köpfen und diese schüttelnd das Feld.

*

Wie staunte Rico, als er am nächsten Tag ein Bild von sich in der Zeitung sah, die Jacob ihm aufgeschlagen vorlegte. Tatsächlich! Das war er! Das Foto zeigte ihn, wie er über ein nach dem Ball langendes Bein springt.

Unter der Überschrift „Rico sei Dank, Concordia darf hoffen" las er:

„Es muss ihn der Himmel geschickt haben, diesen Spieler, von dem nur bekannt ist, dass er Rico heißt. Wer ist dieser Neuzugang, der mit seiner Spielkunst die ganze Mannschaft ansteckt und mit seinen Toren zum Sieg führt? Eine Verstärkung! Und was für eine! Ein Vollblutstürmer, der sich nicht zu schade ist, die Bälle aus der eigenen Hälfte zu holen, um anschließend mit atemberaubender Schnelligkeit in den gegnerischen Strafraum vorzudringen und dort im richtigen Moment, als Vollstrecker zur Stelle zu sein. Mit seinem Tripple sorgte er für den ungefährdeten Sieg. Vier zu eins hieß es am Ende. Nach acht Spielen ohne Sieg zum ersten Mal wieder zu gewinnen, das war für den Drittletzten der Tabelle eine fast vergessene Erfahrung. Sie wurde wiederbelebt, dank Rico, und ist, so hoffen wir, der

Auftakt zu weiteren Erfolgen. Nach dieser Vorstellung gibt es jedenfalls Grund zu Opitimismus.

*

Ein drängendes Problem blieb die Wohnung. Der sehnlich erwartete Zuwachs, mitsamt der obligaten, Platz beanspruchenden Ausstattung erforderte einen zusätzlichen Raum. Seit Wochen waren sie schon auf der Suche nach etwas Größerem, nicht allzu Teurem wiederum. Sie waren jedoch nicht die einzigen, die sich zu den Besichtigungen einfanden. In Hamburg war günstiger Wohnraum knapp. Zusammen mit zehn bis zwanzig anderen Interessenten drängten sie durch Zimmer und Flure.
Anfangs erfüllt von Wunschvorstellungen und bestimmten Kriterien, wurden sie bald von der Realität des Wohnungsmarktes eingeholt. Inzwischen waren für sie die Fragen, ob die Wohnung an einer weniger verkehrsreichen Straße lag, ob sie einen Balkon und Südausrichtung hatte, die Ausstattung, wie es mit den Einkaufsmöglichkeiten stand, zweitrangig geworden. Ihr Geldbeutel setzte ihnen Grenzen. Es gab keine Wohnungen im Grünen mit Terrasse und einem Beet dazu, die für sie, auch mit Karls Beteiligung, ererschwinglich gewesen wären. Eintausendachthundert kalt war zuviel. Ihre wohldurchdachten Anforderungen spielten bald kaum noch eine Rolle. Enttäuscht und frustriert verließen sie jedes Mal die anvisierten Objekte und schraubten gezwungenermaßen ihre Ansprüche weiter nach unten.
Am Ende sollte die Wohnung einfach nur größer sein.
Nach zahllosen, vergeblichen Besichtigungen, vergeblich auch wegen Ricos Asylstatus, der bei den Vermietern nicht

beliebt zu sein schien, wurde überraschend bei ihnen im Haus, zwei Stockwerke tiefer, eine um ein Zimmer größere Wohnung frei. Schon schien ein Wunder ihr Problem zu lösen. Doch das aufkeimende Pflänzchen Hoffnung verwelkte angesichts der von der Vermögensverwaltungsgesellschaft neu festgesetzten Miete ebenso schnell. Es war frustrierend. Am Ende richteten sie sich auf die Fortsetzung des bestehenden Zustandes ein.

Die räumliche Enge änderte nichts daran, dass die Kernfamilie Karls Anwesenheit und die Gespräche mit ihm als Bereicherung empfand. Mit der Besserung seines Zustandes zeigte sich, dass er zu jedem Thema etwas zu sagen wusste und sein Rat und Wissen manche Unklarheit beseitigte. Für Jacob wurde er der Ansprechpartner für seine Fragen und Probleme. Er hatte immer Zeit und wusste viel.

*

Es hatte Rico geschmeichelt, sein Bild in der Zeitung zu sehen in Verbindung mit einem Artikel über ihn, der ihn über den Klee lobte. Das Spiel gab ihm das Gefühl, gebraucht zu werden, und die Kameradschaft, der er dort begegnete, tat ein Übriges, ihn zu ermutigen, fester Bestandteil der Mannschaft zu sein.

Sein Lebensgefühl in dem fremden Land war dennoch zwiegespalten, einerseits ging es ihm gut, vornehmlich in der Nähe vertrauter Menschen, andererseits fühlte er sich fremd und nicht zugehörig.

Er sehnte sich nach einem festen Status, der ihm Sicherheit gab.

Seit er der Mannschaft, der Concordia, angehörte, hatten sie alle Spiele, fünf an der Zahl, gewonnen und waren vom drittletzten auf den vierten Platz der Tabelle geklettert. Im Wochenblatt erschienen regelmäßig bebilderte Spielberichte, die ein ums andere Mal von dem sensationellen Aufstieg der „Himmelsstürmer" berichteten. Das allgemeine Interesse an dieser Mannschaft hatte sprunghaft zugenommen, dafür sprach die Menge der Zuschauer, die sich neuerdings um das Spielfeld drängte.

Wenn Marie frei hatte, begleitete sie Rico zu den Heimspielen. Dann waren zwischen den allgemeinen Bei- und Missfallensbekundungen ihre gellenden Rufe nicht zu überhören. Schoss Rico ein Tor, war sie nicht zu halten und rannte quer über das Spielfeld, um ihren Helden zu küssen, sehr zur Belustigung der Zuschauer. Irgendwann gehörte den Himmelsstürmern der zweite Tabellenplatz.

*

Einmal, nach einem Punktspiel, war ein Mann auf ihn zu
gekommen, um ihn wie ein alter Freund zu seinen Toren
und dem Sieg zu beglückwünschen. Er hatte Rico dadurch
nicht wenig verlegen gemacht, da er den Grund von soviel
Lob und die Aufregung nicht verstand. Sie hatten wieder
gewonnen, das war schön, doch es war nur ein Spiel mit
einem Ball. Er duzte ihn und fuhr fort, sich lobend über
sein Spiel auszulassen, sagte, dass sich sein Verein
glücklich schätzen könne, einen Spieler wie ihn in seinen
Reihen zu haben, mit ihm sei ein ganz neuer Schwung in
die Mannschaft gekommen, nannte ihn einen Leistungs-
träger, der großen Anteil am Erreichen des zweiten
Tabellenplatzes habe, so dass die Möglichkeit des
Aufstiegs in greifbare Nähe gerückt sei, wollte wissen, ob
schon andere Vereine Interesse an ihm gezeigt hätten, wo
er das Fußballspielen gelernt habe, wie er heiße, wie alt er
sei, woher er komme, wie lange er in Deutschland lebe und
was sein aufenthaltsrechtlicher Status sei, auch nach
Einzelheiten seiner Lebensgeschichte fragte er. Da Rico
das Interesse eines völlig Fremden nicht geheuer war,
beantwortete er seine Fragen zunehmend widerstrebend
und entschuldigte sich schließlich, nachdem der andere
noch schnell ein Foto gemacht hatte.
Einen Tag später fand er sich erneut in der Zeitung wieder,
diesmal in einer anderen, mit einem Foto und Text mit
seinen Antworten auf die Fragen des Reporters. Er

wunderte sich über die Aufmerksamkeit, die er erregte, es war eine große Zeitung mit viel Politikbeiträgen, die aus allen Teilen der Welt berichtete. Was war so wichtig an ihm? Es war ihm nicht geheuer.

*

In der Woche vor der Gerichtsverhandlung steigerte sich Ricos Nervosität in beängstigendem Maße. Es nützten alle Versuche nichts, ihn zu beruhigen, sowohl Marie, als auch Karl scheiterten darin, ihm klar zu machen, dass nicht er, sondern der Bruder der Rebecca in diesem Verfahren der Angeklagte war und er nur als Zeuge gehört werden sollte, wie es auch aus der Ladung hervorgehe, und dass diese Verhandlung nichts mit seinem Asylverfahren zu tun habe. Doch nichts fruchtete. Er bestand darauf, dass Dr. Wijantchi mitkam. Trotzdem aß er nicht, schlief nicht und tat nichts, als unruhig umher zu laufen. Für alle Familienmitglieder war es eine Erlösung, als der Tag gekommen war.

Dr. Wijantchi, Marie und Wilfried begleiteten ihn. Beim Betreten des Gerichtsgebäudes wurden sie nach Waffen oder sonstigen gefährlichen Gegenständen durchsucht. Rebecca war schon da und mit ihr zahlreiche Zuschauer, in erster Linie Mitglieder ihrer Familie und aus dem Freundeskreis, die sich angeregt unterhielten. Sie verstummten, als Rico eintrat, warfen ihm und seinen Begleitern feindselige Blicke zu.

„Du hast Schuld, dass es so gekommen ist! Du hast angefangen! Du wirst sehen..," ließen sich einige Stimmen hören.

Der anwesende Ordner bat sich Ruhe aus.

Mit fünfminütiger Verspätung meldete sich über den Lautsprecher eine dezente Stimme: "In der Strafsache gegen B. bitte eintreten."

Alle im Warteraum versammelten Zuschauer betraten einen großen Saal mit verschieden angeordneten Sitzbänken, an dessen der Tür gegenüberliegenden Seite der

Richter und drei weitere Personen in erhöhter Position, hinter einer Art langgezogenem Pult ihre Plätze hatten. Während sich Wilfried als Zuschauer auf einer der Zuschauerbänke niederließ, mussten Rico und Marie zusammen mit anderen Zeugen, darunter auch Rebecca, im Flur warten.

Auf Maries Frage, wer denn Rebecca sei, wies Rico mit den Augen auf sie und sah, dass Marie sie lange und prüfend musterte.

Im Laufe der Verhandlung wurde einer nach dem anderen hereingerufen, zuerst der angeklagte Bruder, der schildern sollte, we es zu der Tat gekommen war. Dann kam Rico. Während der Richter ihn nach seinen Personalien befragte, konnte er die vor ihm liegende Asylakte erkennen.

Ihn ermahnend, die Wahrheit zu sagen, da er sich sonst strafbar mache, forderte der Richter ihn auf, seine Sicht der Dinge zu schildern.

Auf Dr. Wijantchis zustimmendes Nicken erzählte Rico mit leiser Stimme von dem anonymen Brief, den seine Freundin eines Tages in ihrem Briefkasten vorgefunden hatte.

„Was in dem Brief steht, sind nur Lügen! Kein Wort ist wahr! Sie hat sich das ausgedacht!" sprudelte es aus ihm, worauf der Richter wissen wollte, was es mit dem Brief auf sich habe, wer ihn seiner Meinung nach geschrieben habe.

„Und warum ist nach Ihrer Meinung die Rebecca die Urheberin?" war die Frage, auf seine Antwort, und Rico berichtete vom Tischtennisspiel, durch das er sie näher kennengelernt hatte. Oft und lange hätten sie gespielt, und es hatte ihm geschienen, dass es von ihrer Seite nicht allein um des Spieles willen geschah. Da er aber schon eine

Freundin hatte, sei er auf das Flirten nicht eingegangen, was sie aber nicht davon abgehalten hätte, sich zu benehmen, als wären sie ein Paar. Es sei ihm lästig gewesen, und nachdem er die Einladung zu einem Essen im Kreise ihrer Familie abgelehnt hatte, wäre sie dazu übergegangen, ihn zu verspotten und Lügen über ihn zu verbreiten, dass er Männer liebe. Es sei ihm peinlich gewesen. Zum Glück habe er dann bald zu seiner Freundin ziehen können, und ein paar Tage später wäre der Brief gekommen. Nur sie konnte ihn geschrieben haben.

Der Richter nickte sinnend und forderte ihn auf, den konkreten Tathergang, zu schildern.

Rico erklärte, dass er aus Zorn über diesen Lügenbrief, der dazu geführt hatte, dass sich seine Freundin von ihm trennen wollte, Rebecca aufgesucht habe. Neben ihr seien im Zimmer soweit er sich erinnere noch andere Personen, wahrscheinlich Familienmitglieder, anwesend gewesen. Er habe sie gepackt mit der Absicht, sie zu seiner Freundin zu bringen, damit sie vor ihr zugab, dass alles, was in dem Brief stand, Lügen waren. Dann wisse er nur noch, dass ihn zwei Blitze in den Rücken trafen, zuerst der eine und gleich hinterher der andere.

„Sagen Sie, wie hatten Sie es sich denn vorgestellt, eine sich wehrende, schreiende, kratzende Frau durch die Straßen zu ziehen?" wollte der Richter wissen. „Wenn ich es hier richtig sehe, hätten Sie sie sogar in einen Bus zerren müssen, um sie zu Ihrer Freundin zu bringen."

Rico wusste darauf keine Antwort, er zuckte die Achseln. Darauf hieß der Richter ihn, sich auf die vordere, freie Bank zu setzen.

Als nächstes wurde Rebecca aufgerufen. Sie leugnete die

Urheberschaft des Briefes, erklärte indes von Rico belästigt worden zu sein. Er habe ihr bei allen Gelegenheiten aufgelauert und ihr schöne Augen gemacht. Anfangs wären es nur Komplimente gewesen: „du bist wunderschön, auf der Erde gibt es nicht deinesgleichen, ich träume jede Nacht von dir." Als er feststellen musste, dass er keinen Erfolg hatte, sei er immer frecher geworden, habe versucht, sie zu küssen und sie begrapscht.

Bei dieser Aussage wurde der Druck im Kessel übermächtig. „Du falsche Schlange, wie kannst du nur so lügen!" rief Rico, indem er von seinem Sitz aufsprang, sich aber angesichts des herbeieilenden Ordners sofort wieder setzte, was ihm dennoch eine Verwarnung eintrug.

Das sei soweit gegangen, fuhr sie fort, dass sie sich nicht mehr aus dem Zimmer getraut hätte. Als er aber nicht aufhörte, ihr nachzustellen, habe sie ihren Bruder um Schutz gebeten. Und nur deshalb, weil er sie, beschützen wollte, sei es zu der Tat gekommen.

„Dafür dürfe er nicht bestraft werden."

„Das wäre noch zu klären. Also, Sie bleiben dabei, dass Sie diesen Brief nicht geschrieben haben?" setzte der Richter seine Befragung fort und hielt ihr den Brief entgegen.

„Das Gericht hat Sachverständige, Schriftexperten, die das feststellen können, und wenn Sie nicht die Wahrheit sagen, müssen Sie wegen Falschaussage mit einer Strafe rechnen, die nicht von Pappe ist, drei Monate bis fünf Jahre Freiheitsentzug gemäß § 153 Strafgesetzbuch" erklärte er.

Rebecca schüttelte den Kopf, und plötzlich rollten Tränen über ihr Wangen.

„Möchten Sie etwas sagen?" fragte der Richter. Sie wollte, aber was sie sagte, ging in einem Schluchzen unter.

„Gut, gut, beruhigen Sie sich. Sich für die Wahrheit zu entscheiden ist immer der richtige Weg. Auch sind der Brief und seine Urheberschaft nicht Gegenstand dieses Verfahrens. Das ist in einem gesonderten Verfahren zu klären. Sie können gehen."

Der Bruder selbst hatte die Tat angesichts der vielen Zeugen eingeräumt, sich aber auf eine Nothilfesituation berufen. Er habe seine Schwester in großer Gefahr, in Lebensgefahr gesehen, als Rico sich wie „eine wilde Sau" auf sie gestürzt und innerhalb weniger Sekunden zur Tür hinaus gezerrt hatte. Seine Schwester habe geschrien und sich gewehrt. Für ihn sei es ein Überfall gewesen, eine Entführung, und er habe sich daraufhin auf den Angreifer gestürzt. Und erst nachdem es ihm nicht gelungen sei, ihn mit Fäusten und Schlägen zum Loslassen zu bewegen, habe er wohl zum Messer gegriffen. An alles Weitere könne er sich nicht mehr erinnern.

So die Schilderung des Bruders.

Nach Vernehmung weiterer Zeugen, Bewohnern des Heims und einer Putzfrau, folgte die Abschlussrede des Staatsanwalts, der für eine Haftstrafe stimmte, da der Angeklagte mit unverhältnismäßigen Mitteln eingegriffen habe. Mit dem Einstechen auf Rico habe er schwerste Verletzungen, wenn nicht seinen Tod in Kauf genommen. Es hätte völlig genügt, ihn von hinten in einer Art Schwitzkasten oder durch sonstiges Festhalten von der weiteren Durchführung seiner Tat abzubringen, zumal das Geschehen auch andere Bewohner auf den Plan gerufen habe, die zweifellos eingegriffen hätten.

Neben einer Haftstrafe beantragte der Staatsanwalt, den

Angeklagten außerdem zur Zahlung eines Schmerzensgeldes zu verurteilen.

Der Verteidiger meinte, dass der Angeklagte freizusprechen sei. Sein Vorgehen erfülle den Tatbestand der Nothilfe. Der Angeklagte habe um das Leben seiner Schwester gefürchtet und habe in dieser extremen Situation, nicht zuletzt aufgrund seiner körperlichen Unterlegenheit, keine Möglichkeit gesehen, den Geschädigten zu stoppen. Das brachiale Eindringen in die Privatsphäre der Familie, die brachiale Vorgehensweise habe zu der brachialen Gegenwehr geführt. Den Geschädigten träfe eine Mitschuld an dem Ausgang seines Unternehmens, er hätte durchaus anders, zivilisatorischen Normen entsprechend, vorgehen können.

Es folgte die Verurteilung des Bruders. Da er strafrechtlich bereits in Erscheinung getreten war, bekam er eine Freiheitsstrafe von drei Jahren ohne Bewährung.

*

Mit großer Erleichterung hatte Rico seine Strafe wegen Freiheitsberaubung angenommen, die ihm in einem Brief von der Justizbehörde zwei Wochen später mitgeteilt wurde. Was war die Geldstrafe gegen die Möglichkeit, ins Gefängnis zu kommen? Eine Last war von ihm abgefallen. Er konnte es nicht verhindern, dass sich seine Augen mit Tränen der Freude füllten.

„Diese Rebecca wird wohl wegen Verleumdung bestraft werden," hatte Dr. Wijantchi gemeint. Rico hatte dieses Wort zuvor noch nicht gehört, jetzt, da er seine Bedeutung kannte, ging es unauslöschlich in seinen Wortschatz ein. Ja, verleumdet hatte sie ihn, und es hätte nicht viel gefehlt, dass sie damit sein Leben zerstört hätte. Sie hatte eine Strafe verdient. Aber er dachte schon nicht mehr an sie, auch nicht an ihren Bruder, ob und wie sie bestraft wurden oder auch nicht. Er war nur froh, das alles hinter sich lassen und nach vorne sehen zu können. Die einzige Genugtuung, die er empfand, war das sichtbar gewordene Geständnis der Rebecca im Beisein von Marie.

Mit Abschluss des für ihn weitgehend folgenlosen Gerichtsverfahrens und dem Fortgang seines gewohnten Alltags legte sich allmählich sein inneres Chaos. Was für ihn an Aktualität verloren hatte, kehrte zurück. Marie, ihre Schwangerschaft, Jacob, Karl, das Fußballspiel, alles nahm wieder seinen gewohnten Platz ein.

Fast unbemerkt von ihm hatten Maries Bauch an Umfang und ihre Beschwerden zugenommen, hatte sich die Zeit bis zu ihrem Entbindungstermin bis auf zwei Monate verkürzt. Er nahm sie in den Arm und streichelte ihren dicken Bauch, spürte die ruckelnden Bewegungen und ließ sich, sein Gesicht gegen die bebende Bauchdecke drückend, von dem entstehenden Leben, seinem kleinen Sohn, entzücken. Seine Grundangst, die Angst, wieder ausreisen zu müssen, die ständiger Begleiter seines neuen Lebens war, blieb indes, wenn sie auch im Umgang mit den ihm vertrauten Menschen und durch den Tagesbetrieb auf kleiner Flamme gehalten wurde. Solange er noch kein längerfristiges Aufenthaltsrecht erhalten hatte, schwarz auf weiß, verbrieft vom deutschen Staat, solange konnte jeden Tag alles passieren. Dieser Gedanke hielt sich hartnäckig in seinem Hinterkopf, jederzeit bereit, auch andere Teile seines Gehirns zu besetzen.

*

Wilfried wurde von seiner Klasse, allen voran von Jakob, sehr vermisst. Verschiedene Male hatte er seinen Lehrer zu Haus besucht und von den Veränderungen in der Schule berichtet. Wie Wilfried schon bekannt war, hatte Frau Eschborn inzwischen seine Vertretung übernommen, eine sturmerprobte Kollegin, fortgeschrittenen Alters mit wenig Neigung zu Experimenten.

Wann er denn endlich wiederkomme? Das wusste er noch nicht.

An sein kürzlich eingesetztes künstliches Kniegelenk hatte er sich, trotz dreiwöchiger Reha, noch nicht gewöhnt. Sein Gang war unbeholfen und das Fußballspiel von einst mit seinen Schülern gab es nur noch in seiner Erinnerung, die ihm in diesen Zeiten nicht gut tat. Während für andere das Gehen ja ein automatischer Vorgang war, ging er überlegt, setzte, auf schmerzhafte Überraschungen gefasst, achtsam und konzentriert einen Fuß vor den anderen, um nur ja nicht ins Stolpern zu kommen. Die Operation war gut verlaufen, so hieß es, jedoch war das Gehen jetzt ein anderes, das Gefühl für den Bewegungsablauf war gestört. Zudem war der Ballen seines Fußes am operierten Bein noch immer geschwollen, was das Gehen zusätzlich erschwerte. Er war wenig optimistisch, was die Wiederherstellung seiner Gehfähigkeit und seine zukünftige Beweglichkeit betraf. Er konnte nicht mehr, was für ihn immer selbstverständlich gewesen war: Laufen, Springen, in die Hocke gehen, in ein schaukelndes Boot steigen, sich bei einem Stolpern abfangen, balancieren. Er fühlte sich, wenn er sich gewisse Situationen ausmalte, etwa als Flüchtender vor einem Waldbrand, oder auch nur als ein, um den Zug noch zu erreichen, zur Eile

Genötigter oder als ein in eine Auseinandersetzung Verwickelter, hilflos. Der Gelegenheiten gab es viele, in denen er auf körperliche Intaktheit angewiesen war. Die plötzliche und ihn nie wieder loslassende körperliche Einschränkung verfolgte ihn. Er, der erst neunundvierzig Jahre zählte, fühlte sich auf einer Stufe mit den Alten, die nicht mehr so konnten, wie sie wohl gerne wollten.

Seine unbeholfene Gangart gab ihm das Gefühl, aufzufallen. Da es ihm nicht gleichgültig war, wie er wahrgenommen wurde, bemühte er sich um Festigkeit seiner Schritte. Doch es strengte ihn an, so dass er nach kurzer Zeit regelmäßig wieder in seine nach rechts abfallende Gehweise verfiel. Ungern ließ er nachfolgende Passanten an sich vorbeiziehen, besonders, wenn sie schon älter waren, und sah ihnen, nachdem er alle Sorgsamkeit missachtend versucht hatte, mitzuhalten, frustriert nach, er, die einstige Sportskanone, der die hundert Meter in dreizehnkommadrei gelaufen war. Nichts war davon geblieben. Augenscheinlich beachteten die Leute ihn nicht, doch schien es ihm zuweilen, und er verwandte einen großen Teil seiner Aufmerksamkeit auf die Beobachtung seiner Umgebung. Er fühlte sich unbehaglich, und sein Unbehagen wuchs, wenn er in belebte Gegenden kam, wo im herrschenden Getriebe die Eile umso größer war und sich die Leute anrempelten.

Schon unverschämt, wie ihm der Mann in die Hacken getreten war, seine bunte Pudelmütze machte es nicht lustiger, fast wäre er gefallen. Empört eilte er diesem Menschen nach.

„Passen Sie bitte auf!"

„Das wollte ich Ihnen auch gerade sagen!"

Der Vorfall hieß ihn, noch achtsamer in seinen Bewegungen und Wahrnehmungen zu sein, als ohnehin.

*

Erst ein paar Tage vor dem Datum, an dem er nach einmonatiger Krankschreibung wieder unterrichten sollte, hatte sich Wilfried gedanklich wieder mit der Schule und seiner Klasse, die in der Zwischenzeit von einer Kollegin übernommen worden war, befasst. Doch die Vorstellung, am nächsten Tag, Optimismus und Tatendrang ausstrahlend, wieder vor der Klasse zu stehen, fiel ihm schwer. Nach der Operation war es zunächst die Prothese, das künstliche Kniegelenk, gewesen, das den Raum in seinem Kopf ausfüllte. Sein Knie hatte durch die Einpflanzung des metallenen Teils eine andere Form bekommen, die ihn neben der Taubheit in dem Bein und der dadurch bedingten, unsicheren Gangart ständig an die Einschränkung erinnerte.

Da ihm klar war, dass die meisten sportlichen Aktivitäten und ebenso der Sportunterricht nicht mehr möglich waren, hatte sich in ihm eine Verzagtheit eingestellt, die schleichend zunächst in eine gewisse Trägheit und, nicht stehen bleibend, in einen Mangel an Selbstdisziplin übergegangen war. Das machte sich morgens unter anderem dadurch bemerkbar, dass er nicht mehr zusammen mit Simone und Emmi aufstand, um gemeinsam zu frühstücken, sondern sich, bar jeden Zeitdrucks, noch einer Weile des Dämmerns hingab, die sich durchaus bis in den Vormittag hinziehen konnte. War er dann aufgestanden, brauchte er trotz eines starken Kaffees immer lange, um anstehende

Pflichten zu erfüllen (Staubsaugen, Geschirrspüler ausräumen, Essensvorbereitungen etc.) Manchmal blieben sie, sehr zu Simones Unmut, auch unerledigt.

Allein zu haus, mangelte es ihm an Appetit und an der Lust, sich ein richtiges Frühstück zu bereiten. Er aß im Stehen, was er im Kühlschrank fand, und zog es vor, die Zeit mit dem Studium der Zeitung bei einem Glas Roten auszufüllen. Spielte das Wetter mit, genoss er es anschließend, sich ausgestreckt im Liegestuhl von der Sonne bescheinen zu lassen. Diese Art, sich zu beschäftigen nahm je nach Witterung einen großen Teil des Vormittags in Anspruch und widersprach von Grund auf seiner vordem geübten Einstellung zu Ordnung und Verantwortung als Grundlage eines produktiven Lebens. Seinen gegenwärtigen Zustand nahm er wahr als eine seiner Behinderung geschuldeten, vorübergehende Schwäche, gegen die er aktuell ein Gegenmittel gefunden hatte, das ihm bei der Überwindung seiner Schwierigkeiten behilflich war.

Bei allem war er sehr zerstreut, verbrachte viel Zeit damit, seinen Schlüssel oder Brille zu suchen. Des Öfteren war es vorgekommen, dass er, vor dem Supermarkt stehend, feststellte, dass er sein Portemonnaie vergessen hatte und eigens deshalb den Weg zwischen Zuhause und dem Markt insgesamt vier- statt zweimal zurücklegen musste, worüber er sich über die Maßen ärgerte. Derartige Vorkommnisse waren nicht dazu angetan, seine schlechte Verfassung zu verbessern. Es hatte in ihm eine nie gekannte, Misstrauen erzeugende Unsicherheit Platz gegriffen, gegenüber sich selbst und der Welt. Doch er wusste sich zu helfen, hatte seine Rezepte.

Daran, dass nach der Operation sein Knie seine Gedanken bestimmte und seinen Tagesablauf einschränkte, hatte sich in der zurückliegenden Zeit nicht viel geändert. Er hatte sich noch nicht auf die bevorstehende Aufgabe eingestellt, fühlte noch nicht die Kraft, die es für die pädagogische Arbeit brauchte.

Ohne viel Fragen zu stellen, verlängerte sein Arzt die Krankschreibung um vierzehn Tage.

Nach Ablauf dieser Zeit ging es ihm kaum besser. Die anderen nicht, aber er hörte beim Treppensteigen bei jeder Stufe von seinem Knie her ein Knacken, das ihn irritierte. Doch rang er sich durch und nahm seine Arbeit wieder auf.

*

Er wurde soweit herzlich empfangen. Teilnehmend erkundigten sich die Kollegen nach seinem Befinden und Einzelheiten der orthopädischen Veränderung. Dass er keinen Sport mehr treiben konnte, bekümmerte sie gleichermaßen.

Ansonsten gab es einige organisatorische Veränderungen. Seine bisherige Klasse hatte die Kollegin, Eschborn, übernommen. Er selbst sollte bis zum Jahresende klassenlos bleiben, da eine erneute Umstellung den Schülern und Kollegen nicht zuzumuten war. Aus diesem Grunde war beschlossen worden, ihn als zusätzliche Kraft, als Ko-Lehrer in der B21, die als schwierige Klasse galt, und darüber hinaus als Feuerwehr, einzusetzen.

Er erklärte sich einverstanden und verschwand, nachdem er sich mit Herrn Waldschläger, dem Klassenlehrer der B21, einem ruhigen, ein wenig linkisch wirkenden Kollegen, besprochen hatte, auf dem WC, um sich in der dortigen Stille zu sammeln. Die Wiederbegegnung mit seiner beruflichen Wirkungsstätte hatte ihn angestrengt. Es fühlte sich fremd an, wieder in ihren Rhythmus, in die alte Rolle einzutauchen.

Nur das Wiedersehen mit seinen Schülern, die ihn sogleich freudig umringten, rief frühere Gefühle in ihm wach.

*

Tatsächlich entwickelte sich zwischen den beiden Kollegen eine gedeihliche Zusammenarbeit. Ihre pädagogischen Ansichten, die beide Wert legten auf die Sensibilisierung des Themas Umwelt, Klima, stimmten weitgehend überein, auch auf der menschlichen Ebene kamen sie zusammen. Im Fach Mathematik wurden die Vorteile ihres arbeitsteiligen Unterrichts besonders deutlich. Während der Kollege Waldschläger an der Tafel neue Rechenarten und Aufgaben vorstellte, ging Wilfried von Schüler zu Schüler, um jedem, der nicht mitgekommen war, individuell und geduldig den Lösungsweg zu erklären. Zuvor hatten sie die Schüler eindringlich ermutigt, ihr Nichtverstehen kundzutun, erklärt, dass keine Frage so dumm sei, um nicht gestellt zu werden, was bei den Schülern, die die ihnen entgegengebrachte Geduld als verlässliche, feste Größe erkannten, zu einem verstärktem Interesse und einer anderen Mitarbeit führte.

In zwei Fällen waren ihre Bemühungen insofern erfolgreich, als die doppelte Lehrerpräsenz überschüssige Kräfte kanalisierte. Gregor und Julius stellten in der Tat das Lehrerduo auf eine harte Probe.

Es kam Wilfried entgegen, noch nicht allein die Verantwortung für eine Klasse zu haben. Nach der langen Pause fehlte ihm natürlich die Praxis, doch der Mangel an einer Tagesstruktur war sein eigentliches Problem. Die Stimmungen, die kamen und gingen, sein fragiler Wille, die Niedergeschlagenheit, die schlechten Gewohnheiten, die er angenommen hatte, der schnelle Griff zu seinem Hausmittel, wenn ihm nach Stärkung war, wirkten nach. Er musste sich schon sehr zusammenreißen (was ihm nicht immer gelang), um nicht in die zuletzt geübten Verhaltensweisen zu verfallen.

Doch Tag für Tag, Stück für Stück kam sie zurück, seine alte, durch Freude und Gewissenhaftigkeit gekennzeichnete Einstellung zu seinem Beruf. Seit er wieder regelmäßig arbeitete, hatte auch, wie er es empfand, der Haussegen an Schieflage verloren. Wilfried, der sich selbst und den anderen, auch seiner Familie, fremd geworden war, wurde jeden Tag ein bisschen mehr wieder er, so, wie man ihn kannte. Mehr und mehr beherrschten seine Schüler und die Arbeit seine Gedanken, fühlte er sich stabiler, wenn er auch keinen Grund sah, auf eine kleine Stärkung zwischendurch, seine Medizin, wie er es nannte, gänzlich zu verzichten.

Die beiden Lehrer gaben dem Thema Umwelt großes Gewicht, und es ergab sich, dass Wilfried auf die schädliche Wirkung der Flugzeuge auf die Atmosphäre, ganz oben, deren besonderen Beitrag für die CO_2 Zunahme in der Atmosphäre zu sprechen kam und erklärte, dass es für das Klima besser wäre, wenn es sie nicht gäbe, jedenfalls nicht so viele und für jeden Zweck.

Zwei Tage später erschien Johns Vater. Er wollte Wilfried sprechen. Ohne zu grüßen polterte er los:

„Ist es richtig, dass Sie im Unterricht erzählen, dass Flugzeuge überflüssig und schädlich sind?"

„So ungefähr," beantwortete Wilfried die Frage.

„Das ist doch wohl die Höhe! Ist Ihnen die Bedeutung der Flugzeuge nicht bekannt?" wurde er sehr laut. „Jetzt sage ich Ihnen einmal etwas: Flugzeuge sind unverzichtbar, durch sie wurde zahllosen Menschen das Leben gerettet. Sie geben weltweit Millionen Menschen Lohn und Brot. Auch mir. Ich arbeite seit Jahren in der Branche, ich weiß, wovon ich rede! Und ist Ihnen auch klar, wie Sie mich hinstellen in den Augen meines Sohnes? Schon hat er mich gefragt, ob ich nicht einen anderen Beruf ergreifen wolle."

Wilfried gab sich Mühe, milde zu lächeln.

„Es ist anerkannt, dass Flugzeuge das umweltschädlichste Verkehrsmittel überhaupt sind! Eine Tatsache, die nicht schön zu reden ist." stellte er klar.

„Jetzt reichts, Sie geistiger Umweltvergifter. Meinem Sohn werden Sie so etwas nie wieder erzählen! Ich werde mich beim Direktor beschweren! Seien Sie sicher, das wird Folgen haben! Und so etwas wird heutzutage auf die Schüler losgelassen!" Wutentbrannt verließ er den Raum.

*

Das erwartete Gespräch folgte am nächsten Morgen vor dem Unterricht. Elfriede rief Wilfried in ihr Büro.

„Ich will es kurz machen, lieber Wilfried," hob die Schulleiterin ruhig und bestimmt an, „deine guten Absichten in allen Ehren, aber die Radikalität, mit der du vorgehst, ist nicht in Ordnung. Du willst zuviel, willst, dass die Kinder deine Sichtweise übernehmen und schießt über das Ziel hinaus. Die Schule ist nicht der Ort, Errungenschaften der Menschheit in Frage zu stellen und erst recht nicht, das Verhältnis zu den Eltern zu stören, die eben eine andere Meinung haben. Du bringst damit nicht nur Dich in Schwierigkeiten. Ich bitte dich von ganzem Herzen, gestalte deinen Unterricht so, dass solche Konflikte unterbleiben." Damit wandte sie sich den Papieren auf ihrem Schreibtisch zu.

Es lag Wilfried auf der Zunge, sich zu diesem Vortrag zu äußern, aber er unterließ es. Er kannte Elfriede zu gut, um zu meinen, sie zu einer anderen Sicht bewegen zu können. Sie, die Schulleiterin, musste das Ganze sehen, und ihre erste Sorge galt der Ordnung und dem Frieden in der Schule. Er hätte nur wie ein um Rechtfertigung bemühter Schuljunge dagestanden.

Im Bewusstsein der Überlegenheit seiner unausgesprochenen Argumente, verließ er, ohne ein Wort gesagt zu haben, das Büro.

*

Er hatte sich verändert. Ob er es wollte oder nicht, was sich gegen ihn richtete, löste neuerdings eine nachtragende Reaktion aus. Nicht nur, dass ihm das Gespräch lange nachhing, es führte auch dazu, dass er sich nachträglich ereiferte, was sich in grimmigen Selbstgesprächen entlud.

Das Ganze hatte Spuren hinterlassen. Es verbitterte ihn die Kaltschnäuzigkeit seiner ehemaligen, vertrauten Studienkollegin, dass sie so kategorisch und frühere, gemeinsame Überzeugungen missachtend, gegen ihn Partei ergriff, während sie privat ein aufgeschlossenes, alternatives Image pflegte. Ein Phänomen, dem er jeden Tag begegnete: der Verrat an der als richtig erkannten Sache. Wenn es darauf ankam, Farbe zu bekennen, war das allgemein Anerkannte, Etablierte doch immer wieder erste Wahl. Das brachte ihn in Harnisch. Wie sollte denn bei solchen Dolchstößen die pädagogische Überzeugungsarbeit gelingen, die er den Schülern schuldig war?

Dennoch! Seit er wieder unterrichtete war Struktur in seine Tage zurückgekehrt. Es war ihm anzusehen und anzumerken. Man sah ihn wieder sich auf den nächsten Tag vorbereiten, mit seiner Tochter beschäftigen, im Garten arbeiten, sich um Haus und Hof kümmern. Auch hörte man Simone wieder durch die Zahnlücke pfeifen. Die Stimmung im Hause zeigte aufwärts. Das erste Mal seit Monaten schloss sich Simone ihm zu einem kleinen Spaziergang an.

Das Wetter zeigte sich von seiner schönsten Seite, die Natur ebenso. Die Färbung der Blätter war weit fortgeschritten. Gelb, gold, rot, braun, orange in allen

Schattierungen. Sie konnten sich nicht satt sehen an der von Baum zu Baum wechselnden Farbenpracht vor einem wolkenlosen, blauen Himmel.

Ganz in den Anblick versunken, drang auf dem Rückweg, vernehmbarer werdend, ein wohlbekanntes Geräusch, heu-heulender Art, an ihr Ohr. Der Lärm erfüllte die ganze Straße, in die sie einbogen, als würde dort ein Hochhaus gebaut. Ein Laubbläser bei der Arbeit. Dieses Gerät indu-strialisierter Gartenpflege war ihm ein Graus, es versetzte jede friedliche Umgebung in Aufruhr, verhinderte jede Kontemplation. Innerlich schnaubend, wich er der Begeg-nung, anders als sonst, nicht durch Wechseln der Straßen-seite aus, sondern behielt zusammen mit Simone seinen Kurs bei. Auf Höhe des Laubbläsers blieb er stehen und bedeutete dem Kopfhörer tragenden, rucksackbepackten Mann, dass er ihm etwas zu sagen habe. Das Heulen ver-stummte, der Mann nahm die Kopfhörer von seinen Ohren. „Sagen Sie mal!" fuhr er ihn an, „Sie tragen Kopfhörer, um den Krach, den Sie machen, nicht hören zu müssen, aber uns und allen hier Wohnenden muten Sie ihn zu. Das ist doch wohl sehr rücksichtslos. Zudem verbrauchen Sie Benzin, Energie, und verpesten die Luft. Was muss denn passieren, dass Sie begreifen, dass Sie Schaden anrichten? Diese paar Blätter! Was stören denn die paar Blätter? Auch zerstören Sie durch das Freilegen des Bodens den Lebens-raum vieler Kleinstlebewesen, die den Boden bereichern und einen Platz in der Nahrungskette haben. Nehmen Sie doch eine Harke, damit würden Sie der Umwelt und auch sich einen Gefallen tun. Dann bräuchten Sie nicht die krebserregenden Abgase einzuatmen und würden Ihrer Gesundheit durch Bewegung etwas Gutes tun."

Der Mann sah ihn mit offenem Mund an, es hatte ihm augenscheinlich die Sprache verschlagen.

„Was wollen Sie?" brachte er hervor, „ich habe keine Zeit," und schaltete sein Gerät wieder an, der Zeitpunkt, an dem Simone zum Weitergehen drängte. Doch Wilfried blieb stehen, und als der Mann ihnen die Blätter um die Ohren blies, gab er dem Mann einen Stoß, durch den dieser hinfiel und das Gerät verstummte. Simone schrie entsetzt auf, und selbst bestürzt über seine Tat, half Wilfried dem Manne wieder auf die Beine.

Es fielen noch ein paar wenig erbauliche Worte, und kurz nachdem sie ihren Weg fortgesetzt hatten, ertönte hinter ihnen wieder das Heulen.

Die gute Stimmung war dahin. Simone schüttelte auf dem kurzen Weg bis nach Haus ausdauernd den Kopf.

„Was hast du erreicht?" sagte sie, „unser schöner Spaziergang endete unschön, und der Lärm hat auch nicht aufgehört."

*

Die Idee eines kleinen Erholungsurlaubs zwischendurch auf Fehmarn kam von Wilfried. Er würde ihnen Dreien gut tun, meinte er, jetzt sofort, auch und gerade im Frühherbst. Zwei Wochen mal raus und weg von allem.

Gesagt, getan. Eine geräumige Drei-Zimmer Ferienwohnung mit Terrasse und Garten, nahe des Strandes, war auch in der günstigen Nachsaison nicht so ohne weiteres zu finden gewesen, aber, man glaube es oder nicht: es geschah das Wunder, dass nach einer längeren, wolkenverhangenen, wenig freundlichen Periode, die schon arg die Stimmung gedrückt hatte, die Sonne sich wenige Tage vor ihrer Abreise zeigte und die gute Laune und Reiselust wesentlich steigerte.

Auf Fehmarn angekommen, hieß es daher, keine Minute zu verlieren, um jeden Sonnenstrahl einzufangen. Sie luden gerade noch ihr Gepäck ab, erledigten die Formalitäten mit dem Vermieter, dann begab sich Simone mit Emmi schon mal an den Strand, während Wilfried noch schnell einkaufen fuhr, um den Kühlschrank mit dem Nötigsten auszustatten. Nach kurzer Suche erreichte er den Supermarkt, kaufte dieses und jenes und lud alles ins Auto.

Plötzlich war da das Portemonnaie. Es lag direkt neben ihrem Wagen auf dem Boden. Er hob es auf, sah hinein: Scheine, Kleingeld, Karten, Ausweis. Es gehörte einer jungen Frau. Sie musste es unmittelbar zuvor verloren haben. Bevor er es im Geschäft abgab, wollte und musste er noch schnell einem natürlichen Bedürfnis nachkommen, dass er schon seit geraumer Zeit verspürte. Ein Gebüsch hinter dem Parkplatz erschien ihm geeignet. Die Sache war dringend. In einer schwungvollen Drehbewegung wandte er sich um in Richtung Gebüsch.

Im selben Moment bekam er einen Schlag gegen den Kopf, einen Schlag, der ihm die Füße wegriss, dass er mit dem Rücken auf den Boden fiel, direkt auf eine Bordsteinkante. Nach Luft japsend drehte er sich auf alle viere und verharrte so eine Weile. Im ersten Moment hatte er gemeint, es hätte ihm jemand eins über den Kopf gegeben, dann erblickte er über sich ein großes Reklameschild. Gegen dessen Stahlrohrrahmen war er gelaufen. Er blutete von der Schädeldecke, und von seiner linken Körperseite kam ein stechender Schmerz.

Mit großer Mühe rappelte er sich auf, übergab mit schmerzverzerrtem Gesicht der erschrocken blickenden Kassiererin das Portemonnaie und schaffte es, die Zähne zusammenbeißend, zurück zu ihrer Unterkunft. Im Spiegel sah er die Bescherung: eine blutunterlaufene Wunde auf der Stirn am Haaransatz entstellte sein Gesicht. Aber die Wunde war nichts gegen die Schmerzen an seiner linken Körperseite. Kaum wagte er, sich zu bewegen, sogar das Atmen tat weh. Vorsichtig, aber dennoch unter Schmerzen, setzte er sich in einen Sessel. Er brauchte einige Minuten, um sich zu besinnen, und versuchte zu fassen, was passiert war.

Da waren sie gekommen, um ein wenig Urlaub zu machen, eine erholsame Pause in ihrem Alltag einzulegen. Das Wetter war schön und die gute Laune nicht zu übertreffen. Jeder schien zu spüren, dass diesem Kurzurlaub etwas besonderes zukam, eine Chance, die es zu nutzen galt. Nach langer Zeit war das Strahlen in ihre Gesichter zurückgekommen.

Er saß wie betäubt, bewegte sich nicht, aber atmen musste er, wenn er es auch lieber gelassen hätte, auf die Wiederkehr dieses Höllenschmerzes gefasst. Es war etwas passiert mit seiner linken Seite, daran gab es keinen Zweifel, etwas, das den ganzen Urlaub in Frage stellte. Er konnte es nicht fassen! Kaum, dass sie angekommen waren, rannte er gegen dieses Stahlrohr und.. der Kopf war gar nicht mal das Schlimmste, aber seine linke Seite, die Rippen.. ein Fiasko.. er musste träumen, ein Traum der übelsten Sorte. Was würden Simo und Emmi sagen? Er erschauderte beim Gedanken an sie, die Ahnungslosen, die sich in diesem Augenblick noch auf schöne, entspannte Tage mit ihm freuten.   -   Das ging nicht mehr mit rechten Dingen zu... - irgendetwas stimmte nicht...

Ihre erste Reaktion war Ungläubigkeit. Solche Dusseligkeit überschritt wirklich jedes Maß. Dann folgte Tröstung. Simone war dafür, die Notaufnahme des Krankenhauses aufzusuchen, doch Wilfried sträubte sich, er wollte zunächst die Nacht abwarten, bevor er sich wieder in ärztliche Hände begab, ihren schönen Urlaub in Frage stellte. Es stellte sich heraus, dass er nicht liegen konnte, nur im Sitzen der Schmerz zu ertragen war. Und so verbrachte er die Nacht schmerzvoll und überwiegend schlaflos mit einem Berg an Kissen im Rücken auf dem Sofa.

*

141

Die Untersuchung des Krankenhauses ergab: „Fraktur der achten und neunten Rippe links mit Dislozierung der achten um halbe Schaftbreite und eine Schädelprellung mit einer Prellmarke hoch frontal, jedoch ohne Commotio-Zeichen."

Es wurde ihm geraten zu bleiben, jedenfalls über Nacht, bis die Untersuchungen abgeschlossen waren. Doch er übernahm die Verantwortung für seine Entlassung gegen ärztlichen Rat. Der Fall aus dieser Höhe, aus dem eben noch vorhandenen Traum einer gemeinsamen, unbeschwerten Zeit an der See, in ein Krankenhausbett war zuviel für ihn, ein Albtraum, den er durch Ignorieren nicht akzeptierte.

Da bei einem Rippenbruch nichts zu unternehmen war (nicht einmal eine Stützbinde oder Ähnliches war angezeigt), der Bruch von selbst heilte, offensichtlich auch keine Gehirnerschütterung vorlag, blieben sie an ihrem Urlaubsort.

Simone und Emmi verbrachten die Tage großenteils am Strand, während er, der jede Bewegung scheuend, es vorzog, auf dem Sofa, halb liegend, halb sitzend, das Haus zu hüten und zur Erhaltung seines Lungenvolumens durch Lufteinziehen eine münzgroße Plastikscheibe in einem Röhrchen auf konstanter Höhe schweben zu lassen.

Als er sich nach vierzehn Tagen wieder mehr zu bewegen traute, war das Wetter umgeschlagen. Starker Wind brachte nun dunkle Wolken und Schauer. Die Schmerzen, die ihm unbedachte Bewegungen eintrugen, waren wie Messerstiche, nichts fürchtete er mehr als husten oder niesen zu müssen.

Nachdem sie den Wetterbericht gehört hatten, traten sie am gleichen Tag die Rückreise an. Während Simone und Emmi der Urlaub sichtbar gut getan hatte, gebräunt und gut gelaunt ihre Zelte nun abbrachen, hätte seine Stimmung nicht schlechter sein können.

*

Maries Niederkunft näherte sich dem errechneten Termin. In gut einer Woche sollte es soweit sein. Die gepackte Tasche für das Krankenhaus stand schon seit Wochen bereit. Eine freudig nervöse Erwartungsstimmung lag auf den Tagen. Marie machte bestimmte Atemübungen und schaukelte stehend Becken und Bauch sanft hin und her. Rico wanderte durch die Wohnung, sah aus dem Fenster, hielt hier einen Plausch mit Karl, der dabei war, sich einige Fragen zu seinem bevorstehenden Arztbesuch zu notieren, rangelte dort mit Jacob, zeigte ihm ein paar Kniffe, um zu Marie zurückzukehren, die zum xten Male „alles gut" zu ihm sagte, bevor er den Mund aufmachen konnte.

Junge oder Mädchen, die Frage war schon geklärt. Er sollte „Edvard" heißen nach seinem ausländischen Großvater. Sich an Maries Interesse für seine Schilderungen seines Heimatlandes erinnernd, erzählte Rico zum wiederholten Mal, wie die Kinder dort zur Welt kamen, um wieviel unkomplizierter aber risikoreicher. Marie gähnte.

Von den Fußballaktivitäten hatte er sich vor einigen Wochen befreien lassen ohne Rücksicht darauf, das wichtige Punktspiele anstanden. Angesichts der bevorstehenden Geburt und Maries, bislang zwar nicht wieder ausgebrochenen, nichtsdestotrotz unberechenbaren Krankheit, hatte er sich außerstande gesehen, in dieser bewegten Zeit, nicht in ihrer Nähe zu sein.

Eines frühen morgens im Oktober weckte sie ihn.
„Ich glaub, es ist soweit."
Es war nicht direkt ein Fehlalarm, aber der Nachwuchs ließ sich erst am frühen Morgen des nächsten Tages blicken. Ein Anruf schreckte Rico hoch. Gerade noch rechtzeitig

war er zur Stelle, hielt der Stöhnenden zitternd eine Auffangschale hin, in die sie sich erbrach.

Ein Junge, wie von den Ärzten schon beizeiten festgestellt. Mutter und Kind ging es den Umständen entsprechend gut. Er hielt das Bündelchen in seinen Armen, sein Glück kannte keine Grenzen.

*

Vier Wochen später suchten sie die Ausländerbehörde auf. Da diese im Ruf stand, sehr restriktiv vorzugehen und ihrer Klientel Steine in den Weg zu legen, ließen sie sich, ungeachtet der entstehenden Kosten, von Dr. Wijantchi begleiten.

Es stellte sich heraus, dass ihr Misstrauen und ihre Vorsicht gerechtfertigt waren.

Darauf, dass sie nicht damit rechnen konnten, auf Anhieb eine langfristige Aufenthaltserlaubnis zu erhalten, wie sie ursprünglich gehofft hatten, hatte sie Dr. Wijantchi vorbereitet. Er riet ihnen, neben der Geburtsurkunde auch den kleinen Edvard mitzubringen und eine zuvor beim Standesamt von Rico zu unterschreibende Vaterschaftsanerkennung, was sich als richtig erwies.

Nach Begutachtung der Drei informierte sie der Sachbearbeiter über das Erfordernis eines Vaterschaftstests, ungeachtet der vorgelegten Vaterschaftsanerkennung. Außerdem machte er sie darauf aufmerksam, dass Rico mit einem Touristenvisum eingereist sei, einem für die Erteilung einer anschließenden Aufenthaltserlaubnis nicht ausgelegten Visum. Daher sei zu prüfen, ob Rico nach Vorlage des Vaterschaftsgutachtens wieder auszureisen habe, um mit einem im Ausland erteilten Visum für einen Daueraufenthalt wieder einzureisen.

Hier protestierte Dr. Wijantchi scharf und erklärte, dass Rico nach § 28 Abs. 1 Nr. 3 Aufenthaltsgesetz eine Aufenthaltserlaubnis zustehe. Sein Mandant bestehe nun auf der Ausstellung einer entsprechenden Bescheinigung, die Vaterschaftsanerkennung liege vor. Darauf entschuldigte sich der Sachbearbeiter und kehrte nach einer geraumen Weile zurück, um mitzuteilen, dass Ricos Antrag auf Ausstellung einer Aufenthaltserlaubnis nach § 28 nicht entsprochen werden könne, da ihm zuzumuten sei, wieder auszureisen und mit einem für einen Daueraufenthalt bestimmten Visum, ausgestellt von der deutschen Botschaft, wieder einzureisen. Darüber hinaus fehle es an einem Vaterschaftsgutachten, das in diesem Prozedere vorzuliegen habe. Schließlich sei er ja noch im Besitz eines gültigen Papiers, ausgestellt von der Asylabteilung.

Dr. Wijantchi protestierte, erklärte, dass sein Mandant dadurch gehindert werde, eine Arbeit aufzunehmen, was Folgen haben werde. Er beschwerte sich über den unnötigen bürokratischen Aufwand, der mit dem schon jetzt feststehenden Ergebnis zu Lasten seines Mandanten gehe und verlangte, den Abteilungsleiter zu sprechen, worauf dieser nach einem Anruf des Sachbearbeiters wenig später erschien und auf Dr. Wijantchis Vorhaltungen erklärte, dass sein Mandant mit einem falschen Visum, nämlich zu Besuchszwecken eingereist sei, jedoch ein nationales Visum hätte beantragen müssen. Somit sei die Erteilungsgrundlage nicht gegeben. Wenn er auf seinem Antrag trotzdem bestehe, erhalte er einen Ablehnungsbescheid. Mit diesen Worten ließ sie der Abteilungsleiter stehen.

Kopfschüttelnd und die Zustände beklagend räumte Dr. Wijantchi seine Unterlagen zurück in seine Aktentasche und erklärte seinen Mandanten auf dem Flur, dass auf jeden Fall ein DNA-Test durchzuführen sei und händigte ihnen eine Adresse aus, die von der Ausländerbehörde akzeptiert werde. Sobald das Ergebnis vorliege, sollten sie sich wieder bei ihm melden.

„Da ist das letzte Wort noch nicht gesprochen," tröstete er die Enttäuschten.

Das Ergebnis begeistert sie: neunundneunzigkommaneun Prozent sprachen für Ricos Vaterschaft.

Vor ihrer nächsten Vorsprache bei der Ausländerbehörde wollte Dr. Wijantchi wissen, ob es außer der nötigen Hilfe beim Aufziehen des Kindes und seiner Betreuung, weitere Gründe gab, die Ricos ständige Anwesenheit erforderlich machten. - Allerdings! So war es! Ein Attest über Maries Krankheit, die Epilepsie, war schnell zu beschaffen gewesen.

Sie fanden sich erneut mit einem Konvolut an Papieren am Ort der enttäuschenden Auskünfte ein. Diesmal sollte keine fehlende Unterlage die Ursache für eine Zurückweisung sein. Wieder entschwand der Sachbearbeiter, diesmal für längere Zeit und sagte nach seiner Rückkehr in der Akte blätternd lange kein Wort. Fast am Ende angekommen stutzte er.

Eine bestimmte Seite in der Akte schien seine ganze Aufmerksamkeit in Anspruch zu nehmen.

„Haben sie schon das Urteil wegen des Verdachts der Nötigung, beziehungsweise Freiheitsberaubung erhalten?" wandte er sich an Rico. Rico wusste nicht, was er meinte, sah hilfesuchend zu Dr. Wijantchi.

„Sie wissen doch, die Sache in der Asylunterkunft, Sie sollen dort einer Frau Gewalt angetan haben," erklärte der Sachbearbeiter. „War in dieser Angelegenheit schon Ihre Verhandlung, haben Sie schon das Urteil?"

Dr. Wijantchi griff ein. „Darf ich mal sehen!" Stirnrunzelnd las er den Polizeibericht. „Das ist doch gar nichts," meinte er, „kein Grund, meinem Mandanten die Aufenthaltser-laubnis zu verweigern."

„Tut mir leid, bevor diese Angelegenheit nicht geklärt ist,

kann ich nichts für Sie tun!" Seiner Sache gewiss, lehnte sich der Sachbearbeiter zurück.

Darauf holte Dr.Wijantchi seufzend einen Ordner aus seiner Aktentasche, aus dem er nach kurzer Suche ein Papier löste, das er kommentarlos dem Sachbearbeiter übergab, was zur Folge hatte, dass dieser erneut entschwand.

Nach sehr viel kürzerer Zeit, als das letzte Mal kehrte er mit einem Pass in der Hand, Ricos Pass, zurück, in den er mit ernster Mine ein Etikett, auf dem *Aufenthaltserlaubnis* stand, klebte.

„Bitteschön," sagte der Beamte kurz, und Dr. Wijantchi ergänzte, dass Rico nun zur Aufnahme einer Arbeit seiner Wahl berechtigt sei. Als Rico seinen so bearbeiteten Pass wieder in den Händen hielt, umarmte er vor Freude und Dankbarkeit seinen Anwalt und ergriff die Hand des Beamten.

Wieder zu Haus, setzte er sich an Edvards Bettchen und schaute ihn an. Seine kleinen Händchen, sein verquollenes Gesichtchen, über das von Zeit zu Zeit ein Lächeln glitt, der liebliche Babygeruch verzückten ihn. Sein Sohn! Er konnte sich nicht satt sehen an ihm.

*

Dieses Glück! Sein Urheber, musste gefeiert werden. Eddi! Winzig klein und friedlich schlafend stellte er die Weichen.

Maries Mutter traf als erste ein, eine Kopie von Marie, nur älter und etwas größer, in etwa so groß, wie Karl.

„Wo ist denn der Kleine?" hielt sie sich nicht lange mit der Vorrede auf und blickte suchend um sich. „Hier entlang," wies Karl ihr den Weg ins Schlafzimmer der Eltern.

„Hallo, da bist du ja, du Purzelchen, du neuer, kleiner Mensch. Sei gegrüßt," sprach sie in das Körbchen. „Richtig so, schlaf dich groß, das ist das beste, was du tun kannst!"

„Und wo ist der Vater? Sie sind es doch wohl nicht," wandte sie sich sodann an Karl.

„Wie haben Sie das erkannt?" scherzte dieser zurück. „Der ist noch zur Arbeit, müsste aber gleich erscheinen, zusammen mit seinen Kollegen, dann kommt hier Leben in die Bude!"

„Und wer sind Sie? Wenn ich fragen darf? Eine Art Untermieter?"

„So kann man sagen," versetzte Karl und begann, Einzelheiten zu erklären.

Marie schenkte den Kaffee ein, und der Gesprächsstoff hätte gewiss bis zum Abend gereicht, aber dann erschienen der Vater und seine Kollegen, sieben an der Zahl, und es wurde lebhaft. Allein die Begrüßung nahm einige Zeit in Anspruch.

„Du siehst deiner Tochter sehr ähnlich," sagte Rico leicht verlegen zu Maries Mutter, als sie seinem Blick nachdrücklich begegnete.

„Oder sie mir." Die Mutter lächelte milde.

„Du bist also Rico, der Vater! Lebst du schon lange in

Deutschland oder bist sogar hier geboren? Du sprichst sehr gutes Deutsch."

Auch hier ergab sich eine Menge Gesprächsstoff, aber Edvard war aufgewacht, und die allgemeine Aufmerksamkeit galt ihm. Nachdem Marie für sein leibliches Wohl gesorgt hatte und bevor er, erschöpft von der anstrengenden Nahrungsaufnahme, wieder einschlief, wurde er präsentiert. Der Trainer überreichte im Namen der Mannschaft zwei kleine Strampler und einen Nachttopf „schon mal für später", Maries Mutter holte aus ihrer Tasche ein Mobile, das Rico sogleich am Himmel des Körbchens befestigte.

Rico, im ganzen eher von stillem, zurückhaltendem Temperament, zeigte sich von einer an ihm bislang weniger bekannten, offenen, Seite. Ging es um seine Person kannte man ihn eher als nicht sehr mitteilsam, nun beteiligte er sich lebhaft an der Unterhaltung, lachte und scherzte, trug insbesondere durch Wiedergabe, interessanter, für deutsche Ohren auch unglaublich klingender Einzelheiten aus seinem Leben zu anregenden Gesprächen bei, wobei das Erstaunen über die Art und Weise, wie er zum Fußballsport gekommen war, nicht hätte größer sein können.

Es klingelte erneut, und es erschien Wilfried mit Familie. Sie hatten ein Mützchen dabei für „das empfindliche Köpfchen."

Während sich Marie und Simone unterhielten, und auch Karl und Margot, Maries Mutter, in ein Gespräch vertieft waren, drehte sich die übrige Unterhaltung um den Fußball. Die Frage war, wann Rico endlich wiederkomme. Ob er kein Gewissen habe, solange fort zu bleiben, angesichts der Tatsache, dass sie den zweiten Platz inzwischen wieder hatten räumen müssen. Sie hatten doch Pläne, wollten aufsteigen, dorthin, wo sich schon mal der eine oder andere Euro verdienen ließ.

Wilfried hatte sich währenddessen in einer Ecke niedergelassen und lauschte dem Gespräch, das sich jetzt um die Einkommen der Top-Spieler drehte. Er war blass und schmal, auch schien es, als sei sein Haar strähniger geworden. Ein unmerkliches Zittern lag in seiner Bewegung beim Greifen nach dem Glas und dem Zum Munde Führen. Davon, dass er sich zwei Rippen gebrochen hatte, hörte Rico zum ersten Mal. Zum Glück seien sie folgenlos verheilt, so dass er schon wieder seine Arbeit versah. Er sagte das zuversichtlich lächelnd mit dem Ausdruck „alles halb so schlimm", indes behielten seine tiefliegenden Augen ihren müden Ausdruck. Er schwieg alsbald nachdem sie die Neuigkeiten ausgetauscht hatten, schien der Unterhaltung der anderen zu folgen.

„Ich kann nur sagen," mischte sich Karl in die Unterhaltung, „zu meiner Zeit hatten Geld und Werbung im Sport überhaupt keine Rolle gespielt. Unsere Motive waren Begeisterung und Ehrgeiz. Der Sport wurde neben dem Beruf nach Feierabend und am Wochenende ausgeübt, nicht als bezahlter Beruf."

Rackermann, der Trainer, zuckte die Achseln. „Früher war manches anders," erklärte er, „die Entwicklung ist nicht stehen geblieben."

„Früher schrieb man Himmel auch mit P," warf jemand unter allgemeinem Gelächter ein.

Wilfried setzte an, etwas zu sagen und brach angesichts der angeregten Unterhaltung über Profigehälter ab, beschränkte sich hinfort aufs Zuhören.

Karl und Margot erhoben sich. Sie wollten noch einen kleinen Gang um den Block machen, bevor es dunkel wurde.

Derweil war Eddi, wie der Kleine von allen genannt wurde, wieder aufgewacht, schwach war sein Stimmchen von nebenan zu hören. Zurückgeholt in den Kreis der ihn Feiernden, wurde auf ihn angestoßen.

„Es lebe Eddi! Auf Dich und eine wunderbare Zukunft!" hieß es allgemein. Aber Eddi interessierte das nicht. Er wollte sich nur von etwas Luft im Magen befreien und schlief schon wieder.

„So ist das mit dem Fußball!" gesellte sich Karl zu Wilfried auf die Terrasse. „Auch ich bin früher dem Ball nachgejagt, habe es aber nie zu größeren Ehren gebracht. Sport soll ja gesund sein, habe offensichtlich zu wenig gemacht. Treibst Du Sport?"

Wilfried atmete tief ein. „Früher, jetzt nicht mehr. Nach meiner Knie OP ist nichts mehr mit Sport. Mit Fußball schon gar nicht.

„Ach!?"

„Dabei ist es gerade der Sportunterricht, der Schüler und Lehrer einander näher bringt. Mir war seine Bedeutung immer klar, deshalb war der Sport für mich auch erste Wahl. Aber damit ist es ja nun vorbei."

„Das ist übel," sagte Karl, „Tatsächlich? Wie kommts?"

„Kleiner Betriebsunfall durch Verschleiß vielleicht, oder Überbeanspruchung. Was weiß ich, wie ich dazu komme. Auch wenn ich es wüsste, würde das nichts ändern. Der Meniskus eben. Nun laufe ich mit einem künstlichen Kniegelenk herum. Zwischendurch habe ich mir noch zwei

Rippen gebrochen. - Entschuldigen Sie, es gibt unterhalt-
samere Geschichten."

„Nicht doch! Dann bist du ja nicht gerade vom Glück
verfolgt," versetzte Karl, „aber du bist nicht allein, deine
Frau steht dir zur Seite. Doch ich verstehe, es ist nicht
einfach in solchen Situationen, ein starker Wille allein
genügt oft nicht, es braucht einen Rückhalt und Unterstützung, idealerweise eine Familie. Ich komme dabei auf
mich zu sprechen: wie wichtig es ist, nicht allein zu sein in
schwierigen Lagen, habe ich gerade kürzlich erfahren, als
ich Rico und Marie begegnet bin. Durch sie bin ich noch
einmal zum Leben erwacht, bevor der endgültige Schluss-
akkord ertönt, wenn ich so sagen darf. Ohne sie.. nach
meinem Krankenhausaufenthalt.. stünde es wohl nicht so
gut um mich. Wir bilden jetzt eine Wohngemeinschaft."

„Aber komm, es wird kalt." Er rieb sich fröstelnd die
Hände, und sie begaben sich wieder zu den anderen ins
Zimmer, wo jetzt Eddi die ganze Aufmerksamkeit auf sich
zog. Seine Mahlzeit hatte er offensichtlich schon beendet,
alle warteten nun gespannt auf das Bäuerchen, das
zusammen mit etwas Milch und unter einem allgemeinen,
erleichterten Jaaaa schließlich kam.

Als dann der Kleine von seiner anstrengenden Tätigkeit
ermüdet, wieder in seine Wiege gelegt worden war,
verabschiedete sich der größte Teil der Gäste.

„Bis demnächst," hallten die Stimmen im Treppenhaus.

Karl brachte Margot später noch zur Busstation.

*

Karls stilles Lächeln in sich hinein fiel als erste Marie auf, die Jacob anstieß und der wiederum Rico. Ihn beobachtend hielten sie in ihrer Mahlzeit inne (Pizza selbst gemacht), und amüsierten sich, dass er nichts bemerkte, fortfuhr, lächelnd zu essen.

„Na Karl! Worüber freust du dich?" wurde er von Marie aus seinen Gedanken gerissen.

„Das will ich dir sagen," meinte er ein wenig verlegen. „über alles! Ich freue mich über alles, das Leben ist schön, und es schmeckt so gut. Ein Lob der Köchin!"

Seit seiner letzten Operation vor einem Jahr und der sich anschließenden Therapie hatte sich Karls Gesundheitszustand wundersam gebessert. Seine Schmerzen hatten kontinuierlich nachgelassen bis sie fast verschwunden waren, und sein Aktionsradius hatte sich stetig vergrößert. Inzwischen hatte er seine Selbständigkeit so weit zurück gewonnen, dass der Pflegedienst nicht mehr nötig war. Ohne Hilfe stand er morgens auf, bewegte sich zunächst nur, aber immer sicherer werdend, in der Wohnung, bis er sich wieder allein nach draußen wagte, spazieren ging und sogar einkaufte. Die letzte Kontrolluntersuchung hatte keine neuen Befunde ergeben, das Magengeschwür war nicht wieder gekommen, PSI-Wert und Blutwerte stimmten.

Auch hatte er wieder einen gesunden Appetit entwickelt, wenn er auch nicht alles essen konnte, insbesondere nichts Blähendes. Alle paar Tage bereitete er sich seine geliebten Bratnudeln, einfach gekochte Nudeln mit Ei gebraten, und „a guts Bier" dazu, wie er sagte. Seine Hosen füllte er fast wieder aus, was ihn nicht hinderte, einige neue Kleidungsstücke zu kaufen, ein sportlicher Blazer, eine

Jeans und Khakihose und ein Paar leichte Schuhe gehörten dazu. Schlank von Figur, saß und passte alles, kleidete es ihn wie einen jungen Mann. Er genoss es, in seinen neuen Sachen auszugehen.

Seine Zeit zu Haus verbrachte er überwiegend mit Lesen und dem Niederschreiben seiner Eindrücke und Gedanken, wobei er nicht mit Kritik, an den herrschenden Zuständen und den Politikern sparte.

„Mein Leben war still und leise gewesen, abseits jeden Betriebes, ohne Heldentaten, und ohne das Gegenteil davon," hatte er einmal gesagt.

„Jetzt ist mir darnach noch ein bisschen Lärm zu machen, wenn auch nur auf dem Papier. So hinterlasse ich eine Spur, dass jeder sehen kann, dass es mich gab.

Dass eine gefährliche Krankheit sein Leben bedrohte, war ihm nicht anzumerken. Er war erstaunlich rege, reger als manch jüngerer Zeitgenosse.

*

Es freute ihn und machte ihn stolz, aber es war ihm gleichzeitig unangenehm gegenüber seinen Mannschaftskameraden, vom Publikum derart bevorzugt zu werden. Wie ein verloren geglaubter Sohn wurde Rico nach mehrwöchiger Pause von den Zuschauern empfangen. Sie klopften ihm auf die Schulter, wie einem guten Freund und Helden, Beifall brandete auf und Rico-Rufe ertönten, sobald er das Spielfeld betrat. Und wenn er am Ball war, erfasste die Zuschauer eine Begeisterung, dass sich manch einer am Spielfeldrund die Ohren zuhielt.

Seit einiger Zeit machte das Wort *Aufstieg* immer wieder die Runde.

„Wir wollen wieder dahin, wo wir hin gehören," erklärte der Trainer, wenn er auf der Tafel die Positionen anzeigte, die bestimmte Spieler in bestimmten Situationen einnehmen sollten. Was zuerst in die Köpfe musste, wurde anschließend praktisch erprobt.

Seit sie den zweiten Tabellenplatz zurückerobert hatten, hatte in ihr Spiel und den Umgang untereinander eine Ernsthaftigkeit Einzug gehalten. Einige Spieler wurden von den anderen kritisiert wegen ihrer schlechten Form oder mangelnden Einsatzes.

„Wenn wir wieder aufsteigen wollen, muss jeder an seine Grenzen gehen. Wer das nicht kapiert, passt nicht in die neue Planung," so die Ansage, die öfter zu hören war.

Rico focht das alles wenig an. Seit der Geburt seines Sohnes hatte vieles in seinem neuen Leben ein anderes Gewicht bekommen. Das Wichtigste war für ihn in dieser Zeit, eine Arbeit zu finden. Zwar fehlte er bei keinem Punktspiel und Training, jedoch nagte der Gedanke an ihm, als Ehemann und Vater kein, nicht einmal für ihn allein, ausreichendes Einkommen zu haben. In seinen Gedanken war er bei seiner Familie und empfand diesen Mangel doppelt und dreifach. Das Geld war knapp und reichte nur durch Karls Beitrag.

Nichtsdestoweniger war seine Spiellaune ungebremst, um nicht zu sagen, er sprühte vor Energie und Spielwitz. Die Zuversicht und Tatkraft, die mit der Geburt seines Sohnes und der Aufenthaltserlaubnis über ihn gekommen waren, übertrugen sich auf sein Spiel, das eine unnachahmliche Leichtigkeit auszeichnete. Seine Beine schienen über eine eigene Kraftquelle zu verfügen, wenn sie nicht erlahmend heftige Grätschen übersprangen, Haken schlugen, ihn in scheinbar mühelosen Sprints von der einen Spielhälfte in die andere trugen. Seine traumwandlerisch sichere Ballbehandlung erweckte zuweilen den Eindruck von Akrobatik, seine Schnelligkeit und Wendigkeit taten ein übriges, seine Klasse zu unterstreichen.

*

Ricos Suche hatte Erfolg. Er fand Arbeit in einer Auto-waschanlage. Seine Mitteilung, dass er aus Zeitmangel nun nicht mehr bei allen Spielen und jedem Training dabei sein könne, sorgte für Aufregung.

„Rico! Das ist nicht dein Ernst!" verbat sich der Trainer diese Ankündigung, „bist du nicht zufrieden? Natürlich bist du nicht zufrieden, das wird sich ändern. Vergiss diese Arbeit! Was sollst du dort verdienen? Wieviel auch immer, der Verein wird dir das Doppelte zahlen. Du musst bei uns bleiben, wir brauchen dich!"

Und es sprudelte weiter aus ihm: „Ich spreche mal mit dem Chef, der hat Beziehungen zu einem Transportunterneh-men, wo du jederzeit anfangen kannst, und zwar so, dass du auch genügend Zeit für den Fußball hast. Was hälst du vom Paketeaustragen?"

Vor einer Zusage besprach Rico dieses Angebot mit Marie, die mit dem Trainer Rücksprache hielt. Sie bestand darauf, alles schwarz auf weiß festzuhalten.

Es wurde vereinbart, dass Rico eine Teilzeitbeschäftigung bei einem Paketdienstleister erhielt. Ein entsprechender Vertrag wurde geschlossen, ein Vertrag, der ihm flexible, dem Training angepasste Arbeitszeiten gewährte, ebenso ein Vertrag über seine Tätigkeit als Spieler der ersten Mannschaft des Vereins mit einem Grundgehalt und Prämien für jeden Sieg und jedes Tor. Äußerlich gelassen und beherrscht, doch innerlich gegen Eruptionen der Freude ankämpfend, setzte er seine Unterschrift auf die Papiere.

Auf ihrem Weg zurück blieb Marie vor dem Fenster einer Fahrschule stehen. „Wolltest du nicht Autofahren?" sagte sie und zog Rico in das Innere des Geschäfts.

*

Simone war sehr erstaunt, ihren Mann, den sie in der
Schule wähnte, zu dieser Zeit zu Hause anzutreffen. Da
zwei ihrer Patienten ihre Termine abgesagt hatten, hatte sie
den einen verbleibenden auf die nächste Woche verlegt, so
dass sie ihre Praxis vorzeitig schließen und den Nachmittag
für sich verwenden konnte.

Plötzlich stand nun Wilfried vor ihr, der um diese Zeit in
der Schule zu sein pflegte, und mindestens ebenso, aber,
wie ihr schien, nicht unbedingt freudig, überrascht war.
Ohne dass sich sein Gesicht erhellte, beeilte er sich, seine
vorzeitige Anwesenheit zu erklären; starke Kopfschmerzen, die ihn zu dieser ungewohnten Zeit nach Hause
geführt hatten. Er wollte gerade eine Tablette nehmen und
sich ein wenig hinlegen.

Er sah wirklich nicht gut aus. Neben der verschwitzten
Blässe seines Gesichts waren es sein ungekämmtes Haar,
die ausgebeulte Hose, das Hemd, das er schon seit drei
Tagen anhatte, eine gewisse nicht zu ihm gehörende Unge-
pflegtheit (Mundgeruch), die seine schlechte Verfassung
bezeugten.

So plötzlich, wie er vor ihr gestanden hatte, hatte er auch
schon wieder die Tür zum Arbeitszimmer hinter sich
geschlossen.

Simone stand unschlüssig in der Diele. Eigentlich hatte sie
sich ein kleines Fertiggericht mitgebracht, doch statt es
zuzubereiten setzte sie sich ins Wohnzimmer und blätterte
in einer beruflichen Fachzeitschrift, die gekommen war,

und legte sie wieder zur Seite. Sie fühlte sich seltsam, eine eigenartige, hörbare Stille füllte das Zimmer. Ihr Blick schweifte über die Einrichtungsgegenstände, sie weckten Erinnerungen. alles hatten sie gemeinsam angeschafft nachdem sie das Haus gekauft und es wieder in Schuss gebracht hatten. Sie schloss die Augen. Wie schön die Zeit damals, als alles begann, wie verliebt sie beide. Sie hatten nicht voneinander lassen können und hilfsbereiten Freunden abgesagt, da sie mit erforderlichen Vorarbeiten nicht fertig geworden waren. Über ihr Gesicht glitt ein Lächeln. Dann war Emmi gekommen. Vor ihrem geistigen Auge reihte sich Bild an Bild. Bis die Kette zum Stehen kam, dort, wo Wilfried mit seinen Krücken stand. Wie still war es doch. Die Sachen waren die gleichen geblieben, aber er und sie hatten sich verändert.

Sie erhob sich mit einem Ruck, gleichsam erwachend, und sah nach Wilfried.

Er hatte sich ausgezogen und lag im Bett, zugedeckt, dass nur sein blonder Schopf zu sehen war. Er schlief nicht und drehte sich um, als sie eintrat.

„Fried! Wie geht es dir? Kann ich etwas für dich tun?"

Er schüttelte den Kopf. Er wollte nur ruhen, vielleicht etwas schlafen.

„Du Fried! Was ist los?" sagte sie nicht im Flüsterton, denn es drängte sie nach klaren Worten, „ich möchte wissen, was los ist. Seit deinem letzten Sturz mit den gebrochenen Rippen, hast du dich wieder sehr verändert. Dabei hatte ich schon gedacht, du hättest dich wieder gefangen. Findest du nicht auch, dass du dich in letzter Zeit etwas gehen lässt? Nicht nur heute ist mit dir nichts anzufangen. Seit dieser Kniegeschichte stimmt etwas nicht mehr. Du sprichst nicht, wir reden nicht. Ehrlich gesagt, ich weiß nicht, was ich denken soll."

„Tut mir leid," erwiderte Wilfried, ich weiß auch nicht, was mit mir ist, aber es ist etwas.. eindeutig! Alles fühlt sich fremd an. das verdammte Knie! Es macht mich zum Krüppel!"

„Was sagst du!? Krüppel? Sitzt du in einem Rollstuhl? Hast du eine Prothese? Fehlt dir ein Bein oder Arm? Du kannst gehen, wenn auch nicht wie früher, aber du kommst ohne Hilfe von A nach B, dein Selbstmitleid hilft weder dir noch uns. Lass dich doch nicht so gehen!"

„Doch Simo! Ich habe eine Prothese! Ein künstliches Kniegelenk ist eine Prothese," fiel er ihr ins Wort. „Aber man sieht sie nicht, im Gegensatz zu anderen. Ob Prothese oder der nicht.."

„Aber man hört sie, dieses Knacken beim Treppensteigen!" unterbrach er sie erneut.

„Fried! Was soll das? So kommen wir doch nicht weiter. Ja, es ist eine gravierende Veränderung, du kannst einiges nicht mehr, was du vorher konntest, aber das ist kein Grund, sich so hängen zu lassen. Du musst die Veränderung akzeptieren. Schau dir unseren Finanzminister an, der sitzt von heute auf morgen im Rollstuhl und versieht sein Amt wie zuvor. Im Leben ist es doch so, dass der gewinnt, der das Beste aus seiner Lage macht, trotz allem und jetzt gerade." Sie schwieg und starrte aus dem Fenster.

„Du hast recht.. aber da ist noch etwas anderes.."

„Und denke nicht, ich hätte nicht bemerkt, dass du trinkst," ließ sie ihn nicht aussprechen. „Ich sage es dir ehrlich, da hört der Spaß für mich auf. Also! Was ist los, Fried? Sag es mir, so kenne ich dich nicht. Es geht ja schon eine ganze

Weile so mit dir, und ich wüsste nicht, dir eine Veranlassung gegeben zu haben. Für mich spielt es keine Rolle, ob du humpelst oder nicht..."

„Wenn es das nur wäre.." fiel Wilfried ihr ins Wort, „da ist noch etwas anderes.. ich habe es bisher für mich behalten.., irgendwer oder -etwas mag mich nicht, legt mir Steine in den Weg, wo es nur geht.. logisch schwer zu erklären.. , merkwürdige, Begebenheiten häufen sich, schaden mir, es wird dir nicht entgangen sein, ich werde schnell nervös. Übrigens, glaubst du an das Böse? Es existiert, das sage nicht nur ich."

„Nicht dein Ernst!" meinte Simone mehr bestürzt als ungehalten. „von der Seite kenne ich dich überhaupt nicht.. Ehrlich, da müssen wir etwas tun. Vielleicht hast du eine Depression!" sagte sie nach einer Weile mit einer anderen, einlenkenden Stimme. „Wäre gut möglich nach allem. Du solltest dich in die Hände einer Fachkraft begeben. Dort bekommst du die Hilfe, die du brauchst. Sonst bist du ja immer derjenige, der hilft, nun lass *dir* einmal helfen. Ich mache mich mal schlau, wer in Frage kommen könnte. Schlaf jetzt erst einmal."

„Wir können ja morgen weiterreden," murmelte er dankbar und vernahm das Geräusch der sich leise schließenden Tür.

*

Obwohl sein letzter Tiefschlag schon zwei Monate zurücklag und die Heilung der Rippen komplikationslos im üblichen Zeitrahmen verlaufen war, arbeitete er erst seit zehn Tagen wieder.

Ein Schmerz beim Atmen war es, dem er die erneute, Arbeitspause verdankte. Er hatte während des Heilungsprozesses nicht genug seine Lungen trainiert, so dass der linke Flügel kurz davor gestanden hatte zu kollabieren, was eine erneute Krankschreibung erforderlich gemacht hatte.

Nach dieser weiteren Pause war er endlich zu seiner Lehrtätigkeit zurückgekehrt. Anfangs hatte er wieder eine Gewöhnungsphase zu überstehen, die unter anderem damit zusammenhing, dass einige seiner Kollegen hinter seinem Rücken bedeutungsvolle Blicke ausgetauscht hatten, was ihn dazu veranlasste, sie zur Rede zu stellen. Doch nach einigen Aussprachen hatten sich die Verhältnisse weitgehend normalisiert, so, wie früher, war es nicht. Er hatte noch nicht wieder das Gefühl, dazuzugehören. Aber er sagte sich, wenn er erst wieder eine Klasse hätte, käme alles wieder ins alte Fahrwasser,

Doch dieses Zittern, von innen her, meldete sich weiterhin jeden Morgen und auch im Tagesverlauf, und zur Zeit sah er kein anderes Mittel, sich diesem misslichen Zustand zu entziehen, als durch einige Schlucke seiner Medizin. Aus diesem Grunde hatte er sich einen Vorrat der kleinen Flaschen angelegt, die sich in der Hosentasche bequem und unauffällig vom Spind zur Toilette transportieren ließen. Jeder dieser Gänge zwischen Spind und WC führte ihm vor Augen, dass ihm die Kontrolle über sich abhanden gekommen war. Vorerst sah er jedoch keinen anderen Weg.

Sobald, die Zeit gekommen war, wollte er das Problem ernsthaft angehen.

*

Nur, wenn er sich auf das Gehen konzentrierte, gelang es ihm, seinen nachziehenden Gang zu überspielen, doch alles in allem hatte er sich an die eingeschränkte Beweglichkeit gewöhnt. Viel geändert hatte sich durch das neue Gelenk nicht, nichts, was ihn zu mehr befähigte, als bisher. Außer Schwimmen und Radfahren war ihm jede Sportart verwehrt. Er war auch gehalten, Spaziergänge nicht unnötig auszudehnen, ebenso, langes Stehen. Das von ihnen beiden so sehr geliebte Tanzen gab es nicht mehr. Gerade das Tanzen war ein sie verbindendes Hobby gewesen, und wie er feststellte, so ziemlich das einzige Unternehmen, dem sie gemeinsam nachgegangen waren. Die Erinnerung daran schmerzte ihn. - Es gab sie noch, die Augenblicke, in denen es ihn nach seiner Medizin verlangte. Auch seine Vergesslichkeit und die Mühe, die es ihn kostete, sich zu konzentrieren, machten es ihm nicht leichter.

Aus Mangel an Konzentration widerfuhren ihm auch manche Missgeschicke, Kleinigkeiten an sich, jedoch mit Wirkung auf sein Gemüt. Das heruntergefallene Glas, die nicht wieder abgestellte Kochplatte, der verschüttete Kaffee, besonders jedoch der wiederholte und schmerzhafte Stoß mit dem Kopf gegen die hervorstehende Ecke der Dunstabzugshaube, riefen in ihm eine von unflätigem Fluchen begleitete Zornreaktion hervor. Der folgende Griff zur Medizin geschah in einem Reflex.

Er schlief nach wie vor schlecht. Regelmäßig, wenn er im Bett lag, setzte sich sein Gedankenkarussell in Bewegung. In der nur von Simones Atemzügen unterbrochenen Stille kamen und gingen seine Gedanken. Manche blieben länger, setzten sich fest, verstärkten sich bedrohlich in der Dunkelheit. Simone! Wie sollte es weitergehen? Es passte zwischen ihnen nicht mehr. Sie hatten sich voneinander entfernt. Keiner von Beiden wusste den Interessen des anderen viel abzugewinnen. Gemeinsame Themen, gar Unternehmungen, waren Mangelware, Gemeinsamkeiten überhaupt.

Die Bilder der Abendnachrichten gingen ihm nicht aus dem Kopf: einbrechende, ins Meer stürzende Eiswände, ein Eisbär, der sich halb verhungert auf einer Eisscholle treibend kaum noch auf den Beinen halten konnte, vertrocknete Wälder, ausgedörrte Landschaften auf denen das Vieh der Ärmsten der Armen nichts mehr fand. Eindringliche Bilder, die ihn in seinem Innersten beunruhigten. Statt Winter nur noch ein verlängerter Herbst und niemand, der sich deshalb Sorgen zu machen schien. Der allabendliche Wetterbericht gab stets das Wettergeschehen wieder mit dem Hinweis auf für die Jahreszeit zu milden Temperaturen. Dieser Gleichmut angesichts solch bedeutsamer Veränderungen. Wie groß dagegen die Aufregung um den Politiker, der bei seiner Doktorarbeit geschummelt hatte. Die Deutschen eben, Weltmeister im Flugzeuge- und Autobau. Ozonschicht hin, Ozonschicht her. Unbeeindruckt stieg die Zahl der Autos und Flugzeuge, wurden Flächen versiegelt, Felder besprüht, Nutztiere zu Produktionsfaktoren gemacht, wurde das Artensterben bedauert, hoch und höher gebaut. Während die Zahl der Menschen wuchs und wuchs. Die Gleichgültigkeit gegenüber dem, was Leben erst ermöglichte, schien ihm einer bequemen Oberflächlichkeit zu entspringen, der das Tagesgeschehen reichte.

Sich von einer Seite auf die andere drehend, sah er Menschen, darunter seine Tochter und seine Schüler, ratlos in einer öden Landschaft stehen. Unerträglich waren ihm diese Bilder. Er musste aufstehen, um sie loszuwerden.

Es war ihm wieder passiert. Wieder war er während des Unterrichts eingeschlafen. Beim ersten und zweiten Mal hatten ihn seine Schüler irritiert und amüsiert geweckt, nachdem er an seinem Pult vornüber gebeugt Schnarchgeräusche von sich gegeben hatte. Dieses Mal war er vor die Tür gegangen, um an der frischen Luft Herr seiner Müdigkeit zu werden und war dort auf der in der Sonne stehenden Bank schlafend von der Schulleiterin angetroffen worden. Seine Erkenntnis, er wäre besser zu Haus geblieben, kam zu spät. Es folgten an diesem Tage weitere, im Kollegenkreis Irritation hervorrufende Vorkommnisse.

*

Wilfrieds Rolle in der Ökogruppe beschränkte sich auf das Zurverfügungstellen eines Raumes für Zusammenkünfte, Vermittlung von Wissen, Beratung und die Teilnahme an Müllsammelaktionen. Ansonsten hielt er sich heraus, mischte sich nicht ein in Vorhaben und Aktionen. Die jungen Leute wussten schon selbst sehr gut, worum es ging und berichteten auf ihren allmonatlichen Treffen von ihren Erfahrungen und Erlebnissen.

An diesem Sonnabend geschah es zum ersten Mal und zufällig bei einem Einkauf im benachbarten Stadtteil, dass er Zeuge einer ihrer Aktionen wurde. Schon von weitem hatte er die Erdkugel über den Leuten schwebend in Gestalt eines bemalten, überdimensionalen Luftballons ausgemacht. Sie hatte ein trauriges Gesicht, denn sie war krank, wie sie in einer aufgemalten Sprechblase selbst erklärte. Durch das Gebüsch konnte er ein Spruchband mit der Aufschrift „bis hierher und nicht weiter!" sehen, das zwei von ihnen an Stangen über den Weg gespannt hielten, so dass die Fußgänger es umgehen oder sich bücken mussten, um weiter zu kommen.

Auf einem Pappschild war „Klassenziel 1,5 Grad wieder verfehlt" zu lesen. Einige Passanten blieben stehen und unterhielten sich mit den Demonstrierenden, die meisten wichen aus, indem sie einen wohlmeinenden oder weniger freundlichen Kommentar hinterließen. Bis dahin war es eine friedliche, entspannte Szene. Bis ein älterer Herr ins Bild kam, der eiligen Schritts und wetternd auf die Gruppe zuging. Er zog das Spruchband nach unten, wobei es von der einen Stange abriss.

„Ihr sollt zur Schule gehen, ihr Grünschnäbel! Lernt erstmal was. Soweit kommst es noch, dass ihr den Leuten den Weg versperrt. Verschwindet, bevor ich die Polizei rufe," hörte Wilfried ihn räsonieren.

Bevor er sich seinen Weg durch die dichten Rhododendronbüsche bahnen konnte, hatte sich eine Frau vor die Kinder gestellt.

„Nun ist es aber gut!" sagte sie entschieden, „lassen Sie die Kinder in Ruhe! So geht das nicht!"

Die gleiche Entschiedenheit sprach aus ihrer ganzen Körperhaltung, mit der sie ihm entgegentrat, einem älteren Mann mit einer seltsamen Pudelmütze, die ebenso wenig zur Jahreszeit und seinem fortgeschrittenen Alter passte, wie seine Unbeherrschtheit.

„Gehen Sie weiter!" sagte Wilfried außer Atem, der es endlich geschafft hatte, sich durch das Gebüsch zu kämpfen, „der Weg ist ja nun frei! - Gehen Sie bitte weiter!" wiederholte er und gab seinen Worten mit leichtem Druck seiner Hand gegen dessen Schulter Nachdruck. „Wir können das hier nicht ausdiskutieren!" unterbrach er dessen Redeschwall, „holen Sie bitte die Polizei!" und wandte ihm den Rücken zu.

Er bedankte sich ausdrücklich bei der Frau und fragte sie aus einem Impuls heraus und angesichts des benachbarten Kiosks, was sie von einem Kaffee halte.

„Eine gute Idee," meinte sie, die sich als Evi zu erkennen gab, „zur Beruhigung."

Wie er aus ihrem folgenden Gespräch erfuhr, war sie eine Außenstehende ohne jeden Bezug zu der Gruppe, die zufällig vorbei gekommen war und Zeuge des Vorfalls wurde. Als sie hörte und sah, wie sich der Mann benahm, habe sie ihm ein paar Takte erzählt. Auf so jemanden wie ihn habe sie gerade gewartet. Gegen solche Sorte sei sie allergisch.

„Mein Gott"! fuhr sie aufgebracht fort, „was ist schon dabei, kurz auszuweichen, wegen der Autos machen wir das hundertmal am Tag. Und was heißt Schule! Heute ist Sonnabend!"

Da die Unterhaltung großenteils von der jungen Frau bestritten wurde, hatte er Gelegenheit, sie näher zu betrachten. Sie war eine eigenwillige Erscheinung. Ihr nicht unbedingt schmales Gesicht hatte nichts Künstliches, nichts von Eitelkeit Zeugendes, sie war nicht geschminkt. Von dem Ring durch ihre Unterlippe ging keine ihn anziehende Wirkung aus. Das Besondere ihres Äußeren war ihre Frisur. Ihre rechte Kopfseite war bis zur Höhe des Haupthaares, auch am Hinterkopf, fast kahl rasiert, während von dieser scharf gezogenen Linie ihr Haar zur anderen Seite unregelmäßig lang herunterfiel. Dazu war es verschiedenfarbig, auf der einen Seite mit den Stoppeln herrschte eine dunkelrote Farbe vor, das auf der anderen Seite, bis auf die Schulter reichende Haar, war lilaschwarz durchwachsen. Alle anderen körperlichen Merkmale waren verborgen unter einer Art über die Knie reichenden Pullunder.

„Eine Punkerin!" stellte er für sich fest. „Sie muss es wissen!"

Als hätte sie seine Gedanken gelesen, dankte sie ihm plötzlich für den Kaffee und zog weiter.

*

Für die Anhänger des Fußballsports war es eine Sensation. Acht zu sieben war das Ergebnis des Dritt- gegen den Zweitligisten aus Süddeutschland nach einem nervenaufreibenden Elfmeterschießen. Sie hatten den Zweitligisten aus dem Pokal geworfen. Die Freude der Spieler, wie auch in der oberen Etage des Vereins, kannte keine Grenzen. „Klasse Leistung, Jungs, großartig!" hieß es nach dem Spiel im Vereinslokal.

„Ich habe nicht hingesehen, als Rico den letzten Elfer versenkte. Das wird Schlagzeilen geben. Die Zeitungen werden voll sein. Wir sind wieder wer!"

Keiner konnte sich erinnern, den Präsidenten jemals dermaßen positiv emotional aufgeladen gesehen zu haben. Er rieb sich die Hände, verkündete, die Prämie für jeden Spieler zu verdoppeln. Das Bier floss in Strömen und die Gesänge (So ein Tag…) hallten weithin durch die Straßen. Bis weit in die Nacht wurde gefeiert. Einige konnten kein Ende finden, waren nach dem offiziellen Schluss weiter gezogen und hatten, wie Rico später erfuhr, in fragwürdigen Lokalen mehr Ärger als Spaß gehabt, der ihnen die ursprüngliche Freude verdarb und, vom Alkohol unabhängige, Kopfschmerzen bereitete. (Endstation war das Polizeirevier gewesen)

Rico gehörte nicht zu ihnen. Das lautstarke, ausgelassene Feiern mochte er nicht. Auch hatte ihm seine Erfahrung mit Alkohol gezeigt, dass er nichts Gutes bewirkte. Die Erinnerung weckte in ihm noch immer ein peinliches Gefühl. Im Kreise seiner berauschten Kollegen hatte er sich nicht wohl gefühlt und war als einer der Ersten nach Haus gegangen, wo die Prüfbögen der Fahrschule auf ihn warteten. Außerdem musste er am nächsten morgen wieder früh raus zum Pakete ausliefern.

Die Arbeit, die ihm Herr Reibeisen beschafft hatte, war ihm wichtig. Endlich konnte er auch zum Familieneinkommen beitragen, zudem machte ihm die Arbeit Spaß, auch wenn seine Aufgabe nur darin bestand, in die Häuser zu gehen und die Pakete zu übergeben, während Alfons am Steuer saß.

Selbst am Steuer zu sitzen, diese Vorstellung erfüllte ihn, und sein Plan war es, später als Taxifahrer zu arbeiten.

Dem Fußballspiel wurde von der Vereinsführung und den Spielern zunehmend eine andere, als sportliche Bedeutung beigemessen. Durch die Erfolge war ein Druck entstanden, nicht nachzulassen. Man wollte höher hinaus und hatte höhere Kosten. Wie in einer kaufmännischen Firma nur die Gewinne zählten, so waren es im Verein die Tore. Gab es nur ein Unentschieden (die letzte Niederlage lag ein halbes Jahr zurück), hagelte es aufmunternde Worte zu noch größeren Anstrengungen, schließlich verlangten große Ziele großen, hundertprozentigen Einsatz.

Ein neuer Trainer, Wendemuth sein Name, war eingestellt worden, der nicht nur neue Trainingsmethoden und eine an Kriegseinstimmung erinnernde Vorbereitungsweise mitbrachte, sondern sich auch für das Privatleben seiner Spieler interessierte, nicht sparte mit Ratschlägen zur Zubettgehzeit und Häufigkeit intimer Kontakte. (niemals kurz vor dem Spiel)

*

172

Das nächste Pokalspiel stand bevor, und nach dem letzten Erfolg in diesem Wettbewerb rechnete die Vereinsführung mit einem Publikumsansturm, wie in alten Zeiten. Wie Rico erfuhr, hatte der Verein früher einmal der zweiten Liga angehört, und man arbeitete daran, den alten Glanz wieder herzustellen. Erklärtes Etappenziel war der Aufstieg zurück in die nächst höhere Spielklasse.

Das Pokalspiel gegen einen anderen Amateurverein wurde gewonnen, ebenso das nächste Punktspiel. Der Anstieg der Zuschauerzahl machte sich nicht zuletzt in der Kasse bemerkbar, anhaltendes Händereiben in der Vereinsführung kennzeichnete die Stimmung.

Währenddessen nutzte Rico jede freie Minute, sich mit den Prüfbögen der Fahrschule zu beschäftigen. Das Autofahren an sich empfand er als unglaublichen Luxus, und damit auch noch Geld zu verdienen, als das Höchste der Gefühle. Bei solchen Gelegenheiten, wenn er sich die Möglichkeiten klar machte, die sich boten, dachte er unwillkürlich an das Land, in dem er geboren und aufgewachsen war. Zwei Welten auf derselben Erde. Schwefel, ein Gemüsebeet und ein Hühnerstall kennzeichneten die eine, blitzende Autos, Hochhäuser und Supermärkte die andere.

Ein quälendes Gefühl befiel ihn bei dem Gedanken und den ihn begleitenden Bildern, eine dunkle Angst, eingesogen zu werden von der Vergangenheit, zu der ja insbesondere seine Eltern zählten. Er konnte nicht an sie denken, ohne auch ihre Armseligkeit vor Augen zu haben, die Kargheit und den Schmutz, die sie entwürdigten. Der Kontrast zwischen dem Leben seiner Eltern und seinem jetzigen machte, dass diese Gedanken ihn in einer Art lähmten, und er unterdrückte sie, so gut, er konnte, auch wenn damit seine Eltern in weitere Ferne rückten.

*

Viel Zeit verbrachte Rico mit den Fragebögen der Fahrschule, und er hätte sich wohl gern noch ausführlicher mit ihnen beschäftigt, wenn mit Eddi alles gestimmt hätte, wenn sein Atmen nicht von diesem besorgniserregenden Rasseln begleitet gewesen wäre. Es hörte nicht auf, und seine Eltern fanden nur wenig Schlaf. Einer von ihnen saß immer an seinem Bett. Sie waren sehr sorgsame Eltern, die ihrem Kind ein Höchstmaß an Aufmerksamkeit zukommen ließen. Jede Lebensäußerung: Appetit, Verdauung, Bewegungen, jede Verlautbarung, kein Detail seiner Entwicklung entging ihnen. Ein ungewohntes Husten, Schreien, eine heiße Stirn riefen sofort Beunruhigung hervor, so dass schon bei kleinen Auffälligkeiten der Arztbesuch erfolgte, der jeweils ohne besonderen Befund mit beruhigenden Erklärungen und Ratschlägen endete.

Doch diesmal war Eddi tatsächlich krank. Ein Erkältungsinfekt war offensichtlich auf seine Bronchien geschlagen. Er hatte Fieber, hustete und atmete hörbar.

Dr. Seeliger kam jeden Tag, um seinen Zustand zu überwachen. Das Abhören der Lunge führte zu keinem besorgniserregenden Ergebnis. „Er hat eine Bronchitis," konstatierte er, wie sie nicht selten bei Kleinkindern vorkomme. Es sei nun wichtig zu verhindern, dass sich das Virus weiter in den Bronchien ausbreite. Er gab den Eltern Verhaltensmaßregeln und verschrieb Medikamente gegen den

Husten und das Fieber. Der Kleine müsse viel trinken, gut sei warmer Holundersaft.

Die besorgten Eltern taten wie ihnen geraten, doch eine spürbare Besserung wollte sich nicht einstellen, eine für die übervorsichtigen Eltern aufreibende Zeit, die Eddi keinen Augenblick mehr aus den Augen ließen. - Plötzlicher Kindstod! Ein solcher Fall in Maries früherer Arbeitsumgebung befeuerte ihre Sorge. Sich ablösend verbrachten sie die Nächte an seinem Bett. Trotz aller Maßnahmen, wurde es nicht besser mit ihm.

Dessen ungeachtet lösten sich die Aufgaben des Tages nicht in Wohlgefallen auf. Während Marie tagsüber mit Karls Unterstützung nichts ausließ, Eddi Erleichterung zu verschaffen, absolvierte Rico sein Tagesprogramm. Zunächst der Paketdienst. Dann folgte das Training, diesmal dreistündig, zu dem wegen des nächsten Punktspiels eine ausführliche Mannschaftsbesprechung stattfand, ein Spiel, das deshalb so wichtig war, weil es gegen den Tabellenersten ging, dem nach langer Zeit wieder eine Niederlage beigebracht und gleichzeitig der erste Platz erobert werden sollte. Anschließend die Fahrstunde, die für ihn in dieser sorgenvollen Zeit mehr die Bedeutung einer Pflichtveranstaltung hatte. Autofahren! Gestern noch der Höhepunkt des Tages, ließ er es nun unter etlichen Fahrfehlern als lästige, doch vereinbarte und bezahlte Pflicht über sich ergehen. Das Bild seines kleinen, kranken Sohnes vor Augen, wollte er nichts, als wieder zu ihm.

*

Die Anreise zu dem Auswärtsspiel erfolgte schon einen Tag vorher wegen der Vorstellung eines bekannten Comedians, die sie dort besuchen wollten, als Belohnung für die guten Leistungen.

Die Vorstellung hinterließ bei Rico keinen besonderen Eindruck, beziehungsweise verstand er die Pointen nicht, was so komisch war, dass die Zuhörer zu ihrem anhaltenden Lachen und Applaus hinriss. Zwischen den Lachenden fühlte er sich nicht gut, und er verließ vorzeitig den Saal, um zu telefonieren. Eddi ging es noch immer nicht besser! Aber auch nicht schlechter, wie Marie noch ergänzte.

Noch nie war für ihn ein Punktspiel so unwichtig gewesen, wie an diesem Nachmittag. Ohne innere Beteiligung lief er mal schneller, mal langsamer, nahm Bälle an, schoss, köpfte, einem stumpfen Automatismus folgend.
Nach sieben Siegen in Folge endete das Spiel eins zu eins. Angesichts der Vielzahl der vergebenen Chancen stand den Spielern die Enttäuschung ins Gesicht geschrieben.
Zum ersten Mal nach langer Zeit war er torlos geblieben. Ein solches Negativerlebnis war neu für ihn, aber es bekümmerte ihn ebensowenig, wie der verpasste erste Tabellenplatz. Eddi und Marie! In seinem Kopf war kein Platz für etwas anderes. Ein ungutes Gefühl hatte von ihm Besitz ergriffen. Im Eilschritt verließ er das Spielfeld in Richtung Telefon.
Vor dem Vereinshaus wurde er aufgehalten. Jemand versperrte ihm den Weg, wollte ihn sprechen. Dieser

Jemand, ein junger, glatzköpfiger Mann, kam vom SVB, wie er sagte. Er tat sehr wichtig, zog ihn beiseite, schien ein längeres Gespräch mit ihm führen zu wollen. Er sagte etwas von Traditionsverein, sportlicher Zukunft, Talent und großer Chance. Er sprach verklausuliert und umständlich, meinte auch, dass er schon bessere Spiele gesehen habe, das Gelbe vom Ei sei es heute jedenfalls nicht gewesen.

Rico konnte seiner Rede nicht sicher entnehmen, was er wollte. Seine Gedanken waren nicht im Hier und Jetzt. Er wollte telefonieren, wissen, wie es Eddi ging und eilte weiter.

Auf keine guten Nachrichten gefasst, war Maries Mitteilung, dass es Eddi tatsächlich etwas besser ging, wie eine Erlösung. Seit er eine Menge Schleim ausgespuckt habe, atmete er wieder fast ohne Geräusche, und auch das Fieber sei leicht zurückgegangen. Jetzt gerade schlafe er.

„Und du? Wie geht es dir? Wie ist das Spiel ausgegangen? ausgegangen?" fragte sie zum Schluss.

Todmüde, aber glücklich wie lange nicht, traf Rico Zuhause wieder ein. Bevor er jedoch wieder bei seinem Sohn sein konnte, musste er an Marie vorbei, die ihn in ihrer Umarmung festhielt. Der hinzukommende Karl holte sie dann zu dem, um den sich alles drehte. Auch ein Glas Sekt für jeden hatte er bereit gestellt.

*

Ungeachtet seiner Besserung, verbrachte Rico an diesem Abend noch lange Zeit an Eddi´s Bett. Sein kleiner Sohn! Ein Wunder war er! Ihm hatte er bisher zu wenig Rechnung getragen, sich zuviel um anderes gekümmert. Es war nicht genug, ihn im Herzen zu haben. Zeit mit ihm zu verbringen, darauf kam es an, dem wirklich Wichtigen jeden Tag den Vorrang zu geben. Das Fußballspiel vereinnahmte ihn, zeitlich und im Kopf, brachte ihn um Einkehr und Besinnung. Mit seinem auf allen Seiten herrschenden Erwartungsdruck raubte es ihm Sinn und Zeit für ein ruhiges, unauffälliges Leben, wie er es sich eigentlich vorgestellt hatte. Fußball ja oder nein, das war die Frage.

Nach dieser Erkenntnis suchte er den Trainer auf. Er war ganz und gar nicht angetan von seiner Absicht, dem Fußball den Rücken zuzukehren und sich der Paketzustellung zu verschreiben, wollte gar nicht hören, was er sagte. Er hielt ihm entgegen, dass er einen Vertrag unterschrieben habe, an den auch seine Tätigkeit als Paketzusteller gekoppelt sei, er solle keine vorschnellen Entscheidungen treffen. Im Augenblick sei er gerade sehr beschäftigt, habe Termine wegen des Stadionausbaus zu besprechen. Er werde am Abend zu ihm nach Haus kommen, damit sie sich in Ruhe unterhalten könnten. Auch seine Frau möge dem Gespräch beiwohnen.

Pünktlich zur verabredeten Zeit klingelte es.
Anstelle des Trainers stand der Präsident vor der Tür. „Überraschung! Ich bins," sagte er bestens gelaunt und sparte nicht mit Komplimenten gegenüber Marie und war-

tete geduldig mit kurzen Blicken zwischendurch ins Nebenzimmer auf die stillende Mutter, bis Eddi seine Mahlzeit beendet hatte. Als Rico und Marie ihm sodann erwartungsvoll gegenüber saßen, kam er zum Thema.

„Eigentlich solltet ihr es morgen zusammen mit den anderen auf der Mannschaftssitzung erfahren, aber da du, Rico, wie ich höre, dich mit merkwürdigen Plänen beschäftigst, dich zu verändern...das ist doch wohl ein schlechter Scherz... ich traute meinen Ohren nicht, als Wedemuth damit kam, musste mich selbst überzeugen, dass alles nur ein Missverständnis ist...davon gehe ich aus nach allem, was du nach dem schon Erreichten bei Concordia noch erreichen kannst."

Er nahm genussvoll einen Schluck des bereit gestellten Wassers, wie um die Spannung zu steigern.

„Aber kommen wir zum Wichtigen! Seit gestern steht fest, wir steigen auf! TUS P hat verloren," sagte er und machte eine bedeutungsvolle Pause. „Die Perspektiven und Anforderungen ändern sich, das heißt, kurz gesagt, die Zeiten des Feierabendfußballs sind vorbei."

Er holte tief Luft und fuhr fort.

„Wie sich gezeigt hat, haben die Erfolge des letzten Halbjahres zu einer Verdoppelung der Zuschauerzahlen geführt, und ich rechne mit weiteren Steigerungen in der Zukunft. Aus diesem Grund ist der Verein in der Lage, den Spielern ein richtiges Gehalt zu zahlen. Das bedeutet, ihr werdet das Fußballspiel hauptberuflich betreiben, Profifußballer sein. Das wiederum bedeutet, dass euer Bruttogehalt um einiges steigt, ich will nicht zuviel versprechen, aber ein paar Tausender mehr werden es schon sein. Zudem gibt es noch eine Aufstiegsprämie, genaue Zahlen folgen. So weit, so gut.. klar ist, dass wir in der zukünftigen Spielklasse Verstärkung brauchen, also neue Spieler werden kommen, und von manchen Spielern werden wir uns zwangsläufig trennen müssen, so leid es mir tut."

Seine Kehle schien trocken zu sein, erneut griff er nach dem Glas und leerte es.

„Zu dir, Rico! Das Ausliefern von Paketen hat sich damit erledigt. Du hast Talent, und solltest keine Zeit verschwenden. Wenn du dich voll auf den Fußball konzentrierst, steht dir die Tür zu einer großen Karriere offen. Schon jetzt hast du in Fußballkreisen einen Namen, und in der höheren Spielklasse hast du es in der Hand, deinen Marktwert zu steigern. Es ist wichtig," wandte er sich jetzt Marie zu, „dass die Familie voll hinter Rico steht und bereit ist, Opfer für den Sport und den Verein zu bringen, dadurch dass ihr Rico alle Möglichkeiten für die Ausübung seines Berufes gebt und ihn unterstützt. Eine solche Karriere erfordert hundert Prozent. Dafür gibt es ja auch eine Gegenleistung, nicht zu vergleichen mit der bisherigen. Dr. Groß, arbeitet bereits die Verträge aus. Was sagt ihr? - Ich denke, dieses Angebot wird dir Anlass geben, deine neuste Planung zu überdenken," meinte er beim Aufbruch milde lächelnd zu Rico, „aber die Pflicht ruft, Termine, Termine.." und fort war er.

„Habe ich richtig gehört? Das wäre ja..das ist ja .. ich muss mich setzen." Marie setzte sich. „Hat er ein paar Tausender gesagt?" Rico nickte nur, es schien ihm die Sprache verschlagen zu haben. Sie sahen sich an. Ein paar Tausender, ja, das hatte er gesagt. Sie beide erinnerten sich genau an diese Worte.

„Na Rico, das sind ja mal ganz neue Perspektiven," meinte Karl dazu, „lass es erstmal sacken! Wichtige Entscheidungen sollte man in der Tat erst überschlafen."

Während sie noch beisammen saßen, die Lage besprachen, gesellte sich Jacob im Pyjama zu ihnen, offenbar von der angeregten Unterhaltung angelockt, und im gleichen Moment drehte sich alles zu seiner Verwunderung und sichtbaren Behagen um ihn. Es schlug ihm eine Welle guter Laune und Interesse entgegen, dass er nicht wusste, wie ihm geschah. Was die Drei plötzlich alles von ihm wissen wollten: was er sich zu seinem Geburtstag wünschte und wen er einladen wolle, ob er nicht Lust hätte, ein Musikinstrument zu lernen, Gitarre vielleicht, wie sein Freund, Jan. Auch für seine letzte Deutscharbeit wurde er sehr gelobt, und seine Mutter strich ihm ein ums andere Mal durchs Haar. Sie waren so merkwürdig anders als sonst. Es war schön, aber irgendwie komisch.

*

Das Schild „zu Fuß zur Schule ist besser" ging auf Wilfrieds Initiative zurück. Da die ihre Kinder bringenden und abholenden Eltern mit ihren Autos die Straße morgens und mittags vor der Schule regelmäßig verstopften, so dass es dadurch schon zu gefahrenträchtigen Situationen gekommen war, hatte er seine Klasse das Schild entwerfen lassen, das nun groß und ebenso deutlich und bunt, für jedermann sichtbar, auf der Mauer neben der Einfahrt prangte.

Wilfried selbst hatte allerdings neben dem Verkehrsproblem, auch den erzieherischen Aspekt im Auge, den Schülern die Bequemlichkeit abzugewöhnen, zugunsten von mehr Bewegung und Energieeinsparung und weniger Smoke.

Als das von seinen Schülern mit Eifer gestaltete Schild nicht hielt, was Wilfried sich versprochen hatte, stellte er sich an die Straße und machte die haltenden Autos auf ihren Fehler aufmerksam. Auf das Schild deutend bat er freundlich, aber bestimmt um Beachtung. Die Kinder bräuchten positive Reaktionen als Bestätigung ihrer Bemühungen, es sei wichtig zu zeigen, dass sie ernst genommen würden, darüber hinaus.. etc, etc. Da sich wiederum eine als Erfolg zu bezeichnende Entwicklung nicht einstellte, riet er den Schülern, ihren Eltern das Problem klar zu machen.

Die Rückmeldung kam über Elfriede. Sie habe mehrere Beschwerden erhalten, was den Transport der Kinder betreffe. Es gehe nicht an, die Kinder gegen ihre Eltern aufzubringen. Das Schild sei als solches in Ordnung, gebe Denkanstöße, doch erzwingen lasse sich seine Befolgung nicht. Sie hoffe, sich deutlich ausgedrückt zu haben.

*

Dass sein augenblicklich schlechter Zustand nur ein vorübergehender sein konnte, stand für Wilfried außer Frage, und ebenso hat es für ihn nie einen Zweifel daran gegeben, dass der Tag kommen werde, an dem er sein altes Leben wieder aufnehmen würde. Dazu bedurfte es eines endgültigen, Entschlusses, eines Impetus` für alle Zeit. Es war eine Frage des richtigen Zeitpunkts. Der Tag, an dem er sich bereit fühlte, war noch nicht gekommen, aber er arbeitete daran.

Seiner täglichen Müdigkeit und den Kopfschmerzen wollte er dadurch entgegenwirken, dass er seine Zubettgehzeit vorverlegte, weit vor Simones Zeit. Die Bedeutung vielen und guten Schlafs war allgemein bekannt, auch ihm. Doch seine Rechnung ging nicht auf, das hieß, der frühe Schlaf stellte sich nach wie vor nicht ein. Zuviel ging ihm durch den Kopf, trotzdem er sich darauf konzentrierte, an nichts zu denken. Irgendwann kam dann Simone, und er schlief immer noch nicht. Sie pflegte, wie er, noch etwas zu lesen, aber im Unterschied zu ihm dauerte es, nachdem sie das Licht gelöscht hatte, keine Viertelstunde bis ihr ruhiger und gleichmäßiger Atem einsetzte.

Da lag er wieder und lauschte dem Regen, hörte das Wasser im Fallrohr klötern, lauschte dem Rauschen des Windes in den Baumkronen. Als Kind hatte ihm das ein Gefühl von Geborgenheit gegeben. Dieses Gefühl war ihm abhanden gekommen, jetzt verstärkten diese Geräusche sein Unbehagen. Bilder von Unwettern und ihren Zerstörungen waren an seine Stelle getreten. Mochte es nur nicht so schlimm werden, wie in jenen Ländern!

Die Meldung vor einigen Tagen, dass sich ein riesiger Eisblock, siebenmal so groß wie Berlin, von der Antarktis gelöst hatte und nun ins offene Meer trieb, ließ ihn nicht los. So musste es ja kommen. Sichtbare Folge der Erderwärmung. Der Anfang von Weiterem.

Bis auf die Nachricht in den Medien und ein paar Kommentaren blieb alles ruhig. Von der Politik kam keine Äußerung zu diesem Vorkommnis. Offenbar sah sie darin nichts besonderes. Derartige Ereignisse spielten in ihren Geschäften keine Rolle. Erst, wenn sie sich auswirkten, in Hochwasser, Regenfluten, Dürren, Stürmen, Artensterben, wenn das Kind schon in den Brunnen gefallen war, wurde sie tätig, indem sie versuchte, den Schaden zu begrenzen.

„Wir brauchen die Natur, aber die Natur braucht uns nicht." Dieser Satz aus dem Fernsehen hatte sich ihm eingeprägt. Wie wahr! Leider war er wirkungslos geblieben, wurde wahrgenommen, wie eine nicht beachtenswerte Werbung. Die Natur reagierte. In fünfzig Jahren, so die Rechnung, würde die Unbewohnbarkeit dicht besiedelter Gebiete eintreten. Wilfried war anderer Meinung. Angesichts der bisherigen Erfahrungen rechnete er mit einem früheren Eintritt dieser apokalyptischen Ereignisse. Nach längerem Auf- und Abgehen setzte er sich an seinen Schreibtisch und begann, eine Art Traktat zu schreiben: Stop dem Wahnsinn

„Nicht nur der Papst hört Schwester Erde ächzen und stöhnen, denn es ist unüberhörbar. Angesichts dessen, was wir ihr zumuten, grenzt es an ein Wunder, dass sie uns noch immer samt unserer, sie schädigenden Errungenschaften, am Leben hält. Allein die Zahl der Autos, die die

Erde schon umrundet haben, sprengt jedes Maß, und die der Flugzeuge, die unsere Atmosphäre durchkreuzen, dort oben in den sensiblen Schichten, wo die angestaute Wärme abstrahlen und das Sonnenlicht gefiltert werden soll. Es ist kaum anzunehmen, dass die Flugzeuge zur Stabilität der Ozonschicht beitragen, auf die wir jedoch angewiesen sind, wie auf die Atemluft. Unsere Erde ist klein, das wird einem bewusst, klein und zerbrechlich. Und doch hat sie bisher alles ertragen:

alle Kriege mitsamt den Atombomben, all das Blut, mit dem der Boden getränkt wurde, all die Berge von Müll, die den Ozeanen übergeben wurden, all die rauchenden Schornsteine, all die Menschen, mittlerweile acht Milliarden, die sie aussaugen bis aufs Blut, alles hat sie geduldig ertragen. Bis vor Kurzem. Seit einiger Zeit sagt sie: „das Maß ist voll." - Sie hat begonnen, die Ursache des Übels, uns Menschen, zu vertreiben. Manche Regionen sind infolge der dort herrschenden Hitze von bis zu fünfzig Grad bereits unbewohnbar. Sie lässt den Meeresspiegel ansteigen, entfacht Stürme mit Zerstörungen biblischen Ausmaßes, lässt Pflanzen und Tiere verschwinden, deren Nichtvorhandensein, weitere ökologische Folgen nach sich zieht. Die Insekten, nicht nur die Bienen, erfüllen für uns Menschen lebenswichtige Aufgaben. Um achtzig Prozent haben nach einer EU Studie die Bestände abgenommen, das heißt, nur noch zwanzig Prozent sorgen für die Bestäubung der Pflanzen. Es gibt tausende Beispiele, die in der Summe ineinandergreifen mit unübersehbaren Folgen. Dass es dann bald keinen Honig mehr gibt, ist noch das geringste Problem, schließlich gibt es Kunsthonig. Und trotzdem, in Kenntnis der Zusammenhänge, machen wir weiter, werden Chemikalien und Kunstdünger weiterhin versprüht unter anderem mit der Begründung, die Erträge hoch halten zu müssen, um die Bevölkerung ausreichend versorgen, und Überschüsse den Hungerleidenden zukommen lassen zu können. Doch wie soll das langfristig funktionieren, angesichts der ständig wachsenden Bevölkerungszahl und der zunehmenden Auslaugung der Böden? Zu Beginn des Jahres 1962 gab es drei Milliarden Menschen auf der Erde. Jetzt, also knapp sechzig Jahre später, sind es acht Milliarden. In weiteren zwanzig Jahren sind es dann zehn Milliarden. –

Schon die jetzige Zahl verkraftet unser Planet nicht mehr. Er ächzt und stöhnt. Um das dicke Ende abzuwenden muss die Zahl der Geburten abnehmen. Doch das Gegenteil ist der Fall. Wir überfordern unsere Erde, sie kollabiert.

Freilich, früher gab es diese Probleme nicht, doch die Zeiten haben sich geändert, das alte Denken und Handeln jedoch nicht.

Wussten Sie, dass der Klimawandel schon jetzt neun Millionen Menschen jährlich das Leben kostet? In Deutschland allein vierzigtausend. Dass die Kosten durch die Klimaschäden allein in Deutschland bis zum Jahr 2050 in die Billionen gehen werden? Zahlen und Fakten, die unsere Vorstellung übersteigen, wissenschaftlich bestätigte Fakten, deren Folgen unser Leben auf den Kopf stellen werden, wenn wir die Erde und das Leben nicht als Wunder und Geschenk begreifen, unsere Einstellung und Handeln nicht radikal änderten. Es bleibt keine Zeit. Je mehr Zeit verstreicht, desto unmöglicher wird es, das Undenkbare abzuwenden. Das ist keine Schwarzseherei, das ist die Realität! Das bisherige Denken hilft nicht mehr, von vielen Gewohnheiten müssen wir uns verabschieden, Vieles, was möglich wäre, nicht umsetzen, vorausschauend handeln, an die Folgen unseres Tuns denken, Fehlentwicklungen vermeiden, was insbesondere zu den Aufgaben der Politik gehörte... - Es geht um das Leben auf diesem Planeten. Wir sitzen in einer selbstgebauten Falle und müssen da wieder raus!

Ich bitte und beschwöre Euch, helft mit, unsere Erde zu einem besseren Ort zu machen, solange es noch möglich ist Sagt NEIN!

Er bezog Posten in einer belebten Straße, um die Schrift in Form eines Faltblattes möglichst Vielen nahezubringen. Die meisten Passanten zeigten jedoch kein Interesse. Sie wussten nicht um die Wichtigkeit, gingen vorüber, machmachten einen Bogen um seinen ausgestreckten Arm.

Den übrig gebliebenen, weitaus größeren Teil warf er in Hausbriefkästen ein, und sah sich nach dieser Aktion mehr denn je in der Pflicht, vor der eigenen Tür zu kehren. Das hatte er schon des Öfteren versucht, war dabei jedoch oftmals auf Simones Zustimmung angewiesen. Er selbst konnte auf das Auto gut verzichten, Simone nicht. Mit Rücksicht auf sie hatte er sich außerstande gesehen, es zu verkaufen. Im Grunde bedeutete es ihr wenig (es stand die meiste Zeit in der Garage), aber wenn es fehlte doch sehr viel. Bisher war es ihm nicht gelungen, sie von seiner Entbehrlichkeit zu überzeugen und ein autofreies Leben zu führen, so wie er es sich wünschte. Nach dem Motto steter Tropfen höhlt den Stein unternahm er einen weiteren Versuch.

„Fang bitte nicht wieder damit an!" erklärte sie, „Das Thema hatten wir schon, es ist geklärt. Ich sage dir noch einmal, wenn du es nicht brauchst, ich brauche es. Keiner zwingt dich, es zu benutzen. Es ist jetzt wirklich genug!"

Ihr kategorischer Ton bei diesem Thema hatte sich nicht verändert, erstickte von vornherein jedes Argument.

„Ausgerechnet du mit deinem Knie!" fügte sie hinzu und wandte sich wieder dem Computer zu.

Sie verstand nicht seine Sorge um die Erhaltung der Lebensgrundlagen, die soweit ging, dass sie persönlich auf überflüssigen Fortschritt verzichten sollten, als wenn sie dadurch etwas änderten, verstand sein Engagement nicht, das in ihren Augen übertrieben, um nicht zu sagen, absurd war. Es gab manches, über das sie nicht mit sich reden ließ, das Auto gehörte dazu. Es blieb, wo es war. Wilfrieds Bestreben, nach seinen Überzeugungen zu leben, scheiterte an Simone. Er schaffte es nicht, sie auf seine Seite zu ziehen. Das Risiko eines ernsthaften Zerwürfnisses wollte er nicht eingehen und zog als Konsequenz, sich nicht mehr hinter das Steuer zu setzen.

*

Trotzdem fühlte er sich besser, das hieß, er hatte sich nach Ablehnung weitergehender medizinischer Maßnahmen mit seiner eingeschränkten Beweglichkeit abgefunden. Ohnedies hatten seine sportlichen Aktivitäten schon immer unter seinen Plattfüßen gelitten und umgekehrt. Nicht anders verhielt es sich mit langen Wanderungen, die er aus demselben Grund gemieden hatte. Dagegen waren für ihn begrenzte Spaziergänge nach wie vor kein Problem, und das Radfahren funktionierte wie ehedem. Nur den Sportunterricht, vermisste er sehr. Er bemühte sich verstärkt, wieder nach vorn zu sehen, sich unter neuen Vorzeichen wieder den Pflichten und Freuden des Alltags zuzuwenden. Dass er wieder eine eigene Klasse hatte, gab seiner Motivation einen neuen Schub und seinen Tagen Struktur. Die neue, alte Disziplin, die es brauchte strengte ihn dennoch an.

Wie fragil sein zurückgewonnenes Befinden war, kam er nicht umhin, sich einzugestehen, als Elfriede, seine Vorgesetzte, ihn wieder zu einem Gespräch in ihr Büro bat. Sie äußerte sich erfreut über die Entwicklung der letzten Zeit, auch deshalb, weil sie ihr einige Sorgen abgenommen hatte. Es sei schön ihn wieder motiviert und sortiert zu sehen, so wie sie ihn kenne und schätze. Es gäbe nur einen Punkt, über den sie mit ihm sprechen müsste. Sie lehnte sich zurück und sagte, dass einige Eltern sich bei ihr gemeldet hätten, die sich erfreut über Lernerfolge geäußert, aber auch die Inhalte mancher Fächer, die in der Abschlussprüfung eine maßgebliche Rolle spielten, kritisiert hätten.

„Ich bitte dich also, in dieser Vorbereitungszeit auf eine größere Prüfungsbezogenheit zu achten. Wir wollen doch, dass möglichst viele bestehen und sollten daher alle an einem Strang ziehen," schloss sie.

Er wusste selbst, dass er mit negativer Kritik nicht gut umgehen konnte. Ob zu recht oder unrecht, sie traf ihn an empfindlicher Stelle und hörte nicht auf zu bohren.

Sein Weg führte stracks zu seinem Spind und von dort auf die Toilette. Er war allein, seine Hand zitterte beim Führen der kleinen Flasche an den Mund.

*

Welche Freundin Emmi auch anrief, keine hatte Zeit. Und nicht nur für sie war es ein langweiliger Sonntag.

„Was können wir aus diesem Tag noch machen?" Über diese Frage sann die Familie. Sie folgten dann dem Beispiel einer der angerufenen Freundinnen, deren Eltern mit ihren Sprösslingen in die benachbarte Kleinstadt zum Stadtfest gefahren waren. Ein kleiner Jahrmarkt mit den üblichen Buden und Fahrgeschäften, zu dem sie mit dem Auto, mit Wilfried im Fond sitzend, gelangten.

Es war ein ungemütlicher, kalter Sonntag Ende März. Es schauerte und ein kalter Wind ließ nicht ab von dem Versuch, sie zu vertreiben. Und er hätte wohl auch Erfolg gehabt, wenn sich Emmi nicht derart gegen einen vorzeitigen Aufbruch gestemmt hätte. Mittlerweile waren es nicht mehr die kleinen Karussells, die sie anzogen, die mit den Feuerwehrautos, Lokomotiven, und lachenden Elefanten, auf denen die Fahrt im Kreis herum ging, mittlerweile waren es die Autoscooter aus deren Anlagen die Musik am lautesten dröhnte, und die Schaukeln mit zehn Plätzen, die sich in die Lüfte erhoben und vorgaben, ihre Passagiere aus der Höhe abschütteln zu wollen. Angetan hatten es ihr auch sich drehende Gondeln auf einem kreisenden Untergrund, der zudem noch in Schräglage ging. Benommen, aber strahlend entstieg sie jedes Mal dem bei seinen Fahrgästen Kreischen auslösenden Gerät, um ihre Eltern zu einer weiteren Fahrt zu überreden. Auch ein kleines „Riesenrad" erregte ihre Aufmerksamkeit, das sie zusammen mit ihrer schwindelfreien Mutter in die Lüfte hob, während der unter Höhenangst leidende Vater, beim Zusehen schwankend, vom festen Boden aus zusah. Jedes Fahrgeschäft hatte seine eigene Musik, und zusammen mit dem Betrieb ihrer

Geräte, dem Gedränge und Getöse herrschte ein einziges Durcheinander, das an sich schon, aber auch durch den kalten Wind und die Regenschauer nicht zu einem längeren Bleiben einlud. Irgendwann hieß es „einmal noch, aber dann ist Schluss!"

„Aber nur, wenn ich noch gebrannte Mandeln bekomme!" fügte sich Emmi schließlich schmollend, und sie traten den Heimweg an.

Als die Ampel Grün angezeigte, beschritten sie die Straße zusammen mit vielen anderen. Beim letzten Schritt zum gegenüberliegenden Gehweg fühlte Wilfried einen Schlag gegen seinen rechten, vom Boden abhebenden Fuß. Im Fallen sah er eine zwischen den Leuten untertauchende Pudelmütze. Er schrie auf und fand sich auf dem Asphalt der Straße wieder. Er hatte Glück im Unglück, landete direkt, wenn auch schmerzhaft, auf seinem Hinterteil, seinem Knie schien nichts passiert zu sein. Doch der Schreck war ihm tief in die Glieder gefahren. Er zitterte. Mit Simones Hilfe und eines Passanten kam er wieder auf die Beine. Aus seinem Gesicht war das Blut gewichen. Gestützt auf sie und eines Passanten, schaffte er es zum gegenüberliegenden Parkplatz.

„Menschen gibt es!" sagte der Passant, „geht weiter, als sei nichts passiert."

„War es der mit der Pudelmütze? Haben Sie es gesehen?" wollte Wilfried wissen.

Der Passant nickte. „Genau der!"

Auf der Fahrt zurück kreisten seine Gedanken um das Geschehene, das sich in eine Kette seltsamer Ereignisse einreihte. Es hatten viele mit ihnen zusammen die Straße überquert, es hätte jeden treffen können, aber ausgerechnet und wieder einmal war er das Opfer. An Zufall mochte er nicht glauben, die Häufung der Vorkommnisse sprach für sich. Aber wer sollte dahinter stecken? Ein Mensch oder eine Gruppe, die nach ihm trachteten? Eine Verschwörung? Eine Instanz? Der Teufel vielleicht? Auf jeden Fall etwas Böses, das Gegenteil von Gott. - Was für krauses Zeug. Er wusste, dass in seinem Kopf einiges durcheinander ging. Nicht nur seine Schwäche, sich zu konzentrieren, seine Vergesslichkeit, verunsicherten ihn, seine Gedanken, die ihn von einem Gegenstand zum anderen zogen, sorgten dafür, dass ihre Reihenfolge nach Wichtigkeit und Erledigung durcheinander geriet.

Wohl waren auch seine Nerven überreizt, aber es gab Fakten, eine Häufung, die ins Auge sprang.

Er hatte sich auf der Rückbank halb hingestreckt, wollte von allem nichts mehr wissen, sehnte sich nach Ruhe. Das sonore Brummen des Motors in den Ohren, verfiel er in einen Dämmerschlaf, in dem die Grenzen zwischen Traum und Wirklichkeit ineinander flossen. Bis eine plötzlich auftauchende Pudelmütze die Ruhe störte, die über einer hysterisch kreischenden Menschenmenge tanzte, von Kopf zu Kopf sprang, jedes Mal eine blutige Schädeldecke hinterlassend und, ihn Gewahr werdend, auf ihn zusteuerte.

„Ist nicht heute das Länderspiel? Stell doch mal das Radio an," sagte Wilfried, sich ruckhaft aufrichtend.

*

Von dem Tag an, an dem das Fußballspielen zu Ricos Beruf geworden war, änderte sich seine Einstellung zu seinem einstigen Hobby. An die Stelle der bisherigen Unbekümmertheit und Freude am Ausleben seiner Fähigkeiten war ein ernsthafter Eifer nach Perfektion getreten. Die Bedeutung, die er ihm seitdem zumaß, führte dazu, dass er ihm sein Leben unterordnete. Außer seiner Familie gab es nichts, das einen vergleichbaren Stellenwert einnahm. Er nutzte jede Gelegenheit, auch in seiner Freizeit, sein Spiel zu vervollkommnen, bestimmte Übungen in der Ballbehandlung mit nicht erlahmender Ausdauer, immer aufs neue zu wiederholen, neue Raffinessen einzustudieren, bis er sie, aus dem Effeff beherrschte. Unermüdlich feilte er an seiner Schusstechnik, so dass die Treffer, die genau ins Eck passten, die Fehlversuche überwogen (eine Fliege von der Latte zu schießen, war ihm allerdings noch nicht gelungen). Mit den Fallrückziehern, hatte er es aber dann doch übertrieben, sein Rücken hatte etwas gegen den ständigen Kontakt mit dem rasenbedeckten, dennoch harten Boden. Dem Joggen maß er ebenfalls eine große Bedeutung bei. Ein paar Mal wöchentlich, vorzugsweise, wenn es dunkelte, lief er durch die leeren Parks und Straßen. Sich der Bedeutung geistiger und körperlicher Fitness bewusst, unterwarf er sich ebenso oft Kraftübungen im vereinseigenen Studio.

Zur Verstärkung der Mannschaft waren einige neue Spieler verpflichtet worden. Sie spielten jetzt in der nächst höheren Klasse. Das bedeutete in der Regel längere Anfahrtswege zu den Auswärtsspielen und eine längere Abwesenheit von der Familie. Doch anders, als früher, hatte Marie jetzt nicht nur Verständnis für seinen Eifer und sein längeres Fernbleiben, sondern legte ein ganz neues Interesse für seine Spiele an den Tag. Seine Heimspiele verfolgte sie stets live im Stadion und auch sonst hielt sie sich über den Tabellenstand und Gegner auf dem laufenden, informierte sich über den ganzen Spielbetrieb und die Regeln. Wer es nicht wusste, konnte sie fragen, was unter passivem Abseits zu verstehen war. Sein neuer Beruf wurde zu Hause *das* Gesprächsthema.

Wenn Rico oft spätabends von seinen Auswärtsspielen zurückkehrte, waren Karl und Marie regelmäßig noch auf, und Jacob erschien im Pyjama, um zu hören, wie das Spiel ausgegangen war und ob er wieder Tore beigesteuert hatte. Meistens hatte er Gutes zu berichten, und die Familie ging zufrieden schlafen.

Marie hatte verstanden, dass es für den Klassenerhalt der Mannschaft und damit für den Fortbestand ihrer augenblicklich sorgenfreien, finanziellen Lage darauf ankam, Punkte zu sammeln, deren drei es bei einem Sieg gab und einen bei einem Unentschieden. So war wohl ihr neues Interesse am Ausgang jedes einzelnen Spiels größtenteils zu erklären und ihre besorgte Teilnahme, wenn Rico eine Niederlage mit nach Hause brachte.

Den Klassenunterschied spürte Rico deutlich. Die Gegenspieler, mit denen er es nun zu tun hatte, waren deutlich versierter. Den Unterschied insgesamt machte in erster Linie jedoch die mannschaftliche Geschlossenheit und Homogenität, die sich in einem sicheren Spielverständnis niederschlugen. Es waren auch immer Spieler dabei, die durch besondere Qualitäten hervorstachen, denen manchmal nicht mit fairen Mitteln beizukommen war.

Die Mannschaften der neuen Liga zeichnete jeweils ein Spielsystem aus, das vom Spiel ohne Ball beherrscht war mit Automatismen folgenden Spielzügen. Die Spieler bewegten sich beim Spielaufbau weitgehend nach einem festgelegten Muster, so dass der Ballführende die sich durch die Bewegungsabläufe bietenden Spielzüge voraussehen konnte, was dem Zusammenspiel Sicherheit und Effektivität verlieh. Auf diese Art gelang es auch, den Ball lange in den eigenen Reihen zu halten und durch verschiedene tempi Druck auf- oder abzubauen, je nach Bedarf. Der Schwerpunkt ihres Trainings lag auf diesem Stellungsspiel, es wurde in allen möglichen Varianten einstudiert, „bis ihr es blind spielen könnt," so der Trainer. Im Unterschied zur Liga unter ihnen, war das Spiel durchdachter und präziser. Was die Kondition der einzelnen Spieler betraf, war der Unterschied ebenfalls nicht zu übersehen. Um zum Zuge zu kommen, war Rico verstärkt auf das Mitdenken und Können seiner Kollegen angewiesen.

*

Durch seinen neuen Beruf, den eines Fußballprofis, hatte sich ihre finanzielle Situation stark verbessert. Ricos neue Einnahmen, Maries Gehalt, Karls Beitrag zur Miete, das Kindergeld, zusammengerechnet, kamen sie nach Abzug der Miete und fixen Kosten auf eine beträchtliche, verbleibende, Summe, die ihnen ein materiell sorgenfreies Leben garantierte und es ermöglichte, einen Teil für größere Anschaffungen zurückzulegen.

Das neue Gefühl von Sicherheit, die Tatsache, sich zwischendurch einen Wunsch, auch einen bis dato unrealistischen, erfüllen zu können, machte ihr Leben sorgenfreier und abwechslungsreicher. Ricos Führerschein und der Kauf eines großen Kombis gehörten zu den ersten sichtbaren Ergebnissen. Eine größere Wohnung war gleichfalls wieder ein Thema.

Es war Rico unbegreiflich, wie leicht das Geldverdienen in der neuen Welt war. Das Guthaben seines Kontos wuchs von Monat zu Monat.

Dass er vor einiger Zeit noch für ein paar Dollar in den vor sich hin qualmenden Vulkan gestiegen war und den Schwefel in zwei schaukelnden Körben kilometerweit über holprige Pfade getragen hatte, erschien ihm bedrückend unwirklich. Die Diskrepanz zwischen dort und hier, damals und jetzt war ihm nicht geheuer. Ungern dachte er zurück. Als Teil seines Lebens kam er jedoch nicht umhin. Die verbliebenen Hautverhärtungen auf seinen Schultern sprachen deutlich die sich von ihm entfernende Sprache.

Hier kam das Geld von selbst. Er musste es nicht suchen. Für jeden Punkt gab es tausend Euro extra und für jedes Tor fünfhundert. Sein Guthaben wuchs explosionsartig. Was er dafür tat, war einst seine Freizeitbeschäftigung gewesen: Ballspielen. Das Spiel machte ihn nicht nur reich, es schien ihn auch beliebt zu machen und Ansehen zu verschaffen. Fremde Leute grüßten ihn, sprachen zu ihm, wie zu einem guten Freund.

Er verstand das alles nicht und betäubte sich mit seinem Spiel, ganz wie früher.

Seit sein Club in der höheren Liga spielte und nachdem das Stadion ausgebaut war, fand der Fußball in dieser Region ein ganz neues Echo. Die Heimspiele waren regelmäßig ausverkauft, einige Anhänger verfolgten das Geschehen aus den Höhen umstehender Bäume, die Zeitungen widmeten den Spielen große Aufmerksamkeit mit Bildern und ausführlichen Schilderungen. Manchmal kamen auch Reporter mit Mikrofonen, die sie den Spielern unter die Nase hielten. Auch das Fernsehen war einmal da gewesen, und eine Würstchenbude stand neuerdings auf dem Gelände. Eine an Rummel grenzende Betriebsamkeit machte sich breit, zumindest an den Wochenenden.

Mit der Professionalisierung ging auch eine Änderung des Betriebsklimas einher. Es war nicht mehr nur ein Spiel. Es wurde Geld verdient. Damit das so blieb, war jeder bestrebt, permanent sein Bestmöglichstes zu geben. Das Leistungsniveau der anderen erlaubte kein Nachlassen. Jeder war sich seiner Verantwortung bewusst und auch der Tatsache, dass andere qualifizierte Spieler bereitstanden, den Platz einzunehmen, sorgte für größtmögliche Anstrengungen, die beste Form zu zeigen. Das familiäre Klima und die Unbekümmertheit waren einem Druck gewichen, im Interesse der Mannschaft und im eigenen keine Fehler zu machen, alles zu geben, um zu gewinnen. Es ging um etwas bei dem Spiel, das spätestens jetzt kein Spiel mehr war. Dieses Gefühl vermittelte nicht zuletzt die neue Zuschauerkulisse. Es hatte die Bedeutung von Arbeit erhalten, von Geld verdienen, was dem einen so wichtig war, wie dem anderen. Wenn die Spieler es auch nicht zeigten, in ihrem Innern standen sie in Konkurrenz.

*

Das hatte sich Rico bisher nicht klargemacht. Erst nachdem ihm der Gegenspieler, Pfützenreuther mit Namen, mit gestrecktem Bein in den Oberschenkel gegrätscht war, was zu einer Fleischwunde und einer dreiwöchigen Spielunfähigkeit führte, wurde ihm bewusst, dass er Pfützenreuther, wenn er ihn ins Leere laufen ließ, tunnelte, überrannte, austanzte oder in anderer Weise düpierte der Lächerlichkeit und der Gefahr, an Ansehen zu verlieren, ausgesetzt hatte, mit der Folge, dass sich dieser im Interesse seines Arbeitsplatzes zu diesem Mittel gezwungen gesehen hatte. Sein oder Nichtsein, darum ging es hier für jeden.

Fünf Wochen hatte er aussetzen müssen, davon zwei, um seinen Trainingsrückstand aufzuholen, fünf Wochen, in denen er sein Gehalt bekam, ohne etwas anderes tun zu müssen, als wieder fit zu werden. Dass er für Nichtstun Geld bekam, verstand er nicht, behielt aber seine Verwunderung für sich.

Mittlerweile hielt sich der Club im unteren Tabellendrittel auf. Die Lokalzeitungen gaben wöchentlich Bulletins zu

Ricos Gesundheitszustand heraus, der Club und die Zuschauer harrten seiner Rückkehr.

*

In dieser Zeit, genauer, während Rico dem Spiel seiner Mannschaft von der Bank aus zusah, machte er eine denkwürdige Bekanntschaft. Der Mann, der sich unerwartet neben ihn setzte, redete viel und lange.

Nachdem er sich vorgestellt und erklärt hatte, dass er im Auftrag seines Vereins, des SVB da sei, fragte er Rico unverblümt, ob er nicht Interesse habe, sich zu verbessern, sportlich und finanziell. Er beobachte Rico schon seit geraumer Zeit, und sein Eindruck sei, dass er mit seiner ideenreichen Spielweise gut zu ihnen passe und noch viel Potenzial besitze, das jedoch bei seinem jetzigen Arbeitgeber kaum zur Geltung bringen könne. Von seiner Spielanlage her ähnele er sehr dem B. vom SSC und genau diesen Typus suchten sie. „Bei uns hast du ganz andere Möglichkeiten, dein Talent zu entfalten, bei uns kannst du ganz groß rauskommen, richtig Schotter machen,‟ sagte er zum *du* übergehend und nannte in dem Zusammenhang Namen bekannter Spieler.

Während er ihm eindringlich die Chancen eines Wechsels und die sich bietenden Perspektiven beschrieb, erinnerte sich Rico, dieses Gesicht schon einmal gesehen zu haben, der Glatzkopf von damals. Jetzt allerdings hatte er Haare, sie reichten ihm weit über die Ohren, mussten schnell gewachsen sein. Wie damals überstieg sein Redefluss das normale Maß. Diesmal hörte Rico ihm interessiert zu. Was er über Karriere sagte, über Pläne mit ihm, Beschaffung

200

einer Wohnung, das Durchschnittseinkommen der Spieler, Förderung und Beratung, auch, was zukünftige Geldanlagen betraf, machte ihn schwindlig. Er konnte nicht glauben, was jener erzählte, dass dieser große, bekannte Verein ihn zu sich holen wollte. Warum sollte dieser SVB gerade ihn haben wollen? Es gab genügend andere Spieler. Mehr als abenteuerlich erschienen ihm die Aussichten, die dieser Mensch beschrieb. Er konnte ihn nicht überzeugen, dass er es anderswo besser haben würde. Seine Dankbarkeit für die glückliche Entwicklung, die ihm bei der Concordia widerfahren war, war zu groß, als dass er diesen Verein enttäuschen wollte. Für ihn konnte es nicht besser sein, als es war. Da konnte er reden, soviel und was er wollte.

„Vielen Dank, ich habe schon einen Vertrag, ich.." erklärte Rico.

„Keine voreiligen Entscheidungen!" fiel ihm der andere ins Wort. „Denk an deine Zukunft! Ich biete dir eine große Chance! Was hast du jetzt im Monat? Fünftausend? Zehntausend? Bei uns bekommst du ein Grundgehalt von mindestens dreißigtausend, plus Prämien! Denk nach, Junge. Oder willst du bei der Concordia versauern? Ich spreche mal mit Reibeisen. Der Vertrag ist nicht das Problem."

Er blieb bis zum Spielende bei ihm sitzen, nicht sparend mit kritischen Kommentaren.

Das Gespräch beschäftigte Rico noch lange, obwohl er sich anstrengte, es zu vergessen. Seine Erfahrung lehrte ihn, Erreichtes nicht aufs Spiel zu setzen. Er war glücklich und zufrieden, so sehr, dass er sich zuweilen kneifen musste.

Wenn er einen Wunsch hatte, dann, dass alles blieb, wie es war.

*

Tatsächlich rief ihn der Präsident in der folgenden Woche zu sich.

„Habe ich richtig gehört?" begann er erbost, „du willst uns verlassen? Du hast doch gerade erst den Vertrag unterschrieben! Du bist ein Teil unserer Planung! Das passt doch hinten und vorne nicht! Fünf Millionen! Dass ich nicht lache! Zwar könnten wir sie gut gebrauchen, aber dich brauchen wir mehr! Ich habe ihm gesagt, dass unter zehn Millionen nichts läuft."

Rico beeilte sich, die Dinge richtig zu stellen, erklärte, dass er mitnichten seine Zustimmung gegeben habe. Der Andere hätte viel erzählt, soviel, dass ihm schwindlig geworden sei, und versicherte, dass seine Unterschrift jetzt und für die Zukunft gelte.

Reibeisen beruhigte sich bald und nickte zufrieden. "Dann sind wir uns ja einig!" „Alles gut!" meinte er zum Schluss der Unterhaltung.

Den Weg der Concordia an die Tabellenspitze verfolgten auch überregionale Zeitungen. Sie führten ihre Erfolge auf eine vorbildliche Nachwuchsarbeit und geschickte Personalpolitik zurück. Der Verein habe es verstanden, ohne großen finanziellen Aufwand, eine gesunde Mannschaftsstruktur aus eigenen Reihen und durch einige erfahrene Neuzugänge herzustellen. Talente aus dem eigenen Stall seien gezielt gefördert und andere für wenig Geld verpflichtet worden, unter anderem der allseits bekannte Rico. Durch den anhaltenden Erfolg und den Ausbau des Stadions nebenher seien die Zuschauerzahlen sprunghaft angewachsen, so dass der Verein, im Hinblick auf das Erreichen gesteckter Ziele, zu großer Hoffnung Anlass gebe.

„Die Mannschaft hat gezeigt, dass das Potential da ist, um sich auch eine Klasse höher zu behaupten," zitierte eine der Zeitungen den Präsidenten.

In der Gunst der Zuschauer rangierte Rico ganz vorn, besser gesagt, er war ihr Liebling. Führte er den Ball, scholl sein Name von den Rängen, schoss er ein Tor, gab es kein Halten mehr. Es war seine treibende Kraft, die nie aufgab, seine Art, alles zu geben, um nicht zu enttäuschen. Das gefiel den Leuten, und sie liebten ihn deswegen, auch wegen seiner schlitzohrigen Spielweise und seines bescheidenen Auftretens.

Sehr ungelegen kam ihm in dieser Zeit das erneute Erscheinen des besagten Herrn vom SVB. Er wollte unbedingt noch einmal mit ihm sprechen. Rico, der mit seiner Situation voll und ganz zufrieden war und dankbar für das Leben, das ihm die Concordia ermöglichte, wich ihm aus, wo er konnte. Diesem Verein verdankte er alles. Er hatte ihn aufgenommen und emporgehoben, war sein Wohltäter, dem er sich aus tiefsten Herzen verpflichtet fühlte. Die wiederholten Versuche des Herrn, mit ihm in Kontakt zu treten, waren ihm lästig. Er hörte ihm nicht zu. Was in sein eines Ohr hineinging, ging zum anderen wieder hinaus, auch der Zahl vierhunderttausend erging es nicht anders. Er wollte nichts, als in Ruhe gelassen werden, sein Leben ungestört weiterführen. Aber der Herr deutete seine Ablehnung als den Versuch, bessere Bedingungen zu erreichen und nannte ihm auf sein „nein danke" jedes Mal eine höhere Summe. Schließlich waren sie bei fünfhundert. Dann endlich schien er verstanden zu haben.

Rico behielt diese Begegnung für sich, denn er wollte Unruhe und Verwirrung vermeiden. Aber Reibeisen sprach ihn an. Er setzte Rico auseinander, dass er ein solches Angebot unmöglich ablehnen könne. Ob er denn nicht wisse, welche Chance sich ihm biete. Beim SVB zu spielen sei doch der Traum jedes Spielers, und mit einem Schlage gehöre er zum Kreis der Großverdiener. Ob ihm die Ablösesumme für ihn bekannt sei. Er machte es spannend und sprach die Zahl, vierzig Millionen, so eindringlich aus, dass Rico erschauderte.

*

Die Übereinkunft über seinen Kopf hinweg erzeugte in Rico eine nervöse Unruhe. Die Vorstellung, ganz oben mitzuspielen, in der obersten Liga, war zwar verlockend, aber sie stresste ihn auch. Wer wusste schon, wie sich alles entwickeln würde. Unstimmigkeiten aller Art, die sich auch privat auswirkten, hervorgerufen durch die neuen Gegebenheiten, konnten die Folge sein. Was sich anfangs als großes Glück ausnahm, konnte sich unversehens ins Gegenteil verkehren. Eine Verbesserung der Verhältnisse war prinzipiell erstrebenswert, doch worin sollte sie in ihrem Fall bestehen? Geld hin, Geld her. Ihre Lebensumstände hatten sich so entwickelt, dass sie durchaus zu den Wohlhabenden zählten. Sie hatten, was sie sich wünschten, bis auf eine größere Wohnung. Es ging ihnen gut, sie waren glücklich. Warum sich in dieses Abenteuer stürzen? Er war dagegen, ahnte aber, dass sich der Zug bereits in Bewegung gesetzt hatte.

*

Wie von ihm nicht anders erwartet, löste diese Neuigkeit zu Haus große Aufregung aus mit Debatten über alle Aspekte, die sie mit sich brachte.

Es war schon nach Mitternacht, als das verbliebene Licht hinter dem Fenster im vierten Stockwerk erlosch. Bis dahin hatten die Bewohner diskutiert und das zu erwartende Leben beleuchtet. Geld und Ruhm einerseits, andererseits das Familienleben, das zu kurz kommen würde. Soviel war sicher, dass Rico seinen Wohnsitz würde verlegen müssen. Die Frage war, ob mit oder ohne Familie. Ein gemeinsamer Umzug war nach einhelliger Meinung, auch mit Blick auf Jacob, ein Unterfangen, das nicht über den Stab gebrochen werden durfte. Sofern es überhaupt so weit kam, wurde es für das beste gehalten, Rico führe zunächst allein, um die Voraussetzungen für den Nachzug der restlichen Familie zu prüfen. Angesichts der sich auftuenden Ausblicke hielten ihre hypothetischen Erwägungen sie bis spät in die Nacht gefangen. Eine von Unruhe gekennzeichnete Stimmung löste die bis dato herrschende heitere Unbeschwertheit ab.

*

Zwei Testspiele und verschiedene Gesundheitschecks waren der erste Schritt zu den neuen Ufern. Einen Tag nach seiner Ankunft und nach einem Empfang durch den Präsidenten, den Trainer, sowie den Vereinsarzt und den Manager begannen die Untersuchungen, von denen der orthopädische Teil und der kardiologische im dortigen Klinikum stattfanden, während der internistische vom Vereinsarzt durchgeführt wurde. Die Tests, die Rico, ohne zu wissen, was im einzelnen mit ihm angestellt wurde, geduldig über sich ergehen ließ, verliefen zur allgemeinen Zufriedenheit. Seine Antwort auf die Frage des Vereinsarztes, was es mit den bläulichen Verhärtungen auf seinen Schultern auf sich habe, rief ungläubige Verwunderung hervor. Der Arzt, Dr. Eckholt mit Namen, war sehr interessiert, nicht nur an der Herkunft der Flecke, was er vernahm schien ihn zu immer neuen Fragen zu Ricos früherem Leben in seiner Heimat zu bewegen. Er unterbrach eigens seine Untersuchungen, um offenen Mundes Einzelheiten aus seinem damaligen Alltag zu erfahren. „Dann hast du dich ja um einiges verbessert," stellte er am Ende der Untersuchungen humorig fest. Die Lunge habe offenbar keinen Schaden genommen durch seine ständigen Besuche an den Pforten zur Hölle und durch die Stichverletzungen. Es seien aber regelmäßige Kontrollen nötig, denen sich die Spieler ohnedies jährlich unterziehen müssten.

Die neuen Spielerkollegen nahmen Rico wohlwollend auf. Es war eine gemischte Truppe aus Spielern aller Herren Länder, mit denen ihm die Verständigung auf dem Spielfeld oftmals leichter fiel, als außerhalb. Auch der Trainer war kein Deutscher. So wichtig es war, ihn richtig zu verstehen, so schwierig war es auch. Balustran hieß er und begleitete seine in einem Kauderwelsch gehaltenen Erklärungen und Anweisungen mit dem Gesichtsausdruck eines Atomphysikers und Gesten eines Umsichschlagenden. Trotzdem er ein guter Trainer sein sollte, waren seine Tage beim SVB, wie es hieß, gezählt. Die Spieler mochten ihn wegen seiner verrückten Art, weniger wegen seiner Trainingsmethoden, die dem Aspekt, Ausdauer, ein großes Gewicht beimaßen. Er ließ die Übungen bis zum Abwinken wiederholen, solange bis er nichts mehr zu beanstanden hatte. Waren ihm die Sprints zu langsam, mussten alle erneut antreten. Seine Domäne war der Langlauf, dem er in treuer Ergebenheit huldigte. Rico, der sich darin von jeher befleißigt hatte, kam diese Trainingsphilosophie entgegen.

In den beiden Testspielen gegen die B-Mannschaft und einen anderen kleinen Verein aus der Umgebung siegten sie haushoch. Seine Mannschaftskollegen hatten es sich nicht nehmen lassen, sich von den Qualitäten ihres neuen Kollegen zu überzeugen. Sie nutzten jede Gelegenheit, ihn anzuspielen, schickten ihn, auch wenn es die Situation nicht hergab, und es kam bei ihnen gut an, dass er sich zu keinem Sprint, auch über das ganze Feld, zu schade war, keinen Ball verloren gab.

Ricos positiver Eindruck von seiner voraussichtlich neuen, beruflichen Umgebung schien auf Gegenseitigkeit zu beruhen. Der SVB wollte ihn. Und eben diese Frage hatte ihm Karl bei der familiären Lagebesprechung gestellt: willst auch Du wirklich? Willst du all die Veränderungen, die dieser Wechsel mit sich bringt? Anderer Wohnort! Ständig in einem Tross auf Reisen sein! Im Blickpunkt der Öffentlichkeit und unter Erwartungsdruck stehen! Auf der

Straße erkannt und von Reportern verfolgt werden! Interviews geben! Kritik einstecken! Und was ein gewisser Bekanntheitsgrad noch alles mit sich bringen würde.

Rico wollte und mit ihm Marie. Nachdem sich der erste Schwall seiner Gedankenflut verlaufen hatte, war seine anfängliche Abneigung der Meinung gewichen, dass es sich um eine Gelegenheit handelte, die nicht jedem geboten wurde und die nicht genutzt zu haben, er sich für den Rest seines Lebens wohl vorwerfen würde. Zudem war es keine Entscheidung mit lebenslanger Wirkung.

Die Sache war besprochen und beschlossen. Nachdem Dr. Wijantchi den Vertrag an einigen Stellen korrigiert und um unmissverständliche Formulierungen ergänzt hatte, erfolgten die Unterschriften im Beisein der Anwälte beider Parteien und unter Mitwirkung eines Fotografen der dortigen Presse in den Geschäftsräumen des SVB.

Nach einem kleinen Umtrunk kehrten Rico und sein Anwalt nach Hamburg zurück, im Gepäck einen Dreijahresvertrag über ein seine Maßstäbe sprengendes Grundgehalt plus Prämien.

*

Bereits fünf Tage darnach fand er sich wieder bei seinem neuen Arbeitgeber ein. Auf Drängen des Trainers hatte sich der Verein Ricos Teilnahme schon am nächsten Heimspiel ausbedungen. Übergangsweise erhielt er Quartier in einer möblierten Zweizimmerwohnung nahe des Trainingsgeländes, und bevor er zur Besinnung gekommen war, einen Tag nach seiner Ankunft, bestritt er sein erstes Heimspiel für den neuen Verein. Obgleich durch seine bisherige Spielpraxis abgehärtet, schweifte sein Blick ehrfurchtsvoll über die gewaltige Zuschauerkulisse, durchlief ihn ein Schauer angesichts des aufbrandenden Beifalls bei Nennung seines Namens über den Lautsprecher.

Sein Einstand hätte nicht besser verlaufen können. Zwar lautete das Ergebnis Unentschieden eins zu eins, doch war er es, der das Tor in sehenswerter Manier geschossen hatte. Ein wunderbareres Zuspiel von Chris, dem Spieler, zu dem er bisher den meisten Kontakt, auch über das Spielfeld hinaus, hatte, genau in seinen Lauf, verlängerte er mittels eines Hakens an dem herauslaufenden Torwart vorbei, ins leere Tor. Der Jubel und die Freude seiner Mitspieler und die Anfeuerungen, die im Stadionrund losbrachen, erhoben ihn zum Helden, verliehen ihm Flügel, obschon es ja Chris war, dem er den Erfolg verdankte.

*

Ricos größtes Anliegen war indes, ein Zuhause für seine Familie zu finden. Die Trennung, die schon neun Tage währte, machte ihn trotz der abendlichen Telefonate immer unruhiger. Seine einzige Beschäftigung neben dem Training war, passende Mietangebote herauszusuchen. Dabei hatte er auf Maries Geheiß auf die Nähe einer Schule, eines Kindergartens, fußläufiger Einkaufsmöglichkeiten und guter Verkehrsanbindung zu achten. Suchte er dann in Frage kommende Objekte auf, wurden in keinem der Fälle alle Bedingungen erfüllt. Einzige Ausnahme war ein Bungalow mit Swimmingpool auf einem großen Grundstück, der die gewünschten Merkmale aufwies, allerdings zu einem Mietzins, der in seinen Augen nicht zu vertreten war.

Die erfolglose Suche machte ihn vollends nervös, was sowohl Marie durchs Telefon als auch seinem Trainer nicht entging. Dieser riet ihm, die Suche in die Hände des Vereins zu legen und die ausgesuchten Objekte später zusammen mit seiner Frau zu besichtigen.

Allein die Festlegung des Tages, an dem Marie kommen wollte, machte, dass es ihm besser ging. Er strotzte vor Energie und Tatendrang beim zuvor stattfindenden Auswärtsspiel. Vom Anpfiff an warf er sich in die Begegnung, rannte auch vermeintlich verlorenen Bällen hinterher, um sie ein ums andere Mal dem Gegner abzujagen, worauf im Nu neue Spielsituationen entstanden, die zu überraschenden Gegenangriffen und zu großem Durcheinander im gegnerischen Strafraum führten, so dass nur der letzte Einsatz eines nacheilenden Gegenspielers oder ein Foul den Torerfolg verhinderte.

Und nur durch ein ebensolches kurz vor der Halbzeitpause

hatte sich der Gegner zu behelfen gewusst. Rico, der keinen Zweifel daran ließ, wer den fälligen Freistoß ausführen würde, hob ihn über die Mauer hinweg an die Unterkante der Latte, von wo er hinter die Torlinie sprang.

Der einsetzende Jubel kam nur aus einer Ecke des Stadions, ansonsten herrschte Stille. Bereits motiviert, steigerte dieser Erfolg Ricos Ehrgeiz um ein Weiteres. Doch anders als in der ersten Halbzeit wollte die Balleroberung nicht mehr so einfach gelingen, wodurch seine Spielweise eine verbissene Note bekam. So geschah es, dass er das Bein, gewaltsam nach dem Ball ausstreckend, unbeabsichtigt den Fußknöchel des Gegners traf, so dass dieser erst nach einer medizinischen Behandlung auf dem Platz weiterspielen konnte. Was folgte, war die Rote Karte für Rico. Das Geschehene nicht begreifend, kam er der Aufforderung des Schiedsrichters, das Spielfeld zu verlassen, nicht nach, so dass seine eigenen Mitspieler sich genötigt sahen, ihn vom Platz zu führen. Dem Trainer gelang es nur schwer, seinen Ärger über die Schwächung zu kontrollieren, eben deshalb, weil Rico dadurch auch für das nächste Spiel gesperrt war. Es hieß nun Zehn gegen Elf und am Ende wiederum eins zu eins.

Nach Spielende entschuldigte er sich bei dem betreffenden Spieler, wie auch bei seiner Mannschaft. Er haderte mit sich. Er hatte der Mannschaft und dem Verein geschadet. Dafür hatte man ihn nicht geholt, dafür wurde er nicht bezahlt. Zudem hatte er jemandem eine Verletzung zugefügt, so dass er eine Zeit lang nicht seinen Beruf ausüben konnte. Wie konnte ihm das passieren können? Es machte ihm zu schaffen.

*

So unschön dieser Start in die neue, berufliche Zukunft auch war, Maries nahende Ankunft machte ihn vergessen.

Endlich! Da war sie! Marie! Alles war gut.

Es lag ihr, wie ihm, daran, möglichst schnell ein neues Zuhause zu finden. Dank Karl, der in dieser Zeit zusammen mit einer Nachbarin im Haus die Kinder versorgte, konnten sie sich wieder in die Augen schauen, eine Woche, die der Suche nach einem neuen Heim gehören sollte.

Er liebte sie und sagte es ihr. Dass sie sein ganzes Glück sei, die Sonne seines Lebens. Sie hörte es gern.

Alsbald machten sie sich an die Besichtigungen, suchten ein Objekt nach dem anderen auf, besonders die Lage war entscheidend und erfüllte nur in einem Fall bedingt ihre Wünsche. Jedoch hielt die innere Beschaffenheit nicht, was sie sich versprochen hatten. Die Wohnung war recht dunkel, ihre Raumaufteilung ließ zu wünschen übrig (der Weg zur Terrasse führte durch das sehr kleine Schlafzimmer, das Wohnzimmer war Richtung Norden gelegen), außerdem war sie sehr hellhörig, was in diesem Augenblick sein Gutes hatte, da der Wetterbericht sie aus der Wohnung über ihnen vor einer Gewitterfront warnte. Obwohl Parterrewohnung, wie von ihnen gewünscht, konnten sie sich nicht für sie erwärmen.

Nach dem enttäuschenden Verlauf ihrer bisherigen Suche und angesichts der sich dem Ende neigenden Woche, suchten sie, schon arg gestresst, den von Rico entdeckten, aber sündhaft teuren Bungalow auf.

Die Besichtigung erschlug sie förmlich im positiven Sinn. Es gab einen Swimmingpool, Doppelgarage, Partykeller, Kamin, Pitchpine-Dielen, Terrazzoboden, marmorverkleidetes Bad mit Whirlpool, eine geräumige, in den lichtdurchfluteten Wohnraum übergehende, modernst ausgestattete Küche, fünf Zimmer, Fenster mit elektrischen Läden, von denen der Blick in das Grün des Gartens ging. Ein großes Grundstück mit makellosem Rasen und Rhododendrongebüsch entlang eines Zaunes rundherum, unterbrochen nur durch die mit einem ferngesteuerten, schmiedeeisernen Tor versehenen Einfahrt.

Was sie sahen, empfanden sie anfangs als alle Maße sprengenden Luxus - zu herrlich, zu gewaltig, um ihnen zu gehören. Ein Zuhause, von dem man nur träumen konnte. Jedoch bei näherer Betrachtung.., wieso Traum? - Kein Traum, sondern eine möglich gewordene Realität! Was waren viertausendfünfhundert gegenüber fünfzig? Es sollte ihnen nicht schwer fallen, sich an die Veränderung zu gewöhnen.

Ein paar Stunden vor Maries Abreise machten sie Nägel mit Köpfen.

*

Schon im Bungalow wohnend, aber noch allein, konzentrierte sich Rico nun doppelt auf seinen Beruf. Anders
als die meisten Menschen, war Rico kein Freund des
Ausschlafens. Ob Sonntag oder Mittwoch, sein Tag begann
um sechs Uhr. Allmorgendlich erwachte er vor dieser in
seinem Wecker eingestellten Stunde, den er eigentlich
nicht brauchte. Sein Tag begann dann nach ein bisschen
Müsli mit dem anschließenden Morgenlauf.

Um zweiundzwanzig Uhr war sein Tag zu Ende. Er achtete
peinlich darauf, nicht nur diesen Zeitpunkt einzuhalten,
eine Zeiteinteilung an sich, an die er sich strickt hielt, war
ihm Mittel, seine Disziplin, die es in seinem Beruf
brauchte, aufrecht zu erhalten. Es war sein Anspruch, sein
Leistungsvermögen auf Höchstniveau zu halten, um jederzeit in der Lage zu sein, hundert Prozent abzurufen. Dazu
bedurfte es eines eigenen Stundenplans neben dem vom
Verein vorgegebenen und eines eigenen, zusätzlichen
Trainingsprogramms.

Seit seiner Unterschrift unter den neuen Vertrag, seit er in
dieser privilegierten Lage war, die ihm der Bungalow jeden
Tag vor Augen führte, war es ihm eine unabdingbare
Pflicht, die bestmögliche Gegenleistung zu erbringen. Sein
ganzes Bestreben war es, permanent in Bestform zu sein
und an immer weiteren Steigerungen zu arbeiten.
Er war es dem SVB, dem Glück, das ihm zuteil geworden
war, schuldig.

Neben den täglichen Trainingseinheiten und den Theorie-
stunden sowie den taktischen Unterweisungen vor jedem
Spiel, tat er in seiner Freizeit ein Übriges, um seine Kondition zu stärken. Laufen, Radfahren, besonders bergauf,
und lange Aufenthalte im Kraftraum gehörten dazu. Für

keine Anstrengung und keinen Verzicht war er sich zu schade. Die Gunst der Stunde begreifend, ordnete er den größten Teil seiner Zeit dem Fußballspiel unter.

Bevor er um zweiundzwanzig Uhr das Licht ausmachte, pflegte er auf seinem Schlafprovisorium, einer Matratze auf dem Boden, dem bisher einzigen Möbelstück in seinem neuen Zuhause, immer noch zu lesen. Er las gern, auch zu anderer Stunde, dabei kam er zur Ruhe, und es diente seinem Wunsch nach Vervollkommnung seiner Sprachkenntnisse, auf dass er sich ganz und gar zugehörig fühlte.

*

Sein Spiel hatte etwas Unwiderstehliches. Sobald er am Ball war, ging es immer nach vorn, selten in die Breite und nur, wenn ihm die Bedrängnis keine Wahl ließ, zurück. Er hatte den Zug zum Tor, suchte den direkten Weg, wobei ihm seine Schnelligkeit zugute kam. Auf sich allein gestellt, handelte er notgedrungen oft auf eigene Faust, aber auch, weil er die Möglichkeit durch weiteres Abspiel verstreichen sah. Die von zwei Teamkollegen in einer Mannschaftsbesprechung geäußerte Unzufriedenheit wegen seiner eigensinnigen, die anderen wenig einbindenden Spielweise, teilte der Trainer nicht.

„Ich würde Euch recht geben, wenn sein Spiel nicht so effektiv wäre," erklärte er. „Wenn er auch nicht immer das Tor macht, so sorgt er mit seinen Vorstößen regelmäßig für Durcheinander im gegnerischen Strafraum, so dass oft nur noch ein Kopf oder ein Fuß hingehalten werden muss. Leider seid Ihr dann oft nicht zur Stelle. Das muss sich ändern," endete er seine Parteinahme und sah dabei die beiden Beschwerdeführer bedeutsam an. „Der Verein weiß, warum er ihn verpflichtet hat."

Anschließend zeichnete er eine Spielsituation an die Tafel als Beispiel, wie eine Abwehr in wenigen Spielzügen auszuhebeln war. Beim folgenden Umsetzen in die Praxis war es einmal mehr Rico, der unverdrossen und mit immer gleichem Eifer seinen Teil tat, um die Spielzüge zu perfektionieren.

Die Mannschaft etablierte sich im oberen Tabellendrittel. Kurzzeitig war sie nach einer knappen Niederlage gegen den Tabellenersten und zwei folgenden Unentschieden etwas nach unten gerutscht, doch dann zeigte die Tendenz nach dem Gewinn aller Heimspiele und zwei Unentschieden auswärts deutlich nach oben. Der Trainer und die Vereinsführung zeigten sich zufrieden mit der Entwicklung. Die Zuschauer, bei denen Rico erneut zum Liebling avanciert war, und vor allem die Presse, konnten nicht umhin, die Erwartungen nach oben zu schrauben. Noch immer stand die Mannschaft im Pokalwettbewerb. Die Gerüchte um den Trainer waren verstummt, seit kurzem war man voll des Lobes, ob seiner guten Arbeit und seinem Gespür für die richtigen Einkäufe.

*

Dann war er da, der ersehnte Tag. Im Gefolge eines Taxis, in dem Marie, Karl, Jacob und Eddi saßen, zwängte sich zentimeterweise der Transportwagen einer Möbelspedition zwischen den Pfosten des Tors auf die Einfahrt.

Der Wiedersehensfreude schloss sich die Bewunderung für das Anwesen an. Während Marie und Rico noch mit der Begrüßung beschäftigt waren, suchte sich Jacob schon mal sein Zimmer aus, Karl schien kein anderes Wort als „sagenhaft!" zu kennen, Klein-Eddi dagegen blieb unbeeindruckt.

Bevor die Leute von der Spedition mit ihrer Arbeit begannen, fand ein kleiner Rundgang statt.

„Sagenhaft!" meinte Karl als sie in der Halle des Pools standen, und Jacob, der wegen des augenblicklich unbekannten Aufenthalts seiner Badehose vertröstet werden musste, hatte draußen schon den Platz für seine zukünftige Höhle gefunden.

Währenddessen hatten die Transporteure mit der Arbeit begonnen. Marie übernahm die Regie, sie wusste genau, wo was stehen sollte. „Hierhin! Dorthin! Vorsicht!" Ihre Kommandos hallten durch die noch leeren Räume.

Schließlich standen die mitgebrachten Möbel an den ihnen zugedachten Plätzen, wo sie sich in dem neuen Rahmen doch etwas einfach, besser, mickrig ausnahmen. Umgeben von neunundsiebzig durchnummerierten Kartons entwarfen sie einen Schlachtplan für die weitere Vorgehensweise. Le mussten unbedingt Unterbringungsmöglichkeiten her für all die Sachen, die in den Kartons noch warteten. Ein passendes Bücherregal brauchten sie und Kleiderschränke, hier gab es genügend Platz in jedem Zimmer, außerdem eine eine Garderobe, an der endlich einmal alle Sachen Platz fanden. Eine Liste wurde geschrieben.

„Das hätten wir erstmal!" seufzte Karl, und es trat eine Stille ein.

Da fing Jacob an zu weinen. „Jacob, was ist?" Seine Mutter nahm ihn in den Arm.

„Denkst du an zuhause und deine Freunde? Mir geht es genauso. Es ist alles so fremd hier, schön, aber fremd." Sie drückte ihn und wischte seine Tränen.

„Jacob! Zeig mir doch mal die Stelle, wo du die Höhle bauen willst," schaltete sich Karl ein. „Bestimmt brauchst du dafür noch einiges Material. Ich würde sagen, wir schauen mal, was wir auf dem Grundstück alles finden. Wie hast du dir das denn gedacht? Komm, wir sehen uns draußen einmal um." Karls Worte hatten eine größere Wirkung, als die anderen Tröstungsversuche. Schon waren die Tränen versiegt, und an Karls Hand ging es in den Garten.

Ein bisschen wie Jacob ging es auch den Erwachsenen. Das neue Heim war ein Traum, es gab dort alles, was das Herz begehrte und mehr, aber in Hamburg war es ihnen auch nicht schlecht gegangen. Nach der Verbesserung ihrer finanziellen Verhältnisse, war es im Grunde nur die zu kleine Wohnung gewesen, die sie gern verlassen hatten. Vieles, das ihnen dort lieb und teuer war, hätten sie gern mitgenommen; wenn es nach Jacob gegangen wäre, seine Freunde, die Schule, den Verein und ihr Spielgelände, „das Gebiet" genannt.

Müdigkeit hatte sich nach dem anstrengenden Tag breit gemacht. „Heute werde ich nicht alt" war die allgemeine Stimmung.

*

Die Urlaubsplanung war zwischen ihnen von je her ein schwieriges Thema. Langsam wurde es wieder Zeit, sich damit zu befassen, wollten sie nicht mit leeren Händen dastehen. In der Vergangenheit hatten sie sich noch immer auf ein Ziel geeinigt, hatte Simone, oft wenig begeistert, schließlich Wilfrieds Präferenzen geteilt.

Vom letzten Sturz, dessen Folgen doch glimpflicher waren, als von ihm befürchtet, soweit wiederhergestellt, dass ihm kurze Spaziergänge und das Fahrradfahren wieder möglich waren, hatte er sich, von Vorfreude erfüllt, Gedanken zu ihrem Reiseziel gemacht. Der Plöner See sollte es diesmal sein. Doch Simone hatte andere Pläne. Sie bestand auf einem Ziel mit Sonnengarantie: Spanien, Mallorca, Griechenland, Türkei. Allesamt ohne Flugzeug schwer erreichbar, wollte man nicht eine zeitraubende, strapaziöse An- und Abfahrt auf sich nehmen. Sie wollte Urlaub und Sonne von Anfang an, ohne Geschleppe, ohne Umsteigerei, ohne alle Unbequemlichkeit, und diesmal in eine gänzlich andere Gegend. Er kam nicht umhin, ihr Recht zu geben, dass die Reise im Flugzeug bequemer und vor allem weitaus kostengünstiger war.

Nachdem sie sich all die Jahre nach ihm gerichtet hätte, sei er nun an der Reihe, meinte sie, zudem habe er doch früher selbst eine Flugreise gemacht. Dieses Argument seiner Reise in ein unterentwickeltes Land in Übersee, hatte sie schon öfter angeführt und ihn damit in einige Erklärungsnot gebracht. Diese Reise sprach in der Tat nicht für ihn, für seine Verdammung dieses Verkehrsmittels. Aber anders, als Simone es darstellte, war es keine Vergnügungsreise gewesen, sondern eine Reise im Auftrag seiner Schule und der Schulbehörde im Zusammenhang mit einer vom deutschen Staat geförderten Schule, ihrer Patenschule. Seine Aufgabe war es gewesen, die sachgemäße Nutzung festzustellen und den Lehrkräften mit Hilfe eines Dolmetschers in einem kleinen Seminar, die in Deutschland praktizierten Lehrmethoden nahe zu bringen.

„Wie auch immer, ob Dienstreise oder nicht, ich möchte dieses Mal jedenfalls woanders hin," erklärte sie, „die Frage ist, ob du dich überwinden kannst, mitzukommen. Wenn nicht, würde ich mich nämlich den Janssens anschließen. Ich müsste deshalb schon sehr bald bescheid wissen, am besten bis morgen."

Ihr Ton war sehr bestimmt, das fiel ihm auf, und dass sie nicht versuchte, ihn umzustimmen. Er sagte ihr, und er spürte seinen Herzschlag ansteigen, dass es ihm leid täte, aber ein Flugzeug zu besteigen, sei für ihn ein Ding der Unmöglichkeit. Damit war ihre Unterhaltung beendet.

Das Urlaubsproblem beunruhigte ihn sehr. Die Kompromisslosigkeit, die Simone bei ihren Reiseabsichten an den Tag legte, war neu. So kannte er sie nicht, dass sie ohne sich mit ihm abzustimmen, Entscheidungen traf, die sie beide angingen. Sie ließ ja in keiner Weise mit sich nicht reden. Wissend, dass für ihn Flugzeuge tabu waren, stellte sie ihn vor die Wahl, sich ihr anzuschließen oder nicht. - Was waren das für neue Methoden? Hatte er ihr Veranlassung gegeben, sich nicht mit ihm abzusprechen? Das war ja etwas ganz Neues: die Urlaubsplanung ohne ihn „Ich glaub es nicht," murmelte er nervös. - *Fehmarn!* Möglicherweise lag da der Hund begraben. Dabei war ja eigentlich nur er der Leidtragende gewesen.

Beide hatten ihren Standpunkt und Entschluss deutlich gemacht, und so wie er Simone kannte, war klar, dass sie nicht von der Wahl, vor die sie ihn gestellt hatte, abrücken würde, wie auch er nicht in der Lage war, seine Ablehnung gegenüber dem Verkehrsmittel, Flugzeug, und seine Höhenangst zu überwinden.

So war es, jeder hatte seine Präferenzen, es gelang ihnen oftmals nicht, einen gemeinsamen Nenner zu finden. Da es eine stillschweigende Abmachung zwischen ihnen gab, den anderen nicht einzuengen, war es im Lauf der Zeit so gekommen, dass jeder seinen eigenen Weg ging, ohne dass ihre Ehe und die familiäre Einheit Schaden nahm. Jedoch den Urlaub nicht gemeinsam zu verbringen, hatte es noch nicht gegeben.

Beunruhigt blickte er ihnen nach, als sie um sieben Uhr morgens das bestellte Taxi bestiegen. Sein Angebot, sie zu fahren, hatten sie ausgeschlagen.

*

Plötzlich war er allein, und ebenso plötzlich füllte eine ungewohnte Stille die Räume. Es waren Ferien, und der Tag lag zu seiner freien Verfügung vor ihm. Er hatte keinen Plan, kehrte zurück an den Frühstückstisch, an dem sie eben noch gemeinsam gegessen hatten. Er fühlte sich schlecht. Alles, was zwischen ihnen geschehen und nicht geschehen war, türmte sich vor ihm auf. Er wehrte sich dagegen, nachzudenken, die Situation zu analysieren. Er wollte auf andere Gedanken kommen, draußen an der frischen Luft. Ein bisschen Fahrradfahren schien ihm dafür das Richtige zu sein.

Bevor er dazu kam, die Strecke zu planen, war es wieder soweit. Wumms! Wieder die Dunstabzugshaube, diesmal allerdings mit einer sichtbaren Folge. Als der Schmerz anfing, nachzulassen, betrachtete er, Schlimmes ahnend, das Resultat im Spiegel. Eine blutende Wunde zierte seine hohe Stirn, der Region, die, entblößt von allen Haaren, ohnehin sehr empfindlich war und ihn bekümmerte. Aus Erfahrung wusste er, dass die Heilung Wochen dauerte und ihn über den gleichen Zeitraum verunstaltete.

Das Blut mit einem Taschentuch abtupfend, über das Geschehene sinnend, betrachtete er lange sein Spiegelbild. Seine ohnehin schlechte und durch den Vorfall weiter verdüsterte Stimmung hielt ihn nicht ab, sein Vorhaben umzusetzen. Er fuhr los, und tat gut daran. Kaum hatte er das nahe gelegene Waldgebiet erreicht, fühlte er sich frei wie ein Vogel. Dort auf einsamen Wegen, umgeben von Bäumen und Sträuchern, gewärmt von der Sonne, war es wieder da, das vermisste Gefühl, ganz und gar bei sich zu sein. Sein Ziel war eine kleine Ortschaft dicht an der Elbe, Äpfel kaufen bei einem Obsthof. Sein Weg dorthin führte unter anderem durch ein Wildgehege mit Rehen und Hirschen auf der einen und Wildschweinen auf der anderen Seite. Es zog ihn zu den Wildschweinen, die er schon des Öfteren mit Emmi besucht hatte. Diese Tiere, die immer dicht an die Umzäunung kamen in Erwartung einer leckeren Wurzel oder eines Apfels, faszinierten ihn von jeher, ungeachtet ihres strengen Geruchs. Da waren die gestreiften kleinen Frischlinge, die plötzlichen Eingebungen folgend, springend und übereinander stolpernd durch das Gelände flitzten, während die großen, behaglich knurrend und grunzend, mit der Schnauze im sandigen Boden ihren Geschäften nachgingen. Ihre Zufriedenheit mit ihrem Dasein, so wie es war, ihre Anspruchslosigkeit rührte ihn, und die Ruhe, die von ihnen ausging, versetzte ihn in einen Zustand stiller Kontemplation. Sitzend, gegen einen Baum gelehnt, betrachtete er diese Tiere des Waldes. Es waren Augenblicke der Selbstvergessenheit, die sich sonst eher selten einstellten.

Als die Wildschweine sich einem anderen Areal des Geheges zuwandten, setzte er seinen Weg fort. Der Wald, die Bäume wurden weniger und nach einer kurzen Fahrt bergab erstreckte sich vor ihm die Marsch. Beim Obsthof angelangt kaufte er Äpfel, viel zu viel, und auch den Kirschen konnte er nicht widerstehen. Zurück ging es zwischen grasenden Schafen an der Elbe entlang. Er pausierte auf einer Bank, genoss den Ausblick und sein Obst. Am frühen Nachmittag kam er zuhause wieder an und versah seine Wunde nach einem Blick in den Spiegel mit einem Pflaster. Das sah gleich anders aus. Er war zufrieden mit sich und dem Tag. Schon jetzt freute er sich wieder auf seine beiden. Es war so still, so anders ohne sie, und er empfand ein großes Bedürfnis, sich auszusprechen, das gegenseitige Verständnis, die alte Harmonie wieder herzustellen.

*

Beim Einkauf im Supermarkt fiel Wilfried die Überschrift „Der SVB setzt Siegesserie fort" ins Auge. Allgemein hatte sein ehemals reges Interesse am Sportgeschehen wegen seiner Kommerzialisierung deutlich abgenommen. Dass der Fußballsport die Ausnahme bildete, verdankte er Rico. Seinen Werdegang und die Entwicklung seines Vereins verfolgte Wilfried aufmerksam über die Medien. Was für einen Sprung hatte der Junge gemacht! Von einer Welt in die andere, von der Steinzeit in die hochentwickelte Zivilisation und von dort in die upper class. Alles riskiert und alles gewonnen. In der kurzen Zeit, in der er jetzt hier war, hatte er, materiell gesehen, mehr erreicht, als er, Wilfried, der er hier geboren und unter vorteilhaftesten Bedingungen aufgewachsen war.

Er las den Artikel und befand, dass er Rico gern mal besuchen würde in seinem neuen Domizil. Ihre letzte Begegnung lag schon lange zurück.

Er reiste mit dem Zug und wurde am Bahnhof von Marie und Jacob abgeholt, während Rico beim täglichen Training war. Mit dem Auto ging die Fahrt in die Außenbezirke der Stadt.

„Nicht übel!" meinte Wilfried, als sie die Einfahrt hinauf zum Bungalow fuhren. „Ihr habt euch verbessert!" Es tat ihm gut, unter alten Bekannten und in einer anderen Umgebung zu sein. Seine trübe Stimmung hellte sich auf. Um sich blickend bestaunte er die Dimension ihres neuen Zuhauses. Was für ein Anwesen! Für seinen Geschmack übertrieben.

Jacob ergriff seine Hand und führte ihn durch das Haus. Beim Pool angekommen, erhob sich die Frage nach einer kleinen Abkühlung. Wegen fehlender Badebekleidung musste Wilfried passen. Doch Jacob wusste Rat. Die Badehose, die er brachte, war zwar nicht der letzte Schrei, aber durch ihre Stretchqualität ließ sie sich über die wichtigsten Körperteile ziehen.

Es war mehr ein Schatten, den er durch das Fenster wahrnahm. Die Umrisse einer aufragenden Kopfbedeckung streiften für Sekundenbruchteile seine Netzhaut.

„Schau, schau, nun wollen wir doch einmal sehen!" sagte er zu sich und entstieg eilig dem Wasser, folgte in Badehose dem Mütze tragenden Schatten durch den Garten. Der steinige, raue Boden tat den Sohlen seiner bloßen Füße nicht gut, an einer Stelle schrie er vor Schmerz auf.

„Bleib stehen!" rief er, da er nicht mehr folgen konnte. Tatsächlich blieb der Schatten schwer atmend stehen, und die ihm im selben Moment vom Kopf gerissene Mütze gab eine schwarze, gleichsam geteerte Schädeldecke frei. Ehe es sich Wilfried versah, fiel er gegen die Schuppenwand, während der Schatten, die Mütze wieder an sich reißend, hinter dem Stapel Kaminholz verschwand.

Zurück am Pool, hatte er jedes Verlangen nach Abkühlung verloren. Er tat ein paar Schwimmzüge und kleidete sich wieder an.

„Das war aber ein kurzes Vergnügen," meinte Karl, der sogleich stutzte und hinter ihn trat, da er etwas Rotes im Haar an seinem Hinterkopf sah. Blut! Er blutete. Beim Befühlen der Stelle stellte Wilfried fest, das dort sein Haar zusammenklebte. Er erklärte, dass er sich am Schuppen gestoßen, und das Blut gar nicht bemerkt hätte.

„Halb so schlimm!" sagte er, da er nur ein leichtes Brennen spürte. Diese Meinung teilte Marie jedoch nicht, als sie die

Wunde sah und bestand darauf, ihn zum Arzt zu bringen, der sie tatsächlich nähte, nachdem er das umgebende Haar abrasiert hatte. Daraufhin zierte ein Verband die kahle Stelle an seinem Hinterkopf. Zudem erhielt er den ein-eindringlichen Rat, in den nächsten Tagen seinen Hausarzt aufzusuchen, um die Möglichkeit einer Gehirnerschüt-terung auszuschließen.

Inzwischen war auch Rico nach Haus zurückgekehrt. Sie hatten sich lange Zeit nicht gesehen und umarmten sich. „Das ist nichts weiter, nur eine kleine Beule. Euer Schuppen hat im Weg gestanden," erklärte er ihm den Grund des Pflasters.

Bei einer gemütlichen Tasse Kaffee waren die neuen Entwicklungen, besonders von Ricos Seite her, zeitfül-lender Gesprächsstoff. Vieles war Wilfried durch die Medien schon bekannt, was Ricos berufliche Karriere betraf. Die Zahlen zu Ricos Einkommen hätten wohl jeden in Erstaunen versetzt, aber Wilfried vermochten sie nicht zu beeindrucken. Ihm waren die Größenordnungen der Gehälter in diesem Bereich bekannt, und er nahm Ricos neuen Status wie selbstverständlich zur Kenntnis. Auch Ricos neues Zuhause veranlasste ihn zu keinen großen Fragen. Was seinen Gastgebern dagegen auffiel, war sein Interesse für ihren Gärtner. Seine wiederkehrenden Fragen zu seiner Person konnten sie sich nicht erklären. Verwun-dert doch geduldig schilderten sie, wie er eines Tages vor der Tür gestanden und angefragt hatte, ob sie eine Hilfe für den Garten brauchen könnten. Nachdem sie zunächst seine Frage verneint hatten, wären sie doch auf seinen Vorschlag eingegangen, seine Dienste einmal pro Woche in Anspruch zu nehmen. Seitdem komme er jeden Donnerstag und habe sich als zuverlässige Hilfe erwiesen. Seine Bezahlung erfolge immer bar am selben Tag. Wilfrieds Frage, ob sie ihn schon einmal ohne Kopfbedeckung gesehen hätten, ob er eine Glatze habe, rief große Verwunderung hervor und die Gegenfrage, wieso ihn das interessiere.

„Er kam mir bekannt vor," tat Wilfried das Thema ab und wandte sich Jacob zu, wie es ihm in der neuen Schule gehe und der neuen Umgebung überhaupt.

Bevor er die Heimreise am Nachmittag antrat, unterzog er im Gefolge seiner Gastgeber das Grundstück einer eingehenden Besichtigung. Zur allgemeinen Verwunderung schien der Gärtner gegangen zu sein, ohne sich bezahlen lassen zu haben, was er noch nie getan hatte.

Auch Wilfried selbst hinterließ einiges Stirnrunzeln.

„Ein merkwürdiger Nachmittag!" stellte Karl abschließend fest.

*

Es war noch eine Woche bis zu Simones Rückkehr. Von dem, was er sich vorgenommen hatte, (Türen und Wände streichen) hatte er wenig umgesetzt. Emmis Zimmer hatte am meisten von seinem aufflammenden Elan profitiert. Er hatte es mit einem neuen Regal versehen und mit einem zuvor gemeinsam ausgesuchten Teppichboden ausgelegt. Auch hatte er es, das neue Möbelstück einbeziehend, gründlich aufgeräumt, damit alles gut zur Geltung kam. Stolz betrachtete er sein Werk und stellte sich vor, wie sie sich freuen würde.

Wichtiger als das Renovieren war ihm jedoch, sich in einem neuen Licht, sozusagen erstarkt, zu zeigen. Von Anfang an sollte eine Veränderung spürbar sein. Ihre Abwesenheit hatte es ihm deutlich vor Augen geführt, ohne seine Frau, sein Kind, seine Familie war alles nichts. Ein frischer Blumenstrauß im Wohnzimmer unterstützte die positive Wirkung.

Er freute sich schon sehr auf seine beiden und wollte auch äußerlich einen guten Eindruck machen. Ein frisches Hemd, seine sommerliche Cargohose gehörten dazu, ebenso eine Rasur.

Beim Betrachten seines Spiegelbildes stellte er fest, dass das Pflaster an seiner Stirn sich nicht gut ausnahm und zog es ab, was jedoch nichts besser machte. Mit etwas Creme übertünchte er die Stelle. Allerdings machte die kahle Stelle mit der genähten Wunde oben am Hinterkopf ebenfalls nicht viel her.

Am späten Nachmittag desselben Tages kehrten Simone und Emmi von ihrer Reise zurück.

Das Wiedersehen verlief unspektakulär.

„Was ist denn mit dir passiert?" meinte Simone, sein Pflaster registrierend, nicht viel anders, als sei sie gerade von einem Einkauf zurück gekommen. Kopfschüttelnd ververnahm sie, dass er sich an der Dachkante eines Schuppens in Ricos Garten gestoßen hätte. Jetzt, wo sie wieder da waren, wollte ihm scheinen, sie wären nur drei Tage weg gewesen. Ein flüchtiger Kuss und die Hausroutine setzte wieder ein. Es wurde geschaut, was einzukaufen war, Wäsche gewaschen, Post durchgesehen. Emmis Freude über ihr neues Zimmer rührte ihn.

„Danke, Papa," sagte sie, indem sie ihn umfasste und sich an ihn schmiegte.

Simone war wenig mitteilsam. Obwohl Wilfried durch seine Fragen sein Interesse an Einzelheiten und Eindrücken der Reise bekundete, blieb sie wortkarg, beantwortete seine Fragen, anders als es sonst ihre Art war, kurz und knapp, erzählte nicht von sich aus, wie es gewesen war.

Hatte er etwas anderes erwarten können? Sein Warten auf ermutigende Signale war vergebens. Sie machte den Eindruck, als hätte sie keine Zeit für ihn, so beschäftigt war sie, die von ihm noch nicht in Gänze aufgeräumte Küche auf den gewünschten Stand zu bringen. Seit sie zurück war, hatten sie noch kein richtiges Wort gewechselt. Sie wich ihm aus, das war unübersehbar. Es herrschte eine merkmerkwürdige Atmosphäre. Die Themen, über die sie sich austauschten, drehten sich um Angelegenheiten des Alltags. Sobald er sich anschickte, sie gezielt nach Einzelheiten zu fragen, kam nur eine allgemeine Antwort, der er ihre Ablehnung entnahm, sich eingehender zu unterhalten. Er wusste nicht, wie er vorgehen sollte, um mit ihr ins Gespräch zu kommen und hielt es vorerst für ratsam, sich im

Alltag und in gemeinsamen Unternehmungen wieder anzunähern.

Wie nebenbei, doch mit großer innerer Anspannung, fragte er sie nach Tagen, was sie von einem Ausflug ins Grüne halte. Seine ursprüngliche Absicht, im Rahmen dieses Ausflugs bei einer Demonstration gegen das Abholzen eines Waldes zugunsten der Kohleförderung teilzunehmen, traute er sich gar nicht erst zu vorzubringen.

Simone schüttelte den Kopf. Es habe sich einiges angesammelt.. die Praxis.., ihre Kurse zur Chirotherapeutin...sie hätte zuviel nachzuholen.

*

An seinem Vorhaben, gegen die Rodung eines Waldes zu demonstrieren, hielt er fest. Allein fahren wollte er nicht. Er hatte sich mit einer Gruppe Gleichgesinnter verabredet und wartete auf dem Bahnsteig auf ihr Eintreffen. Es war noch Zeit, und er genehmigte sich in der Halle einen heißen Kaffee. Indessen schritt die Zeit fort. Sich vergewissernd sah er auf die Uhr. In der Ferne sah er eine Reisegruppe. Als sie näher kam, löste sich aus ihr jemand mit einer merkwürdigen Kopfbedeckung, die sich beim Näherkommen als Haartracht entpuppte. Vor ihm stand Evi, jene couragierte Frau von damals.

„Na! Schon wieder beim Kaffee? Ich bitte auch!" sagte sie, freudig berührt, und deutete auf den Becher. Nicht weniger erfreut, begrüßte er sie. Abermals standen sie sich bei einem Kaffee gegenüber und gaben sich Auskunft, was sie zum Bahnhof führte. Sie gehörte zu der Gruppe und hatte das gleiche Ziel. Sie unterhielten sich noch über dieses und jenes, dann war es Zeit einzusteigen. Von der Gruppe war nichts mehr zu sehen. Schon ertönte der Pfiff. Gerade noch schafften sie es zur nächsten geöffneten Tür. Der Zug setzte sich in Bewegung.

„Was für ein Zufall, dass wir uns wieder begegnet sind, und dazu mit dem gleichen Plan. Unglaublich!" erklärte Wilfried, der sich über die unverhoffte Begleitung freute. Sie nickte und lächelte.

„Also bist du ebenfalls eine Klimaaktivistin!"

Sie nickte und lächelte. „Ich gehöre zu denen, die sich auf die Straße setzen. - Anders lernen die es ja nicht!"

Es entspann sich ein Gespräch über das Für und Wider dieses passiven Widerstandes. Das musste er zugeben, Veränderungen geschahen immer durch Nichtanpassung. Auch fragte sie ihn nach seiner Beziehung zu den vormals demonstrierenden jungen Leuten, was ihm Gelegenheit gab, aus dem vollen zu schöpfen.

Im Leben hatte er nicht daran gedacht, diese Frau jemals wieder zu sehen. Gegenüber ihrer letzten Begegnung hatte sie sich in keiner Weise verändert. Erneut registrierte er ihre lebhafte Mimik, ihre Gesten, ihre Art zu lachen, das R zu rollen, ihre Frisur, den Ring durch die Lippe, den weiten Pullover. Schön war sie nicht unbedingt. Ihr eher breites Gesicht ließ die feinen Züge vermissen, konnte aber nicht den feinen Geist, der in diesem Menschen steckte, verstellen.

Nachdem das Wichtigste gesagt war, machten sie es sich bequem, indem sie die Rückenlehnen ihrer Sitze weiter nach hinten verstellten.

Die Beine ausgestreckt und begleitet vom summenden Fahrgeräusch, blinzelte er gegen die Sonne auf die vorüberfliegende Landschaft. Kurz glitten Häuser, Bäume und Felder vorbei, es strengte ihn an, Einzelheiten wahrzunehmen. Müde, wie er war, und so behaglich hingestreckt, fiel er in ein Dämmern.

Er schwitzte. Er war schon einige Zeit die endlos lange, der prallen Sonne ausgesetzten Straße gegangen, ohne dass der ihm von mehreren Passanten beschriebene Bahnhof in Sicht kam. Die alte Frau mit Stock und dem kleinen Hund schien aus dieser Gegend zu sein. Zunächst verdutzt, dann interessiert vernahm sie seine Frage, während der kleine Hund an der Leine zog, sodass sie Mühe hatte, das Gleichgewicht zu halten. Schimpfend und voller Zorn gegen den Hund sah sie um sich, wie um sich zu orientieren. Immer wieder unterbrochen vom Ziehen des Hundes, kam sie nicht dazu, ihm den Weg zu erklären, erzählte ihm stattdessen von ihrer Hüftoperation vor wenigen Tagen, deren Folgen ihr das Ausgehen mit dem Hund so erschwerte. Wilfried wollte nicht unhöflich sein, aber er musste weiter, war in Eile und dankte ihr für alles, eine Pause in ihrer Rede nutzend. „Nur immer geradeaus!" rief sie ihm nach und wies mit dem Stock die. Richtung, „nicht zu verfehlen, immer geradeaus!"
Er beschleunigte seinen Schritt, denn es drängte ihn, so schnell wie möglich die ihm fremde, unwirtliche Gegend hinter sich zu lassen. Er erreichte einen Tunnel, sehr schmal, offenbar nur für Fußgänger.
In der Hoffnung, dass es sich um den Zugang zum Bahnhof handelte, durchschritt er ihn, um ihn durch die Tür am anderen Ende wieder zu verlassen. Doch sie widersetzte sich dem Druck seiner Hand. Er kam nicht weiter. Verwirrt

und nervös geworden, begab er sich zurück zum Tunnel-
eingang, überlegend, ob er nicht, wie die Autos, nach
rechts abbiegen oder die Straße zurückgehen sollte.

An dieser Stelle waren es Evis Stimme (Hallo Wilfried!
Wilfried!!) und einige leichte Knüffe, die ihn wieder ins
reale Leben beförderten. Ein zugestiegener Fahrgast hatte
über Wilfrieds ausgestreckte Beine hinweg Schwierigkeiten, seinen Rucksack oben auf der Ablage über dem
Fenster zu verstauen.

„Du hast geträumt," meinte Evi nachdem die Verstauaktion
abgeschlossen war.

Wilfried, der sich so gut wie nie an Träume erinnerte,
drängte es, den noch frischen Traum zu erzählen.

Interessiert lauschte sie seiner Schilderung.

„Du weißt," sagte sie, „dass viele der Träume eine
Bedeutung haben, die sich oft hinter trivialen Handlungen
versteckt. Die meisten Träume entziehen sich ohnehin
unserer Erinnerung, weil unser Gehirn im Schlaf nur mit
halber Kraft arbeitet und wir uns in der Regel zu spät um
Erinnerung bemühen, aber auch weil wir uns unbewusst an
gewisse Träume gar nicht erinnern wollen, denn was wir
da zusammenträumen, ist ja manchmal an Peinlichkeit und
Entsetzlichkeit nicht zu übertreffen," führte Evi aus.
„Unser Gehirn ist bestrebt, derartige Träume sofort wieder
zu löschen. - Dein Traum ist zwar nicht sehr aufregend,
aber er hat eine Bedeutung, keine Frage."

„Schon möglich! Welche denn deiner Meinung nach?"

„Meiner Meinung nach deutet die verschlossene Tür auf
eine festgefahrene Situation hin, die sich schon durch dein
Unwohlsein auf der Straße äußert, auch durch die Um-

ständlichkeit der Frau. Du suchst einen Weg, aber findest ihn nicht."

Betroffen durch diese Deutung, deren Logik sich Wilfried nicht entziehen konnte, wandte er ein, dass der Traum ja abgebrochen war, dass er im weiteren Verlauf, den Weg vielleicht gefunden hätte.

Sie sah ihn verständnislos an.

„Ich meine jeder sollte sich mit seinen Träumen ernsthaft auseinander setzen. Sie sind Botschaften aus dem Unterbewusstsein und können auf verborgene Probleme hinweisen, die bei Nichtbeachtung irgendwann zum Tragen kommen. Nach Freud führen manche Träume auf die königliche Straße ins Unterbewusstsein und damit zu einem besseren Verständnis von sich selbst."

„Du scheinst dich ja auszukennen!" meinte Wilfried beeindruckt.

„Träume interessieren mich. Sie kommen aus der Welt des unkontrollierbaren Unbewussten und geben, da sie, anders als die Wachgedanken unseres Gehirns, originär und daher unverfälscht sind, unbeeinflusste und aufschlussreichere Auskunft über uns. Schon seit langem schreibe ich jeden meiner Träume auf, den ich erinnere. Ich versuche, sie zu deuten und Erkenntnisse über mich zu gewinnen."

„Tatsächlich?! Das ist wirklich interessant. Ich für meinen Teil träume sehr wenig. Abgesehen von heute, ist mir kein Traum erinnerlich."

„Das liegt wahrscheinlich daran, dass du ein schlechter Erinnerer bist und dich auch nicht für deine Träume interessierst. Es kann aber auch sein, dass du zu denen gehörst, die ihre Träume verdrängen, sie vergessen wollen, weil sie unangenehme, peinliche Wünsche und Vorstellungen zum Inhalt haben, die nachzuvollziehen und auszusprechen, dein Anstandsgefühl übersteigt. Auf jeden Fall ist durch Experimente erwiesen, dass alle Menschen träumen. Eben bist du offensichtlich aus einem Rem-Traum geweckt worden."

„Rem-Traum?"

„Richtig! Rem! Rapid Eye Movements. Hat mit den Schlafzyklen zu tun, die jeder Mensch während des Schlafs durchläuft. Insgesamt gibt es vier Stadien, in denen eine eine erhöhte Zahl an Augenbewegungen zu verzeichnen ist, die auf ein intensives Träumen hindeutet. Das ist die Rem Schlafphase. Da du dich genau an deinen Traum erinnern konntest, bist du offensichtlich direkt aus einem Rem-Traum erwacht. Die Traumerinnerungen an Nicht Rem Träume sind immer weniger intensiv."

„So so..wirklich interessant, was du da sagst. Ich habe zwar auch schon von Schlafzyklen und Rems gehört, mich aber nie näher damit befasst, da mir das Ganze zu vage und unausgegoren erscheint.. Nun habe ich eine Frage: etwas zu deuten, heißt ja nicht, etwas aufgrund von Fakten beurteilen. Deuten hat etwas Nebulöses, hat mit persönlicher Einstellung zu tun, der eine deutet so, der andere so, und niemand kann sagen, was richtig ist."

„Wie du meinst! Ich kann nur sagen, es ist *dein* Traum, er ist in *dir* entstanden, kommt aus deinen innersten Regionen, und zwar nicht ohne Grund. Es liegt an dir, die richtigen Schlüsse daraus zu ziehen."

Er gab ihr recht. Keine Ahnung haben, aber kritisieren, das war nicht gut, damit machte man es sich zu leicht. Und doch, aus Träumen Schlüsse für das Leben zu ziehen, war ihm nicht geheuer.

Während Evi aus dem Fenster schaute, stellte Wilfried, sie betrachtend, Vergleiche zu Simone an. Äußerlich wirkte Evi durch ihre Größe (sie war fast genauso groß wie er) und ihre kräftige Statur zusammen mit ihrer abenteuerlichen Haartracht eher etwas grob und unsensibel. Ein irreführender Eindruck, wie er inzwischen wusste. Ihre Interesse bekundende, zugewandte Art offenbarte ihm wichtige Züge ihres Wesens: Verständnis und Feingefühl. Auch war sie begeisterungsfähig, jemand, der sich für eine Sache, auch außerhalb ihres Gesichtskreises, einsetzte, wenn sie sie für richtig und wichtig hielt. „Interessant ist sie in jedem Fall," stellte er für sich fest.

Simone war ein anderer Typ. Ohnehin von sportlich schlankem Körperbau, unterstützte sie ihre Fitness durch eine gesunde, körperbewusste Lebensweise und eine entsprechende Ernährung. Die Disziplin, die sie dabei Tag für Tag bewies, hatte ihm von Anbeginn Respekt abgenötigt und kam seiner eigenen Einstellung, gesund zu leben, entgegen. Ihre Tage waren strukturiert und durchgeplant, selten, dass sie sich nicht an ihre Tagesordnung hielt. Yogakurse, die sie gab, Schulungen, Weiterbildung nach Schließung ihrer Praxis ließen ihr, die zudem immer um Perfektion bemüht war, nicht viel Zeit für Anderes. Das Bedürfnis nach einem vollen Stundenplan schien ihr angeboren. Ohne Not schuf sie sich zusätzliche Aufgaben, jedoch ausschließlich auf beruflichem Gebiet. Darüber hinaus war ihr Interesse begrenzt. Dinge, die sie nicht unmittelbar betrafen, Themen, wie Klimawandel, Massentierhaltung, Artensterben verfingen bei ihr nicht, waren Themen für andere, die Politiker. Was sie erlaubten und für gut hießen, war in Ordnung, auch die Rodung.

„Viel Erfolg" hatte sie ihm zu dieser Fahrt gewünscht. Mit dem Mangel an Widerhall auf seine Aktivitäten hatte er sich schon seit Langem arrangiert. Zuletzt waren die Unterschiede sehr zutage getreten. Das hatte die Mallorcareise gezeigt. Sie kannte sehr genau seinen Widerwillen gegen Flugzeuge.

Er wollte jetzt darüber nicht weiter reflektieren und wandte seine Aufmerksamkeit dem nahenden Kellner mit seinem Getränkewagen und der Vorstellung einer neuerlichen Tasse Kaffee zu. Auch Evi war nicht abgeneigt. Der zugestiegene und neben Wilfried sitzende Fahrgast, ein kräftig gebauter, großer, Mann, wohl schon an die Sechzig, namens Martin, schloss sich ihnen an. Es stellte sich heraus, dass er das gleiche Ziel hatte und bei weitem besser vorbereitet war. So empfahl er eine günstige Unterkunft, von der Art eines Heuhotels, in dem er für ein paar Euro, Frühstück inbegriffen, übernachten wollte.

Über die Absicht des Energiekonzerns, den Wald zu roden, meinte er kopfschüttelnd: „Gegen jede Vernunft und Notwendigkeit."

„Es gibt ja verschiedene Arten, das Klimaziel nicht zu erreichen, aber das Verbrennen von Kohle ist die zuverlässigste," erklärte Wilfried.

„Soviel ich weiß, ist Deutschland weltweit führend darin, vor China und den USA, das Land, das sich die Erneuerbaren Energien auf die Fahnen geschrieben hat." fuhr Martin kopfschüttelnd fort.

Martin, Journalist, machte einen ruhigen, besonnenen Eindruck. In Rostock geboren und seit der Wende in Bremen wohnhaft, war er im Zuge seiner Berichte über die Besetzung des Waldes durch Naturschützer schon einige

Male vor Ort gewesen und war ein Kenner der Szene. Er sagte, dass der Wald inzwischen von der Polizei abgeriegelt und das Vordringen zu den Baumschützern und deren Versorgung nicht mehr ohne Weiteres möglich wäre. Eine Verschärfung der Lage, die von ihnen ein strategisches Vorgehen erfordere.

Der Zug hatte sich, je näher sie ihrem Ziel kamen, merklich gefüllt. Die im Verlaufe der Fahrt Zugestiegenen, schon an ihrer derben Kleidung und ihren schweren Rucksäcken als Sympathisanten auszumachen, kamen ohne Umschweife ins Gespräch, so dass ein Zusammengehörigkeitsgefühl den Waggon erfüllte. Am Ende waren sie eine ganze Klicke, die sich nach Erreichen des Bahnhofs geschlossen auf den acht Kilometer langen Weg machte. Eine Mundharmonika ertönte, zu deren Spiel sie alle einstimmten, *„im Frühtau zu Berge"*, *„o when the saints"*. Zwischendurch skandierten sie: *keine Chance für Profit aus Kohle, Schluss und Aus für jede Sohle.* Zwei von ihnen trugen Plakate: *kein CO2 mehr aus Kohle* und *stopp dem Klimawandel, stopp der Kohle*

Nach einer Stunde flotten Marsches fiel es Wilfried zunehmend schwer, mit den anderen mitzuhalten. War es ihm bis dahin gelungen, seine Schmerzen zu kaschieren, so konnte er sein Problem, auch die Zähne zusammenbeißend, kaum noch verbergen. Unter Aufbietung aller Kräfte, besonders des Willens, hielt er durch, ohne weiter aufzufallen.

Am Wald angekommen, beschlossen sie, zunächst den Aussichtspunkt aufzusuchen, um einen Gesamtüberblick zu erhalten. Wilfried und Evi, die zum ersten Mal direkt an einer solchen Fördergrube standen, waren schockiert. Eine in die Tiefe durch Terrassen abgestufte Mondlandschaft erstreckte sich kilometerweit vor ihnen, und in ihr bewegten sich urzeitliche Wesen, die mit ihren langen Beinen und Tentakeln die Ränder und den Boden dieser Einöde nach etwas Essbarem abzusuchen schienen. Gebannt vom Gigantismus dieses von Menschenhand geschaffenen Eingriffs in die Erdrinde, verbrachten sie dort diskutierend und fotografierend eine Weile, um anschließend zu beratschlagen, wie sie die um den Wald patrouillierenden Polizisten überlisten konnten. Zwei von ihnen, zwei junge, kundige Aktivisten, sollten durch Rennen auf den Wald zu die Aufmerksamkeit auf sich lenken und so den Weg für die anderen freimachen. Die Aktion gelang, jedoch nicht aus Wilfrieds Sicht. Während die anderen die Beine in die Hand nahmen, blieb er auf der Strecke, dadurch dass er nach wenigen Metern infolge der schmerzhaften Instabilität seines Knies das Laufen abbrechen und sich in die Obhut der ihn einholenden Polizisten begeben musste, die ihm hilfreich unter die Arme griffen und zu ihrem Fahrzeug geleiteten. Sie riefen einen vor Ort befindlichen Sanitäter, der sein Knie nach Begutachtung bandagierte. Wenig später fand sich Evi bei ihm ein. Sein Fehlen hatte sie erst im Wald bemerkt. Da sein Knie auch unbelastet schmerzte, nahmen sie von weiteren Exkursionen Abstand und fuhren in einem Taxi zu ihrem Hotel, eine mit Heu ausgelegte Scheune.

Einmal im Heu zu übernachten, hatte sich Wilfried schon immer gewünscht. Allerdings war es erst später Nachmittag. In Gesellschaft von zwei zutraulichen Hühnern, die den Boden emsig nach Essbarem absuchten, nahmen sie ein Bauernfrühstück zu sich. Dann unterzogen sie ihre

Schlafstatt einem Test, der ihnen sagte, dass sie Decken brauchten. Ungefragt erhielten sie vom Personal jeweils eine zum Drunterlegen gegen das Pieken und eine zum Zudecken. Es piekte trotzdem, roch aber gut.

Nach und nach fanden sich weitere Gäste ein, Gleichgesinnte, mit denen die Unterhaltung in selbstverständlicher Solidarität in Gang kam und endete. Alle waren gekommen, ihrer Empörung Luft zu machen. Dem einen ging es um die Erhaltung der verbliebenen Natur, dem anderen mehr um Politik, die einen wollten demonstrieren, die anderen die Polizei beschäftigen.

Im Heu, im Halbdunkel der Notbeleuchtung liegend, kamen sie auf frühere Zeiten zu sprechen. Während Evi von ihrer Kindheit erzählte, schob er seinen Arm unter ihren Kopf, und sie rückten zusammen. Er hörte die ihm als Lehrer wohlbekannte Geschichte von einem gewalttätigen Ehemann und Vater, von Trennung, Heimen, Pflegeeltern und wieder Heimen. Fast schämte er sich des glatten Verlaufs seiner Geschichte und bezog sich bei seiner Schilderung mehr auf seine frühere Sportlichkeit und sein nunmehr kaputtes Knie mit seinen Folgen, die ihn in konkreten Augenblicken blockierten und verunsicherten, wie gerade eben.

Seine nächste Wahrnehmung Stunden später waren eine Klammheit unter der Decke und kalte Füße.

*

Bevor es ans Demonstrieren ging, gab es noch ein ordentliches Frühstück. Der heiße Kaffee war ein wichtiger Bestandteil. Angesichts der Aussicht, den ganzen Tag auf den Beinen zu sein, legten sie dieses Mal den Weg nicht zu Fuß zurück, sondern bedienten sich des eigens eingerichteten Shuttledienstes. Schon während der Fahrt zum Sammeltreffpunkt, von der Zahl der in die gleiche Richtung strebenden Menschen beeindruckt, verschlug es ihnen bei Ankunft die Sprache. Was für ein Bild. Unter einem blauen Himmel bevölkerte eine riesige, unüberschaubare, mit Transparenten und Schildern ausgestattete Menschenmenge einen Acker unweit des Waldes, um den es ging. Sie stießen zu der Ansammlung, wo jemand in ein Mikrofon sprach. Kamerateams, Musik, Ballons, die die Erde und Sonne darstellten, Sprechchöre, die Anwesenheit von Familien mit ihren Kindern, die ausgelassene Stimmung der Leute gaben der Veranstaltung etwas von einem Volksfest.

Anders als am Vortage, schlossen sie sich aus gutem Grund nicht den Aktivisten an, sondern folgten mit den überwiegend friedlichen Demonstranten der mit der Polizei abgesprochenen Route in einigem Abstand zur Abbruchkante der Grube und direkt am betroffenen Wald entlang.

In der Entfernung tief in der Grube sahen sie monströse, an Saurier erinnernde, sich langsam bewegende Wesen mit langen Rüsseln, Tentakeln und einem Maul mit reißenden Zähnen.

An einer Stelle des Weges, dicht an der Abbruchkante, konnten sie eines der schaurigen Wesen aus der Nähe betrachten. Seine gigantischen Ausmaße ließen die Wunden ahnen, die es der Landschaft zufügte. Direkt vor seinem hungrigen Maul pflanzten einige der Demonstranten junge Bäume. Der Weg führte um den Wald, in den einige versuchten an den Polizisten vorbei einzudringen, wie sie gestern. Diejenigen, die es nicht schafften, auch zwei junge Frauen, wurden in schmerzhaften Griffen abgeführt, ganz im Unterschied zu seiner Begegnung mit der Staatsmacht.

*

Ein ungutes Gefühl, das ihn das ganze Wochenende begleitet hatte, verstärkte sich auf der Rückfahrt zu einem Schuldgefühl. Nicht nur, dass er Simone wieder einmal allein gelassen hatte, er hatte zudem die zwei Tage in angenehmer, weiblicher Begleitung verbracht. Er war sich augenblicklich nicht sicher, ob er gut daran tat, ihr Einzelheitsen der Reise´zu berichten.
Als er zuhause wieder eintraf, war niemand da, weder Simone noch Emmi. Statt dessen fand er einen Zettel vor. „Ich habe dich verlassen. Ich melde mich. Simone"

Nun war es raus. Was zwischen ihnen wie unter einem schweren Schleier gelegen hatte, lag nun offen im grellen Licht. Als hätte er es nicht geahnt, es lag etwas in der Luft. Simone hatte das Wochenende für sich genutzt, und sie war niemand, der zu einmal gefassten Entscheidungen nicht stand. In seinen Ohren sauste es, der Boden schwankte. Er spürte es deutlich, wenn er dieser schickhaften Situation nicht standhielt, würde es für ihn schlimm ausgehen. Er nahm eine Tablette, schlief aber trotzdem nicht. Es gelang ihm, die einsetzenden Gedankengänge zu stoppen. Er durfte jetzt nicht nachlassen, musste um jeden Preis das nach oben drängende Chaos zurückhalten. Ein entscheidender Augenblick war gekommen. Er musste durchhalten. Laut sprach er dieses Wort solange aus, bis ihn der Schlaf übermannte.

Am Morgen beließ er es bei einem Blick auf seine Medizin. Zerschlagen und gerädert versah er seinen Dienst. Am Abend kam ihr Anruf. Sie fragte, ob er ihre Mitteilung gelesen hatte und wollte kommen, um einige Sachen zu holen.

Ohne Vorrede kam sie zum Thema, wiederholte, dass sie ihn verlasse, da sie sich auseinandergelebt und seit Langem schon keine gemeinsame Basis mehr hätten, dass ihre Liebe erloschen sei, und sie sich noch zu jung fühlte, um sich damit abzufinden. Sie und Emmi hätten fürs Erste Wohnung in der Praxis genommen.

Sie sprach hastig, in einem geschäftsmäßigen Ton, ging nicht auf die altvertraute Art seines Umgangs ein.

Es war ihm, wie in einem seltsamen Film.

Im Eiltempo suchte sie aus verschiedenen Räumen ihr wichtige Sachen zusammen, wollte alles im Guten regeln, wie sie, die Klinke in der Hand, sagte.

*

Rico war der unangefochtene Liebling des Trainers, was angesichts dessen Rufs, ein harter Hund zu sein, ein Schleifer vor dem Herrn, der sich (auch schon als Spieler) nicht schonte und nie zufrieden gab, umso bemerkenswerter war. Rico war der einzige Spieler, den er kaum, und wenn, nur milde kritisierte, gleichsam um ihn gegenüber den anderen Spielern nicht zu bevorzugen. Dennoch fühlten und wussten alle, dass er für Rico, den eine unbeirrbare Disziplin und Anspruchslosigkeit auszeichnete, ein Mensch ohne Allüren, eine besondere Sympathie hegte. Anders als seine Kollegen beklagte er sich nicht, wenn der Trainer ihm aus spieltaktischen Gründen eine andere, als die gewohnte Rolle zuwies oder auch einmal nicht, oder später einsetzte. Er war ein Profi, wie ihn sich jeder Trainer wünschte.

Mittlerweile war er ein bekannter Fußballspieler der ersten Liga, und die Reporter umdrängten ihn nach jedem Spiel, um von ihm ein Statement zu erhalten, aber auch wegen seiner angenehm unkomplizierten, bescheidenen Art war er ein allseits gesuchter Gesprächspartner. Aus den Medien war er nicht mehr wegzudenken. Von verschiedener Seite war er schon gefragt worden, was er davon halte, sich einbürgern zu lassen, um sein Talent der Nationalmannschaft nutzbar zu machen.

Den Gedanken an seine Heimat verdrängte er, wann immer er sich einstellen wollte. Doch tief eingeschlossen in seinem Kopf existierten die Bilder weiterhin von seinen Eltern und den elenden Verhältnissen. Sie nahmen den

Menschen nicht nur ihre Würde, sie machten auch krank und töteten.

Obwohl er ihm Besitz einer Aufenthaltserlaubnis war, befiel ihn eine Beklommenheit, wenn die Bilder wieder an die Oberfläche kamen. Sie schürten seine Unsicherheit und Furcht, aus einem Traum zu erwachen und trieben ihn an, seinen Aufenthalt weiter zu verfestigen. Regierungen wechselten und Gesetze änderten sich. Eins zwei drei konnte er sich am Vulkan wiederfinden. Er hatte sich schon nach der Möglichkeit einer Einbürgerung erkundigt. Doch es gab Fristen. Auch die von Marie und ihm gleichermaßen angestrebte Heirat konnte wegen fehlender Dokumente seines Heimatlandes, deren Beschaffung seine Rückreise erfordert hätte, nicht stattfinden und kam für ihn als Mittel, seinem Bedürfnis nach Sicherheit nachzukommen, vorerst nicht in Betracht.

Was ihm als zusätzliche Sicherheit für einen festen Aufenthalt diente, war der Fußball und der Erfolg, die ihn unentbehrlich zu machen schienen. Dieser Eindruck drängte sich jedenfalls auf in Anbetracht der Aufmerksamkeit, die ihm von der Öffentlichkeit zuteil wurde.

Er musste auf der Hut sein, wenn er das Haus verließ. Es war schon vorgekommen, das Einzelpersonen oder Gruppen ihn vor dem Grundstück abgepasst und sich ihm, ein Gespräch suchend, angeschlossen und auch beim Joggen begleitet hatten, solange, bis sie ihm nicht mehr zu folgen vermochten. Seither hatte er sich angewöhnt, das Grundstück nur mit dem Auto zu verlassen, versteckt unter einer Mütze und hinter einer Sonnenbrille. Doch immer wieder geschah es, dass er enttarnt wurde. Dann hieß es

Autogramme schreiben. Er tat es gern, nur achtete er darauf, nicht länger als nötig stehen zu bleiben, um nicht die Aufmerksamkeit weiterer Fußballfreunde zu erregen. Dann nämlich konnte es geschehen, dass das Autogrammschreiben kein Ende nahm und manch einer allzu vertraulich wurde.

Wie sonderbar sein Leben geworden war! Doch fand er keine Zeit darüber nachzudenken.

*

Sein Platz in der Mannschaft war unangefochten. Er gehörte zu den Trainingsfleißigsten und nutzte auch in seiner Freizeit jede Gelegenheit der körperlichen Ertüchtigung. Nur dadurch, dass er jeden Tag das sich selbst auferlegte Pensum absolvierte, alles tat, um sein Maß für die absolute Fitness zu erfüllen, erhielt er das Gefühl einer Rechtfertigung seiner privilegierten Lage und betäubte gleichzeitig jenes, von den neuen, ihn umgebenden Verhältnissen, erdrückt zu werden.

Das heutige Spiel gegen den Tabellenletzten war erwartungsgemäß verlaufen. Der Gegner kämpfte verbissen mit den ihm zur Verfügung stehenden Mitteln, das hieß, den körperlichen Einsatz betonend, stemmte er sich tapfer gegen den erneuten Punkteverlust, besonders in der ersten Halbzeit, als er noch zu einigen Abschlüssen gekommen war. Auch noch als es zwei zu null stand, versuchte er alles, um der Niederlage zu entgehen, doch nach dem nächsten Tor in der zweiten Halbzeit war sein Widerstand gebrochen, und er beschränkte sich entmutigt bis zum

Spielende auf Schadensbegrenzung, was nicht gelang. Es fielen noch zwei weitere Tore, von denen Rico eines beisteuerte.

Der SVB marschierte, walzte alles nieder, was sich ihm in den Weg stellte. Er spiele in einer anderen Liga war die oft geäußerte Meinung. Er war ein reicher Verein, der seine Spieler aus aller Herren Länder kaufte, eine bunte, gediegene Truppe von schwindelerregendem Verkaufswert. Rico gehörte dazu. Sein Wert war nach gut einem Jahr um das Dreifache gestiegen. Märchenhaft und verrückt erschien ihm diese Fußballwelt, deren Teil er geworden war. Nicht nur in Expertenkreisen war klar, dass Rico mit seiner konstant herausragenden Leistung, insbesondere mit seiner Trefferquote, erheblichen Anteil am Tabellenplatz des SVB hatte. Er erhielt Angebote von überall her, auch aus Übersee, die er ausnahmslos ablehnte. Man liebte ihn dafür, dass er seinem Verein und der Region die Treue hielt. Doch, was wie Verzicht aussah, war nichts als Dankbarkeit für ein Leben, das seine kühnsten Träume übertraf. Er hatte seinen Hafen gefunden, und nichts hätte ihn bewegen können, ihn freiwillig zu verlassen. Dabei war ihm bewusst, dass viel oder alles von seinem beruflichen Erfolg abhing. Seine Familie, der ebenso diese Verknüpfung und der mit ihm verbundene Druck klar war, tat das übrige, ihm den Rücken von allem, was ihn in der Ausübung seines Berufs behindern konnte, freizuhalten. Auch ihr war im Grunde, wie bei manchem großen Künstler, dessen Umfeld ihm die Lasten des Alltags abnahm, sein Erfolg zuzuschreiben. Sie ließ es sich auch nicht nehmen, jedes Heimspiel live mitzuerleben, um den SVB, und namentlich Rico, anzufeuern. Klein-Eddi war immer dabei, mehr oder minder aufmerksam, eher minder, doch, wenn es Tooor!! hieß, war er ganz und gar dabei, auch, wenn es für den Gegner fiel.

Anschließend, zu Hause, folgte dann immer eine lebhafte Unterhaltung über das Spiel mit gutgemeinten Ratschlägen.

*

Angesichts der neuen Notwendigkeit, den Überblick über Einnahmen und Ausgaben zu behalten, war die Verwaltung der Finanzen Karl übertragen worden. Im übrigen folgte die Verteilung der Aufgaben in der Familie dem Gegebenen.

Marie, für die Organisation des Häuslichen zuständig, hatte ihrem bisher unerfüllt gebliebenen Wunsch entsprechend, dicht bei ihren Kindern zu sein, sie selbst zu erziehen, ihrem Beruf als Pflegekraft bis auf weiteres den Rücken gekehrt. Es war eine große Veränderung in ihrem Leben, Zeit und Ruhe für ihr Tagesprogramm zu haben. Nicht nur ihr selbst tat das Fernsein von Stress und Zeitdruck gut, mindestens gleichviel profitierten Jacob und Eddi, die durch ihren Altersunterschied, unterschiedliche Anforderungen stellten. Eddi wurde nun bald zwei, er lief längst und brabbelte ohne Unterlass. Gefiel ihm etwas, oder nicht, gab er das bereits deutlich zu verstehen.

Jacob, wenn er nicht in der Schule war, verbrachte seine Zeit im Keller, wo er ausdauernd und in voller Lautstärke sein Gitarrenspiel vervollkommnete. Dumpfes Grollen und schrille, in höchste Höhen kletternde Töne, die in der alten Wohnung sofort und unweigerlich zum Umlegen des

Sicherungsschalters geführt hätten, durften nun, zumindest eine Zeitlang, die Mauern erzittern lassen, für ihn eine der vielen Möglichkeiten, die den Unterschied machten.

Ricos Hauptbeschäftigung war das Fußballspiel. Eingedenk seiner Bedeutung für sie alle, sollte ihn nichts in seiner Konzentration stören.

Nach einem Jahr bei seinem neuen Arbeitgeber wies das Konto ein beträchtliches Guthaben auf, und es wuchs, ohne dass sie im Geringsten sparsam lebten. Im Gegenteil, sie pflegten einen aufwendigen Lebensstil, den die neuen Verhältnisse mit sich brachten. Das Grundstück, das Haus, der Sicherheitsdienst, der Fuhrpark, der Gärtner, die Putzfrau. Das Leben war teuer in dem neuen Milieu. Sie hatten es jetzt mit ganz anderen Umständen und Zahlen zu tun, und die Umgewöhnung an die neuen Gegebenheiten hatte anfangs zu Irritationen geführt, zu kostspieligen Einkäufen (luxuriöse, ihren Zweck wenig erfüllende Einrichtung, Motorboot, Campingmobil), Fehlkäufen, wie sie feststellten, nachdem ihre Anschaffungen sich in der Praxis aus Mangel an Zeit und Gelegenheit und mangelndem Nutzen als nicht passend erwiesen hatten.

Inzwischen folgten sie Karls Rat, das Geld zunächst anzusparen, möglicherweise für schlechtere Zeiten. Was das Anlegen größerer Summen betreffe, insbesondere in Papieren, sei immer größte Vorsicht geboten. Es gäbe reichlich Beispiele für gewinngarantierte Transaktionen, die hernach schon Manchen um Hab und Gut gebracht hätten. Dort, wo das große Geld sei, lauerten auch immer große Gefahren. Mit großen Geldanlagen wüchsen auch die Sorgen und Probleme. Karl wusste, wovon er sprach.

Nach seinen Erfahrungen sei es sehr riskant, Geldgeschäfte in fremde Hände zu legen, und in ihrem Fall wären sie darauf angewiesen.

Ihre ursprünglichen Überlegungen, sich auf von ihrer Bank angeregte, gewinneinträgliche Wertepapiergeschäfte und Spekulationen einzulassen, hatten sie daraufhin eingestellt, ungeachtet der verlockenden Angebote, die auf sie nieder-regneten.

„Schon möglich, dass jemand dadurch auch reich gewor-den ist," schloss er nicht aus. „Ich bin dafür zu alt."

*

Äußerlich lebte Karl wie die anderen Mitglieder dieser schicksalhaft zusammengefundenen Familie. Er aß und trank (wenn auch mit Bedacht), achtete auf Hygiene, stutzte seinen Bart, las Zeitung, verfolgte das politische und sportliche Geschehen, sorgte für Ordnung, beschäftigte sich mit Jacob und Eddi. Er war präsent, tat, was alle Menschen taten. Für ihn selbst jedoch war nicht selbst-selbstverständlich, was selbstverständlich wirkte. Ihm erschien sein Leben als traumartiges Fortbestehen seiner Existenz. Im Grunde hatte er damals, noch bevor er sich in die Klinik begeben hatte, keine allzu große Hoffnung mehr gehabt und eine weitere Operation schon im Hinblick auf anschließende Beschwerden und die zu erwartende Hilfs-bedürftigkeit, zunächst abgelehnt. Wichtiger, als alles andere war ihm seine Selbständigkeit gewesen in der ihm noch verbleibenden Zeit, und die Vorstellung, hernach eine Last, ein Pflegefall zu sein, hatte ihn vollends abgeschreckt. Nachdem sich jedoch nach einem langen Gespräch mit dem Arzt sein Zustand innerhalb kurzer Zeit dramatisch verschlechtert hatte, war nicht mehr lange geredet worden. Der Eingriff wurde gemacht, als er schon nicht mehr bei Bewusstsein war.

Das Wunder geschah. Er überlebte nicht nur, er erholte sich, die Krankheit war zum Stillstand gekommen, die Metastasen bildeten sich zurück, die ausgehend von dem Nierenkrebs, auch seinen Magen befallen hatten. Eine schlüssige Erklärung für seine Heilung gab es nicht. Aus ärztlicher Sicht handelte es sich bei ihm offensichtlich um eine seltene Spontanremission, verursacht durch Hemmung der Telomerase in den Krebszellen, wodurch die Apoptose wieder in Gang gesetzt wurde. Auch kamen für diese positive Wendung eine hormonelle Veränderung oder des Stoffwechsels in Betracht. Er erholte sich zusehends.

Während anfangs sein Appetit noch zu wünschen übrig gelassen, seine Nahrungsaufnahme aus zwei, drei Happen bestanden hatte, was Jacob zu der Feststellung, "du isst ja wie ein Mäuschen" veranlasste, hatte er, nachdem es die von Marie nach Art ihrer Mutter zubereiteten Hühnersuppe gegeben hatte, seine Vorliebe für diese Mahlzeit entdeckt. Die Hühnersuppe markierte den Wendepunkt seiner Appetitlosigkeit und folgend seines körperlichen Befindens. Ihre Menge sukzessive steigernd, wandte er sich auch den Speisen der anderen zu: Spagetti, Kartoffelbrei mit Rührei, Paprikaschoten mit Reis, Spinat. Es setzte sich fort: frische Brötchen morgens, die er selbst vom Bäcker holte, mit Emmentaler belegt, abends Brot mit Aufschnitt, auch gern mit Tomaten. Auch einem kleinen Bierchen war er nicht abhold.

Stetig war es aufwärts gegangen, er nahm zu, kleidete sich sorgsam, passte zusehends besser in seine übliche Kleidung, die ihn im Vergleich zu seinem an einen Pyjama erinnernden Jogginganzug, seinem vormaligen Dauerbekleidungsstück, zu einer ganz anderen Erscheinung machte. Er begann, wieder nach draußen zu gehen, unternahm Spaziergänge und machte sich seit sie im Bungalow wohnten gern auf dem großen Grundstück zu schaffen. Es war unglaublich und wunderbar anzusehen, wie der alte Mann, sich in seine Spur zurück arbeitete.

Die Unterhaltung mit ihm, die von Lebensweisheit und Wissen getragen war, empfanden die übrigen Bewohner als Gewinn. Mit den beiden Jungen spaßte er und machte Spiele, er verstand es, auf jeden nach Alter und Art einzugehen. Unbemerkt war er zu einer festen Größe geworden.

Wie sich herausstellte, hatte er zu irgendeinem Zeitpunkt ohne Kenntnis davon zu geben, Verbindung zu Maries Mutter, Margot, aufgenommen. Seither bestand ein lebhafter Telefonkontakt und Schriftwechsel zwischen beiden. Einige Male hatte er sich schon in den Zug gesetzt, sie besucht und das letzte Wochenende auch bei ihr verbracht.

„Der letzte Zug hatte nicht auf mich gewartet," sah er sich augenzwinkernd zur Erklärung genötigt.

Sein achtzigster Geburtstag stand bevor. Er wollte ihn feiern, wenn er auch im Stillen jeden neuen Tag feierte.

*

Ein Spiel im Rahmen eines internationalen Wettbewerbs stand an. Die Reise ging nach Spanien, zu einem Club, der europaweit zu den erfolgreichsten zählte, mit hochkarätigen, Spielern, die Ihresgleichen suchten, allesamt Individualisten.

„Und das ist unsere Chance," dozierte ihr Trainer, „wir sind neu auf dieser Bühne, sie kennen uns nicht und betrachten das Spiel als Pflichtübung auf dem Weg zum Titel. Aber wir sind der Wolf im Schafspelz..."

Dass er sich auf jedes Spiel sorgfältigst vorbereitete, entsprach seinem Naturell und seinem Bestreben, den ihm vorauseilenden Ruf eines Erfolgstrainers zu erhalten und auszubauen. Was das bevorstehende Spiel betraf, hatte er sich zwei Wochen lang auf das Akribischste mit dem Gegner beschäftigt, seine Stärken und Schwächen analysiert. Zum Zwecke authentischer Beurteilung hatte er seinen Co-Trainer zu einem seiner Spiele beordert, dessen Fazit zufolge, es sehr schwer werden würde gegen diesen Gegner, auf den sie leider schon in der ersten Runde stießen. In der eigenen Mannschaft gab es zwei, drei überdurchschnittliche Spieler, in der anderen mindestens doppelt so viele, nicht umsonst seien sie bislang unbesiegt und Tabellenführer. Nur zwei Unentschieden seien ihnen in der laufenden Saison abgetrotzt worden. Es gäbe keine Schwachpunkte. Sie machten das Spiel aus einer kompakten Abwehr heraus, von der besonders ein Spieler, Pierre mit Namen, mit seinen langen Pässen und Vorlagen beeindruckte. Er sei der Kreativkopf und gesuchte Anspielstation. Für den Verlauf des Spiels, sei es wichtig, seine Kreise zu stören. Dieser Aufgabe komme entgegen, dass sich seine Laufwege in Grenzen hielten. Er habe gehört, dass er das enfant terrible der Mannschaft sei und der Verein wegen seiner unbezahlbaren Pässe noch an ihm festhalte. Sein Fazit: trotz der vielen Individualisten, deren Namen für sich sprachen, eine durch und durch homogene Mannschaft mit schlafwandlerisch sicheren Automatismen, eine Maschine, deren verschiedene Teile reibungslos ineinander griffen. Sie zu besiegen, wäre eine Sensation, noch dazu auf ihrem Platz. Dass hätten schon andere Alphateams erkennen müssen. Aber der Ball sei ja rund.. Die Augen wenig hoffnungsvoll rollend, beendete er seinen Bericht.

Sie verloren drei zu null. Doch dieses Ergebnis gab nicht den Spielverlauf wieder. Viel Pech auf der einen und Glück auf der anderen Seite hatten zu diesem Ergebnis geführt. Gleich in den ersten fünf Minuten hatte es bei ihnen eingeschlagen, ein Kopfballtor aus einer Standardsituation nach einem Eckstoß. Ein mit aufgerückter Verteidiger hatte sich im exakt richtigen Moment nach vorn durchgedrängt und den Ball aus kurzer Entfernung direkt eingenickt. Null zu eins, ein denkbar ungünstiger Start für den SVB, der eine Zeit brauchte, um das, was unbedingt vermieden werden sollte, zu verdauen. In der Folge tauchte er des Öfteren im gegnerischen Strafraum auf und gab dem Torwart Gelegenheit, sich auszuzeichnen. Bei einer Möglichkeit war es ein Feldspieler, der, auf der Torlinie stehend, im unübersichtlichen Getümmel, für den am Boden liegenden Torwart einen Nachschuss abwehrte. Pausenstand null zu eins.
In die Kabine kam ein nur schwer seine Aufregung verbergender Trainer. Es war eine aus Begeisterung resul-

tierende, bei ihm ungewohnte, Gefühlsaufwallung, die den Ehrgeiz der Spieler weiter entfachte.

„Gut gemacht, Jungs!" waren seine ersten Worte. „Ihr habt umgesetzt, was wir besprochen haben. Das Spiel ohne Ball war sehr gut, immer mitdenken, das ist wichtig, Laufwege, Situationen, antizipieren, den Gegner nicht zur Ruhe kommen lassen, jede Ballannahme, jeden Spielfluss stören, und wenn sich die Gelegenheit bietet, lange Bälle in die Spitze, Rico und Juan warten darauf, dabei aber Vorsicht vor den Kontern, nie völlig entblößen! Bruno, ich verlass mich auf dich. Weiter so! Alles klar soweit? Na dann, auf geht's!" Jeder Spieler erhielt beim Hinausgehen zur zweiten Halbzeit einen Klopfer auf die Schulter oder an den Hinterkopf.

Das Spiel endete dramatisch. Mitten in einer Drangperiode des SVB, in der er sich ein Übergewicht und hochkarätige Chancen erspielte, deren krönenden Abschluss gleich zweimal das Aluminium verhinderte, und ein Torwart, der mit dem steigenden Druck, über sich hinauswachsend, ein ums andere Mal den schon im Tor geglaubten Ball irgendwie noch erwischte, unter anderem mit einer nicht für möglich gehaltenen Reflexbewegung seines Beines den Schuss des frei auf ihn zulaufenden Juan abwehrte, war dem Gegner bei einem Konter ein Elfmeter zugesprochen worden, nachdem, Chris, ihr Torwart, keine andere Möglichkeit gesehen hatte, dem ebenfalls auf ihn zulaufenden, hakenschlagenden Spieler durch einen Griff ans Bein am Torschuss zu hindern. Er wurde des Spiels verwiesen und John auserkoren, seinen Platz einzunehmen. Nach dem fälligen Elfmeter stand es zwei zu null, und das Spiel wurde fortan ruppiger, besonders von Seiten des

SVB, der nun alles auf eine Karte setzte. Zehn Minuten vor Spielende wurde ihm ebenfalls ein Elfmeter zugesprochen, weil Rico im Strafraum derart am Trikot festgehalten wurde, dass es riss. Juan schaffte es, das Tor nicht zu treffen. In der letzten Minute, während sich die Spieler des SVB noch über einen ihrer Meinung nach zu unrecht gegebenen Freistoß gegen sie beschwerten, wurde dieser von der Gegenseite blitzschnell ausgeführt, und es folgte auf die kurze Unaufmerksamkeit noch das null zu drei.

Ernüchterung bestimmte die Stimmung auf der Rückreise. Sie war umso größer, als die Mannschaft eines ihrer besten Spiele geliefert hatte. Jeder hatte alles gegeben, und doch hatte es nicht gereicht. Wahrscheinlich wäre es besser gewesen, Rico hätte den Elfmeter selbst geschossen und Chris hätte das unabwendbare Tor zugelassen, statt vom Platz gestellt zu werden. So hatten sie die letzten dreißig Minuten in Unterzahl gespielt.

Wäre, hätte, würde! Es war müßig über verschüttete Milch zu weinen. Die Ausgangsposition für das Heimspiel war denkbar schlecht.

*

257

Am nächsten Morgen befanden die gemeinsam Früh-
stückenden, dass der sich sonnig anlassende Tag für eine
Unternehmung, wie eine Ausfahrt in die Heide, die zu
dieser Zeit in Blüte stand, eigne, um auf andere Gedanken
zu kommen.

Rico fuhr den Wagen, während Karl ihm den Weg wies.
Nur ein kleines Stück folgten sie der Autobahn, dann ging
es „über die Dörfer." Nach einer zweistündigen Fahrt
erreichten sie ihr Ziel. Das Kopfsteinpflaster, am Wegesrand stehende Kutschen, ein Teich, ein Verkaufsstand mit
Honig, die Ruhe machten den Ort zu einer verträumten
Idylle. Sie gingen ein Stück den Hauptweg und kehrten in
eine Gastwirtschaft ein, wo sie sich im Freien zu Füßen
einiger Tannen an einem von Wind und Wetter gegerbten
Holztisch niederließen.

„Bitte dreimal Currywurst mit Pommes, einmal Hühner-
frikassee, drei Wasser und eine Cola." lautete ihre Bestel-
lung.

„Die gute, alte Currywurst, aber leider nicht für mich,"
seufzte Karl als ihm der Teller fälschlich zugeteilt wurde.
Er bekam Frikassee.

Sie genossen die Mahlzeit und den Augenblick in Gottes
freier Natur umso mehr, als, wohl wegen des verhangenen
Himmels und der Tatsache, dass Montag war, wenig
Betrieb in dem Ort und seiner Umgebung herrschte, die
Idylle ungetrübt war. Die Pferde der leeren Kutsche
gegenüber taten sich geruhsam an einer Raufe gütlich, und
ebenso entspannt und genießerisch widmeten sich die
einzigen Besucher ihrem Essen.

Ein leichter Wind ging durch die Kronen der Bäume.

Sie bezahlten und wurden unter guten Wünschen für den weiteren Tag verabschiedet.

Sie setzten ihren Weg auf dem kopfsteingepflasterten Weg fort und folgten dann einer ungepflasterten, sandigen Abzweigung, die vielversprechend in einsame Gefilde führte. Die Schönheit der Landschaft um sie herum schien sie stumm gemacht zu haben bis Marie es in Worte fasste: „ist das schön hier!" An einer Bank angekommen, legten sie eine Pause ein, entzückt von der Sicht über die von Wacholderbüschen durchsetzte Heidelandschaft. Jetzt, Ende September hatte das Lila der Heide die Oberhand schon zum Teil wieder an ein dunkles Braun abgeben. Den Eindruck, dass sich das Wetter änderte, verstärkte die sich in eine sich plötzlich ausbreitende Wolkendecke zurück-ziehende Sonne und Windstöße, die Bewegung in die Heide und die Äste der Birken brachten. Sie setzten ihren Weg fort und ließen sich regelmäßig auf den Bänken nieder, die in größeren Abständen am Wegesrand standen, genossen den Ausblick und lauschten dem Summen der Insekten, das die sie umgebende Stille hörbar zu machen schien.

„Schön gewiss. Obwohl die Heide ja keine Naturlandschaft ist, sondern eine von Menschenhand geschaffene Kultur-landschaft," fühlte sich Karl veranlasst zu erklären, „hat sie etwas urwüchsig Archaisches. Früher war hier alles einmal Wald, der durch landwirtschaftliche Nutzung nach und nach verschwand, so dass sich die Heide breit machen konnte. Und damit es zu keinem neuen Baumwuchs kam, wurden die Heidschnucken hierher gebracht, die Land-schaftspfleger. Sie halten die Heide kurz und sorgen dafür, dass kein neuer Wald entsteht und der nährstoffarme

Boden erhalten bleibt. Deshalb gibt es hier auch Tier- und Pflanzenarten, für die sonst kaum noch Platz ist."

„Auf jeden Fall ist es hier einfach schön. Ich sehe nur Natur und Weite. Einfach wunderbar," äußerte sich Marie.

„Schon, schon. Aber der Mensch greift ein, passt auf, dass die Flächen nicht wieder zuwachsen," belehrte Karl.

„Sollen sie, sollen sie. Hauptsache, es bleibt so schön, wie es ist."

Karl nahm von weiteren Erklärungen Abstand, und als sie ihren Weg fortsetzen wollten, wurde in der Ferne ein Auto sichtbar. Es näherte sich langsam, und alle traten zur Seite, bis auf Karl. Das Auto stoppte gezwungenermaßen. Ein Mann und eine Frau. Die Scheibe senkte sich herab.

„Gehören Sie zum Forstpersonal?" wollte Karl wissen.

Keine Antwort, unbeteiligte Blicke.

„Sie befinden sich in einem Naturschutzgebiet! Autos sind hier verboten!" Keine Antwort. Die Scheibe schloss sich wieder. Das Auto setzte sich sanft wieder in Bewegung. Karl trat notgedrungen zur Seite.

„Rücksichtslose Gesellschaft!" rief er dem Auto nach. Der Vorfall rief bei ihm eine bis dahin nicht bekannte Verärgerung hervor, zum ersten Mal hörten sie ihn schimpfen.

„Mit dem Auto im Naturschutzgebiet spazieren fahren! Das sind mir die Richtigen! Das haben wir gern! Unglaublich!"

Amüsiert sahen sich die anderen an.

„Karl, so kennen wir dich gar nicht," meinte Marie, und nun lächelte auch er.

„Ist doch wahr! Wo kommen wir denn da hin?" beruhigte er sich.

Ein paar Schritte weiter, hob Jacob eine noch glühende

Kippe auf.

„Guck mal, Onkel Karl!"

„Und dann noch im Wald rauchen! Nicht zu fassen! Habt Ihr das Nummernschild gesehen? Schade! Was dabei herauskommt habe ich erlebt. Ein Waldbrand, so dicht bei uns, dass er drohte, auf unser Haus überzugreifen. Aber dann drehte der Wind in eine andere Richtung. Mein Gott, das war was!"

„Da warst du wohl froh!" stellte Jacob fest.

„Das kannst du wohl sagen, mein Jacob! So konnte ich wohnen bleiben, aber einige der Tiere, die mich immer in meinem Garten besucht hatten, kamen nicht mehr, sie sind wohl geflüchtet oder im Feuer umgekommen."

„Tiere..was für Tiere?"

„Weißt du, ich hatte einen großen Garten, in dem mich regelmäßig die Tiere des nahen Waldes besuchten. Es kamen Rehe, besonders im Winter, Hasen, die von den Kohlblättern naschten, und es kamen Wildschweine, aber die haben mich mehr geärgert, sie haben jedes Mal meine Beete durchwühlt und meine kleinen Setzlinge abgefressen. Es gab Clementine, das Eichhörnchen, es hatte mir schon aus der Hand gefressen und kam sofort vom Baum herunter, wenn es mich sah. Einmal war es mir sogar ins Haus gefolgt. Und einen Igel gab`s. August hieß er, und rumorte nachts draußen unter meinem Fenster auf der Suche nach Fressen. Ich habe ihm ein Winterquartier gemacht in einem Gestrüpphaufen. Der wurde dann sein Zuhause. Da war auch noch Theo, der Rabe, er hatte einen gebrochenen Flügel. Lange war er bei mir gewesen. Doch dann war er eines Tages verschwunden. Ich habe ihn nie wieder gesehen."

„Hoffentlich ist ihm nichts passiert!"

„Ja, hoffentlich, mein Jacob! Ich weiß es nicht. Eigentlich mochte und mag ich alle Tiere, jedes auf seine Art."

„Dann hast du es aber schön gehabt. Ich meine, bis auf die Wildschweine."

„Ja, die Wildschweine, mit denen stand ich wirklich auf Kriegsfuß, aber sie haben das nicht gemacht, um mich zu ärgern" sagte Karl. „Tiere überlegen nicht, sie folgen ihrem Instinkt."

„Und warum bist du nicht da geblieben?" wollte Jacob wissen

„Ach weißt du, das ist so eine Geschichte... ich hatte dann auch das Alter erreicht, in dem man nicht mehr arbeitet."

Alle hatten dem Gespräch interessiert gelauscht und nicht die schwarze Wand bemerkt, die plötzlich hinter ihnen stand.

„Guckt mal! Was ist denn das?" rief Jacob, auf die unheilverkündenden Wolken deutend.

„Schnell! Wir müssen zurück!" Karl drehte um und trieb die anderen zu einer Eile, der er selbst nicht folgen konnte. „Weiter, weiter!" schrie er, während er selbst immer wieder außer Atem stehen blieb.

Ein dumpfes Grollen ließ sich hören. Im selben Augenblick setzte ein Wind ein, der die Heide auf und nieder bog, sich Karls Cappy holte. Eine Dunkelheit ließ die sie umgebende Landschaft verschwinden. Und mit dem Wind, der immer heftiger wurde und sich zusammen mit dem einsetzenden Regen, wie eine Wand gegen sie stemmte, fing es über ihnen zu blitzen an, mit Donnerschlägen, die den Boden erzittern ließen.

„Alle runter!!" Karl machte es vor, und alle legten sich

flach auf den Boden.

Da lagen sie im Matsch und spürten die Erde beben, über ihnen ein Licht/Kanonenschlagspektakel. An die zehn Minuten blieben sie so, zehn Minuten, in denen sie ein schemenhaftes, um sich schlagendes, an die Wolken reichendes Gespenst sahen, das Bäume umknickte und Äste und Gesträuch um sich herum wirbelte. Zeitweise näherte es sich ihnen bedrohlich, dann schwenkte es zur Seite, um erneut auf sie zuzusteuern. Eine Windhose, die schließlich an ihnen vorbei verschwand.

Als Blitze und Donner ebenfalls nachzulassen schienen, wagten sie sich wieder in die Höhe, strebten wie nasse, verdreckte Schiffbrüchige zurück zum Parkplatz. Dort angekommen, war der Spuk vorbei.

Gerettet! So empfanden sie es.

Um so schnell wie möglich aus ihrer nassen Bekleidung herauszukommen, wählten sie die schnellste Route zurück nach Haus, die Autobahn. Keine gute Entscheidung, wie sich zeigte. Nach ein paar Minuten standen sie in einem kilometerlangen Stau. Zwei Stunden, in denen es im Schritttempo vorwärts ging. Keiner dachte noch zurück an die schönen Momente des Tages.

Das den Ausflug abrupt beendende Ereignis dagegen hatte einen tiefen Eindruck bei allen hinterlassen und bildete Gesprächsstoff nicht nur am nächsten Tag.

„So etwas habe ich meinen Lebtag noch nicht gesehen," erklärte Karl. Bis auf Rico, der in seiner knappen Art erzählte, dass solche Stürme in seinem Heimatland keine Seltenheit seien, ging es den Übrigen ebenso.

„Ein Tornado in unseren Breiten.. das ist in der Tat etwas Neues.. so sieht es aus, wenn uns die Natur mal zeigt, was eine Harke ist," urteilte Karl. Alle hatte das Ereignis sichtlich mitgenommen.

„Onkel Karl, woher kommt denn eigentlich so ein Tornado?" wollte Jacob wissen.

„Wenn ich das so genau wüsste, mein Jacob. Soviel ich weiß, entsteht er im Zusammenhang mit einem Gewitter. Die feuchtwarme Luft am Boden steigt nach oben in kalte, trockene Luftschichten, und es entsteht dabei dieser sich drehende Luftschlauch, der von der Gewitterwolke bis zum Boden reicht. Du hast es ja selbst gesehen. Was wir erlebt haben, war zum Glück nur ein Minitornado. In schlimmen Fällen wird er immer größer, wie in Amerika, und zerstört mit Geschwindigkeiten von bis zu dreihundert Stundenkilometern alles, was sich ihm in den Weg stellt."

Jacob schluckte. Es war ihm anzusehen, wie es in ihm arbeitete. „Dreihundert! Das ist ja schneller, als der schnellste Rennwagen. Aber wie kommt er so schnell vorwärts? Er hat doch keine Räder!"

„Ja mein Jacob, so ganz genau weiß ich das auch nicht. Ich nehme an, es ist die Kraft und Dynamik, die er entfaltet, die ihn vorantreibt."

„Aber,," Auch in den nächsten Tagen blieb das Wetterphänomen *das* Thema.

*

Wer Karl bei seiner Entlassung aus dem Krankenhaus gesehen hatte und ihm heute wieder begegnete, mochte nicht glauben, dass er ein und derselbe Mensch war. Vor zwei Jahren noch krank und todgeweiht, kaum in der Lage, sich auf den Beinen zu halten, war er wie Phönix aus der Asche gestiegen. Aufrecht, wie er ging, klar, wie er sprach, fürsorglich und umsichtig, wie er mithalf, den Alltag zu organisieren, erinnerte außer einer Kurzatmigkeit und ein leichtes Zittern seiner Hände, nichts mehr an die schlimme Zeit. Ein Wunder war seine Genesung, und anders, als die Ärzte, die keine logische Erklärung für diese Wendung hatten, führte er sie, auf die neuen Umstände zurück, sein neues Leben im Kreis der ihn beherbergenden Familie.

In sein damals, einsames Dasein in der kleinen Mietswohnung war eine Helligkeit getreten. Dieser Glücksfall, daneben seine nach Kräften durchgeführten gesundheitsfördernden Maßnahmen (viel Bewegung, gesunde Ernährung, guter Schlaf, gute Bücher, gute Gedanken) hatten ihn langsam aber sicher wieder auf den Weg der Besserung gebracht, so seine Erklärung.

Daneben spielte neuerdings ein weiterer Mensch eine wichtige Rolle in seinem Leben.

Margot! Die von Anfang an vorhandene Zuneigung hatte sich durch den sich zwischen ihnen entwickelnden regen Kontakt wegen oder trotz ihrer unterschiedlichen Wesensarten, aber besonders durch ihre Übereinstimmung auf geistiger Ebene, zu einem Gefühl der Zusammengehörigkeit entwickelt und im Verlauf zu dem Wunsch nach mehr Nähe. Seine Besuche waren gut und schön, doch es kam die Zeit, dass sie sich fragten, warum sie nicht mehr draus machten, warum sie ihren Wunsch nach ständiger Nähe, nicht verwirklichten. Was sollte falsch daran sein, eine Perspektive zu haben, auch in ihrem fortgeschrittenen Alter? Ihre Überlegungen und Pläne dazu brachten eine ganz neue Farbe in ihr Leben.

Es lag in der Natur der Sache, dass sie über ihre Vergangenheit redeten, über Erlebtes der erfreulichen und weniger erfreulichen Art.

Verwundert darüber, dass Margots Schilderungen eine Sparsamkeit kennzeichnete, wenn es um ihre Tochter, ihre Zeit als alleinerziehender Elternteil ging, und auch schon vorher leicht irritiert durch eine gewisse Förmlichkeit zwischen Mutter und Tochter, hatte er sie darauf angesprochen.

Er erfuhr, dass das Verhältnis zu ihrer Tochter nicht unbelastet war. Eine alte, aber ernste Geschichte, die wie eine unsichtbare Wand noch immer zwischen ihnen stand. Marie trüge ihr nach, dass Stefan, mit dem sie sich nach dem Tod ihres Mannes, Maries Vater, Jahre darnach, angefreundet hatte, in die Wohnung, die sie zusammen mit ihrer Tochter bewohnte, gegen ihren Willen eingezogen war, woraufhin sie mit siebzehn Jahren Wohnung bei ihrer Freundin genommen hatte.

Im Nachhinein bereute sie, ihre Drohung „wenn er einzieht, ziehe ich aus" nicht ernst genug genommen zu haben, zumal die Verbindung mit Stefan nicht sehr lange gehalten hatte, deshalb, weil ihr schlechtes Gewissen sie nicht losgelassen hatte, bis zum heutigen Tage. Genau genommen habe sie damals, beide verloren. Seither waren sie nicht wieder darauf zu sprechen gekommen.

Karl riet ihr dazu, dieses Kapitel nicht länger tot zu schweigen, mit Marie zu reden, ihr zu sagen, dass ihr das Geschehene leid tue. Dieser über Jahre andauernde Zustand müsse beendet werden. Wie er Mutter und Tochter einschätzte, bedürfe es nur der Öffnung einer Seite, um die gleiche Wirkung auf der anderen auszulösen. Ihr, als Mutter, stünde es an, den ersten Schritt zu tun.

*

Die Karten für das Rückspiel waren ausverkauft, die Vorbereitungen der Mannschaft abgeschlossen. Der Verein, wie auch das Publikum, setzten auf ein Übersichhinauswachsen der Spieler, auf ein Wunder, das gerade im Fußball immer mal wieder geschah. Gerade in dieser Sportart, besonders, wenn zwei gleichwertige Mannschaften aufeinander trafen, spielte das Glück nicht selten eine maßgebliche Rolle. Warum sollte es diesmal nicht auf ihrer Seite sein? Meistens flog ein Ball, volley geschossen, in Richtung Wolken, doch manchmal traf er punktgenau. Wenn auch das Weiterkommen nicht gelingen sollte, eine Wiedergutmachung, eine Richtigstellung der Verhältnisse sollte Pflicht sein.

Sie kamen weiter, entschieden das Elfmeterschießen für sich. Zuvor, während der regulären Zeit, hatten sie innerhalb von fünf Minuten zwei Tore geschossen, beim dritten hatte ein Spieler den Schuss ins eigene Tor abgefälscht. Drei zu null.

Beim Stande von sechs zu fünf für den Gegner hatte es Rico übernommen, seine Mannschaft im Spiel zu halten. Den nächsten Schuss parierte Chris, ihr Torwart, indem er stehen blieb. Für die allgemeine Glückseligkeit im Stadion sorgte Tim, der den Ball in der richtigen Torhälfte placierte.

Der Gast aus Spanien protestierte zwar, angeblich hatte der Ball nicht geruht. Doch der Schiedsrichter ließ sich nicht irritieren. Sieben zu sechs für den SVB. Das Wunder war geschehen.

Unmittelbar nach dem gesangerfüllten Duschen bat der Präsident ins Vereinslokal. Mit hochrotem Gesicht und bewegter Stimme dankte er den Spielern und dem Trainer.

Er sagte: entschuldigt Jungs, ich brauche noch etwas, um wieder runter zu kommen, es fehlen mir die Worte für eure phantastische Leistung, und das will etwas heißen. Ihr seid die Größten, Jungs. Was ihr vollbracht habt, ist unglaublich, ihr habt uns ins Finale geschossen, es ist der größte Erfolg unserer Vereinsgeschichte. Ihr habt uns einen Traum erfüllt, und wir dürfen weiter träumen. Der Verein und ich danken euch für diesen grandiosen Erfolg. Nur eine Bitte habe ich, dieses Elfmeterschießen.., tut mir das nicht wieder an, ich bin nicht mehr der Jüngste.

Und während von hinten „So ein Tag, so wunderschön…" ertönte und alle einstimmten, wurde der Sekt eingeschenkt. „Auf den SVB!" rief der Präsident, „auf den SVB" tönte es vielstimmig zurück. Das Glück kannte keine Grenzen. Die Prämie für diesen Sieg war jedem Spieler sicher.

*

Wilfried konnte Manches, Alleinsein gehörte nicht dazu. Es ging ihm schlecht. Die Ordnung, die kurze Zeit in ihn zurückgekehrt war, war dahin. Er hatte doch wieder zur Medizin gegriffen. Es machte ihn krank, alles. Seine Gedanken liefen kreuz und quer, und eine bunte, aufrecht stehende Mütze, tanzte zwischen ihnen. Der Aufenthalt in den vier Wänden, die über Jahre und eben noch ihr Familienleben beschirmt hatten, war ihm nun unerträglich. Vergeblich suchte er, sich gegen die Erinnerungen zu wehren, die ihm dort bei jedem Schritt entgegensprangen, ihm greifbar vor Augen führten, was er verloren hatte. Überall konnte er sein, nur nicht dort.

Wenn auch nur am Telefon, erkannte Evi seine Not. Erstmalig suchte er sie in ihrer Wohnung auf. Sie machte ihm einen Tee und zog das Sofa aus, auf dem er am nächsten Morgen unter einer Decke erwachte. Er hörte Evi in der Küche hantieren, und ein wohliger Kaffeeduft stieg ihm in die Nase. Sie hatte Brötchen besorgt, und in der kleinen Küche stand ein gedeckter Tisch. Das Wichtigste hatte er ihr schon erzählt, und so sprachen sie nicht viel. Das Frühstück mit dem heißen Kaffee tat ihm gut. Er wunderte sich, wie schnell sich die Welt verändern konnte. Da sie zur Arbeit musste, in einer Bäckerei, gab sie ihm einen Wohnungsschlüssel und zeigte ihm noch, was er wo fand und einige Besonderheiten ihrer Wohnung.

Er blieb nicht die ganze Zeit dort, bis sie wiederkam, machte Exkursionen in die ihm fremde Umgebung, die aus Komplexen von Hochhäusern bestand.

Es ging ihm gut mit und bei Evi. Er fragte sie, ob er einige Zeit bleiben könne.

„Wenn du tust, was ich sage, sollte das möglich sein," erklärte sie sich einverstanden. Sie war über alles informiert, verstand seine Lage und sein Befinden. Sie hatte ein Gespür für die richtigen Fragen und Gespräche und machte angesichts seiner niedergedrückten Stimmung gutgemeinte Vorschläge für verschiedene Unternehmungen, die jedoch auf Ablehnung stießen. Momentan hatte er keine Idee, wusste nicht, was er wollte.

Anders Evi, sie liebte es zu malen und verbrachte viel Zeit an ihrer Staffelei. Zur Zeit waren es abstrakte Begriffe, die sie mit dem Pinsel darstellte. So wie es der Musik gelang, Freude. Aufregung, Angst, Trauer in Töne zu fassen, so sollte es der Malerei auch mit ihren Mitteln möglich sein. Hoffnung war das Thema. Bei dem Bild, an dem sie arbeitete, handelte sich um aus einem dunklen Grund wachsende, verschiedenfarbige, hochrankende Linien, die im oberen Bereich ineinander verschlungen in den Mund eines Gesichts führten, aus dessen Kopf ein blühender Baum wuchs.

„Hoffnung?" sagte er gedehnt und betrachtete das Bild eingehend, das wohl der Naiven Malerei zuzurechnen war.

„Ja, Hoffnung," bekräftigte sie, „sie strebt empor und vereinigt die verschiedenen Interessen, so dass im Kopf des Menschen etwas Gutes draus wird.. Es war so eine Augenblicksidee..," meinte sie leicht zweifelnd, „Naja.. vielleicht doch etwas eigenwillig.. ich weiß momentan selbst nicht.."

„Eigenwillig...mag sein...über Geschmack und Kunst lässt sich ja bekanntlich streiten," bemühte er sich, die richtigen Worte zu finden. „Ich finde die Idee gut und wie du sie umgesetzt hast, aber als Kenner darfst du mich nicht fragen, auf dem Gebiet bin ich absolut unbedarft."

Sie sagte nichts zu seiner Erklärung und wandte sich wieder ihrer Beschäftigung zu, während er aus dem Fenster auf die gegenüberliegende Hauswand sah.

„Apropos Hoffnung," bemerkte er nach einer Weile, „ die Aussicht von hier erzeugt in mir gerade alles andere. Ist das Wohnen im siebten Stock eines Hochhauses an sich, gelinde gesagt, gewöhnungsbedürftig, so bietet der Ausblick auch nicht wirklich eine Entschädigung für die Entfremdung, der alle hier Wohnenden ausgesetzt sind."

„Jedenfalls ist es warm und trocken!" kam es zurück. Evi war vertieft in ihre Beschäftigung, so dass er seinen Betrachtungen weiter nachhing. Vom siebten Stock ging der Blick nach unten auf Bäume von oben, die wie Spielzeugzubehör einen Parkplatz mit Spielzeugautos umstellten. Schräg versetzt vor ihnen stand ein weiteres identisches Bauwerk. Sein Blick wanderte die Hauswand hinauf über Fensterreihen, wie mit dem Computer eingestanzt, Fenster an Fenster, Reihe an Reihe. Zwanzig Stockwerke, er hatte gezählt. Ebenfalls zwanzig kleine Balkons klebten wie Bienenwaben übereinander am letzten Fenster einer jeden Reihe. Der Anblick erzeugte in ihm ein klammes Gefühl. - Was für ein Bau! Aus der Not geboren, Wohnraum zu schaffen. Wohnraum! Allerdings! Kein Zuhause! Nichts, wonach der Mensch sich sehnt und was seine Seele sucht. Bedrückt wandte er sich ab. Was er schon als Gedankenspiel in seinem Kopf bewegt hatte, reifte zu einer festen Absicht. Er musste sein Dasein von Grund auf verändern. Er musste weg! Von diesem Ort, von allem.

*

272

Das Schicksal blieb Rico wohlgesonnen. Obwohl er unter Vertrag stand, gab es weiterhin Angebote namhafter Clubs, auch aus dem Ausland. Angebote, wie aus anderen Sphären. Wenn die Umstände nicht so gewesen wären, wie sie waren, wenn Rico eine Einzelperson und unabhängig gewesen wäre, hätte er vielleicht nicht nein gesagt, so aber hatte er Wurzeln geschlagen, hatte mehr erreicht, als er sich jemals zu träumen gewagt hatte: eine Familie in Deutschland (das allein war schon der Gipfel des Glücks), ein schwindelerregendes Einkommen, angesichts dessen seine Hände unwillkürlich die noch immer vorhandenen, wenn auch zurückgebildeten Schwielen auf seinen Schultern befühlten, ein keine Wünsche offen lassendes Zuhause. Eine weitere Verbesserung, außer einer sich in noch größeren Zahlen ausdrückenden, konnten sie sich nicht vorstellen. So hatte die sich ergebende Frage, wofür sie das Bestehende hätten eintauschen sollen, in ihren Überlegungen nur kurz eine Rolle gespielt.

Sie wollten bleiben, wo sie waren, der Grund dafür, dass sie gegenüber einer Erbengemeinschaft ihr Interesse an dem Anwesen bekundeten, das sie bewohnten. Die Verhandlungen darüber legten sie in die Hände von Dr. Wijantchi.

Für dieses Projekt brauchten sie Sicherheit, wollten eine Vertragsverlängerung von fünf Jahren. Die Erreichung dieses Ziels war für sie Voraussetzung, um ihre Absicht in die Tat umzusetzen. Ihr Anwalt stand schon in Verhandlung mit dem Präsidenten. Mit Erfolg. Die konkurrierenden Angebote der anderen Vereine und Ricos Bedeutung für den Verein, sein junges Alter und Beliebtheit kamen ihm zugute. Er bekam seine fünf Jahre bei gleichbleibendem

Gehalt bis zum Datum des abgelösten Vertrages, doch mit höheren Prämien bei Erreichung bestimmter Ziele, Titel einschlossen. Die Torprämie blieb dagegen unverändert.

Auch mit der Erbengemeinschaft wurden sie nach langen, zähen, von Dr. Wijantchi geführten Verhandlungen mit Hinweis auf Vergleichsobjekte und der vorgeblichen Absicht, sich umzuorientieren, einig. Die verbleibende finanzielle Lücke schlossen sie über Kredite, die ihnen anstandslos gewährt wurden.

Zu Beginn des darauf folgenden Jahres war alles geregelt.

*

Ricos große Stärke war seine Disziplin und sein eiserner Wille. Ihnen verdankte er, dass er seinen Ansprüchen an seine Fitness über die gesamte Dauer seiner Karriere gerecht wurde, aber auch, dass sie ihn um manches Vergnügen brachte, Freizeit und Familie betreffend. Aber eben weil seine Familie voll hinter ihm stand, ihn in seinem Bestreben unterstützte, fiel es ihm nicht schwer, seinem Beruf den Vorrang zu geben und war in der Lage, ein Höchstmaß an Konzentration und Energie aufrecht zu halten.

Das Schicksal hatte ihm ein einmaliges Geschenk gemacht, die Chance, den Himmel zu erstürmen. Sich ihr wert zu erweisen, war ihm heilig. Es gehörte zweifellos auch zu seinen Stärken, sich ohne viele Fragen schnell in neue Verhältnisse einzufügen. Bei seinen ersten Schritten in der neuen Welt war es ihm nicht darum gegangen, alles zu verstehen, gar zu kritisieren, sondern darum, mitzutun, Fuß zu fassen, sich schnellstmöglich zu assimilieren. Mit sicherem Blick sah er, worauf es ankam, ordnete sich in Abläufe, die er noch nicht durchschaute, deren Sinn sich ihm erst in der Folge erschloss. Dabei machte es ihm keine Probleme, neue Sichtweisen zu übernehmen, ohne sie im Ganzen zu verstehen. - Er war in dieses Land gekommen, man hatte ihn nicht gerufen, und es lag ihm fern, etwas anderes zu tun, als die herrschenden Gepflogenheiten zu übernehmen.

Er nahm sein neues Leben, wie es war, stellte keine langen Fragen, nach den Zusammenhängen, nicht nach Sinn und Zweck, nicht, warum er plötzlich soviel Geld, ein großes Haus und ein Auto hatte, nicht, warum sich die Leute so begeisterten, nicht, warum er tat, was er tat, nicht, ob er träumte oder wachte. Er dachte nicht, er machte.

*

Der Mischfamilie ging es gut, finanziell ohnehin. Ihr Zusammenleben war, wie es sich jeder wohl wünschte. Meinungsverschiedenheiten oder Streit kamen so gut wie nicht vor, und wenn, dann regelmäßig ausgehend von Jacob, der sich nicht mehr alles sagen lassen wollte.

Karls Großzügigkeit entsprach nicht immer Maries Auffassung von einer förderlichen Erziehung, in der es Regeln gab. Die herrschende Harmonie, wurde jedenfalls nicht beeinträchtigt, die unterschiedlichen Sichtweisen führten höchstens zu einem kurzzeitigen Meinungsaustausch. Nach anfänglichen Schwierigkeiten hatten sich alle an die neuen Verhältnisse gewöhnt.

Rico, als derjenige, der mit seinem exorbitanten Einkommen, die veränderten Lebensverhältnisse, ihren Wohlstand, der ein hohes Maß an finanzieller Sorglosigkeit und Sicherheit garantierte, zeigte sich zunehmend aufgeschlossen gegenüber den Errungenschaften der Zivilisation. Vor allem die Autos hatten es ihm angetan.

Marie hatte nach ihrem Umzug ihre Tätigkeit als Altenpflegerin entgegen ihrem aus schlechten Erfahrungen hervorgegangenen Vorsatz, sich niemals abhängig zu machen, zugunsten des Familienwohls vorerst zurückgestellt, vor allem Klein Eddis wegen, dessen erstes Entdecken hinter ihm lag und der dabei war, seine Kenntnisse zu vergrößern, Frage an Frage reihte. Die Entscheidung war ihr nicht leicht gefallen. Nicht mehr über ihr eigenes verdientes Geld zu verfügen, bereitete ihr Kopfschmerzen, so dass sie auf Änderung dieses Zustandes sann.

Jacob hatte den Sprung auf das Gymnasium trotz großer Fortschritte in seinen Leistungen verpasst. Er war nicht besonders ehrgeizig und hatte auch das Fußballspiel zugunsten des Tischtennisspiels aufgegeben. Seit ihm ein zweiter Torwart an die Seite gestellt worden war, mit dem er sich die Spielzeit teilte, war sein Interesse zurück gegangen.

Es gab einen neuen Freund, der in der Tischtennisabteilung aktiv war. Nach dort zog es ihn unübersehbar stärker, als auf den Fußballplatz, so dass sich die Frage nach einem Wechsel stellte.

Damit er auch in den eigenen vier Wänden spielen konnte, wurde eine Tischtennisplatte angeschafft.

Seitdem entwickelte sich der Hobbyraum zu einer Art Treffpunkt Jugendlicher, nicht zur ungeteilten Freude der Bewohner.

*

Es geschah durch Karl, durch seine Verbindung zu Maries Mutter, dass sich das Mutter/Tochter Verhältnis wandelte. Er verstand es, die beiden mit seiner humorig verbindlichen Art anzustecken, so dass sie erstmalig wieder zusammen lachten.

Ihr Verhältnis hatte vor Jahren Schaden genommen, als Marie gerade die Pforte zum Erwachsenenalter durchschritten hatte. Wie Karl von ihr erfahren hatte, war sie sehr von ihrer Mutter enttäuscht gewesen, „der ihr neuer Freund wichtiger gewesen war", wie sagte.
„Es passte an allen Ecken und Enden nicht," sagte sie und schilderte die Gründe ihres damaligen Widerwillens.
Schon bei der ersten Begegnung, als ihre Mutter ihn mit ihr bekannt machte, war sie von ihm wenig angetan gewesen. Er hatte etwas Selbstgerechtes, das sie zunehmend ärgerte. Seine Art, sich in allem auszukennen, sich einzumischen und zu bestimmen, angefangen bei der Essenszubereitung, über Fernseh- und Zubettgehzeit, zu Musiklautstärke und Art der Beschäftigung überhaupt, hatte sie zunehmend gereizt, so dass es schon zu einigen Wortgefechten gekommen war. Als er auch noch Einfluss auf ihre Art, sich zu kleiden nehmen wollte, mit Kritik an ihrem Aussehen nicht sparte... "ich habe es nicht mehr ausgehalten," sagte sie, „gerade, was ihm nicht gefiel, habe ich gemacht."
So war die beengte, häusliche Situation schnell unerträglich geworden, so dass sie erklärte, ausziehen zu wollen.
„Er oder ich" vor diese Wahl hatte sie ihre Mutter gestellt, die ihr zuredete, ihn mit anderen Augen zu sehen, nicht als denjenigen, der das Sagen haben wollte, sondern als fürsorglichen Menschen, der sich Sorgen machte. Wenn sie

doch ein paar Schritte auf ihn zuginge, würde sie eine andere Einstellung gewinnen, hatte sie zu vermitteln versucht.

Am Ende war Marie zu ihrer Freundin gezogen, und das Verhältnis war nie mehr so geworden, wie vorher.

„Jahrelang haben wir uns danach nicht gesehen und später vermieden, darauf zurückzukommen. Es war uns beiden unangenehm. - Allerdings war ich in einem schwierigen Alter," räumte sie sinnend ein.

Nachdem sich Karl ein Bild von der Stimmungslage auf beiden Seiten nach zehn Jahren Abgrenzung gemacht hatte, drängte er Mutter und Tochter zu einer Aussprache, die, wie sich herausstellte, zu einem früheren Zeitpunkt die Dinge längst wieder ins Lot gebracht hätte. Es schien geradezu so, als hätten die beiden unter einem Bann der Sprachlosigkeit gestanden.

Vom ersten Moment der Zusammenkunft an war das Eis gebrochen. Es flossen Tränen, es gab Umarmungen, Worte fanden wenig Platz.

Für Karl war die Beseitigung der Schranken zwischen Mutter und Tochter, die Lösung dieses vor Zeiten entstandenen Knotens, ein Herzensanliegen.

*

Die finanzielle Situation erlaubte der Patchworkfamilie neben vielem anderen, den Ausbau des Hauses. Ein Atriumhaus nach altrömischem Vorbild sollte es sein, das die Möglichkeit räumlichen Abstands bot, und einen Innenhof, als Treffpunkt hatte.

Nach der Erteilung der Baugenehmigung ging man ans Werk. Man wollte keine Zeit zu verlieren. Ein unruhiges, geräuschvolles Jahr später war der winkelförmige Bungalow um einen ebensolchen zu einem ihren Wünschen entsprechenden, zusammenhängenden Gebäude ergänzt.

Wenn das Vorhaben, das mit dem Anbau verbunden war, nicht gewesen wäre, wäre das entstandene Haus natürlich viel zu groß gewesen. Jedoch, es gab Entwicklungen...

Kurz nach der Fertigstellung des Anbaus fuhr ein Kastenwagen vor, im Gepäck einige Möbel und viel Verheißung.

Margots Einzug ins Atriumhaus war unspektakulär. Die Gespräche zwischen Mutter und Tochter hatten lange vorher stattgefunden, und alle praktischen Details, das künftige Zusammenleben betreffend, waren geklärt.

Nachdem die gröbste Arbeit getan war, setzten sich die Bewohner im Innenhof zu einem Umtrunk zusammen. Karl erhob sich. Sich räuspernd sagte er:

Ihr Lieben, dies ist ein besonderer Tag. Ein neues, besser, altvertrautes Mitglied ist zu unserer Wohngemeinschaft gestoßen. Die Freude über dieses Ereignis könnte nicht größer sein, markiert es doch auch das Ende eines überflüssigen Missverständnisses. Es wurde aber auch wirklich Zeit, dass dieses unselige Kapitel ein Ende fand. Herzlich willkommen, liebe Margot. Bei der Gelegenheit, liebe Marie, lieber Rico, ich weiß, dass ihr es nicht hören wollt, aber leider kann ich darauf keine Rücksicht nehmen: meinen Dank, ihr Lieben, für eure geübte Menschlichkeit. Ja, liebe Marie, du brauchst gar nicht abzuwinken, ich frage mich, wo ich wohl jetzt wäre ohne Euch, wahrscheinlich eine Etage tiefer, und wenn nicht dort, dann in einem Pflegeheim. Ich hatte mich dort schon einmal umgesehen. Was soll ich sagen, es wird ja vieles versucht, um aus der Notwendigkeit, alte Menschen, wie mich, zu versorgen, das Beste zu machen, doch wenn ich zwischen Beidem zu wählen hätte.., aber das ist nun ein anderes Thema.., was ich sagen wollte.., krank und einsam, wie ich war, habt ihr mich zu Euch geholt.., doch Marie, lass mich ausreden, und mir die Möglichkeit gegeben, noch dabei zu sein, Freude, Lebensfreude zu empfinden. Und dass Ihr, Mutter und Tochter, nun wieder vereint seid, und wir hier alle zusammen sind, ist einfach wunderbar, um nicht zu sagen, kneift mich bitte mal. Euer Beispiel zeigt mir, zu welch guten Taten der Mensch fähig ist. Das macht mir Mut für die Zukunft, nicht so sehr meiner, versteht sich, aber für Eddis und all der anderen. Lasst uns auf das Gute im Menschen trinken," schloss er bewegt, indem er Margot umarmte.

Lange noch, bis in den Abend hinein, saßen sie im Innenhof des Atriumhauses, und ihre Stimmen und Lachen zerflossen langsam mit dem Dunkel der fortschreitenden Dämmerung.

*

Der Verein strebte nach Höherem. Der unerwartet gute Tabellenplatz versprach weitere Steigerungen bei entsprechenden Investitionen. Das Augenmerk lag auf drei Spielern, einem Belgier, der sich jedoch kurzfristig für einen anderen Verein entschied, ein Afrikaner und ein Franzose. Der Afrikaner, Akpabio, hoch aufgeschossen und von sehnigem Typus mit dünnen, an Vogel Strauß erinnernden Beinen, die dazu gemacht schienen, auch um Ecken herum den Ball zu erreichen, zudem auch kopfballstark, machte einen zunächst schüchternen Eindruck, der sich im Spiel jedoch ins Gegenteil wandelte. Sobald sich der Gegner dem Tor näherte, sich gar anschickte, ihn zu umspielen, fuhr er in akrobatischer Manier, seine Beine aus, deren Reichweite jeden Spieler beeindruckte, zumal sie regelmäßig seinen Spielfluss unsanft unterbrachen, sehr zum Entzücken der Zuschauer, jedenfalls der heimischen.

Der andere Zugang, Pierre, groß von Gestalt und muskulös, in guter Erinnerung aus dem Pokalspiel, bestach wie schon damals, nur leider auf der falschen Seite, durch seine Schuss- und Balltechnik, durch seine klugen Pässe, die an Genauigkeit nicht zu übertreffen waren und ein ausgeprägtes Spielverständnis. Diese Vorteile überwogen bei weitem einen gewissen Mangel an Laufbereitschaft Außerdem war er günstig zu haben. Die Rechnung war, dass er Rico fütterte, der sich seinerseits mit seiner Schnelligkeit vielversprechende Positionen erlief. Ein paar Jahre älter als Rico, und sich seiner Qualitäten und seines Marktwertes bewusst, war er sehr routiniert, hatte eine Lässigkeit an sich, die ihn als coolen, mit vielen Wassern gewaschenen Typen auswies. Seine kantigen Züge korrespondierten mit seinem selbstsicheren Auftreten und setzten sich fort in einen wuchtigen, respekteinflößenden Körperbau. Er selbst widmete seinem Äußeren viel Aufmerksamkeit. Genaugenommen kam er nicht an seinem Spiegelbild vorbei, ohne es zu betrachten, dem Sitz seiner wallenden Haarpracht ein wenig nachzuhelfen und ihm abschließend zuzulächeln. Auch machte er nicht viel Aufhebens, sich über Gebote des SVB hinwegzusetzen, indem er sich innerhalb seiner Sichtweite eine Zigarette anzündete oder zur vereinbarten Stunde nicht ans Telefon ging.

Doch er war eben ein erstklassiger Ballverteiler, und Rico profitierte von seinem Spiel, wenn ihm der Ball, sobald er zum Spurt in die Lücke gestartet war, direkt in den Lauf, quasi vor die Füße, fiel, und als letzter Gegenspieler nur noch der Torwart vor ihm stand. Diese Spielvariante, bis zur Perfektion einstudiert, nutzte sich im Lauf der Zeit naturgemäß ab, da sich der Gegner auf sie einstellte, doch fast in jedem Spiel kam sie urplötzlich, und auch in Abwandlungen, vielversprechend zum Zuge. Es waren die gefürchteten Überfälle des SVB, die den anderen Mannschaften Anlass gaben, sich intensiv mit ihnen zu beschäftigen.

*

Ausnahmslos waren alle Spieler der ersten Mannschaft des SVB motorisiert, besaßen entweder Sportwagen exklusiver Marken oder Geländewagen der luxuriösesten Ausführung, bis auf Rico, der noch immer sein erstes Auto fuhr, einen Kombi, angeschafft in erster Linie für die Familie, kurz nach der Unterschrift unter seinen ersten Profivertrag. Pierre fuhr ein Cabriolet der Marke Porsche, aus dessen atemberaubenden Preis er keinen Hehl machte. „Man gönnt sich ja sonst nichts" pflegte er zu sagen.

Wenn Rico auch nach wie vor seiner Lebens- und Berufsauffassung folgte, nie auch nur eine Spur von Leichtsinn erkennen ließ, so konnte er sich einer Schwäche für Autos nicht erwehren, und der Porsche, den er auf einer Spritztour mit Pierre kennen lernen durfte, dessen Anzug seine Insassen in die Sitze presste, hatte ihn gefangen genommen. Sein Bild vor Augen, verhakt mit ihm, wie ein Kind mit einem bestimmten Spielzeug, musste er bei Marie und Karl viel Überzeugungsarbeit leisten, um ihre Zweifel gegenüber den Vorteilen dieser Anschaffung, zu überwinden.

Von Natur aus anspruchslos und als neu Eingereister das Anrecht auf einen solchen Luxusgegenstand eher bei den Einheimischen sehend, und weil es ja auch den Kombi noch gab, der seinen Zweck voll und ganz erfüllte, hatte er sich bisher immer schnell von dem Gedanken gelöst, sich, was das Auto betraf, zu verbessern.

Erst durch Pierre, dem sein Porsche über alles ging, der Rico auch schon mal ans Steuer gelassen hatte, was durchaus ein großer Vertrauensbeweis war, hatte der Gedanke, selbst solch ein mit allen technischen Raffinessen ausgestattetes, schnelles Gefährt zu besitzen, von seiner Abwegigkeit verloren. Es war ein kurzer, jede weitere Überlegung ausschaltender Entschluss anlässlich einer Besichtigung gewesen, der ihm den Traum erfüllte.

Da stand er nun, der Porsche, und faszinierte. Das sportliche Design, aus dem seine ganze Kraft und Schnelligkeit sprach, ließ Rico bei seinem Anblick erstrahlen. Auch die anderen Familienmitglieder konnten sich nicht ein Maß an Bewunderung versagen. Jacob, der Rico bei einer Autobahnfahrt, die auch vorerst seine letzte sein sollte, begleiten durfte, hatte in seiner begeisterten Schilderung nicht bedacht, dass seine Mutter alles andere, als begeistert war. Auch Rico bekam einiges zu hören.

Nun denn! Geschwindigkeit war relativ, wie alles, außerdem nutzte Rico den Porsche, wie vordem den Kombi, der nun voll und ganz Marie zur Verfügung stand, für überwiegend kurze Strecken, in erster Linie für Einkäufe, Friseurbesuche, Fahrten zum Briefkasten, und dergleichen. Viel Zeit und Sorgfalt verwandte er auf seine Pflege, um nicht zu sagen, die Gründlichkeit, mit der er dabei vorging, hatte schon Züge einer Manie. Der geringste Fleck und Spritzer, auch unterwärts, erregte seinen Unmut mit der Folge, dass er ihm unverzüglich zu Leibe rückte. Er putzte und wienerte Innen wie Außen, dass die Familie begann, sich Sorgen zu machen.

Während Jacob nur noch in den Genuss von langsamen Fahrten innerhalb der Stadt kam, nutzte Rico, von Zeit zu Zeit die sich bietenden Gelegenheiten, die Fahrleistungen des Wagens auf der Autobahn auf Herz und Nieren zu testen.

Bisher nur einmal war es ihm wegen der Verkehrsdichte vergönnt gewesen, die Höchstgeschwindigkeit unter einem donnernden, an seinem Haar reißenden Fahrtwind, der das Heulen des Motors übertönte, zu erreichen.

Benommen und wacklig auf den Beinen war er danach dem Wagen entstiegen. Im Bewusstsein der Gefahr, die dieses Fahren bedeutete, zwanghaft, als hätte jemand anders das Kommando übernommen, widerstand er nicht den Gelegenheiten, das Pedal so weit als möglich durchzutreten. Das rauschhafte Glück, das er empfand, war ein heimliches Glück, das er mit Pierre teilte.

Obwohl unterschiedlich von Charakter, Rico war eher als still, Pierre dagegen als großspurig zu bezeichnen, verstanden sie sich gut. Sie ergänzten sich auf eine Art, was ihnen umso leichter fiel, als der eine den anderen durch das, was dieser nicht hatte, beeindruckte. So ist es wohl zu erklären, dass sie Freunde wurden. Die Leidenschaft, die sie für dasselbe Auto teilten, tat ein Weiteres, um ihre Zuneigung zu verstärken. Und nicht zuletzt ihre begeisternde Kunst, mit dem Ball umzugehen, ihr präzises Zusammenspiel und die daraus resultierenden, sich in Zahlen auf dem Konto niederschlagenden Erfolge, schweißten sie zusammen.

Ihre Freundschaft und Spielfreude blieben auch nicht ohne Wirkung auf ihre Mannschaftskollegen und ihre Leistung im ganzen. Mit den auf allen Ebenen steigenden Zahlen und dem Lob von allen Seiten erklomm der Teamgeist neue Höhen. An die Stelle verschiedener Animositäten und Konkurrenzgedanken war der von der Vereinsführung und dem Trainer beschworene und mit den Erfolgen sich verstärkende Mannschaftsgeist getreten. Es war nicht so, dass, wer sich bisher weniger gut leiden konnte, sich nun verbrüderte, das nicht, doch da, wie sich zeigte, ein kameradschaftlicher Umgang, ein Zusammenhalten untereinander, dem Spielablauf und damit letztlich auch dem Bankkonto gut tat, änderte manch einer seine Einstellung.

Sie spielten gut, sie gewannen, zu Hause allemal. Dort hatte ihnen nur einmal der SCF ein Unentschieden abgerungen. Sie waren eine homogene Mannschaft mit einer perfekt automatisierten und effektiven Spielweise, jeder kannte seinen Platz und bei bestimmten, einstudierten Spielzügen griff ein Zahn in den anderen. Ihre Spezialität waren weite Bälle von hinten oder aus einem scheinbar absichtslosen Hin und Her heraus, auf den zum Sprint ansetzenden Spieler, oft eben auf Rico und ebenso oft geschlagen von Pierre, mit denen sie schnell und schnörkellos den größten Teil des Spielfeldes überwanden und in null komma nichts in des Gegners Strafraum standen.

Die Möglichkeiten zur Teilnahme an internationalen Wettbewerben erweiterten sich und damit die Aussicht auf noch mehr Einnahmen. Schon wurden Prämien ausgehandelt, die ihre motivierende Wirkung nicht verfehlten. Ohne zu lamentieren akzeptierten die Spieler eine weitere Trainingseinheit pro Woche. Sie wussten wofür.

Längst hatte die öffentliche Aufmerksamkeit, über den Fußball hinaus, infolge der aufsteigenden Entwicklung, den SVB erreicht. Wirtschaft und Kommerz hatten ihr Augenmerk verstärkt auf die Möglichkeit gerichtet, mit seiner Hilfe den Bekanntheitsgrad gewisser Produkte zu steigern. Neben den allgemeinen Werbemöglichkeiten, die der Verein bot, wurden nicht zuletzt auch einzelne Spieler, durchaus nicht zu ihrem Nachteil, von Firmen ins Visier genommen. Zu ihnen gehörten Rico und Pierre.

Ein Müsli herstellendes Unternehmen war an sie herangetreten und hatte ihnen lukrative Angebote für ihr Mitwirken am Verkaufserfolg des „Bleib gesund Müslis" gemacht. Die Leistung, die sie im Gegenzuge zu erbringen hatten, war im Grunde nicht viel mehr als ihre filmisch festgehaltene Präsenz und der unvermeidliche Zeitaufwand und stand in keinem Verhältnis zu den Einnahmen, die sie erzielten. Müsli essend, mit dem Ausdruck größten Wohlbehagens, erklärte Pierre in dem Spot seine Begeisterung für den fruchtigen Geschmack, die von Rico uneingeschränkt geteilt wurde, der seinerseits die guten Bestandteile: gesundes Vollkorngetreide, Früchte, Nüsse, Samen, Vitamine und Mineralstoffe, Ballaststoffe aufzählend, den Gesundheitsaspekt und die wohltuende Wirkung hervorhob:

Mit dem „Bleib gesund Müsli" habe ich Energie und Power den ganzen Tag."

Pierre probierend: „Hmmm, das schmeckt! Ich werde ab sofort mein Frühstück auch um den „Bleib gesund Müsli" bereichern."

Rico frohlockend: „ich esse ihn schon seit Jahren, und nicht nur zum Frühstück."

„Also das ist dein Erfolgsrezept!" schloss Pierre die Vorstellung, indem beide genussvoll den Löffel zum Munde führten.

Der Werbespot wurde regelmäßig wöchentlich ausgestrahlt. Die Einnahmen, die er ihnen bescherte, erreichten die Höhe ihres Grundgehalts.

Pierre war das, was man ein Großmaul nannte. Er war der Beste, der Schönste, der Größte. Er sprach sehr laut, besonders, wenn er kritisierte oder sich seinerseits Kritik ausgesetzt sah. Dann konnte er richtig ungemütlich werden, denn er machte keine Fehler. Was konnte er dafür, wenn die anderen nicht mitdachten? Seine Aufgabe war es nicht, den Bällen quer übers Feld nachzujagen.

Es nahm wunder, dass Rico diesem Hallodri freundschaftlich verbunden war. Eine Rolle spielte sicherlich, dass sie voneinander profitierten, Rico dadurch, dass Pierres Vorlagen ihm regelmäßig gute Chancen eröffneten und Pierre, dass eben seine Vorlagen in Rico ihren Vollender fanden. Vorbereiter und Vollender, Pierre und Rico, das gefürchtete Duo des SVB.

Hinzu kam ihre Leidenschaft für das gleiche Auto, das sehr oft Inhalt ihrer Gespräche war. Manchmal trafen sie sich zu einer kleinen Spritztour, die auch schon mal länger ausfallen konnte, dann, wenn sie überwiegend freie Fahrt hatten und sich die Gelegenheit bot, Höchstgeschwindigkeit zu fahren,.

Diesmal fuhren sie weiter als geplant, jedoch nicht weil sie freie Fahrt hatten, sondern weil Pierre, der immer die Route vorgab, nicht an den sich bietenden Gelegenheiten hielt, um sich abzusprechen. Sie mochten wohl schon eine Stunde der Autobahn gefolgt sein, als er endlich abbog auf eine Landstraße, die nach ein paar Kilometern an einem Gewerbegebiet vorbeiführte. Dort hielten sie auf einem der Parkplätze.

„Wo wir schon hier sind, will ich dort drüben kurz eine Freundin besuchen," erklärte Pierre, „kannst gerne mitkommen, gibt nette Mädels dort," und deutete in Richtung eines seitlich auf dem Areal stehenden, sich gegen die anderen Gebäude baufällig ausnehmenden Hauses, dessen roter Schriftzug *Paradiso* über der Tür seiner tristen Erscheinung nicht abhalf.

Unschlüssig folgte Rico ihm und im Moment einer seltsamen Anwandlung auch in das Gebäude.

Mit dem Öffnen der Tür fiel kurz Helligkeit in die in rötrötlich gedämpftem Licht gehaltene, fensterlose Räumlichkeit, die sie betraten. Kaum, dass sie eingetreten waren, lösten sich zwei der drei an einer Bar sitzenden Damen aus dem Halbdunkel. „Hallo Gerard!" sagte die eine, gekleidet in eine knappe, tiefen Einblick gewährende Kombination aus einem Lederrock und einer schwarzlila gestreiften Corsage, indem sie Pierre umarmte. „Schön, dich wiederzusehen! Geht's gut?"

„Alles bestens," ließ sich Pierre, nicht im geringsten irritiert über die unzutreffende Anrede, von ihr untergehakt an die Bar führen, währenddessen die andere, nicht mehr ganz jung, in einem nicht weniger Einblick gewährenden Leopardenanzug, Rico mit den osteuropäisch akzentuierten Worten „komm, lass uns auch hinsetzen" bei der Hand nahm und in die gleiche Richtung zog.

„Woher kommst du?" wollte sie, auf dem Stuhl neben ihrer Kollegin Platz nehmend, wissen. „Du bist nicht aus Deutschland? Ich auch nicht. Ich heiße Ariane."

„Ich heiße Rico," antwortete Rico der Höflichkeit genügend, „leider habe ich wenig Zeit. Ich habe Frau und Kind. Sie warten auf mich."

„Das ist schön! Aber einen kleinen Moment Zeit wirst du wohl auch für mich haben!" sagte sie indem sie ihre Hand auf sein Bein legte, die weiter noch oben rutschte, als er auf ihre Frage, was er trinken wolle, zögerte, da ihm die Situation peinlich war und ausgehend von ihrer Hand auf seinem Bein ihm ein Prickeln bis in die Zehenspitzen das Denken erschwerte.

Da sagte sie schon: „ich bin für einen Paradiso, der macht gute Laune!" Ohne seine Antwort abzuwarten, bestellte sie durch Zuruf. Rico machte gute Mine zu bösem Spiel. Da er sein Glas nicht selber nahm, reichte sie es ihm. „Cheers!"

meinte sie, während sich ihre Hand auf seinem Bein unmerklich bewegte. „Du bist ein guter Mann, Ricardo" fuhr sie fort, „es gibt nicht viele Männer wie du! Was machst du so?"

„Ich trage Pakete aus," fiel ihm seine frühere Tätigkeit ein. Ariane nickte vielsagend. „Da verdienst du sicher gut." Da er seine Achseln hob und senkte, leerte sie mit einem Schluck ihr Glas, dessen Inhalt eine hellere Farbe hatte als seins. „Das tut gut," meinte sie sodann, und ihre Hand wanderte weiter, als sie ihm „spendierst du mir noch einen" ins Ohr hauchte. Rico entschuldigte sich, da er auf Toilette musste. Ein Schwindel, ein Taumel wollte ihn mit sich ziehen. Auf dem stillen Örtchen, ganz für sich, hatte er das Gefühl, irr zu werden, wenn er nicht schnellstens diesen Ort verließ. Hastig legte er noch Geld auf den Tresen (viel zu viel, wie er später von Pierre erfuhr) und schon empfing ihn wieder das Tageslicht.

Von Pierre war nichts zu sehen, doch sein Porsche stand noch da. Er wartete, und auch, wenn er sich einen Vers auf sein Ausbleiben machen konnte, beschloss er nach gut einer halben Stunde Wartens, nach ihm zu sehen, ungeachtet der Gefahr, der Ariane wieder zu begegnen. Die Klinke schon in der Hand, wurde die Tür von innen geöffnet, und eine andere Dame strebte nach draußen. Noch bevor sie mehr als vielsagend „Hallo, da bist du ja noch" sagen konnte, saß er schon in seinem Porsche. - Zurück nach Haus! Dann eben ohne Pierre. Nervös drückte er aufs Pedal.

*

Es war das bisher erfolgreichste Jahr des SVB. Durch die Neuzugänge, insbesondere durch Pierre, war das Spiel effizienter und kräftesparender geworden, was sich angesichts der Temperaturen dieses Sommers von über dreißig Grad auf das Leistungsvermögen zum Spielende hin auswirkte. Durch die weiten Bälle in die Spitze brauchte es oft nur einen Spielzug und zwei Stürmer, in der Regel Juan und Rico, die wie auf ein Zeichen, urplötzlich aus der eigenen Hälfte losstürmend die präzisen Bälle im Lauf mitnahmen und ebenso plötzlich vor des Gegners Tor standen. Auf diese Art blieb ihre Abwehr stets vielbeinig, ein wahres Bollwerk, für das der SVB neben seiner überfallartigen Angriffstaktik inzwischen bekannt war.

Der Aufwärtstrend, der sich in der vergangenen Saison abgezeichnet hatte, setzte sich in der laufenden fort. Den von Anbeginn eroberten zweiten Tabellenplatz hielten sie seit Wochen besetzt, hatten sich nun im Bewusstsein ihrer Siegeskette noch höhere Ziele gesetzt. Das Wort, Meisterschaft, machte die Runde, doch der führende FC gab sich ebenfalls keine Blöße. Zwei Punkte waren es, die sie trennten. Alles lief auf das direkte Zusammentreffen hinaus.

Es kam der Tag, dem nicht nur der SVB entgegen fieberte. Die ganze Stadt schien unter dem Bann des unmittelbar bevorstehenden Ereignisses zu stehen. Schon eine Woche vorher war es Tagesgespräch und beherrschendes Thema der Medien. Der SVB gegen den FC. Dagegen kam auch die Flugzeugentführung nicht an.

Das Stadion war Wochen vorher ausverkauft. Ströme von Menschen steuerten von einer magnetischen Kraft angezogen, ameisengleich einen großen Bau an, der sie nach einer bestimmten Ordnung zusammenpferchend in sein Inneres aufnahm.

Für den Sieg sollte jeder Spieler eine beachtliche Sonderprämie erhalten. Sie waren das i-Tüpfelchen ihrer Motivation. Es ging um die Meisterschaft. Ein Sieg war wichtig, er machte den Traum zu einer greifbaren Realität.

Noch einmal gab der Trainer ihnen mit auf den Weg: attackieren, sobald der Ball die Mittellinie überschreitet, bedingungslos dazwischen gehen, keinen Ball verloren geben, das Spiel des Gegners und seine Ordnung permanent stören, voraus denken, ihn locken, dass er aufrückt, und bei sich bietender Gelegenheit, er sah dabei vielsagend von Pierre zu Rico, zuschlagen! Männer, auf geht's!

Tatsächlich gewannen sie zwei zu null. Eine Sensation. Zu verdanken hatten sie es einem optimalen Spielverlauf. Bereits in der vierten Spielminute hatte es beim Gegner eingeschlagen. Eine Standardsituation, ein Freistoß genau auf Hakkis Kopf, brachte ihnen das eins zu null. Ein Traumstart, wie er nicht alle Tage vorkam. Zunächst blieb der FC unbeeindruckt, setzte sein gekonntes Kurzpassspiel in alter Routine fort, im Vertrauen darauf, dass sich, früher oder später, wie regelmäßig, seine Geduld auszahlen würde. Die Abwehr des SVB, jedoch, wurde ihrem Ruf gerecht, leistete mit nicht erlahmendem Einsatz Widerstand, so dass sich bis zur Pause an dem bisherigen Ergebnis nichts änderte.

Nach dem Wechsel bot sich ein anderes Bild. Von der ersten Minute an drängte und drückte der FC mit vollem Körpereinsatz und furiosen Kombinationen. Obwohl die gesamte zweite Halbzeit quasi in der Hälfte des SVB stattfand, waren es nur wenige Schüsse des FC, die den Weg durch die vielbeinige Abwehr fanden, und dann war da immer noch Kevin, der die Endstation markierte. Je länger das Spiel ohne zählbare Erfolge verlief, desto ungestümer berannte der FC, auch unter Beteiligung seiner Verteidiger, das Tor. Und mitten in dieser Drangphase war sie plötzlich da, die beschworene Gelegenheit. Schon rannte Rico los, scheinbar ohne erkennbaren Grund. Sekunden später fiel ihm der Ball nach achtzig Meter Flugbahn direkt in den Lauf, derart, dass er ihn, ohne das Tempo zu verändern, mitnehmen konnte. Noch ein paar Meter und er stand allein vor dem vergeblich den Winkel verkürzenden Torwart: zwei zu null. Auf den Zuschauerrängen brachen alle Dämme. Die Polizei postierte sich vor der Fankurve. Der folgende Ansturm des FC trug sichtbare Merkmale von Verzweiflung. Großenteils wurden die Bälle nur noch in den Strafraum gedroschen in der Hoffnung auf einen geeigneten Empfänger oder einen sich ergebenden Freistoß. Es mangelte nicht an Theatralität. Vergeblich. Die Abwehr hielt stand. An dem Spielstand änderte sich nichts. Zum ersten Mal in ihrer Vereinsgeschichte war der SVB Tabellenführer. Die Stimmung war entsprechend, zumal er in den folgenden Spielen nicht nur seine Führungsposition behauptete, sondern ausbaute. *„Ein ganz neues SVB Gefühl"* beschrieb das Morgenblatt die allgemein herrschende Stimmung.

Und der SVB schrieb seine Erfolgsgeschichte fort, hielt die Verfolger auf Abstand.

*

Zur Einweihung des erweiterten Hauses waren die Spieler des SVB vollzählig erschienen und einige ihrer Angehörigen. Auch Wilfried war auf Ricos Einladung und Bitte hin und nachdrücklichem Insistieren schließlich zusammen mit Evi gekommen.

Seit seinem letzten, denkwürdigen Besuch war die Verbindung zwischen ihnen, besonders von Wilfried, nicht sonderlich gepflegt worden. Er hatte sich von sich aus jedenfalls nicht mehr gemeldet. Nun war er doch gekommen und fand sich, wie schon einmal, unter lauter Fußballkennern wieder. Er unterhielt sich mit Jacob, aber nur kurz, da es diesen dann auf die andere Seite zu den Sportlern zog, wo über die Transfers anderer Vereine gesprochen wurde. Ungewohnt schweigsam lauschte Wilfried der Unterhaltung, während Evi etwas verloren neben ihm stand, da weder er noch jemand anders mit ihr redete. Marie, aufmerksam und für das Wohl ihrer Gäste verantwortlich, trat zu ihnen. „Diese Fachsimpelei ist nichts für jeden," meinte sie, „ich musste mich auch erst daran gewöhnen. Bevor ich Rico kennen lernte wusste ich nur, dass Fußball ein Ballspiel mit dem Fuß ist. Das hat sich zwangsläufig geändert, inzwischen habe ich sogar verstanden, was Abseits bedeutet, habe dafür aber einige Zeit gebraucht. Darf ich Euch unser neues Heim zeigen?" Mit diesen Worten hakte sie sich bei Evi und Wilfried ein und machte mit ihnen einen Rundgang, gefolgt von Karl und Margot und dem hinterdrein laufenden Eddi. „Und hier ist nun unser Reich!" erklärte Karl, indem er den Arm um seine Margot legte, als sie auf der Ostseite eine in sich geschlossene Wohnung erreichten.

„Toll! Hier könnte ich wohl auch wohnen." meinte Evi anerkennend, und sie durchquerten das Haus, einmal ringsum, begleitet von Maries Erklärungen, bis sie wieder bei den anderen, Pierre umscharenden, Gästen anlangten.

„Mein lieber Rico, ich gratuliere dir zu deinem neuen Zuhause, aber für mich wäre diese Hütte nichts. Viel zu groß und all die Arbeit, die sie macht.., außerdem bindet sie einen, aber Hauptsache, sie gefällt dir und es geht dir gut. In diesem Sinne alles Gute und weiterhin auf gute Zusammenarbeit." Pierre erhob sein Glas und mit ihm, die anderen, Rico und Marie zuprostend. Anschließend ging es hinaus in den Garten. Dort gab es einen Zwischenfall, dadurch, dass, während Wilfried mit Rico in ein Gespräch vertieft war, Pierre Gelegenheit fand, seinem Ruf als Schwerenöter gerecht zu werden, und Evi Komplimente und schöne Augen machte, was Wilfried, aufmerksam geworden, auf den Plan rief. Der anschließende, von Schubsern begleitete Wortwechsel war nicht sehr freundlich, blieb aber den Vorausgehenden verborgen.

Ansonsten war es ein gelungener Abend. Allgemein war man des Lobes voll, und die letzten Gäste verabschiedeten sich erst, als der Trainer in Anbetracht des am nächsten Tag stattfindenden Spiels zum Aufbruch mahnte.

Evi und Wilfried verbrachten noch den lauen Frühlingsabend mit ihren Gastgebern auf der Terrasse bei Gegrilltem und Wein.

Wilfried, der sich bisher noch nicht nach den Umständen von Ricos Fußballkarriere erkundigt hatte, holte es bei dieser Gelegenheit nach.

„Dein Werdegang hier in der kurzen Zeit, ist ja wie der amerikanische Traum vom Tellerwäscher," sagte er, als sie unter sich waren. „Woher hast du dieses segensreiche Talent? So etwas ist ja nicht unbedingt angeboren."

Rico beschrieb sein tägliches Spiel mit dem Ball in seinem Heimatland, hervorgegangen aus der Langenweile in seiner Freizeit, wie er den Ehrgeiz entwickelte, bestimmte Kunststücke durch immerfortes Üben Tag für Tag bis zur Perfektion einzustudieren. Es sei seine Freizeitbeschäftigung gewesen, ohne bestimmte Absicht, einfach um sich abzulenken. In Deutschland habe sich dann alles fast von allein ergeben. Angefangen habe es mit Jacob, ihrem Spiel auf dem Bolzplatz und ihrem folgenden Beitritt in den Verein, wo er in verschiedenen Mannschaften gespielt habe. Er habe nur Fußball gespielt, mehr nicht, schloss er seine knappe Schilderung.

„Und so bin ich Millionär geworden, kein Problem!" setzte Karl Ricos Ausführungen fort. Es lag nahe, dass sich das Gespräch zu den Umständen ihrer Bekanntschaft weiter spann. Auf Drängen gab Rico das Erlebte wieder.

„Als ich auf dem Weg zum Vulkan war, hörte ich nicht weit entfernt plötzlich Stimmen, Schreie und Rufe, die nicht gut klangen. Ich nahm meinen Knüppel, den ich immer bei mir trug, da es in der Gegend schlechte Menschen gab. Es waren zwei. Sie hielten Wilfried gepackt. Der eine stieß mit einem Messer zu. Ich schlug ihm mit dem Knüppel auf den Kopf. Beide ergriffen darauf die Flucht." - Er hielt inne. Es war ihm förmlich anzusehen, wie die Erinnerung daran an ihm vorüberzog. „Es ist alles ganz anders dort, man kann nicht sicher sein, jeder muss sich selbst schützen," beschrieb er die Zustände.

„Du hast mir das Leben gerettet!" ergänzte Wilfried.

Bis in die Nacht saßen sie auf der Terrasse bei Kerzen-
schein und sprachen über Gott und die Welt. Allen war
anzumerken, dass dieser Abend für sie ein besonderer war.
Als es zu vorgerückter Stunde für die Rückfahrt mit der
Bahn zu spät geworden war, wurde den verbliebenen
Gästen eine Schlafgelegenheit im neuen Teil des Gebäudes
errichtet.

*

Für Marie war Pierre ein rotes Tuch, und sie hielt damit nicht hinter den Berg. Bis an die Grenze zur offenen Ablehnung zeigte sie ihm, was sie von ihm hielt. Ein angedeutetes Nicken als Erwiderung seines Grußes, wenn überhaupt, ein abweisender Gesichtsausdruck, Seufzen und Kopfschütteln über seine Äußerungen, ostentatives Sichzurückziehen, sobald er in ihre Nähe kam, war, was sie für ihn erübrigte. Sie mochte ihn nicht. Warum? Es war eine Antipathie von Anfang an, die sich mit jeder weiteren Begegnung nur verstärkte, zu erklären durch Pierres großspuriges, protziges Auftreten, seine Aura des Leichtsinns und der Undurchsichtigkeit.

„Du nennst ihn zwar deinen Freund, aber mir ist er unsympatisch, große Klappe und nichts dahinter, meint, er sei der King, rauchen tut er auch, wer weiß, was er sonst noch treibt, ich traue ihm alles zu. Dass es nur ja nicht auf dich abfärbt! " meinte sie einmal in einem Gespräch über ihn, in dem sie das Rico bis dahin unbekannte Wort „ungehobelt" verwendete, um das Rico seinen deutschen Sprachschatz nach bildreichen Erklärungen bereicherte.

Ganz unrecht hatte Marie nicht, gestand er sich ein. Manches an Pierre war ihm fremd. Besonders ihre letzte Ausfahrt hatte ihm zu denken gegeben. Für ihn selbst war die Bekanntschaft mit Ariane ein Vorkommnis gewesen, das er bereute und gern ungeschehen gemacht hätte. Pierre fuhr fort zu schwärmen.

Es war klar, Pierre wäre endgültig erledigt gewesen, hätte Marie von ihrem Abenteuer erfahren. Wie sie seine, Ricos, Rolle beurteilt hätte, wagte er sich nicht auszumalen.

„Ich denke, er hat wenig Freunde," erklärte er, „er tut mir deshalb auch manchmal auch leid."

Marie war mit dieser Freundschaft nicht einverstanden und wollte Pierre in ihrem Hause nicht sehen. Sie hielt ihn zu jeder Schandtat fähig und meinte, er hätte einen schlechten Einfluss. Er hätte Rico zum Kauf des sündhaft teuren Autos verleitet und verleitete ihn weiterhin zu ihren sogenannten Spazierfahrten, die sie jedes Mal in Angst und Schrecken versetzten. Das allein war Grund genug, gegen ihn vorzugehen, ihm zu zeigen, dass er unerwünscht war.

Er erschien nicht jeden Tag, doch immer mal wieder, dazu unangemeldet. Die Ablehnung, die dieser „ungehobelte Klotz," durch Marie bei diesen Gelegenheiten erfuhr, hielt ihn jedoch nicht davon ab, mir nichts, dir nichts aufzutauchen und Rico mit Beschlag zu belegen. Sie empfand das als Gipfel der Frechheit und tat das in ihrer Macht Stehende, diesem „Freund" den Aufenthalt bei ihnen zu verleiden. Da war er wieder, hielt mit seinem Wagen direkt vor der Eingangstür. Sogleich war Marie zur Stelle.
„So geht das nicht! Du versperrst den ganzen Weg! Da kannst du nicht bleiben! Warum parkst du nicht auf der Straße? Dort ist genügend Platz!"
Pierre fuhr darauf seinen Wagen rückwärts die Einfahrt hinunter bis zu einer Stelle seitlich, die ihm ungeachtet des Rasens, in den er deutliche Spuren drückte, geeignet schien. Kopfschüttelnd nahm Marie auf ihrem Weg in die Stadt davon Kenntnis, und Pierre verdankte es nur der Eile, in der sie war, dass es dabei blieb.
In der Hoffnung, vom Friseurbesuch zurückkehrend, er möge wieder fort sein, erblickte sie ihn an der ursprünglichen Stelle, vor der Haustür, wo er mit dem hauseigenen Staubsauger den Innenraum seines Wagens bearbeitete. Da

sie sich vorgenommen hatte, sich nicht mehr aufzuregen, schritt sie wortlos an ihm vorbei.

Am selben Tag wurde sie unbemerkt Zeuge eines Gesprächs zwischen ihm und Rico auf der Terrasse über Clubinterna und einen Teamkollegen und dessen Zurückhaltung bei Zweikämpfen nach überstandener Verletzung. Schon wandte sie sich wieder ihrer Arbeit zu, da hielt sie erneut inne. Pierres Stimme. Sie verstand nicht alles, aber sie hörte ihn deutlich sagen, dass Rico seine Tore größtenteils ihm verdanke, seinen präzisen Vorlagen, ohne sie stünde er nicht da, wo er jetzt stehe. Als sein Freund sei er aber gern behilflich... immerhin...Marktwert, er verlange nichts dafür. - Da hielt es Marie nicht mehr. Was für eine Anmaßung und Überheblichkeit! Sie schnappte nach Luft. Dieser Großkotz!! Was zuviel war, war zuviel.

„Was soll denn das heißen?" eilte sie herzu, „das schlägt doch dem Fass den Boden aus, schieß doch deine Tore selbst, aber das kannst du nicht, hast noch kein einziges Tor geschossen. *Du* kannst von Glück sagen, Rico deinen Freund nennen zu dürfen. Er hält doch nur aus Mitleid zu dir!"

Das war unüberlegt gewesen, das wusste sie im selben Augenblick, zudem hatte sie sich als Lauscherin entlarvt. Aber das war ihr in diesem Moment egal. Diesem Kerl gehörte die Meinung gesagt! Was bildete er sich ein? Nun aber Schluss! Soweit kam es noch, dass er Ricos Tore kleinredete.

Zum ersten Mal geschah es, dass Rico sie wegen ihrer Einmischung zur Rede stellte. Er sagte ihr, dass sie sich in ihrer Freundschaft nicht auskenne, und sich aus solchen

Gesprächen besser heraushalte. Auf dem Spielfeld verstünden sie sich wie keine anderen, und ein gutes privates Verhältnis wirke sich auf den persönlichen Erfolg und den des Teams aus, eine gute Stimmung sei dafür ganz wichtig. Außerdem sei es doch nur ein Scherz, wenn auch ein dummer, unter Freunden gewesen. Er habe so eine Art, dass er sich einen Spaß daraus mache, andere zu verwirren. ernste Dinge sage, die nicht stimmten. Sie kenne ihn nicht, aber er.

Er hatte Pierre noch nie verwirrt gesehen, aber was sie gesagt hatte, schien ihn getroffen zu haben, wie er plötzlich aufgestanden ist und nicht den Weg durchs Haus gefunden hatte. Rico machte keinen Hehl aus seiner Verärgerung.

*

„Lass stecken!!" waren Pierres einzige und direkt an ihn gerichtete Worte, als er sich anschickte, den Vorfall vom Vortag geradezurücken.

Sie blieben es. Fortan hielt sich Pierre fern, schenkte ihm nicht mehr Beachtung, als jedem anderen Spieler. Es gab kein Schulterklopfen, keine Scherze und Sprüche, keine Gespräche mehr zwischen ihnen.

Am und durch das Ende ihrer Freundschaft bekam Rico ein ganz anderes Bild von ihm. Es war ihm deutlich geworden, dass sich unter seiner harten Schale ein verletzlicher Kern verbarg, der, sobald er sich entdeckt sah, der Freundschaft die Basis entzog.

So wie man ihn kannte, setzte Pierre seinen Weg fort, geräuschvoll und siegessicher.

Für Rico war klar, die Missverständnisse auf dem Spielfeld waren keine. Es kam nicht von ungefähr, dass die Bälle ausblieben, wenn er zum Sprint ansetzte oder dass sie kamen, wenn er nicht darauf gefasst war.

Die vermehrten Ballverluste führten zu Irritationen und störten den Spielfluss. Kein Wunder, dass der Trainer nach einer Zeit wissen wollte, was los war.

„Sagt mal Jungs, das habe ich aber schon besser gesehen von Euch beiden. Habt Ihr ein Problem? Ich meine nicht nur auf dem Platz? Ihr vermittelt mir das Gefühl, und nicht nur mir, dass es zwischen euch Beiden augenblicklich nicht mehr stimmt.

Doch die beiden wussten von nichts. Es läge in der Natur der Sache, dass die Zeiten nicht immer gleich seien, sich gute und auch weniger gute ablösten. „Ähnlich der Konjunktur," fügte Pierre seiner Erklärung hinzu, „die ja auch nicht immer gleichbleibend ist, bei der auf den Aufschwung irgendwann der Abschwung folgt und anschließend wieder der Aufschwung und wieder.."

„Seht zu, dass Ihr das Problem aus der Welt schafft, und zwar noch gestern," ging er nicht darauf ein.

Stirnrunzelnd hielt er seinen Blick auf Pierre gerichtet, der unübersehbar zugelegt und es in letzter Zeit am nötigen Trainingsfleiß fehlen lassen hatte.

„Fällt dir das Laufen schwer? Schwerer als früher?" erkundigte sich der Trainer. „Das sollte mich nicht wundern. Ich denke, du weißt, dass zu viel Gewicht in unserem Sport oftmals das AUS bedeutet. Tu etwas dagegen! In deinem ureigensten Interesse! Fang gleich heute an. Komm! Auf geht's! Acht Runden! Und morgen wieder und übermorgen auch!"

Außerdem riet er ihm zu einer speziellen Diät. Das Sondertraining brach Pierre nach der fünften Runde schwitzend und keuchend ab. Er deutete auf die Uhr und sagte etwas von einem Termin.

Währenddessen verliefen ihre Spiele mehr nach Mittelmaß. Siege, Unentschieden, Niederlagen wechselten sich ab. Die Tabellenspitze hatten sie erst kürzlich wieder an den FC abgegeben. Nicht mehr viel erinnerte an das Feuerwerk, dem ihr Spiel einmal geglichen hatte. Die einstige Spielfreude, die die Mannschaft auszeichnete, an der die beiden maßgeblichen Anteil hatten, war weg und ließ sich, wie sich zeigte, nicht so leicht wieder herzustellen. Eine gute Verfassung des Körpers war relativ schnell zu erreichen, anders verhielt es sich mit dem Kopf. Der früheren allgemeinen Begeisterung war Ernüchterung und Unzufriedenheit gefolgt.

*

Auch im Atriumhaus herrschte Irritation. Seine Bewohner taten sich schwer, sich an die neue Lage, die nicht mehr von Erfolgen geprägt war, zu gewöhnen. Es war so schön gewesen, das Triumphgefühl und die Genugtuung als Lohn der Mühen. Nun reihten sich die Negativergebnisse aneinander. Auch, wenn die Mannschaft mit den besten Vorsätzen ins anstehende Spiel ging, verließ sie es neuerdings konsterniert.

Rico, ansonsten von ausgeglichenem Gemüt, war die Anspannung anzumerken. Seine Backenknochen malten, und er wirkte abwesend.

Was die Bewohner tun konnten, taten sie, um ihn moralisch zu unterstützten, doch war ihr Einfluss naturgemäß begrenzt. Solange es mit dem SVB nicht wieder aufwärts ging, gelang es ihnen nicht, ihn von seinen Grübeleien abzubringen.

Zuhause drehten sich die Gespräche nicht nur, aber doch sehr oft, um Fußball. Seine Bewohner hatten sich samt und sonders zu wahren Experten entwickelt. Allen voran Jacob, der alle Spieler der Liga auswendig wusste, jedem einzelnen, seine Vereinszugehörigkeit, seine Funktion, seine Stärken, seine Schwächen, sogar Charaktereigenschaften zuordnen konnte. Er besaß ein entsprechendes, bebildertes Album, und seine Lieblingsbeschäftigung war es, zusammen mit seiner Oma, auf ihr bekundetes Interesse eingehend, dieses Album wieder und wieder unter Berücksichtigung der durch Zu- und Abgänge verursachten Veränderungen durchzugehen, bis auch sie schließlich, fast wie er, die Biografie jedes Spielers kannte. Kein Wunder also, dass Rico vor jedem Spiel mit guten Ratschlägen versorgt wurde.

Damit nicht genug. Da Margot bis dato keinerlei Berührungspunkte mit dem Fußballsport hatte, betrachtete es Jacob als seine Aufgabe, sie in die wichtigsten Regeln einzuweihen. Mit viel Geduld, beispielhaft für jeden Lehrer im Umgang mit seinen ABC-Schützen, vermittelte er ihr anhand einfacher Beispiele die Grundbegriffe des Spiels. Das Thema Abseits überging er wohlweislich in seinem Anfangskurs. Da wusste er manchmal selber nicht richtig Bescheid. Doch wozu gab es die virtuelle Unterstützung?

Bald fanden sie sich vor dem Computer wieder und ließen die Kugel rollen.

Angelockt von Aufschreien des Jubels und Fluchens, gesellten sich weitere Interessierte hinzu. Jeder wollte drankommen. Auch Klein-Eddi war nicht unempfänglich für diese Sportart und mischte nach Kräften mit.

Der Fußball nahm in der Tat breiten Raum im Atriumhaus ein. Der geschlossene und auch kostenlose Besuch von Ricos Heimspielen gehörte im regelmäßigen Turnus zum Wochenendprogramm.

*

Der Trainer, auch nach einigen Einzelgesprächen, von denen das mit Pierre überdurchschnittlich lange dauerte, einigermaßen ratlos, berief nach der nächsten Niederlage eine Krisensitzung ein, der auch der Präsident beiwohnte. Es war eine lebhafte Debatte, bei der jeder Gelegenheit hatte, seine Sicht der Dinge zu erklären. Es blieb nicht aus, dass sich die Spielerkollegen untereinander kritisierten, vor allem, was Einsatz und Laufbereitschaft betraf. Pierre, der ohnehin bei jeder Gelegenheit sagte, was ihm nicht passte, kannte keine Hemmungen beim Kundtun seiner Unzufriedenheit.

„Du hast es gerade nötig!" kam es von Lucas, dem Kritisierten.

„Fass dir besser an *deine* Nase! Aber ich gebe dir recht. Wer sich nicht bewegt, macht keine Fehler. Du solltest bei den Alten Herren spielen!"

Hier griff der Präsident ein, Sachlichkeit anmahnend lenkte er das Gespräch in andere Bahnen. Zwar seien sie eine Gruppe von Sportlern mit unterschiedlichsten Charakteren und Anlagen, doch sie seien vor allem ein Team, das den Anspruch habe, Fußball auf höchstem Niveau zu spielen, was nur gelingen könne, wenn jeder seine Vorbehalte diesem Sinn unterordne und die Leistung bringe, um deretwillen der Vertrag geschlossen worden war, kurzum ein Profi sei. Anschließend nannte er vier Spieler, die nach Ende der Sitzung noch da bleiben sollten. Zu ihnen gehörte Pierre. Dann meldete sich der Trainer noch einmal zu Wort, um anzukündigen, dass er in der augenblicklichen Situation keine andere Möglichkeit sehe, als die Schlagzahl zu erhöhen, das tägliche Training um eine Stunde zu verlängern. Und, zum Präsidenten gewandt fügte er hinzu, dass er dem Gedanken der Motivation durch einen psychologischen Berater nachgehen werde. Was das angehe, liege offensichtlich manches im Argen.

Diskutierend und murrend folgten die Spieler sodann ihrem Trainer zu den täglichen Übungen auf dem Spielfeld.

Den vier zurückbleibenden Angestellten eröffnete der Präsident, dass nicht beabsichtigt sei, ihre auslaufenden Verträge zu verlängern. Es stehe ihnen frei, einen neuen Verein zu suchen. Auf die einsetzenden Fragen nach den Gründen dieser Entscheidung verwies er auf wahrzunehmende Einzeltermine.

*

Simones Stimme klang hart und geschäftsmäßig, als spräche sie mit einem Fremden. In dem Telefonat drehte es sich allein um den Trennungszeitpunkt und seine Unterschrift. Sie wollte sich mit ihm zuhause treffen, Zuhause! mit ihm darüber sprechen, es sei ihm doch bekannt, dass ein absolviertes Trennungsjahr Voraussetzung sei.

Ja, das wusste er und worauf es hinaus lief. Sie trieb die Angelegenheit voran, ganz wie es ihre Art war, wenn es um ein ihr wichtiges Anliegen ging.

Jeden Blick, jedes Anzeichen von Vertrautheit bei dem Treffen vermeidend, kam sie zur Sache, holte ein Papier hervor, in dem es um ein Datum ging, dasselbe Datum, das auch schon in dem Anwaltsschreiben eine Rolle gespielt hatte und den Beginn des Trennungsjahres bezeichnete. Den Grund dafür, dass es sich nicht um das tatsächliche handelte, sondern um sechzehn Monate zurückdatiert war, erklärte sie mit den Vorteilen einer schnellen und stressfreien Abwicklung und Schaffung klarer Verhältnisse.

Er unterschrieb wortlos das Formular, ohne sich vom Inhalt zu überzeugen.

„Ich hoffe, du hast dir alles gut überlegt.." sagte er

„Ich liebe dich nicht mehr, Fried," entgegnete sie, „das ist einfach so. Es hat keinen Sinn, zu erklären. Dadurch ändert sich nichts und macht die Sache nur schwerer."

Da Wilfried davon ausging, dass keine Böswilligkeit die Triebfeder ihres Handels war, sondern ein Erkalten ihrer Gefühle, eine gewachsene Einförmigkeit zwischen ihnen, die irgendwann zu einem Nebeneinanderher und schließlich zu einer Entfremdung geführt hatte, hatte er ihr noch sagen wollen, dass es ihm leid tue, wie es gekommen sei und auf einen künftigen Umgang zähle, der Emmis

Bedürfnisse in den Mittelpunkt stelle. Doch er kam nicht dazu. Ihre direkte Aussage hatte ihm einen Schlag versetzt, und bevor er das Gesagte verarbeitet hatte, war sie schon zu den Möbeln übergegangen, die sie für sich reklamierte. Durch das Fenster sah er sie auf der Beifahrerseite in ein Auto steigen.

Benommen blieb er noch eine Weile, versunken in Erinnerungen. Ihr Zuhause! All die Jahre! Bilder vergangener Tage stiegen in ihm auf, wie aus einem anderen Leben stammend.

So war es! Ihre Wege hatten sich getrennt. Sie waren getrennte Leute. Von Emmi abgesehen, gab es nichts mehr, was sie verband. Über die Jahre war es so gekommen. Die Frage, ob es richtig gewesen war, sich ihrer Lebensauffassung mit ihren Wünschen und Plänen nicht anzupassen, stellte sich ihm nicht. Er hatte keine Wahl gehabt. Aber er verstand auch sie. Wie er, hatte auch sie sich keine Lebensweise überstülpen können, die ihr nicht gefiel. Anders als er, hatte sie jedoch die Konsequenzen gezogen, die zu ziehen ihn überfordert hatten.

Bevor sie das Haus offiziell zum Verkauf anboten, besuchte er es ein letztes Mal, um persönliche Sachen zu holen und Abschied zu nehmen von dem von ihm beherbergten Lebensabschnitt. Der Anblick der Zimmer, des Mobiliars, des Gartens, die Erinnerungen, die Bilder und Stimmen die mit allem verbunden waren, trieben ihm die Tränen in die Augen.

Am selben Tag reichte er das kürzlich eingegangene Papier, Scheidungsfolgenvereinbarung zurück, in welchem im voraus die Scheidungsmodalitäten, unter anderem,

Ihre Einigung über den Verkauf des Hauses festgehalten waren.

Der Preis, den sie erzielten, erfüllte ihre Erwartungen. Wer soviel zahlte, der wollte auch verdienen, verfolgte ein Projekt, das ihm ein Vielfaches wieder einbrachte. Es war Wilfried auch lieber, dass niemand anderes in ihr Heim einzog, auch wenn an seiner Stelle, wie in dieser Zeit üblich, ein neuer Block teurer Eigentumswohnungen entstehen würde.

Ein Kapitel war zu Ende. Für Wilfried stand fest, dass er nicht bleiben würde. Ein neuer Anfang musste her, eine grundlegende Veränderung. Ein gänzlich neues Umfeld, möglichst weit weg, war das A und O. Eine Überlegung war, nach Afrika zu gehen, als Entwicklungshelfer, zumal er als freiwilliger Helfer schon Erfahrung hatte. Doch überschätzte er sich nicht? Er war nicht mehr der von früher, auch physisch nicht. Sein Knie! Er verwarf diesen Gedanken und kam auf die ursprüngliche Überlegung zurück. Es musste ja auch nicht Afrika sein, auch hierzulande war es möglich, ein anderes Leben zu beginnen, draußen auf dem Land unter ganz anderen Bedingungen. Er dachte an eine Art Selbstversorgung. Ein Wagnis zwar, doch wer nicht wagt, der nicht gewinnt.

Als jemand, der nicht unüberlegt handelt, hatte er Erkundigungen eingezogen, wo es Schulen gab, die Lehrkräfte suchten. Es kamen einige Kleinstädte in Betracht, in deren ländlicher Umgebung Häuser zu kaufen waren.

Er dachte laut, um zu hören, was Evi dazu meinte. Ein Leben mit Tieren, Gartenarbeit, Obst- und Gemüseanbau, auch ein Atelier, lichtdurchflutet und nicht zu klein.

Er setzte ihr seine Pläne auseinander, die im wesentlichen darin bestanden, seinen Anteil am Erlös des Hauses dafür zu verwenden, sich in einer anderen Gegend, im ländlichen Raum, niederzulassen, dort, wo der liebe Gott noch zu Hause war. Es hielt Evi nicht viel mehr als ihn in der Trabantenstadt.

Sie machten sich auf die Suche nach einem geeigneten Objekt. Die Summe, die ihnen zur Verfügung stand, gab ihnen Spielraum.

Sie hielten ihre Augen auf nach einem infrage kommenden Haus mit Grundstück. Nachdem eine erste Objektbesichtigung sie nicht hatte überzeugen können, machten sie sich erneut auf die Suche.

Ihre Wahl war auf ein Anwesen im ländlichen Bereich im Osten Deutschlands gefallen. Dem Expose zufolge, sollte es die gewünschte Größe und Ortsrandlage haben.

Frühmorgens hatten sie sich auf den Weg gemacht, zuerst mit der Bahn in die nächst größere Stadt, von dort weiter mit einem Bus, der dreimal täglich fuhr. Die Reststrecke war einem Fußmarsch vorbehalten, der sie zu dem Ort führte, an dessen Nordrand sie das Haus mit Hilfe der Wegbeschreibung fanden.

Es lag als letztes am Ende einer längeren Straße mit einer in seine Richtung hin abnehmenden Besiedlung, ihr erstes Kriterium, die Abwesenheit unmittelbarer Nachbarschaft und fremder Blicke, erfüllend. Dazu gehörte ein großes Grundstück von fast sechstausend Quadratmetern mit einigen offenbar sehr alten, windschiefen Apfelbäumen auf einer Art Streuobstwiese.

Um sich schon ein Bild zu machen, waren sie weit vor dem verabredeten Termin gekommen. Sie gingen um das Haus. Die Fensterrahmen, wie im Expose beschrieben, aus Aluminium, waren neueren Datums und mit Rollläden versehen. Das Mauerwerk, verputzt und in einem gelblichbeigen Ton gehalten, wirkte solide. Bis auf ein separates, hinter dem Haus stehendes Gelass von der Art eines Schuppens, der über den Rohbau offensichtlich nicht hinaus gekommen war, machte alles einen intakten, ansehnlichen Eindruck. Besonders das Dach als tragender Gebäudeteil mit dem in Schiefer gefassten Schornstein wirkte vertrauenerweckend. Kein Zweifel, irgendwann in den letzten Jahren musste es neu gedeckt worden sein. Die Frage war, wie sah es von innen aus? Das Gebälk vor allen Dingen. Nach allem waren sie sehr neugierig geworden auf das Hausinnere. Ein wichtiger Punkt war auch das Heizsystem. Dem Expose zufolge gab es eine Gasheizung, und nicht weniger wichtig waren die Leitungen.

Bis zum Eintreffen des Maklers war es noch eine Stunde, die sie nutzten, um die sich in einen landwirtschaftlichen Weg verändernde Straße, an Feldern vorbei, weiter in Richtung des sich hinter dem Grundstück anschließenden Waldes, zu gehen. Sie setzten sich auf einen umge-stürzten Baumstamm, lauschten dem Wispern des Windes in den Ästen und Zweigen.
„Eine andere Welt ist das hier, ein anderes Leben..," sagte Wilfried. „Gefällt dir das Haus und das Ganze hier?"
Evi, nickte.
„Kannst du dir vorstellen, hier zu leben?"
„Mit dir," sagte sie, indem sie sich an ihn schmiegte.

„Die Frage ist, wie sieht das Haus von innen aus. Wir wissen nicht, wie lange es schon leer steht. Gut möglich, dass es von Pilz befallen ist oder sonst welche Schäden hat. Warum ist es so günstig, frage ich mich."

„Gleich wissen wir mehr," meinte Evi.

Sie gingen den Weg zurück zum Haus, wo ein parkendes Auto von der Ankunft des Maklers kündete.

Herr Krumbügel, noch recht jung an Jahren und eine sportliche Erscheinung, begrüßte sie mit der Jovialität eines von sich und dem zu verkaufenden Objekt überzeugten Menschen. Nach einem kurzen, gegenseitigen Vorstellen wurde zunächst noch einmal die Runde ums Haus gemacht mit Erklärungen und Beantwortung von Fragen, auch zum Grundstück und weiteren Nutzungsmöglichkeiten. Dann kam das Hausinnere, das Herzstück ihres verbliebenen Interesses. Der Keller, aufgeteilt in zwei große Räume, beherbergte eine Gaszentralheizung, das Erdgeschoss hatte vier Zimmer auf neunzig Quadratmetern, in der Küche waren ein Gasherd und Einbauschränke, es gab ein separates WC und ein altes, unansehnliches Bad. Über eine einfache Leiter gelangte man durch eine Luke ins Dachgeschoss, unausgebaut, mit stabilem Gebälk und nackt aufliegenden Tonpfannen. Alle Leitungen, die elektrischen wie die für Gas und Wasser, waren vor neun Jahren zusammen mit dem Dach und Fenstern erneuert worden. Entsprechende Dokumente befanden sich in Krumbügels Aktenkoffer.

Wilfried und Evi gefiel, was sie sahen. Die Entscheidung fiel bei einer zweiten ausführlichen Besichtigung zusammen mit einem befreundeten Ingenieur.

*

Wer sich verändern, etwas Neues will, der darf sich nicht irritieren lassen, muss sein Ziel fest im Auge haben, es mit nicht nachlassender Energie verfolgen, andernfalls heißt es am Ende: außer Spesen nichts gewesen.

Wilfried war dabei, diese verloren gegangene Maxime neu zu beleben. Ihm war klar, dass Voraussetzung für das Gelingen die Wiederkehr alter Tugenden war. Es gab nur diese Möglichkeit.

Es war schon ein Schritt, den er und Evi vollzogen hatten, nicht direkt ins Ungewisse, obwohl es ja keine Garantie gab, dass sich ihre Vorstellungen und Wünsche erfüllen würden. Doch zusammen, als fest verbundenes Paar, suchten sie einen Neubeginn.

Es war gewöhnungsbedürftig, das Neue. Auch wenn sie wenig Ansprüche stellten, essen und trinken mussten sie, waren angewiesen auf Geld und Einkaufsmöglichkeiten. Ersteres hatten sie, der angelegte Fonds im Hintergrund wirkte beruhigend. Sie kauften ein, Essen und Trinken, ein paar Möbel und einen Hund.

Die Lilly sah robuster aus, als sie war, struppig, graubraun nach Art eines Wolfes. Als zusätzlich zu versorgender Mitbewohner sollte sie auch Aufgaben übernehmen, für die Sicherheit des Anwesens sorgen. Jedoch täuschte ihr Äußeres, von robust konnte keine Rede sein. Wahrscheinlich zurückzuführen auf ihre herrenlose Vergangenheit, war sie diejenige, die zuerst Schutz suchte, wenn es donnerte und der Regen herunter rauschte. Dann war ihr kein Möbelstück zu niedrig, um sich nicht darunter zu verkriechen, und auch Stunden später war sie nicht dazu zu bewegen, einen Fuß vor die Tür zu setzen. Dessen ungeachtet nahm dieses fellige Wesen die Stellung eines Familienmitgliedes ein, war von ihnen nicht mehr wegzudenken.

Sie waren, wo sie sein wollten, fernab jeden Lärms und jeder Enge, dort, wo sie ein neues Leben beginnen wollten. Wenn sie aus der Tür traten, standen sie in ihrem Garten, der sich irgendwo hinter den Apfelbäumen verlor. Sich selbst versorgen, soweit als eben möglich.

Sie hielten sich nicht lange mit der Vorrede auf, begannen, das Haus innen zu renovieren und den Garten für ihre Zwecke herzurichten. Um ihre Vorstellungen einer autarken Lebensweise umzusetzen, mussten sie in Vorlage gehen, Anschaffungen machen, die nötig waren. Sie kauften Farbe, Pinsel und was man zum Malen brauchte, Gartengeräte von Spaten und Hacke über Wasserschlauch, Forke und Schubkarre.

Ihre Tage waren ausgefüllt. Sie arbeiteten von morgens bis abends. Die Idee von einer Selbstversorgung hielt sie in ihrem Bann: zusammen und unmittelbar mit den Kräften der Natur, eigenhändig, ihr Grundbedürfnis zu erfüllen. (zum Teil) Es galt zu zeigen, dass sie es konnten. - Essen und Trinken - erhielt automatisch die Bedeutung, die ihnen in ihrem früheren Leben abhanden gekommen war.

Die Kartoffel, ein Grundnahrungsmittel. Davon hatten sie zwei Säcke, reichlich vorgekeimt, so dass sie sich nicht mehr zum Verzehr eigneten. Schon Hochsommer, galt es, sie sobald als möglich in die Erde zu bringen. Sie teilten dafür zwei unbewachsene Flächen ab und gruben diese um. Was einfach klingt, war Schwerstarbeit, denn für ein späteres, gutes Gedeihen war wichtig, tief in den Boden vorzudringen. Spaten für Spaten mühten sie sich im Schweiße ihres Angesichts. Der Boden musste locker sein, und Wilfried mit seiner Gewissenhaftigkeit nahm es damit sehr genau, genauer als Evi offenbar, die weitaus schneller vorankam. Trotz verbissener Anstrengungen konnte er nicht mithalten mit ihr. Was ihm blieb, waren Belehrungen über die Ansprüche der Kartoffeln an den Boden. Doch sie war flott, das musste er neidlos anerkennen. Beim Einbuddeln war es nicht anders. Evi setzte ohne lange zu überlegen eine Kartoffel nach der anderen in die vorbereiteten Furchen, Wilfried tat es, eher gefühlvoll, achtete penibel auf gleichmäßige Abstände, darauf, dass sie mit den Keimen präzise nach oben zeigten und schaute noch einmal nach, wenn er sich nicht sicher war. Zugute zu halten war ihm bei alledem sein Knie, das ihn in seiner Beweglichkeit insgesamt behinderte.

Bei den Arbeiten im Hause bei schlechtem Wetter war es deshalb auch Evi, die auf der Leiter stehend Decken und Wände strich, während er mehr in den unteren Regionen wirkte und Benötigtes nach oben reichte.

Am Ende des Tages waren sie verschwitzt und dreckig. Wenn Evi unter der Dusche stand gesellte er sich nicht selten dazu. „Wir müssen Wasser sparen," sagte er, und nachdem sie sich gegenseitig eingeseift hatten, setzten sie sich auf den Boden, ließen ineinander verschlungen, das warme Wasser auf sie nieder rieseln.

Es waren nicht nur die Kartoffeln, mit denen sie sich beschäftigten, der Garten bot viel Platz für den Anbau weiterer Gemüse- und Obstsorten. Neben ihrer Absicht, sich größtenteils selbst zu versorgen, planten sie auch den Verkauf ihrer Erzeugnisse. Im Lauf der Zeit, füllten außer den bereits vorhandenen Apfel- Birnen- und Pflaumenbäumen, auch Johannes- und Stachelbeeren, Rhabarber, Tomaten, Gurken, Bohnen, Grün- und Weißkohl den Garten.

Schon bald hatten sie die Bekanntschaft mit einigen Anwohnern ihrer Straße gemacht, überwiegend freundliche, ältere Leute, auch solche, die seit DDR Zeiten dort lebten. Darunter Harri, mittleren Alters, Frührentner, ausgesprochen redselig und für einen Frührentner unerwartet agil, mit stabilem Äußerem, seit zehn Jahren verheiratet mit Karin, wie sie schon bei der ersten Begegnung erfuhren. Er zu Hause, Hausmann sozusagen. Sie beschäftigt in der Stadt, unsichtbar im Hintergrund wirkend.

Dieser Harri war äußerst mitteilsam. Immer, wenn sie an seinem Haus vorbei kamen, war er da, beziehungsweise kam von irgendwoher und fing ein Gespräch an. Sie vermuteten, er habe Langeweile, denn seine Aufgabe bestand mehr oder weniger darin, seine Frau morgens zur Arbeit zu fahren und abends wieder abzuholen. Wie er sonst seine Tage ausfüllte, wussten sie nicht und interessierte sie auch nicht sonderlich. Dagegen schien sein Interesse an ihnen umso ausgeprägter zu sein. Nicht nur, dass sie sein Grundstück nicht passieren konnten, ohne dass er zur Stelle war und es nicht bei einem Gruß beließ, zu ihrem ihre anfängliche Geduld ablösenden Unmut begann er jedes Mal eine Unterhaltung, in der er sich nach Abhandlung des Wetters und politischer Themen stets nach dem Fortschreiten ihrer Vorhaben erkundigte, wobei er auf erstaunliche, fast intime Einzelheiten ihrer Arbeiten zu sprechen kam, gerade so, als sei er an ihnen beteiligt. Von Anbeginn das DU verwendend, wie es in der Straße üblich war, bot er ihnen jede Hilfe an, unter anderem als Besitzer eines großen Kombis, sie zu Einkäufen in die Stadt mitzunehmen. Sie brauchten nur Bescheid zu sagen. In neuster Zeit fand er sich auch bei ihnen ein und durchstreifte, gute Ratschläge gebend und auch Hand anlegend, ihren Garten.

Das alles, die vertrauliche Art, wie zwischen alten Bekannten, stieß ihnen etwas merkwürdig auf. Aber sie nahmen dankend an. Zwar nicht ganz ihre Kragenweite, bemühten sie sich auch um ein freundschaftliches Verhältnis.

*

Angesichts des schönen Wetters und der zurückliegenden, schweißtreibenden Tage, legten sie eine Arbeitspause ein und machten, Badezeug im Gepäck, einen Ausflug per Rad an den rund zehn Kilometer entfernten See. Harri hatte ihnen eine Karte gezeichnet mit der Route, die er nur an seine „besten Freunde" weitergab. Er erbot sich auch, Lilly für diesen Tag zu versorgen.

Die Fahrt hielt, was er versprochen hatte. Nur einmal mussten sie eine Straße queren, ansonsten ging sie auf einsamen Pfaden und Wegen durch Wälder und Felder, teilweise entlang eines gluckernden Baches und schließlich

direkt zu einer kleinen, verborgenen, offenbar nur Einge-
weihten bekannten und zugänglichen Badestelle. Sie trafen
dort nur auf ein junges Pärchen und eine Familie mit
Kindern.

Ab ging es ins Wasser. Evi zuerst. Er gab ihr die Ermah-
nung mit auf den Weg, nicht soweit hinaus zu schwimmen,
aber wie nicht anders zu erwarten, nahm sie gleich Kurs
genau dorthin. Das machte ihm einige bange Minuten,
auch wenn sie ihm vom gegenüberliegenden Ufer zuwink-
te, denn es war ein ihnen unbekanntes Gewässer, und der
Berichte über Badeunfälle gab es viele. Umso erleichterter
war er, als sie wieder in nähere Bereiche kam und schließlich dem Wasser in ihrer Herrlichkeit, das nasse Haar aus
dem Gesicht streichend, entstieg.

„Wir beide müssen uns nachher mal unterhalten" empfing
er sie und begab sich seinerseits ins Wasser. Er selbst beschränkte sich denn auch auf eben den „sicheren" Bereich,
genoss auf dem Rücken liegend, in körperlicher und
geistiger Schwerelosigkeit, den Anblick des wolkenlosen
Himmels über sich und das ihn umschmeichelnde Nass.
Zwischendurch tauchte er unter, und kam, da er die Luft
lange anzuhalten vermochte, erst nach einer Weile wieder
zum Vorschein. Er sah Evi am Wassersaum stehen, mit
besorgtem Ausdruck und sich kopfschüttelnd wieder
setzen. Jeder hatte etwas zu lesen dabei, sie einen Krimi, er
einen Artikel über Kartoffeln. Um sich vor der Sonne zu
schützen, bauten sie ihre Strandmuschel auf. Lesend und
dösend und zwischendurch das kalte Nass aufsuchend,
verbrachten sie den Tag. Am späten Nachmittag fuhren sie
den gleichen Weg zurück.

*

Der Bau eines Hühnerstalls stand auf dem Programm. Und da war er schon wieder, Harri, der behilflich sein wollte. Harri war handwerklich beschlagen, brachte reichlich Werkzeug mit und auch Material aus seinem Fundus für Heimwerker. Sie gingen nach Plan vor, das hieß, vor allem Harri. In erster Linie war er es, der sich für den Bau verantwortlich zu fühlen schien. Seine unzweifelhaft größere Kompetenz anerkennend, beschränkte sich Wilfried mehr oder weniger auf das Zuarbeiten. Nach zwei Tagen stand nahe dem Haupthaus, bezugsfertig, ein schmuckes, etwas kleineres Gebäude von an die Bedürfnisse seiner künftigen Bewohner angepasster Architektur.

Es war alles da, was Huhn brauchte: Ein- und Ausstieg mit Hühnerleitern, Fenster, Sitzstange mit einem darunter befindlichen Auffangbrett, Tränke, Futterstelle, Nestern unter dem abnehmbaren Dach, großer eingezäunter Auslauf, gut einsehbar vom Haus aus. Die Hühner konnten kommen, drei sollten es zunächst sein.

Nach getaner Arbeit gab es etwas zu trinken für die Erbauer. Evi war voll des Lobes, hätte die Unterkunft am liebsten sofort ihrem Zweck zugeführt, doch das Fenster hatte noch keine Scheibe, das musste noch erledigt werden. Für seine Hilfe luden sie Harri zu einem Essen ein.

Var es nun die gute Laune, zu der das gelungene Werk mit Sicherheit beitrug oder das Bier, von dem Harri reichlich konsumierte? Wahrscheinlich war es beides, jedenfalls wurde er zusehends redseliger, begann aus dem Nähkästchen zu plaudern, über sich und die Vergangenheit, erzählte manches, was sich nicht für noch relativ fremde Ohren eignete.

Er war in Berlin geboren als zweites Kind nicht gerade begüterter Eltern. Der Vater war Schuster gewesen mit eigener Werkstatt und hatte, als die Nachfrage nach Reparaturen merklich nachließ zu trinken angefangen. Wenn er von der Arbeit nach Hause kam, hatte er regelmäßig schlechte Laune, es genügte dann ein Missgeschick, ein Gegenstand, der nicht an seinem Platz stand oder ein falsches Wort, um ihn aus der Fassung zu bringen. Dann schlug er zu. Nicht nur Harri und sein Bruder waren davon betroffen gewesen, die Mutter, die sich dazwischen stellte, bekam den größten Teil seiner Wut zu spüren.

Die Mutter, die sein Trinken und seine Aggressivität auf ihre schlechten finanziellen Verhältnisse zurückführte, begann, als ihre beiden Kinder schon zur Schule gingen, als Küchenhelferin in einer Kantine zu arbeiten, von der sie auch regelmäßig ein Mittagessen für sie mitbrachte, was jedoch an der schlechten Laune des Vaters nichts änderte. Bis zu dem Tag an dem auch er, Harri, das Elternhaus verlassen hatte, war sie geblieben. Dann war auch sie gegangen. Bis zu ihrem Tod vor einigen Jahren, hatte sie mit einem Mann zusammengelebt, den er auf andere Art nicht mochte.

Seinem Vater war er nie wieder begegnet, wusste nicht ob er noch lebte. „Besser nicht." fügte er hinzu.

Bis zu diesem Punkt war gegen seine Offenheit nichts einzuwenden, wenngleich das Vertrauen, in das er sie zu diesem Zeitpunkt ihrer Bekanntschaft zog, Wilfried etwas befremdete. Seine weitere Schilderung gab seinen Zuhörern jedoch zu denken.

Da er, Harri, als Schulabbrecher nicht die Lehrstelle gefunden hatte, die ihm zusagte, hatte er sich mit Jobs im

Gastronomiegewerbe beholfen, gekellnert und hinter Bars gestanden. In diesem Milieu hatte er zahlreiche Bekanntschaften geschlossen und in verschiedenen Beziehungen gelebt.

Eines Tages, vor etwa acht Jahren, hatte er Karin kennengelernt, die damals schon als Sexarbeiterin tätig gewesen sei. Diese Mitteilung machte er in einem Nebensatz, und sie verschlug ihnen für einen Moment die Sprache.

„Ja, mein Lieber, da guckst du!" fing er Wilfrieds erstaunten Blick auf, „Nicht alle haben das, was sie verdienen. Unsereiner muss schauen, wo er bleibt. Was willst du machen, wenn die Banken hinter dir her sind?"

Wilfried schluckte.

„Macht sie das immer noch?" fasste sich Evi. Harri nickte.

„Was bleibt einem übrig! Man muss etwas tun, um nicht abgehängt zu werden. Trotz allem hat man doch seine Ansprüche."

Da sich seine Gesprächspartner nicht weiter äußerten, fuhr er fort. „Was soll ich sagen? Da die Konkurrenz in Berlin durch die ausländischen Mädels sehr groß wurde, sind wir aufs Land gezogen, in die Nähe einer Kleinstadt. Hier laufen die Geschäfte besser, können nun auch wieder unseren finanziellen Verpflichtungen nachkommen.

„Auch eine Art, Probleme zu lösen," äußerte Wilfried, um etwas zu sagen. Dann kehrten sie zu den Hühnern zurück. Harri kannte einen Bauern, wo sie diesbezüglich mit Sicherheit fündig würden.

Diese Geschichte, eben ihr letzter Teil, gab Wilfried Anlass, über die Fortsetzung der Bekanntschaft nachzudenken. Sie bestärkte ihn in seiner Ablehnung. Er war nicht aufs Land gezogen, um sich mit Leuten, dieses Schlages zu befassen, die ja eher ein Produkt der Großstadt waren. Gerade sie war es, mit der er nichts mehr zu tun haben wollte. Er war dafür, die ausgesprochene Einladung zum Essen zurückzunehmen, ließ sich wegen seiner geleisteten Dienste vorerst aber auf Evis Sichtweise ein, dass es kleinlich und peinlich sei, ihn wegen seiner Offenheit wieder auszuladen.

„Jetzt, wo wir Bescheid wissen, sind wir künftig besser vorbereitet," meinte sie, und Wilfried stellte seine Bedenken zurück.

Am nächsten Tag, pünktlich, fuhr Harri mit seinem Kombi vor, der mit seinen abgedunkelten Scheiben etwas von einem Leichenwagen hatte. Zuverlässig war er ja und immer die Jovialität in Person. Nach einer Viertelstunde Fahrt erreichten sie den Hof. Der Bauer empfing sie persönlich. Er hatte große, schwielige, harte Hände, die bei der Begrüßung schmerzverzerrte Gesichter hervorriefen.

„Dann kommt mal mit." Sie folgten dem Bauern zum Hühnerstall. „Wir haben verschiedene Rassen. Habt Ihr Erfahrung? Ich rate zu, Plymouth Rock, Vorwerk und Sussex. Die eignen sich für Anfänger." Der Geruch (Gestank) im Stall war nichts für feine Nasen. Sie mussten tapfer sein. Evi sollte sich von jeder Sorte eins aussuchen. Beim Anblick einiger Küken schmolz ihr Herz dahin, nicht anders ging es Wilfried. Auch ein Küken wollten sie.

„Ich gebe euch zwei mit der dazugehörigen Glucke, sie würden sonst nicht überleben," erklärte der Bauer. Sie suchten noch zwei weitere der anderen Sorten aus und zahlten siebzig Euro.

Sie konnten sich nicht satt sehen an den neuen Mitbewohnern, die sie argwöhnisch beäugten. Doch sie schienen einigermaßen zufrieden zu sein, schon begannen sie, obschon noch etwas zaghaft, zu picken. Zu den in das Nest gesetzten Küken sperrten sie die Mutter, in der Hoffnung, sie würde das Richtige tun. Tatsächlich sahen sie alle drei nach einiger Zeit im Stroh vereint. Es fehlten noch Namen. Die Glucke wurde zu Berta, das Plymouth Rosalinde, das Vorwerk Magda, die Küken Trixi und Puschel. Der Anblick dieses fremden Lebens rührte sie.

*

Harris Bekenntnis vom Vortag wirkte nach. Harri! Quasi ein Zuhälter! Hier auf dem Land! Wilfrieds Hoffnung, sein Erkenntnisvermögen würde reichen, ihm zu sagen, dass er bei ihnen fehl am Platze war, erfüllte sich nicht. Er war, quietschfidel, wie immer, war so im reinen mit sich, wie man nur sein konnte.

Während des Essens, zu dem Evi ihn ja wegen seiner Hilfe eingeladen hatte, äußerte Harri seinerseits eine Bitte. Es ging um ein Möbelstück, das vom Dachboden in den Keller transportiert werden musste. Ob Wilfried wollte oder nicht, in Anbetracht der geleisteten Wohltaten, begab er sich anschließend mit ihm in seine Wohnung, die er erstmalig betrat. Ein kurzer Blick vermittelte ihm, dass er sich dort ebenso wenig wohl fühlte, wie in Harris Gesellschaft. Es grauste ihm förmlich beim Anblick der hypermodernen, vor Kitschigkeit starrenden Einrichtung. Ein kleines Bier vor der Arbeit lehnte er dankend ab.

Auf dem Dachboden, zu dem eine steile Holztreppe führte, stand ein mit einem Tuch zugedeckter, sperriger Gegenstand. Der Decke beraubt, kam eine Art gynäkologischer Stuhl zum Vorschein, in roter Farbe mit allerlei technischen Raffinessen, wie es schien, mit Riemen und Schnallen und Ketten, in alle möglichen Positionen verstellbar.

„Was ist das denn?" entfuhr es Wilfried unwillkürlich.

„Ein Gynostuhl für besondere Behandlungen," grinste Harri zurück.

Da erst erkannte Wilfried die Art und den Zweck dieses Gegenstandes.

„Wir sind dabei, Karins Arbeitsplatz hierher zu verlegen," erklärte Harri. „Und wir ändern zugleich auch die Art der Dienstleistung in Richtung SM. Im Keller haben wir ein entsprechendes Studio eingerichtet, nur dieses Möbelstück muss noch nach unten."

Mit diesen Worten ergriff er den Stuhl an den Beinstützen ungeduldig, dass Wilfried das Kopfende nahm. Das Teil war massiv und schwer. Als es sich auf der Treppe befand, verhakte sich die rechte Stütze am Geländer, so dass sie sich leicht verbog.

„Nicht schlimm!" beruhigte Harri, „das kriegen wir wieder hin." Am Ende der Treppe angekommen, stellten sie das Teil erstmal ab.

„Weißt du, was so ein Ding kostet? Tausendzweihundert! Gebraucht! Das Geld muss erst mal wieder reinkommen!"

Eine nicht weniger enge, wie steile Treppe führte zum Keller, mit einer Biegung, die sich als zu schmal erwies, so dass, sich Harri genötigt sah, die eine Beinstütze aus der Schraubenhalterung zu lösen. Dann, unten angekommen, öffnete sich ihnen ein großer, einer anderen Welt zugehöriger Raum, angefüllt mit wohl sortierten, bizarren Gegenständen.

Als erstes stach Wilfried die rundum angebrachten Spiegel ins Auge und ein großes Kreuz an der Wand in Form eines X, auf Regalen standen aufgereiht frankensteinähnliche Masken, darunter eine Vielzahl von unter dem Namen Dildo bekannten Utensilien, daneben verschiedenartige Peitschen, von der Decke herab hing ein Flaschenzug, in einer Abseite, die, Harri, wie er erklärte, eigenhändig durch einen Wanddurchbruch geschaffen hatte, standen ein Gitterkäfig und seltsame Böcke und Gestelle aus Metall.

Sprachlos lehnte sich Wilfried an die Wand, sah sich im Spiegel umringt von Gurten, Lack- und Lederstiefeln. Sein Blick wanderte von einem Gegenstand zum anderen.

„Hier wird bald richtig Schotter gemacht!" bemerkte Harri, „das wird eine Goldgrube, verlass dich drauf!" Wilfried, der sich nicht rührte, hörte ihn sagen: „Ich mach dir einen Vorschlag, steigt mit ein! Wir Vier wären ein unschlagbares Team."

Wilfried dankte und ging.

*

Er wandte sich wieder den Hühnern zu, bemüht die Bilder vom Folterkeller zu vergessen. Die Hühner halfen ihm. Als erstes ging es ihm um die Küken. Sie zu schützen, trennte er mit einem Hasendraht ein kleines Areal im Hühnerstall ab, so dass Mutter und Kinder ihre Ruhe hatten. Er hätte das besser vor dem Bezug des Stalles gemacht, denn Bertha wurde bei dieser Aktion doch sehr unruhig.

Naturbrut! Ohne menschliche Eingriff ging sie vonstatten.

Nur für täglich frisches Wasser, Futter und etwas Sand hatten sie zu sorgen. Alles andere übernahm Bertha, das war vom ersten Augenblick an zu erkennen. Sobald sie das Nest verließ, um sich zu stärken, folgten ihr die beiden fiepsenden Federbälle, die viel Zeit unter dem weichen Federkleid der sie wärmenden Mutter verbrachten, und taten es ihr nach. Wie die Mutter, pickten sie vom Boden alles Verwertbare.

Geradezu magisch zog es Wilfried und Evi vor das Fenster des Stalles. Was für eine von der Natur gegebene, menschliche Maßstäbe erfüllende Fürsorglichkeit. Die Hühner bedurften dazu keiner Anleitung, sie war in ihnen, einer Seele gleich. Evi und Wilfried waren fasziniert von diesen Tieren.

*

Nachdem sie sich weitgehend nach ihren Vorstellungen eingerichtet hatten, war die Zeit gekommen, Emmi wiederzusehen, ihr zu zeigen, wo und wie ihr Vater nun lebte. Er rief sie an. Sie freute sich und wollte kommen, zwar für ein Wochenende zunächst nur, doch ganz sicher als Beginn von etwas Neuem zwischen ihnen.

Es berührte ihn seltsam, sich wieder in der alten Umgebung zu bewegen, es war, als kehrte er zurück in die Vergangenheit. Der Unterschied zwischen hier und dort machte, dass er die altvertraute Umgebung wie ein Fremder betrat, zu der er nicht mehr gehörte. Diese Zeit lag hinter ihm, und er vermied alle rückwärts gewandten Gedanken. Die Vorfreude, seine Tochter gleich in die Arme zu nehmen, unterdrückte seine Erinnerungen, die ihm jetzt allesamt nicht gut getan hätten.

Die Begrüßung mit Simone war ihm ebenso eigenartig und fremd. Emmi kam mit einem Aufschrei auf ihn zu geflogen Er schluckte, als er sie in seinen Armen hielt. Das durfte nicht passieren, dass seine Gefühle ihn übermannten.

Mit Emmi an der Hand zog es ihn zurück zu Evi, nach seinem neuen Zuhause mit dem großen Garten.

Da war sie wieder, seine neue Welt. Schon im Zug war die Schwere in ihm wieder einem guten Gefühl gewichen.

Die erwachsenen Hühner interessierten Emmi weniger. Die kleinen, die Küken dagegen ließen sie nicht los. Selbst wie ein Huhn, gesellte sie sich in den Stall zu den anderen, um dort in Konkurrenz zu Berta zu treten, die es gar nicht gerne sah, dass Emmi sich in die Erziehung ihrer Kinder, in der Absicht, ihr Zutrauen zu wecken, einmischte, sie in die Hand nahm und streichelte. Ein wenig gedämpft wurde ihr Engagement, als Berta ihr einmal kurz in die Hand hackte, was eine rote Stelle hinterließ.

Ein ähnliches Erlebnis, das ihr Verhältnis zu den Hühnern trübte, hatte sie, als sie des Wartens überdrüssig, sich anschickte, der brütenden Rosalinde in ihrem Beisein ein Ei wegzunehmen. Diese zeterte flügelschlagend so fürchterlich, dass Emmi, sehr erschrocken, eiligst Abstand nahm von diesem Eingriff in eine fremde Privatsphäre.

Davon abgesehen, klappte die Sache mit dem Eierlegen erstaunlich gut. Mindestens ein Ei fand sich immer in einem der Nester, wöchentlich kamen sie im Schnitt auf neun. Allerdings zogen sie es vor, den passenden Moment für das Eierstehlen abzuwarten, wenn die Hühner nach ihren Sitzungen das Bedürfnis hatten, sich die Beine zu vertreten und ihren Hunger zu stillen.

Nicht weniger hatte sie Lilly in ihr Herz geschlossen. Bei dem Hund stieß Emmi auf größeres Verständnis, um nicht zu sagen, es war Liebe auf den ersten Blick. Lilly war etwas ganz anderes. Man konnte sie streicheln und umarmen, sie an sich drücken, mit ihr spielen, sie war so lieb. Nur in puncto Gehorsam gab es noch Nachholbedarf. Daran musste gearbeitet werden. Sitz! Gib mir den Ball! Bleib! Platz! Hast du nicht gehört! Stop! Strenge Befehle schollen durch den Garten.

Wilfried schoss Fotos von Mensch und Tier.

Nicht im gleichen Tempo entwickelte sich das Verhältnis zu Evi. Ihr auffallendes Äußeres, grell zu nennen, mit der nicht nur farblich uneinheitlichen Haartracht, ihre nach-nachlässige Art, sich zu kleiden, ihre Tätowierungen, der Ring durch die Lippe waren für Emmi von Haus aus gewöhnungsbedürftig.

Dessen ungeachtet bot ein Bad im See immer eine willkommene Abwechslung. Sie besaßen einen Fahrradanhänger für die Einkäufe im Ort. Dieses Mal wurde er seiner wahren Bestimmung zugeführt. Mensch und Tier nahmen in ihm Platz, die Lilly eingeklemmt zwischen Emmis Beinen.

Auf zum See! Es wurde ein Tag, wie es so schnell keinen zweiten gab. Folge: Emmi wollte verlängern.

So schön das Wiedersehen mit seiner Tochter gewesen war, es hinterließ in ihm eine Traurigkeit. Jetzt war sie wieder fort, Emmi, sein Kind, ging ihren Weg nun ohne ihn. Sein Einfluss war gleich Null. Wie schwer das Leben doch sein konnte.

In Gedanken versunken, in die Ferne blickend, saß er im Schatten des Hauses.

Ihn erblickend, setzte sich Evi zu ihm.

„Für mich ist es einfacher," sagte sie, seine Gedanken erratend „ich habe nicht soviel zurück gelassen, wie du, kein Kind, keine Familie, keine Eltern, keine Vergangenheit, der ich nachtrauere."

Er kannte ihre Geschichte, in der Heimaufenthalte, Missbrauch, Alleinsein eine schicksalhafte Rolle spielten.

„Keine Trauer," korrigierte er, „nur so ein Moment.."

Sie legte ihren Arm um ihn und küsste ihn.

*

Was war denn das? Als Evi, damit beschäftigt, das Essen zu bereiten, aus dem Fenster sah, bot sich ihr folgendes Bild: Wilfried lag auf dem Boden am Rand des Kartoffelfeldes, das Gesicht dicht über der Erde.

Erschrocken im ersten Moment, ließ sie alles stehen und liegen, um beim Näherkommen festzustellen, dass er angestrengt durch eine Lupe sah.

„Sag mal..!"

„Die Kartoffeln! Sie kommen! Schau selbst," hielt er ihr die Lupe hin.

„Zeig." Sie kniete sich zu ihm und entdeckte einen mit bloßem Auge kaum zu erkennenden, winzigen, hellen Punkt in der dunklen Erde. „Ist das nicht schön!" Er umarmte sie.

„Ja wirklich, wunderschön! So etwas Schönes habe ich noch nie gesehen," bestätigte sie, ihn auf die Stirn küssend.

Weil sie ein Grundnahrungsmittel war, ein gesundes und wohlschmeckendes dazu, das einen wichtigen Platz in ihrer Ernährung einnehmen sollte, lag ihm die Kartoffel besonders am Herzen, und er verwandte viel Zeit und Mühe auf ihre Pflege. In trockenen Zeiten besprengte er die Pflanzen und kontrollierte wöchentlich ihren Zustand, das hieß, kniend auf einer Unterlage suchte er gewissenhaft Pflanze für Pflanze nach Schädlingen ab, nach Käfern, Schnecken und Pilzbefall. Chemische Mittel kamen ihm nicht ins Haus und in den Garten.

Diesbezüglich hatte er schon eine Auseinandersetzung bestritten. Ein Landwirt, den er zur Rede stellen wollte (haben Sie noch nichts vom Bienensterben gehört?) hatte ihm von seinem Trecker herab einen Vogel gezeigt und war ungerührt, weiter gefahren, im Schlepptau ein zwanzig Meter breiter sprühender Ausleger,

Verzückt verfolgte er das tägliche Wachstum, häufelte unter aufmunterndem Zureden (das wird euch guttun) Erde an die Pflanzen, auf dass sie viele, große und möglichst keine grünen Knollen bekamen.

Inzwischen hatte sich auch bei den Apfelbäumen Bedeutsames getan. Ihre Früchte hatten sich schon vielversprechend entwickelt. Noch waren sie sauer, aber nicht mehr lange und dann hieß es: Äpfel essen. Die Hoffnung war, auch einige verkaufen zu können.

Es war eine sehr trockene Zeit. Dem Boden fehlte bis einen Spatenstich tief jede Feuchtigkeit, und ohne seinen Einsatz für die Kartoffeln hätte es schlecht um sie gestanden.

Regen herbei sehnend, hielt er sie durch Besprengen und Gießen über Wochen am Leben, bis der Wetterbericht Gewitter mit Regen ankündigte, die tatsächlich zur vorausgesagten Zeit kamen. Als das Nass auf die ausgedörrte Erde niederprasselte, schien ein Aufatmen durch die Natur zu gehen, nicht ganz so hörbar, wie Wilfrieds Aufatmen, aber durch frische Farben und einen erquickenden Duft die Erleichterung belegend. Wilfried dachte nicht daran, im Haus Schutz zu suchen. Mit ausgebreiteten Armen, das Gesicht nach oben gewandt, begrüßte er beglückt das lebensspendende Nass. Regen, Regen! Was für ein Geschenk! Wasser, kostenlos verteilt bis in den entlegensten Winkel.

Und wie staunte er, als er morgens aus dem Fenster sah. Zwei blau leuchtende Teppiche lagen im vorderen Teil des Gartens. Die Kartoffeln. Schon dieser Farbpracht wegen hatte sich ihre Mühe gelohnt. Zudem deuteten die reichen Blüten auf eine gute Ernte hin. Wie wunderbar das war!
Einen Monat lang blieb ihnen der Anblick erhalten, dann kam das Stadium des Welkens, bis nur noch braune Strünke an den eigentlichen Grund ihrer Mühen, verborgen in der Erde, erinnerten. Es kam die Zeit, das Geheimnis zu lüften. Vorsichtig mit Gabeln und Harken gingen sie zu Werke, und was zum Vorschein kam, waren Kartoffeln, ihre Kartoffeln, von nie dagewesener Herrlichkeit. Am Ende füllten sie vier Säcke. Spätkartoffeln, die sich gut zum Einlagern eigneten.
Nahtlos ging es weiter. Nicht nur die Äpfel, auch die Tomaten, Bohnen und Gurken am anderen Ende des Gartens warteten schon. Arbeit hatten sie in Hülle und Fülle.

Zeitweise fühlten sie sich wie in einem Landwirtschaftsbetrieb.

Die dunkle Jahreszeit nahte, und die wichtigen Arbeiten draußen hatten sie erledigt. Wie die Hühner, zu solchen mittlerweile auch die Küken geworden waren, hielten sie sich nun überwiegend im Haus auf. Auch dort gab es noch genügend zu organisieren.
Zu einem großen Teil lebten sie von ihren Erzeugnissen. Hauptbestandteil ihrer Mahlzeiten war die Kartoffel. Sie schmeckte nicht nur, sondern war gesund, enthielt Mineralstoffe und Vitamine, vor allem Vitamin C und war in vielseitiger Form zu verwenden. Auch mit Bohnen, Gurken und Tomaten waren sie reich gesegnet, und die Eiproduktion lief wie am Schnürchen. Da sie unmöglich alles selbst konsumieren konnten, versuchten sie den übrigen Teil, insbesondere auch die Äpfel, an den Mann zu bringen. Ein Schild an der Eingangspforte wies auf die günstige Einkaufsmöglichkeit hin.

Ausgerechnet! Harri war der erste, der bei ihnen kaufen wollte. Wilfried hatte ihn kommen sehen und ihm den Rücken zugekehrt. Gegenüber Evi tat er sein Begehren kund. Kartoffeln und Tomaten wollte er, und sprach im gleichen Atemzug, Lilly streichelnd, eine Einladung zu einem Abendessen aus, er und Karin würden sich sehr freuen.
Evi, die das Problem, Harri, entspannter sah, hatte unter dem Eindruck eines gewissen Charmes mit den Worten, Vielen Dank, wir sagen noch Bescheid, halbwegs zugesagt. Darauf erklärte Wilfried ihr nochmals die Gründe

seiner Ablehnung.

„Grüßen ja, aber sonst nichts! Dann musst du alleine hingehen!" endete er.

Am selben Tag machte sich Wilfried auf, um Harri unmissverständlich zu informieren und ein für alle Mal für Klarheit zu sorgen.

Auf dem Weg zu ihm, sah er unweit seines Hauses, einen Mann der sich schwer atmend und ein Taschentuch vor seine blutende Nase haltend auf die Kühlerhaube seines Wagens stützte und Wilfrieds Frage überhörte, ob er helfen könne. Beim Umwenden sah er den Mann ins Auto steigen und einen Baum touchierend mit aufheulendem Motor fortfahren.

Auf sein Läuten tat sich erst einmal nichts. Auf sein zweites, nachdrücklicheres öffnete ihm eine zierliche, spitzgesichtige, schwarzhaarige, in hautenges Leder gekleidete, grell geschminkte Person. Während ihr seine Irritation im ersten Moment nicht entging, klatschte es gegen seine linken Wange. Er wusste nicht, wie ihm geschah „Du bist zu spät!" schrie sie und machte Anstalten, den Verwirrten mit den Worten „ich werd dir helfen" am Hosenbund ins Hausinnere zu ziehen.

„Sind Sie verrückt geworden?" stieß der vor Schreck Erbleichte hervor, packte sie seinerseits und haute ihr mit großer Kraft auf die Unterarme..

Sie schrie um Hilfe. „Harri! Harri!!"

Auf diesen Ausruf in höchster Not erschien selbiger, und die Frau entschwand aufgelöst durch die Tür, durch die jener gekommen war.

Dem ebenfalls verwirrten Harri, erklärte Wilfried unter dem Eindruck des Geschehenen, atemlos, den Grund seines Kommens. „Wer war denn das.. egal.. es ist so, dass Evi und ich uns zu nichts verpflichten wollen..“

Auch Harri fehlten die richtigen Worte.

„Keinesfalls.. das ist doch klar.. komm doch erstmal..“ sammelte er sich, „ und aus diesem Grund unsere Bekanntschaft nicht vertiefen wollen,“ setzte Wilfried seine Erklärung fort und suchte eiligst den Weg wieder nach draußen.

Eigentlich meinte Wilfried, sich deutlich ausgedrückt zu haben. Umso erstaunter war er, als er Harri einen Tag später wieder an der Gartenpforte stehen sah.

„Was war denn das gestern? Nicht viel und du wärst auf dem Gynostuhl gelandet. Manchmal geht das Temperament mit Karin durch. Ein Missverständnis, nichts für ungut,“ meinte er grienend. „Was wolltest du eigentlich?“

„Ich mache es kurz,“ erwiderte Wilfried, „ich kann nur wiederholen, was ich schon gestern sagte, dass wir unsere Bekanntschaft nicht vertiefen wollen. Es passt zwischen uns nicht.“

Harris Augen verengten sich darauf, er erblasste und ging wortlos.

*

Inzwischen war es Winter geworden, wie die Bezeichnung für diese Jahreszeit noch immer lautete. Kalt war es nicht, aber ungemütlich. Es regnete viel, dazu war es windig, das Grau des Himmels hielt die Landschaft in seinem tristen Licht gefangen. Dass es keinen Schnee mehr gab, die Temperatur sich dauerhaft im Plus Bereich aufhielt, war auf dem Lande nicht anders als in der Stadt und ebenso bedrückend. Überwiegend verbrachten sie jetzt ihre Zeit im Haus, jeder auf seine Art beschäftigt, Evi an der Staffelei, er am Schreibtisch mit Blick in den kahlen Garten. Jeder hatte Seins und tauschte sich mit dem anderen aus. Wilfried setzte seine Arbeit an einem Text zu einer ökologieorientierten Pädagogik fort.

Während seiner Tätigkeit in Hamburg hatte er schon in den Lehrerkonferenzen angeregt, den Themenbereich Natur und Umwelt vor dem Hintergrund der bedrohlich zunehmenden Folgen des Klimawandels und der wachsenden Sensibilität der Kinder und Jugendlichen, die sich in den von ihnen selbst initiierten Protesten zeigte, im Unterricht mehr Gewicht zu geben durch Einführung neuer Fächer und Integration in die vorhandenen. Er war mit seinen Ideen und Anregungen anfänglich auf Wohlwollen und Verständnis gestoßen, aber ein Aufhänger für eine ernsthafte Befassung mit diesem Thema waren sie nicht gewesen. Nicht zuletzt lehrplantechnische Gründe hatten entgegengestanden. Sein wiederholtes Zurückkommen auf diesen Themenkomplex hatte bald seufzendes Durchatmen und Augenverdrehen zur Folge gehabt und ihm den Stempel eines Ökologiekauzes gegeben.

Er arbeitete an einem Konzept, die gesamte Lehrtätigkeit unter den Aspekt dieses Themenbereichs zu stellen und schöpfte dabei aus dem vollen. Es floss ihm aus der Feder: die Notwendigkeit, die Thematik in die verschiedenen Fächer zu integrieren, auch in die Mathematik.

Während des Schreibens vergaß er Zeit und Raum, verzettelte sich auch, indem er das Dilemma des Bevölkerungswachstums, seiner Sicht entsprechend, ursächlich für die klimaverändernden und darüber hinaus gehenden Probleme, bei jeder Gelegenheit einflocht. Hatte er dann zu Papier gebracht, was ihm auf der Seele lag, gab er oft Evi zu Gehör. Dieses Mal einen Abschnitt, der sich im besonderen wieder mit diesem Thema befasste.

Zu seiner Verwunderung äußerte sich Evi nicht dazu. Statt dessen sah sie ihn in einer Art abwartend an, ein Blick, den er an ihr kannte, der ihr bei gewissen Gelegenheiten eigen war. Er fragte sie, was sie dazu meinte, ob sie anders dächte.

Sie schüttelte den Kopf. „Es ist so..," sagte sie, „ich kann es nicht mit Bestimmtheit sagen...es sieht so aus, dass ich schwanger bin. Passt wie die Faust aufs Auge!"

*

Nach Pierres Weggang war eine Änderung des Spielsystems nötig geworden. Das klappte nicht von heute auf morgen und war nach Meinung der Experten Grund für die drei Niederlagen in Folge, die den Präsidenten auf den Plan gerufen hatten. Wenn er nervös war, verzog er den Mund zusammen mit der linken Wange in unregelmäßigen Zuckungen zur Seite hin, wie in der einberufenen Besprechung.

„So geht das nicht weiter, Leute! Was ist los? Mir gehen die Erklärungen aus. Ich frage Euch! Was wollt Ihr tun?" Der Präsident rang nach Worten. „Geschlagene fünf Spiele ohne Sieg! Zwei Punkte und Platz vierzehn. Wir kommen in Teufels Küche! Wir müssen da wieder raus. Es ist fünf vor zwölf! Was geht in der zweiten Hälfte in Euren Köpfen vor? Zweimal ein Tor in der Nachspielzeit! Das ist doch wohl nicht zu fassen! Das darf nicht passieren. Es geht nicht an, dass Ihr einen Gang zurückschaltet, das können wir uns nicht leisten. Seht zu, dass Ihr Eure Kondition auf Vordermann bringt..

„Es ist die Konzentration," unterbrach der Trainer den Redeschwall, „die Kurve fällt nach der Pause ab, regelmäßig, wenn wir führen, so dass der Gegner ins Spiel kommt und sich Nervosität breit macht. Wir müssen das abstellen! Auch, wenn wir in Rückstand geraten, müssen wir unsere Moral behalten. Wir werden das Mittelfeld noch weiter verstärken. Pierre ist nicht mehr da, das scheint nicht allen klar zu sein. Timo, Julian und Mark machen erstmal eine Pause, nichts für ungut, Leute. Gefragt sind jetzt neue Ideen. Falko, Marlon und Tommi übernehmen vorerst!"

Die folgenden Wortmeldungen leiteten noch eine intensive

Diskussion ein mit Kritik an der Kritik, Vorschlägen zu Umstellungen und Spielsystem. Präsident und Trainer nahmen die Beiträge zur Kenntnis und sagten zu, dieses und jenes zu überdenken.

Wir sehen uns heute nachmittag!" schloss der Trainer dann die Mannschaftssitzung.

*

Die Wichtigkeit des Klassenerhalts war den Bewohnern des Atriumhauses wohl bewusst und sorgte für eine latente Anspannung unter ihnen. Außerdem stand der SVB im Halbfinale eines internationalen Wettbewerbs, in dem er es als nächstes mit einem dicken Brocken aus Italien zu tun bekam, dem Favoriten des Turniers. Angesichts dieser bevorstehenden Aufgabe stellte sich, wie stets vor einem wichtigen Spiel bei den ansonsten mitfiebernden Bewohnern des Atriumhauses, wie um durch Herabspielen ihrer inneren Teilnahme und Erwartung jeden Druck zu vermeiden, für den die Medien schon im Übermaß sorgten, eine äußerliche Gelassenheit ein.

Es änderte jedoch nichts daran, dass auch das nächste Punktspiel verloren ging und Rico in dieser Zeit einen Unfall mit seinem Porsche hatte.

Folgendes war passiert: Rico hatte hinter einem an einer Kreuzung stehenden Fahrzeug gehalten, als dieses plötzlich aus unerfindlichem Grund zurücksetzte und dabei zum einen die Frontpartie des Porsche eindellte sowie den rechten Scheinwerfer lädierte, zum anderen die eigene, rückwärtige Stoßstange verbog. Es wurden die Kennzeichen notiert und Adressen ausgetauscht. Im weiteren Verlauf behauptete die Gegenseite, Rico sei aufgefahren, was Rico ob dieser Lüge derart in Harnisch versetzte, dass er sich nicht beruhigen konnte. Auch fehlte ihm das Verständnis für alles, was folgte: Anwalt, Gutachten, Schriftverkehr, Versicherung, Verhandlung.

Die ganze Geschichte beschäftigte ihn über Gebühr, besser gesagt, sie stresste ihn. Irgendwann wollte er nichts mehr davon hören.

Dagegen hielt Marie die Gelegenheit für gekommen, das Thema, Porsche, erneut aufs Tableau zu bringen. Dieses Auto machte ihr Angst, und sie mochte auch nicht diese Art Wagen, Luxuskarossen, wie sie sie nannte, mit denen ein gewisser Menschenschlag Eindruck machen wolle. Sie sagte, sie brauchten den Porsche nicht, er bringe nur Unglück, Rico würde ihr einen großen Gefallen tun, ihn wieder zu verkaufen.

Er tat ihr diesen Gefallen, und es fiel ihm gar nicht mehr schwer.

Nach der Karambolage mit dem langwierigen Nachspiel war ihm die Freude am Porsche und die Lust am Autofahren abhanden gekommen. Er erkannte, dass er einem entbehrlichen Rausch verfallen war, ohne den er zuvor ebenso gut gelebt hatte.

Und natürlich Marie! Wie hatte er die ganze Zeit nur immer an den Porsche denken können? Er war auch erleichtert.

*

341

„Ist der Knoten nun geplatzt?" lautete die Überschrift einer Zeitung nach dem ersten Sieg seit sechs Wochen im letzten Punktspiel.

Eine positive Antwort auf diese Frage erhoffte sich der größte Teil aller Fußballinteressierten von dem in drei Tagen stattfindenden Turnierspiel gegen den italienischen Favoriten.

„So und nicht anders werdet ihr am nächsten Mittwoch spielen," erklärte der Trainer die Taktik gegen die Italiener. Eine Woche zuvor hatte er derem Spiel life beigewohnt, ausgestattet mit einer Kamera. Das Training hatte er auf den Nachmittag verlegt, während am Vormittag das Spielsystem des Gegners, Stärken und Schwachpunkte, auch die der einzelnen Spieler analysiert wurden. Zur Veranschaulichung griff er auf seine Aufnahmen und Archivmaterial zurück. Er legte fest, wer auf wen sein besonderes Augenmerk richten sollte. Das frühe Pressing und ständige Spielbewegung hatten sich bewährt und sollten auch dieses Mal das Mittel sein, in der Weise, dass jederzeit ein sofortiger, die Abwehr verstärkender Rückzug möglich war. Auch die vordersten Spitzen, Rico und Manuel, sollten je nach Lage ihren Bewegungsradius so einrichten, dass sie, wenn nötig, ins Abwehrgeschehen eingreifen konnten.

*

Der Gegner war bereits eingetroffen, machte sich trainierend mit dem Terrain vertraut.

Mittwoch, achtzehn Uhr, Anpfiff. Endlich war es soweit, endlich Taten.

„Ein abgezocktes Team, aufpassen!" hatte ihnen der Trainer mit auf den Weg gegeben.

Es wirkte zeitweise ideen- und lustlos, wie sie den Ball hin und her schoben, diese Italiener. Diesem Hin- und Hergeschiebe wurde nicht lange zugesehen. Bei jeder Ballabgabe von allen Seiten dazwischen sprintend, zwangen sie den Gegner, zu schnelleren und nicht durchdachten Reaktionen, oftmals unter einem Pfeifkonzert wegen des zum Torwart zurück gepassten Balles.

Doch urplötzlich, mit einem klugen Pass, ruck-zuck, waren sie da, fanden sich vielzählig im Strafraum wieder und zauberten auf engstem Raum. Aufpassen! Nur nicht in die Elferfalle tappen! Das war die Gefahr. Und ruck-zuck ging es wieder in die andere Richtung. Rico war nicht zu halten, überlief von rechts her den sperrigen Verteidiger, zu spitzer Winkel nun, Pass zum in den Strafraum einlaufenden Manuel. Schuss! In letzter Sekunde streckte sich ein Bein zwischen Ball und das Tor. Schon war der Strafraum voller Spieler. Chance vertan. Der weite Abschlag kam postwendend zurück. Arthur hielt einfach mal drauf, volley. Das passte genau. Ein Glücksschuss. Wie auch immer! Eins zu Null. Das Stadion tobte. Pyrotechnik! Rote Rauchschwaden zogen über das Spielfeld. Die frühe Führung störte das Konzept des Gegners. Doch ließ er sich nichts anmerken, spulte scheinbar unbeeindruckt sein Spiel herunter. Es war noch Zeit genug.

Unübersehbar wurde das Spiel bald rauer. Alle sahen es bis auf den Schiedsrichter. Weiter ging es. Wenn der Gegner in den Strafraum kam, wurde es brandgefährlich. Da war er! Luigi! „Passt mir auf den auf, der ist kopf- ballstark, wenn er auch nicht so aussieht," hatte der Trainer gesagt.

Der kleine Luigi stieg am höchsten, aber da war ja noch Kevin, ihr Torwart.

Es war inzwischen klar geworden, über ein Wundermittel verfügte der Gegner ebenso wenig. Er rannte gegen ihr Tor an ohne zählbaren Erfolg. Schon nahte die wohlverdiente Halbzeit, da geschah es, dass bei einem Gewaltschuss der Ball Marlons automatisch zum Schutz vor das Gesicht gezogene Hand traf. Es folgten Proteste von beiden Seiten und eine Befragung des Videoassistenten. Elfmeter! Tor! So grausam konnte Fußball sein.

Zweite Halbzeit. Sie sollte Rico gehören. Sein Einsatz, sein mitreißendes Spiel waren phänomenal. Er gab nie auf, verausgabte sich völlig, erarbeitete immer wieder Chancen, so dass die Zuschauer mehrmals schon den Jubelschrei im Munde formten. Er ging an die Grenzen des Menschenmöglichen, spielte erfahrenste Spieler schwindlig. Doch immer und jedes Mal wurde der Ball abgelenkt oder der Torwart wuchs über sich hinaus.

Es war die sechsundsiebzigste Spielminute. Nach einem Sprint über fast das gesamte Spielfeld, noch an drei Spielern vorbei, wurde er kurz vor dem Strafraum am Trikot festgehalten. Alfonso hatte keine andere Möglichkeit mehr gesehen. Ein ohrenbetäubendes, gellendes Pfeifkonzert, eine Rangelei unter den Spielern und über den Zaun kletternde Fans schienen fast für einen Spielabbruch zu sorgen. Es dauerte minutenlang ehe der fällige Freistoß erfolgen konnte. Rico ließ es sich nicht nehmen, ihn auszuführen. Das Klatschen des Balles an die Latte war im ganzen Stadion zu hören.

Im direkten Gegenzug geschah das in dieser Spielphase Unfassbare.

Entscheidend war der schnelle und weite Abschlag des Torwarts aus der Hand weit in die Spielhälfte des SVB. Dort erlief sich der bereit stehende Portini den Ball und flankte, wie schon hundertmal folgenlos geschehen, in den Strafraum. Sobald die Flugbahn erkennbar war, stürmte Luigi heran und köpfte den Ball unspektakulär. Zwei zu Null.. Großes Entsetzen der Spieler des SVB. An die Stelle der bis dahin ohrenbetäubenden Geräuschkulisse des Zuschauerrunds war schlagartig Stille getreten. Sie war nur von kurzer Dauer. Bei jedem Ballbesitz des SVB schwoll sie wieder an.

Am Ende nützte sie nichts, wie auch der Einsatz der Spieler. Sie erspielten noch manche gute Gelegenheit, aber der Gegner verstand es, das Ergebnis zu verwalten, er ließ sich Zeit, spielte den Ball hin und her und wieder zurück, wälzte sich theatralisch auf dem Boden und hatte auch Glück, dass immer noch ein Fuß dem Schuss aufs Tor oder das Aluminium .im Wege stand,

Rico, der enttäuscht war, wie die anderen, konnte sich zudem eines Schuldgefühls gegenüber den Zuschauern nicht erwehren. Er hatte sie enttäuscht. Sie hatten verloren.

*

Trost und Aufmunterung gab es im Atriumhaus indes reichlich.

„Ihr habt großartig gespielt! Du besonders! Ihr hättet den Sieg verdient gehabt. Auf solch hohem Niveau mischt letztlich auch das Glück die Karten. Das hatten nun die anderen. Es hat nicht sollen sein. Kopf hoch, Rico!" Karl klopfte ihm auf die Schulter, und einer nach dem anderen schloss den Enttäuschten in die Arme. Das wollte auch

Klein-Eddi. „Papa Tor!" jauchzte er. Rico hob den Kleinen auf seine Schultern. Das kleine, lebendige Gewicht entzückte ihn. Gerade an dieser Stelle nahm er es wie Balsam wahr.

Nach ein paar Tagen war der Fußballalltag zurück. Es wurde wie üblich trainiert, ein Punktspiel folgte auf das andere, und eine akzeptable Leistung pendelte sich ein.
Wie die Mannschaft, hatte auch Rico zu seiner Leistung zurückgefunden. Das nach dem Turnierspiel verstärkte internationale Interesse an ihm, hielt eine ganze Weile an, bis seine Haltung, trotz schwindelerregender Angebote (er hätte das Doppelte verdienen können) sich nicht verändern zu wollen, endlich offenbar durchgedrungen war, nur noch vereinzelt Anfragen kamen. Kopfschütteln auf der einen Seite, Bewunderung und Anerkennung auf der anderen, besonders der Anhängerschaft des SVB. Es gab für ihn keine Entscheidung zu treffen. Für ihn war klar, er hatte alles und viel mehr gefunden, als er gesucht hatte. Es verlangte ihn nach nichts anderem.

*

Das Leben der Bewohner des Atriumhauses hatte sich eingespielt, folgte keinem bestimmten Rhythmus oder einer besonders aufeinander abgestimmten Routine. Jeder lebte auf seine Art, und jeder wusste von jedem, dass er Unterstützung bekam, wenn er sie brauchte. Die Bewohner genossen die neuen Umstände, die bis dahin nicht gekannten Privilegien, die die neue Wohnsituation auf dem großen Grundstück mit sich brachte. Sie hatten die

Möglichkeit zu Nähe, die sie, die Kinder voran, weidlich nutzten. Sie taten wohl, die Wechselwirkungen zwischen dem Längs- und dem Querflügel des Hauses, zwischen Jung und Alt, zwischen Lebendigkeit und der auf Erfahrung beruhenden, zurechtrückenden Sicht der Dinge, eine Mischung, die die eine Seite wie die andere bereicherte, das Leben interessant und kurzweilig machte.

„Na Rico, wie ist die Lage? Hast du deinen Lauf wieder hinter dir? Zehn Kilometer bei der Hitze, ich danke für Obst. Dieses Jahr ist es ungewöhnlich früh warm geworden, und geregnet hat es auch schon lange nicht mehr. Komm setz dich, gönn dir eine Pause," sagte Karl, einen Liegestuhl heranrückend. „Nur noch drei Spiele, dann ist die Saison geschafft. Eine schöne Aussicht, oder?"
Noch schwer atmend nickte Rico. „Leider haben wir nicht das geschafft, was wir wollten. Man muss trainieren, immer trainieren. Zuviel Ruhe ist nicht gut, nicht gut für die Kondition und auch für den Kopf, man kann sich leicht gewöhnen."
„Du enttäuschst mich nie, ich habe keine andere Antwort erwartet." Karl lachte kurz auf. „Aber tu mir den Gefallen, lass es etwas ruhiger angehen bei dieser Hitze, das kannst du dir leisten, außerdem kannst du dir gesundheitlich schaden, denn bei Hitze nimmt der Ozongehalt der Luft zu, kann Lunge und Schleimhäute angreifen, auch besteht die Gefahr eines Sonnenstichs. Hier, trink einen Schluck."
Im Schatten eines großen Schirms, im Innenhof, wo man sich in der schönen Jahreszeit des Öfteren traf, ließ es sich gut aushalten. Ricos Beispiel folgend stellte auch

Karl die Rückenlehne seines Stuhls zurück, und beide genossen in der Waagerechten die Beschaulichkeit des Augenblicks. Nach einer Weile schläfriger Kontemplation kam von Karl die Frage, ob er, Rico, manchmal auch an Zuhause zurück denke, das Land seiner Väter.

Rico schüttelte den Kopf.

„Nur Vater und Mutter, die Menschen. An sie denke ich!" Und nach einer kleinen Weile fügte er hinzu: „Jetzt bin ich hier, hier geht es mir gut."

„Ich habe es dir noch nicht gesagt," sagte Karl, „ich bewundere dich, wie schnell du dich in die hiesigen Verhältnisse eingelebt hast, noch dazu in die eines reichen Mannes. Es ist doch ein unglaublicher Sprung von einer Kultur in eine gänzlich andere, von der Hütte in diesen Luxus."

„Es ist leichter, sich an das Bessere zu gewöhnen als andersherum."

„Aber kommt dir das alles nicht manchmal wie ein Traum vor? Ich versuche mich in dich hinein zu versetzen."

„Manchmal schon, aber Träume machen das Leben schwer, wenn sie sich nicht erfüllen. Meiner hat sich erfüllt, ich lebe nun meinen Traum," sagte er tatsächlich.

„Wo du das sagst, lieber Rico.. darin gleichen wir uns," stellte Karl fest, und fügte kurz darauf an „genauso ist es mit mir. Auch ich lebe meinen Traum. Dank Euch. Euch verdanke ich es, Dir vor allen Dingen."

Der Sonne entgegengestreckt, schien Rico das Gesagte nicht vernommen zu haben. Karl machte es sich ebenfalls wieder bequem.

Eine angenehme Schläfrigkeit machte sich breit, aus der Karl, wieder erwachend, auf ihre Unterhaltung zurückkam.

„Es ist schön, dass es Geschichten gibt, wie deine und meine. Es sind Geschichten des eigentlich Unmöglichen, des jeder Erfahrung Widersprechenden, die das Leben bunt und interessant machen. Du hast das Leben im guten Sinne auf den Kopf gestellt."

„Ehrlich gesagt," wandte sich Rico zu Karl, indem er ihn ungewohnt offen anblickte, „ich verstehe das Leben hier nicht, wie einfach das Geldverdienen ist. Um in meinem Land zu überleben, habe ich schwer arbeiten müssen, sehr schwer, nur für Essen und Trinken. Und was muss ich hier tun, um zu überleben? Fast nichts. Das Geld kommt von allein. Ich spiele Fußball. Früher war es nur zum Spaß, hier hat mich der Spaß zum Millionär gemacht. Das ist für mich schwer zu verstehen. Auch die Zuschauer verstehe ich nicht, von denen ja das Geld kommt. Sie und ihre Begeisterung, sind ja der Grund für meinen Reichtum. Sie jubeln und schreien und singen. Sie sind glücklich dadurch, dass wir Fußball spielen. Woche für Woche sind die Stadien ausverkauft, und nicht wenige, reisen zu jedem Spiel mit uns, geben viel Geld dafür. Aus welchem Grund? Was bedeuten ihnen Sieg oder Niederlage? Was haben sie davon? Gut, mir bringen sie Reichtum, ich habe etwas davon, aber sie? Ich verstehe das nicht, und denke darüber auch nicht nach. Es ist, wie es ist, und für mich ist es gut."

„Was ist gut für dich?" trat Margot aus dem Haus kommend zu den beiden sich Unterhaltenden.

„Komm Süße! Setz dich!" zog Karl einen Stuhl heran, „wir sprechen über Fußball im allgemeinen und im besonderen, über seine Faszination, über Ricos Weg zu diesem Sport. Wusstest du, dass sein ganzes Können vom Gekicke gegen eine Felswand herrührt?"

„Natürlich! Es gibt Naturtalente, denen die Gabe in die Wiege gelegt wurde, Genies, die in ganz anderen Sphären schweben. Nimm Goethe, Mozart oder Einstein. Rico gehört dazu. Er ist der Mozart des Fußballs, wenn du so willst," fügte sie amüsiert hinzu. „Aber jetzt ist Fußballpause! Wie wär`s mit einem Kaffee?"

Karl und Margot verschwanden im Haus, um mit einer Thermoskanne, Bechern und einem Topfkuchen zurück zu kommen.

Bald darauf gesellten sich Marie, Jacob und Eddi dazu.

„Ja, der Kaffeeduft! Ihm kann sich niemand entziehen, seine Macht reicht auch in den hintersten Winkel des Hauses," kam es von Karl.

„Das kann ich nur bestätigen," meinte Marie belustigt.

„Na, mein Eddilein, komm doch mal zu Onkel Karl," sagte dieser die Arme nach dem Kleinen ausbreitend, „wir machen wieder unser Spiel, das dir so gut gefällt, du weißt doch.."

Und der Kleine lief strahlend auf seinen Opa zu. „Hoppe, hoppe Reiter..." fing es harmlos an, doch verheißungsvoll zusteuernd auf den Höhepunkt am Schluss, einem von einem stimmlichen Sturz begleiteter Fall tief in den Sumpf. Einmal damit angefangen, sollte es nie zu Ende gehen. Nach dem vierten Mal und nachlassenden Schwüngen zog es Eddilein dann zurück zu Mama und einem Stück Kuchen. Auch der schattenspendende Sonnenschirm konnte nicht verhindern, dass unter ihm eine schweißtreibende Waschküchenluft jede Bewegung schwer machte, so dass die dort schwitzend Versammelten auf Abkühlung sannen. Während Rico, seinem Zeitplan folgend, ungeachtet der Hitze zu seinen täglichen Übungen aufbrach, zog es die jungen Leute unter die im Hof installierte Dusche, von der nun gellende Schreie des Schauderns herüberhallten.

„An Tagen wie heute denke ich manchmal, dass wir den Pool doch behalten sollten," meinte Marie und erntete ein zustimmendes Lächeln, aber der Pool war leer, denn nach einer Nutzen/Aufwandsabwägung war es beschlossene Sache, die Fläche anders zu verwenden, als Hobbyraum oder Ähnlichem. In Kürze sollte er zugeschüttet werden, es stand eine unruhige Woche ins Haus.

Es war noch hell, als sich Marie und Rico angesichts ihrer Pflichten am nächsten Tag zurückzogen, während die beiden älteren Semester sich`s draußen in der lauen Luft noch wohl sein lassen wollten.

„Sag mal,, du hast mir zwar schon viel von dir erzählt, auch, dass du geschieden bist," meinte Margot unvermittelt, „aber..du weißt, Frauen sind von Natur aus neugierig, über den Grund hast du nie gesprochen. Meine Geschichte kennst du ja. Ich möchte alles über dich wissen."

„Natürlich Margot, du sollst alles wissen, ich habe keine Geheimnisse, es hatte bisher wohl an der passenden Gelegenheit gefehlt. Also, wie du weißt, war ich vor Urzeiten einmal verheiratet gewesen. Vorausschicken muss ich, dass ich schon seit früher Jugend den Lebenssinn in der Liebe gesehen habe, in der reinsten Form, wie sie zwischen Frau und Mann möglich ist. Auch eine Familie gehörte dazu und Kinder. Diese Frau musste erstmal gefunden werden. Ich fand sie, unsere Wünsche deckten sich. Wir heirateten also und gaben in puncto Nachwuchs unser Bestes. Aber vergebens. Es klappte nicht. Nach zwei Jahren vergeblicher

Bemühungen, ließen wir uns beide untersuchen. Ergebnis: es lag an mir, an der Qualität, du weißt, was ich meine.

Ich habe es verstanden, dass sie sich ihren Lebenstraum erfüllen wollte, jung und gesund wie sie war. Darnach kam nichts mehr, die Motivation, die großen Gefühle waren weg. Habe die anschließende Zeit mehr oder weniger allein verbracht, ernsthafte Absichten stellten sich nicht wieder ein. So war das."

Margot strich ihm über die Wange und schmiegte sich an ihn. „Das Leben ist wahrlich kein Wunschkonzert," meinte sie, und eine Weile herrschte Schweigen.

„Was machen eigentlich deine Memoiren?" fragte sie, wie um die Stille zu beenden.

„Memoiren! Margotchen, was für ein Wort! Es sind Erinnerungen und Gedanken, die ich festhalten möchte. Ja, es geht, ich tue, was ich kann. Mal läuft es gut, dann wieder muss ich mich sehr zusammennehmen," nahm Karl den Faden auf. „Ich werde ja nicht jünger und jeder Tag ist anders. Das Langzeitgedächtnis ist zum Glück noch intakt, aber momentan geht es um die Gegenwart.. um uns." Dabei sah er Margot vielsagend an.

„Da bin ich aber neugierig," raunte sie ihm ins Ohr und küsste ihn auf die Wange.

„Schau dir nur den Himmel an, all diese Sterne," sagte sie ergriffen, ist das nicht märchenhaft?"

„Ja! Wunderschön! Das ist die Ewigkeit, Margotchen."

„Gibt es wohl auch Leben irgendwo dort oben?"

Karl lehnte sich an sie, und beide blickten verzückt zu dem Meer an leuchtenden Punkten.

„Wie winzig wir sind! Wie Staubkörner winzig und unwichtig. Es ist gut, daran erinnert zu werden. Wir fühlen uns alle so klug, dabei wissen wir gar nichts."

„Wie recht du hast, Margotchen... wo du das sagst.. mir fällt da eine Geschichte von früher ein, entschuldige... früher in der Schule fragte unser Lehrer einmal, von wem der Satz stammte: *ich weiß, dass ich nichts weiß.*

„Es muss ein sehr kluger Mann gewesen sein!" gab er Hilfestellung. Diese Worte hatten großen Eindruck auf mich gemacht, denn ich zog aus ihnen meine Schlüsse, und meine Brust hörte gar nicht wieder auf, an Umfang zuzunehmen."

Ihr Lachen erfüllte die sie umgebende Dunkelheit. Lange blieben sie noch sitzen, bis die Klammheit der Nacht sie vertrieb.

*

Die Feststellung, dass ihre Ersparnisse nicht unendlich waren, bedurfte keiner größeren mathematischen Kenntnisse und bestimmte von vornherein ihren Plan, zu gegebener Zeit, eine Arbeit aufzunehmen. Noch bevor sie den Entschluss gefasst hatten, das Haus zu kaufen, hatte Wilfried sich nach diesbezüglichen Möglichkeiten erkundigt. Da es die wenigsten Nachwuchslehrer aufs Land zog, gab es dort einen gewissen Bedarf und seinen Recherchen zufolge auch eine kleinere Hauptschule im Nachbarort. Angesichts der abfallenden Tendenz ihrer Finanzen und der Notwendigkeit fester eingehender Mittel auf Dauer gesehen, bewarb sich Wilfried um eine ausgeschriebene Stelle dieser Schule und war zu einem Probeunterricht über eingekleidete Rechenaufgaben eingeladen worden.

Anschließend war er alles andere als zufrieden mit dem Verlauf, eine gewisse Steifheit hatte einfach nicht weichen wollen. Vielleicht war es auch die Befangenheit der Schüler gegenüber einem fremden Lehrer, ein Abwarten auf ihrer Seite gewesen; so etwas wie ein zündender Funke war trotz seiner Bemühungen um einleuchtende Erklärungen und Hilfestellungen nicht auf sie übergesprungen. Aber wie hätte denn auch die Interaktion auf Anhieb und in der Kürze der Zeit funktionieren sollen? Das gab es nur selten.

Nun hielt er den Brief in seinen Händen. „Leider haben wir uns nach eingehender Prüfung für einen anderen Bewerber entschieden."

Diese Absage traf ihn empfindlich, wenn er es sich selbst auch nicht eingestand. Noch nie in seinem beruflichen Leben war es geschehen, dass man ihn nicht wollte, seine Fähigkeiten nicht erkannte.

So war es! Jemand anders hatte den Vorzug bekommen. Ein Fehler! Aber das wussten sie nicht. Sie kannten ihn nicht. Sonst wäre die Entscheidung anders ausgefallen. Außerdem handelte es sich regelmäßig um pro forma Ausschreibungen, die Stellen selbst waren längst vergeben. Man kannte das. Ärgerlich trotzdem, und trotzdem war es ihm tief im Innern unangenehm, Evi den negativen Ausgang mitzuteilen. Derartige, negative Nachrichten hatten es an sich, Spuren zu hinterlassen.

Soviel stand fest, er hätte sich auf jeden Fall über eine positive Antwort gefreut, da sich ihnen in dem Fall eine klare und sichere Perspektive eröffnet hätte. Zwar hatten sie derzeit noch ein gutes finanzielles Polster, aber dauerhaft ohne feste Einnahmen, das war klar, würden sie irgendwann in Schwierigkeiten kommen.

Die Absage auf seine Stellenbewerbung hing Wilfried nach. In seinem Innersten war er gekränkt, und sie rückte die Frage nach einer Einnahmequelle in den Vordergrund. Er war jemand, der gern Klarheit hatte und Vorsorge traf. Die Absage hatte sie einer hoffnungsvollen Perspektive beraubt. „Du musst dir das nicht zu Herzen nehmen, sagst doch selbst, dass es diese Stellen oft nur auf dem Papier gibt. Wir probieren es wieder,“ versuchte Evi ihn aufzumuntern.

„Schon! Aber wir müssen ja auch weiter denken.“ verweilte Wilfried bei seinen unbequemen Überlegungen.

*

Angeregt durch die bevorstehende Geburt und Evis Talent zu malen, war ihnen die Idee gekommen, ein Kinderbuch zu verfassen, ein bebilderter Band über Tiere, große und kleine mit erklärenden Texten, auch zu ihrer Funktion im ökologischen System. Ihr Projekt nahm sie mit zunehmendem Umfang ganz und gar gefangen. Sie wollten es ihrem Kind widmen.

Als ihr Werk schließlich fertiggestellt war, überlegten sie sich eine Strategie, es der Öffentlichkeit nahezubringen. Sie vervielfältigten es und sandten einerseits Exemplare an verschiedene Verlage, andererseits gaben sie es in einigen wohlgesinnten Buchhandlungen in Kommission.

Ein weiteres Projekt, das Wilfried in Angriff nahm, war eine Kindergeschichte, die die Aufdeckung von Tierquälerei auf einem Bauernhof durch eine Kindergruppe zum Thema hatte. Wilfried war in seinem Element.

Viel Zeit verbrachten sie auch mit der Anfertigung von Spielzeug. Wilfried bastelte an einem Mobile mit kleinen bunten Segelschiffchen, Evi beschäftigte sich mit der Herstellung eines Clowns aus Stoff. Die Tage waren ihnen beim besten Willen zu kurz.

Ein wichtiger Termin stand an, der Besuch beim Frauenarzt. Das Ultraschallbild bestätigte das positive Testergebnis, zeigte den Nachwuchs, der für Wilfried jedoch trotz aller Erklärungen einfach nicht sichtbar werden wollte. Dessen ungeachtet entwickelte er sich programmgemäß, wie der Arzt bestätigte.

Zwangsläufig passierten sie auf ihrer Fahrt hin und zurück Harris Grundstück. Eine ganze Weile waren sie ihm nicht mehr begegnet. Jetzt auf ihrem Rückweg, wenn auch nicht er selbst, er war nicht zu sehen, winkte sie die jetzt nicht mehr in hautenges Leder gekleidete, temperamentvolle Dame heran, als habe sie etwas Wichtiges mitzuteilen. Evi, dem Gebot der Höflichkeit folgend, hielt an, während Wilfried weiterfuhr.

„Evi komm!" rief er ihr zu. Da sie seinen Ruf überhörte, fuhr er die letzten Meter allein nach Haus und machte es sich, dort angekommen, nach einer kurzen Nacht und der Fahrradfahrt, leicht ermüdet, auf dem Sessel, die Beine auf dem Hocker hoch gelagert, bequem.

Wo blieb nur Evi? Was gab es mit diesen Leuten zu reden? Grüßen, am besten nur ein Nicken, ging ja noch, aber mehr auch nicht. Sie verstand es nicht, jemand Unangenehmen, der sich konziliant gebärdete, mit dem sie aber nichts zu tun haben wollten, links liegen zu lassen. „Daran müssen wir arbeiten," dachte er noch.

Da sie nicht kam, fuhr er den Weg zurück. Es war niemand zu sehen. Also ging er ins Haus. „Hallo! Evi!" Er rief sie und sah in jeden Raum, aber es blieb still.

Er ging die Treppe hinab zu dem besagten Studio. Da war sie. Sie lag unbekleidet auf dem Gynostuhl, die Fuß-und Handgelenke angekettet, unter ihr auf dem Fußboden eine Blutlache. -

Er fuhr hoch. Schwitzend und mit dröhnendem Kopf. Er rief sie. Keine Antwort. Er setzte sich aufs Fahrrad und fuhr den Weg zurück. Beunruhigt stellte er fest, dass die Tür wiederum nicht verschlossen war. Sein Läuten und Rufen verhallten ungehört. Niemand da. Zielstrebig suchte er das Studio auf. Sein Herz raste.

Der Stuhl war leer. Wo war Evi?

Er fand sie nicht. Die Fahrt ging zurück nach Haus.

Sie winkte ihm von Weitem zu. Wo er denn herkomme? Er habe sie gesucht, da sie so lange weggeblieben sei, sagte er. Sie sah ihn erstaunt an, als er sie überschwänglich in die Arme nahm.

*

Ihre Silhouette war jetzt eine andere. Durch ihre körperliche Wandlung erschien ihm Evi selbst zuweilen wie jemand anders. Ihre Bewegungen hatten insgesamt etwas Schwerfälliges, waren oft begleitet von einem Schnaufen oder Seufzen. Sie selbst machte nicht viel Aufhebens um ihren Zustand, lebte den Alltag, wie bisher, auch wenn sie ihre Beine abends nun regelmäßig hochlegte und unter häufigem Harndrang litt, der sie besonders nachts plagte. Es war ihr anzusehen, dass es ihr nicht gut ging, was sie nicht daran hinderte, im Garten zu arbeiten, mit nassem Laub gefüllte Körbe zum Komposthaufen zu tragen, nachdem sie es unter Bildung von Schweißflecken auf ihrem Rücken zusammen geharkt hatte, oder auf einer Leiter stehend, einen kaputten Rollladen zu reparieren. Bei solchen Gelegenheiten griff Wilfried energisch ein. Da sie seine ernste Sorge sah, fügte sie sich nachsichtig und gelobte Besserung.

Es schmerzte Wilfried zu sehen, wie sehr die Schwangerschaft sie zunehmend körperlich veränderte, wie sehr sie durch sie eingeschränkt wurde und litt. Eingedenk seines Anteils an ihrem Zustand, fühlte er mit ihr und tat alles, um ihr die Tage und Nächte erträglich zu machen. Wenn er sich auch wünschte, ihr von den Beschwerden abnehmen zu können, blieben sie doch alle an ihr allein hängen. Sie war es, die vor Rückenschmerzen nicht wusste, wie sie liegen und sitzen sollte, die es mit Kopfschmerzen, Schlaflosigkeit, Magenproblemen, Übelkeit und Krämpfen zu tun hatte. Das Zeichnen und Malen, ihr neues Buchprojekt hatten ihren Anteil daran, dass nicht die Beschwerden allein ihre Tage bestimmten. Medikamente jedweder Form lehnte sie ab.

Evis Bauchdecke ruckte und wölbte sich. „Jetzt hat es sich umgedreht!" sagte sie. Fasziniert nahmen sie die Bewegungen unter ihren Handflächen wahr.

Auch, wenn eine anhaltende Schwäche und Kurzatmigkeit Evi das Leben schwer machten, setzte sie ihre tägliche Gymnastik fort. Sie wollte auf den Tag X bestmöglich vorbereitet sein.

Aber es war unverkennbar, dass sie die Übungen mit zunehmender Dauer einen beträchtlichen Teil ihrer Energie kosteten, sie atmete schwer, geriet ins Schwitzen, brauchte anschließend lange, sich zu regenerieren. Bald schienen sie sie zu schwächen, statt aufzubauen. Ihre heiße Stirn bestätigte es, sie hatte Fieber, einen Infekt, wie der Arzt meinte. Tatsächlich fühlte sie sich nach Einnahme eines fiebersenkenden Mittels merklich besser, jedoch immer nur so lange wie seine Wirkung anhielt. Auf jeden Fall ging sie wieder dazu über, ihren Alltag unter den geänderten Vorzeichen fortzusetzen. Sie las Fachliteratur zur Geburt, die Zeit davor, die Zeit danach, einschließlich dem Einsetzen der Pubertät, kochte, räumte auf, malte, folgte auch Wilfrieds Rat, Pausen einzulegen. Wilfried ließ es sich nicht nehmen, immer in Rufnähe zu sein. Die Sache war die, dass Evi neuerdings hustete, Halsschmerzen hatte und schwerer atmete, zudem stellte sich das Fieber immer wieder ein. Als wenn es Evi nicht schon schlecht genug ging. Es machte ihn böse und wütend, und er haderte mit sich als Mitverursacher ihrer Lage, dass er nicht helfen konnte. Für Hilfe waren sie auf die Weißen Kittel angewiesen.

Die Zeit war gekommen, für Klarheit zu sorgen. Bisher waren die Tests auf die sich ausbreitende Epidemie negativ gewesen. Nun war das Ergebnis ein anderes. Die verdrängten Befürchtungen, das bisher in der Flasche verschlossene Böse habe seinen Weg ins Freie und zu ihnen gefunden, hatten sich bestätigt. Evi, als Hochschwangere Risikopatientin, wurde ins Krankenhaus eingeliefert, Wilfried, ebenfalls mit positivem Ergebnis, durfte nach Hause fahren in die häusliche Quarantäne. Besuche waren ausgeschlossen. Es blieb nur die telefonische Verbindung. Solange er ihre Stimme hörte, war es gut. Doch sobald der Hörer aufgelegt war, begann er unruhig auf und ab zu gehen und vor sich hin zu sprechen. Das plötzliche Alleinsein, die Stille, wollten ihn erdrücken. All das Vertraute, das Haus, der Garten, die ganze Umgebung fühlte sich fremd an, und er tat nicht viel anderes, als auf den nächsten Anruf zu warten.

Er telefonierte mehrmals täglich mit ihr. Er kannte sie zu gut, um nicht zu wissen, dass sie sich nicht so schnell beklagte. Das Zimmer, das Personal, die Pflege, das Essen, alles hatte nicht besser passen können, sie fühlte sich rundum gut aufgehoben.

Er kannte sie aber auch gut genug, um aus dem Klang ihrer Stimme, ihrer Sprechweise heraus zu hören, dass sie lieber heute als morgen zurückkäme, und er bemühte sich, ruhig zu sein. Er sagte ihr, seine Erkundigungen hätten ergeben, dass Schwangere keinem höheren Risiko ausgesetzt seien, als jede andere erkrankte Frau und dass eine Übertragung auf das Kind so gut wie ausgeschlossen sei. Er redete ihr zu, Geduld zu haben, die er am wenigsten hatte. Ihre belegte Stimme und die Pausen, die sie einlegte, sagten ihm auch, dass ihr das Sprechen schwer fiel. Aus diesem Grund unterdrückte er sein Bedürfnis, die Telefonate auszudehnen und unterließ es auch, sie auf die hörbare Kurzatmigkeit anzusprechen. Das holte er wenig später bei einem der wachhabenden Ärzte nach. Was er von ihm erfuhr, erschütterte sein mühsam aus positiven Gedanken errichtetes Gebäude.

Evi sollte am selben Tag auf die Intensivstation verlegt werden. Die Gründe für diese Maßnahme wurden ihm er-erklärt, doch alles, was der Arzt dazu sagte, ging im Rauschen unter, das seinen Kopf erfüllte. Unfähig, dem Arzt zu folgen, waren ihm nach dem Gespräch nur die Worte „Lungenentzündung" und „Intensivstation" gewärtig. Darauf rief er den Arzt erneut an und hörte nun, was er sagte.

Seit ihrer Einlieferung vor zwei Tagen, vernahm er am anderen Ende der Leitung eine wenig erbaute Stimme, den vor kurzem gehaltenen Vortrag wiederholen zu müssen, habe sich Evis Krankheitsbild verschlechtert, dadurch, dass das Virus vom Rachen ausgehend ihre Atemwege und nun auch ihre Lunge befallen habe. Die Röntgenaufnahme zeige sehr deutlich, dass viel Lungengewebe in Mitleidenschaft gezogen sei, so dass von einer Lungenentzündung gesprochen werden müsse. Ihr Lungenvolumen sei bereits soweit eingeschränkt, dass ihr das Atmen aus eigener Kraft kaum noch möglich sei, sich die Sauerstoffsättigung ihres Blutes der Grenze von neunzig Prozent nähere. Vermutlich müsse sie künstlich beatmet werden. Man sei in diesem Moment dabei, sie auf die Intensivstation zu bringen. Im Hinblick auf das ungeborene Kind sei sie in besonderem Maß auf die Zufuhr von Sauerstoff angewiesen. Falls die Sauerstoffversorgung nicht ausreichen sollte und sich die Beatmung als zu belastend herausstellte, müsse im Interesse der Mutter und des Kindes auch eine vorzeitige Entbindung in Betracht gezogen werden. Wilfried schwirrte der Kopf. Er hatte den Arzt verstanden, hatte Fragen über Fragen. Vor allen Dingen ging es ihm darum, in diesen schweren Stunden bei ihr zu sein.

„Leider nicht möglich! Im Interesse der Frau und des Kindes." kam es vom anderen Ende. Das Betreten des Intensivbereichs von einer infizierten Person sei ausgeschlossen. Es gäbe für ihn nur die telefonische Verbindung.

Solange sich Evi gemeldet hatte, er ihre Stimme hörte, war es ihm zunächst gelungen, diese Art des Kommunizierens durchzuhalten. Doch nach zwei weiteren Tagen blieb ihr Telefon stumm. Von einer Stationsschwester erfuhr er, dass sie in ein künstliches Koma versetzt worden war.

In ihm schrillten alle Alarmglocken. Nichts hielt ihn mehr. Zwei Stunden später erreichte er das Krankenhaus, wo ihm beschieden wurde, dass er sich unverzüglich zurück in die häusliche Quarantäne begeben müsse. Er kam dieser Aufforderung nicht nach und lieferte Anlass zu lautstarken Diskussionen. Als zwei Polizisten erschienen, die ihn mit mehr oder weniger sanfter Gewalt zum Ausgang drängten, erkannte er wie aus einem Wahn erwachend den Ernst der Situation. Eher würden sie ihn erschießen, als hineinzulassen. Draußen vor der Tür versuchte er sich zu sammeln, ging unschlüssig auf dem Parkplatz auf und ab. In seinem Kopf dröhnte es, ihm wurde schwindlig, an eine Hecke gelehnt atmete er schwer. Einer der dort wartenden Taxifahrer fragte ihn, ob er helfen könne.

Wieder zuhause, durchwanderte er ruhelos die Zimmer. Im Atelier betrachtete er lange das Bild, das sie noch in Arbeit hatte und die an der Staffelei hängende Stoffpuppe mit den an den Seiten abstehenden Zöpfen. Während er auf ihrem Schemel saß, suchte er, sich in ihre Sichtweise und Gefühle während des Malens zu versetzen. Still war es, auch vom zu seinen Füßen liegenden Hund waren nur einige Magengeräusche zu vernehmen. - Es wurde Zeit, Lilli musste raus, ein Spaziergang tat ihnen beiden gut. Wieder zurück, sah er das Chaos um sich herum und machte sich daran, die Ordnung wiederherzustellen, stellte den Geschirrspüler an, räumte alles an seinen Platz, saugte Staub, ließ dem Bad eine Extrabehandlung angedeihen und brachte endlich die von Evi erbetene ausziehbare Leselampe über dem Kopfende ihres Bettes an.

Sein Test, ob sie das Lesen im Bett komfortabler machte, verlief positiv.

Auf diese Weise beschäftigt, hatte er sein Gedankenkarussell weitgehend zum Stillstand gebracht. Er fühlte sich besser. Seine Angst war übertrieben, beruhigte er sich. Evi war in guten Händen.

„EVI, du schaffst das!" rief er aus. Auf seinen anfänglichen Schrecken war eine wundersame Zuversicht gefolgt.

Es war schon Nachmittag, als er, wie abgesprochen, die Station des Krankenhauses anrief. Der Schlag seines Herzens erhöhte sich dabei, ohne dass er es beeinflussen konnte. Schwester Vanessa meldete sich. Bevor er zu Worte kam, hatte sie schon erklärt, dass sie den Arzt holen werde, er solle dran bleiben. Nach endlos langer Zeit meldete sich Dr. Hamdi. Er fragte zunächst nach dem vereinbarten Kennwort. Er sagte, dass sich Evi immer noch in der Langzeitnarkose befinde und beabsichtigt sei, diese zu beenden, damit die Lunge keinen irreversiblen Schaden nähme. Mit dieser Maßnahme zwangsläufig verbunden sei die vorzeitige Entbindung per Kaiserschnitt. Eine Geburt auf normalem Wege berge zu große Risiken für Mutter und Kind. Es dürfe keine Zeit verloren werden, da es auch schon Wehen gäbe, die Einwilligung der Mutter läge vor. Erschwerend sei, dass auch der Herzmuskel Anzeichen einer Entzündung zeige und zytopatische Effekte nicht auszuschließen seien. Leider seien sie erst sehr spät zu ihnen gekommen, in einem fortgeschrittenen Stadium. Es würde getan, was möglich sei, doch die Lage sei ernst.

Nach diesem Telefonat blieb er mit dem Hörer in der Hand wie versteinert sitzen, versuchte, nach und nach das Gehörte einzuordnen.

Er machte die folgende Nacht kein Auge zu, wanderte auf und ab, wusste nicht wohin mit sich.

Die Zeit, die Nacht vergingen ungeachtet seiner sich steigernden Sorge nach ihren gleichbleibenden Gesetzen. Die Sonne ging auf, es wurde wieder Tag.

Nach zahllosen Versuchen, das Krankenhaus zu erreichen, wurde der Hörer abgenommen. Er bekam die Auskunft, dass er im Lauf des Tages zurückgerufen würde. Seine Nervosität wuchs, sofern das noch möglich war.

Ein infernalisches Gebell schreckte ihn auf. Angriffslustig, von der Straßenseite her am Zaun aufgerichtet, bellte ein furchterregender Hund, und Lilli, ihm gegenüber, stand ihm in nichts nach. Außer Rand und Band wollte sie den Zaun erklimmen. Nicht weit entfernt stand Harri.
„Was machst du hier! Verschwinde!" ging seine Stimme im alles übertönenden Gebell unter. Harri machte keine Anstalten, auf den rasenden Hund, einzuwirken, zündete sich eine Zigarette an.
Eine Schwärze senkte sich auf Wilfried. Das Bellen hörte nicht auf, es war in seinem Kopf, wollte ihn zersprengen. Er nahm einen Stein und schleuderte ihn hinein in das Inferno. Sein Gang schwankte, wie das Licht vor seinen Augen.

Er erwachte auf einem vollgesabberten Kissen, als das Telefon klingelte.
Dr. Hamdis Stimme: Herr Isenfeldt? Ja... es tut mir leid...es ist schwer... ihre Frau...sie hat es nicht geschafft, wir haben nur das Kind retten können, Ihre Frau hat die Geburt nicht überlebt, die Lunge.., sie konnte das Blut nicht mehr mit genügend Sauerstoff versorgen, Ihre Frau hat geschlafen, sie hat nichts gemerkt, es tut mir sehr leid.... wir melden uns noch heute wieder, wegen des weiteren Ablaufs. Das Kind bleibt zunächst hier. Es geht ihm gut, benötigt aber noch medizinische Versorgung. Herr Isenfeldt.. hören Sie..? Herr Isenfeldt...

Die Welt stand still.

Es war an einem Adventstag, als das Klingelzeichen den Bewohnern einen Besuch meldete. Zu ihrer Überraschung stand Wilfried vor der Tür. Unter seiner Jacke, in einer Tragetasche, schaute der winzige Kopf eines Säuglings hervor. Ihr letzter Kenntnisstand von einer bevorstehenden Geburt war offensichtlich überholt. Er wollte etwas sagen, aber alle Aufmerksamkeit galt dem Kind. Dann stutzten sie und sahen ihn an.

Bis spät in die Nacht brannte das Licht hinter den Fenstern des Atriumhauses.